Ulrich Hefner
Kalteiche

LEDA

Ulrich Hefner
Kalteiche
Kriminalroman

1. Auflage 2017

ISBN 978-3-86412-203-3
Leda-Verlag, Rathausstraße 23, D-26789 Leer
info@leda-verlag.de
www.leda-verlag.de

Lektorat: Maeve Carels
Foto: moprand/Shotshop.com
Umschlaggestaltung: Leda-Verlag
Printed in Germany

Ulrich Hefner

Kalteiche

Kriminalroman

LEDA

für Robby, wir denken an dich

... es gibt einen Ort, an dem das Grauen lebt,
wo es dich umgibt und festhält,
jede Stunde, jeden Tag, Jahr um Jahr,
umklammert mit eisernen Krallen,
um dich nie wieder loszulassen,
wo es dich gefangen hält
und dich ganz langsam auffrisst,

und nur du weißt, wo dieser Ort ist ...

Prolog

Im November 1983

Der Waldboden war mit einer dünnen Schicht aus Reif überzogen und das welke Laub knirschte bei jedem Tritt unter ihren Füßen. Dabei wollten sie still sein, still und unsichtbar. Sie waren dem Ort des Grauens entkommen, aber in Sicherheit waren sie längst noch nicht.

Die Nacht war kalt gewesen und der Morgentau auf den dünnen Scheiben der Scheune gefroren. Nebelschwaden zogen über die Wiesen und umgarnten die dichten Tannen, bevor sie in der Finsternis des Gehölzes verschwanden. Er zog sie an der Hand hinter sich her. Es sollte keine Spuren geben, niemand durfte etwas bemerken, niemand sollte es wissen, bevor die Dämmerung im Licht des tristen Tages versank. Ihr Weg war weit und führte an den blattlosen Buchen vorbei, nach Süden, dort, wo die Grenze lag.

Noch bevor sie der Wald verschluckte, drang das laute und bedrohliche Gebell eines Hundes zu ihnen herüber. Sie begannen zu rennen, hetzten über den ausgetretenen Pfad, sprangen über vertrocknete Äste und hasteten die Böschung hinauf. Sie stürzte, doch er half ihr wieder auf, zog sie mit sich, mit aller Kraft und dem Mut der Verzweiflung. Ihre Füße schmerzten und ihre Herzen pochten ihnen bis zum Hals, doch sie gaben nicht auf, ein einziger Gedanke war in ihren Köpfen und er verlieh ihnen Kraft: Entkommen!

Der Wald wurde dichter und sie verließen den Pfad, hasteten über den gefrorenen Waldboden, schlugen sich in die Büsche und rissen sich blutige Wunden an den Dornen. Mit jedem Schritt entfernten sie sich weiter von diesem furchtbaren Ort, sie waren am Rande ihrer Kräfte, ihr Brustkorb bebte und das Blut rauschte in den Ohren.

Sie liefen eine Anhöhe hinauf und als sie erneut stürzte, beugte er sich zu ihr herab. Sie versuchte ein Lächeln, das ihr misslang. Er fasste sie an der Hand und half ihr auf, bevor sie ihre Flucht fortsetzten und den Hügel erklommen. Er wusste nicht mehr, ob die Richtung stimmte, er wusste nicht mehr, wohin er sich wenden musste. Sie waren umringt von riesigen Bäumen, einem Ring, aus dem es kein Entrinnen gab. Sein Atem ging stoßweise und ein kalter Schweißfilm lag auf seiner Haut, doch jetzt war nicht die Zeit zum Rasten, sie musste weiter, das Gebell des Hundes wurde lauter. Er zog sie mit sich und sie liefen auf der gegenüberliegenden Seite den Hügel hinab, wo sie auf einen Weg stießen. Kurz blieb er stehen, um sich zu orientieren, doch der wolkenverhangene Himmel versteckte die Sonne hinter einem düsteren Gebirge aus Aerosolen und Eiskristallen, fast so, als hätte sogar der Himmel sich gegen sie verschworen.

Er wandte sich nach links, denn dort hatte er das Gefühl, sich weiter zu entfernen, Abstand zu gewinnen. Sie folgten dem Weg, der sie zu einer Lichtung führte, wo sie kurz verharrten, bevor sie erneut im Dämmerlicht des jungen Tages in den finsteren und dichten Wald eintauchten, unsichtbar für ihre Häscher, die ihnen folgten und die längst schon die Spur aufgenommen hatten. Erneut bellte ein Hund, diesmal näher als zuvor. Aus ihren schnellen Schritten wurde eine Hatz, eine erbarmungslose Jagd, und ihre Angst trieb sie voran.

Der Weg schlängelte sich durch wildes Dickicht, führte sie an einer vertrockneten Wiese vorbei, bevor er erneut steil anstieg. Sie konnte nicht mehr, sie taumelte, doch er umklammerte ihr Handgelenk und zog sie mit sich. Als sie den Hügel erklommen hatten, lag ein tiefer Abgrund vor ihnen. Sie verharrten, suchend blickte er sich um, flehentlich suchte er nach einer Möglichkeit, diesen Abgrund zu überwinden, während sie entkräftet zu Boden sank. Ihr Brustkorb bebte.

Er wies auf den Abhang, der steil in die Tiefe führte. Noch bevor er ihr die Stelle zeigen konnte, wo der Abstieg möglich war, schoss wie aus dem Nichts ein großes, schwarzes Ungeheuer auf sie zu, drohend fletschte es die Zähne. Er wusste nicht, was er tun sollte.

»Geh!«, flüsterte sie atemlos. »Hau ab!«

»Aber …«

»Verschwinde, sie schlagen dich sonst tot, wenn sie dich erwischen!«

Er zögerte, doch als das laute Rufen ihrer Verfolger durch den Wald drang, machte er auf dem Absatz kehrt und lief auf den Abhang zu. Dorthin, wo es einen kleinen Felsvorsprung gab. Eilends kletterte er hinab. Der Hund verfolgte ihn und blieb bellend und knurrend am Abhang stehen. Er fasste nach einem Strauch, der ihm Halt bieten sollte, doch sein Griff ging ins Leere, vergeblich versuchte er sich festzuklammern, ehe ihn in die Tiefe verschlang.

*

Stille umgab ihn, als er erwachte, Stille und Finsternis. Sein Kopf, seine Glieder, seine Arme, seine Beine, alles war nur noch ein einziger bohrender und pochender Schmerz. Ein Kauz schrie durch die Nacht und als er sich aufzurichten versuchte, sank er kraftlos zurück. Er seufzte. Er hörte ein Rascheln in seiner Nähe, als ob ein kleines Tier unter welken Blättern verschwand. Es war kalt, doch er spürte nur die Hitze des Schmerzes. Er griff an seine Stirn und eine warme, klebrige Flüssigkeit blieb an seinen Fingern haften. Erneut versuchte er sich aufzurichten, ihm wurde schwindelig, erneut sank er zurück. Er versuchte zu verstehen, was geschehen war, doch seine Gedanken waren wie Wasserfarbe in einem gefüllten Becher, sie verschwammen, vermengten sich, ehe sie sich verdunkelten und zu einer trüben, undurchdringlichen Melange wurden.

Irgendwie schaffte er es dann doch, sich zu erheben. Mit zitternden Beinen stolperte er voran. In der Dunkelheit konnte er kaum die Hände vor den Augen sehen, immer wieder sank er auf die Knie, doch ein unbändiger Wille brachte ihn dazu, sich wieder aufzuraffen und weiterzugehen. Er nahm Gerüche wahr, die ihm ebenso vertraut wie fremd erschienen. Die Kälte der Nacht machte ihm nichts aus, er spürte sie nicht einmal. Etwas trieb ihn voran und er kramte in dieser dunklen Melange aus Erinnerung und

Gedanken, doch alles blieb verschwommen, konturlos, nur ab und zu, wie durch eine Nebelwand, formte sich ein Gesicht, das ihn mit flehendem Blick anstarrte. Er versuchte es zu fassen, doch immer wieder löste es sich auf, waberte mit dem Nebel davon.

Erneut ging er zu Boden. Für einen Moment blieb er liegen, seine Hände krallten sich in den weichen Boden. Er schloss die Augen und als er sie wieder öffnete, erfasste ihn gleißende Helligkeit. Er blinzelte, denn das Licht schmerzte in seinen Augen, als es ihn wie ein Kokon umschloss. Er nahm all seine Kraft zusammen und richtete sich auf. Auf unsicheren Beinen stolperte er voran, er wankte, doch das Licht verfolgte ihn auf Schritt und Tritt.

»Stůj, policii!«

Die dunkle Stimme klang kalt und gefährlich. Er verharrte, ehe er auf seine Knie fiel und das Licht um ihn erlosch. Er fühlte nur noch Schmerz, bevor er die Besinnung verlor.

1

... dreiunddreißig Jahre später ...

Sie wurde am frühen Morgen wach, als es im Haus laut polterte. Dann folgte ein Schrei, wie sie ihn noch nie gehört hatte, so grell und laut, so durchdringend und bedrohlich, so angsterfüllt und panisch, etwas Schreckliches musste geschehen sein. Es war der Schrei einer Frau, der im Schmerz verstummte.

»Mama?«, stammelte sie und sprang aus dem Bett. Barfuß und nur mit einem Nachthemd bekleidet rannte sie durch das kleine Zimmer unter dem Dach, riss die Tür auf und hetzte zur Treppe. Abermals polterte es. Sie hatte kaum drei Stufen hinter sich gebracht, als sie wie vom Donner gerührt stehen blieb. Unterhalb der Treppe vor dem kleinen Verschlag, in dem Vorräte und Werkzeuge aufbewahrt wurden, lag jemand verkrümmt auf dem Rücken. Zuerst sah sie nur die Füße, die in gestrickten braunen Wollsocken steckten. Angsterfüllt ging sie Stufe für Stufe weiter, und aus den Füßen und Beinen wurde ein Körper. Die alte, zerschlissene und schmutzig braune Strickjacke, die schwieligen Hände, vom Schmerz verkrümmt, die ergrauten Haare und der tiefe rote Fleck, der sich am Kopf ausgebreitet hatte und mit dem Teppich verschwamm. Wie in Trance überwand sie die letzten Stufen, bis sie schreckensstarr stehen blieb, die Hände vor Entsetzen an die Wangen gepresst.

»Vater ...«

Es war eine Feststellung, keine Frage, ihr Vater lag regungslos an der Treppe und eine Blutlache breitete sich neben seinem Kopf aus.

»Mama ... Mama, wo bist du?«, rief sie durch den Flur. Erneut hörte sie ein Poltern, bevor ihr der Tod in der offenstehenden Tür zum Schlafzimmer erschien.

Schwarz gekleidet war er und schwarz war auch sein Gesicht, und es glänzte im Licht. In der Hand hielt er etwas, das bedrohlich blitzte. Sie stieß einen spitzen Schrei aus und rannte durch den Flur zum Badezimmer. Kurz bevor sie es erreicht hatte, wandte sie sich noch einmal um und sah, dass der Tod ihr folgte. Sie schlug die Tür zu und drehte den Schlüssel herum. Ein kleines Fenster über der Toilette führte nach draußen, doch noch bevor sie den Griff umfasst hatte, rüttelte es an der Tür. Tränen liefen ihr über die Wangen und trübten ihren Blick, doch sie wusste, dass dieses Fenster die einzige Chance zur Flucht war. Der Griff ging schwer, doch es gelang ihr, das Fenster zu öffnen. Aus dem Rütteln an der Tür wurde ein Poltern, dann folgte ein lauter Schlag. Das Holz splitterte. Sie sprang auf den Toilettensitz und schob ihren Oberkörper hinaus. Das Fenster war eng, maß kaum einen halben Meter, doch sie war schlank und auch auf die Gefahr hin, dass sie kopfüber auf die Pflastersteine im Hof stürzte, sie musste aus diesem Haus fliehen. Als es hinter ihr wieder krachte, stieß sie sich mit einem Schwung ab. Noch bevor ihre Hüften über die Zarge geglitten waren, flog die Tür auf und der schwarze Tod sprang in den Raum. Er ergriff ihre Beine und zog sie zurück. Sie zappelte und keilte aus wie ein Wildpferd, doch es nutzte nichts, der Tod war viel kräftiger als sie. Er zog sie zurück in den Raum und sie stürzte neben der Toilette zu Boden.

Sie drehte sich um und rutschte in die Ecke neben dem Waschbecken, wo die Wand ihre sinnlose Flucht beendete. Zitternd starrte sie auf die schwarze Gestalt, die vor ihr stand und sie beobachtete, wie sie über den Boden robbte.

»Nein … nein!«, schrie sie, als sie aufblickte. Regungslos stand er über ihr. Sie sah die weit geöffneten Augen, die durch zwei Schlitze der Maske auf sie herabblickten. Der leibhaftige Tod war über sie gekommen und reckte seine Arme in die Höhe. Ein Beil lag in seinen Händen.

»Nein, um Gottes willen, nicht …«

Das Beil sauste herab und ihr Kopf explodierte im grellen Schmerz. Ein erstickter Seufzer kam über ihre Lippen, als sie der zweite Hieb traf und ihr Blut gegen den Vorhang der Dusche spritzte.

*

Er saß auf einem Steinhaufen in der Nähe der Brücke und sog die Sonnenstrahlen des kalten Frühlingstages in sich auf. Die Luft war kalt, doch der heftige Wind, der in der Nacht von der See über die Küste gefegt hatte, war einer leichten Brise gewichen, die aus Westen über das Land wehte. Die salzige Luft tat gut, denn in seinem Kopf rauschte das Blut und ein heftiger Schmerz pochte in seinen Schläfen.

Er hatte es sich schwieriger vorgestellt, er hatte gedacht, dass er bis zum Äußersten seiner Kräfte gehen musste, doch nur in seinem Kopf breitete sich langsam das Gefühl der Erschöpfung aus. Auf der anderen Seite des Sees fuhr ein Traktor vorbei, doch es störte ihn nicht. Es war vollbracht. Eine lange Suche hatte endlich ihr Ende gefunden. Von seinem Ziel war er allerdings noch weit entfernt. Manchmal ist es, dachte er, als läge noch immer dieser Nebel über dem Land, als wäre noch immer die Wahrheit unter dieser wabernden und milchigen Schicht verborgen, und der Schmerz bohrte sich wie ein Stachel in seinen Kopf. Er hatte gehofft, dass sich der Schmerz legte, doch mit jedem Tag war er stärker geworden und auch jetzt, so kurz nach dieser Befreiung, verschwand er nicht einfach, sondern blieb noch immer dumpf zu spüren.

Zärtlich streichelte er über die goldene Kette mit dem Kreuz als Anhänger, dies war alles, was aus seinem früheren Leben übrig geblieben war. Seit über dreißig Jahren war diese Kette sein einziger Begleiter und er trug sie immer bei sich. Nicht um den Hals, nicht sichtbar, denn von Gott hielt er nicht viel. Gott war nie an seiner Seite gewesen, hatte sich nie um ihn gekümmert, ganz im Gegenteil, Gott hatte ihn einfach vergessen und in seinem Elend zurückgelassen.

Er fuhr sich über seine Handgelenke. Wenn er daran dachte, dann schmerzten noch immer die Fesseln, mit dem sie ihn an das Bett gekettet hatten, damals in diesem grauen, tristen und fensterlosen Zimmer in Zatec, dorthin würde er nie wieder zurückkehren.

Sie fehlte ihm, jeden Tag, jede Stunde, jede Minute und jede Sekunde. Er erinnerte sich an ihr Lachen, das er viel zu selten gehört hatte, an ihre Worte, die im Wind verklungen waren, manchmal sogar an ihren Geruch, der für ihn immer ein kleines Stück Geborgenheit in all dem Schrecken der vergangenen Zeit bedeutet hatte. An die Eltern erinnerte er sich nur dunkel. Zweimal war er inzwischen an ihrem Grab gewesen und hatte seinen Frieden mit ihnen gemacht. Er hatte nie verstanden, warum sie weggegangen waren und ihre Kinder einfach ihrem Schicksal überließen, dennoch hatte er Blumen an die Stelle gelegt, an der ein schmuckloser grauer Stein ihre Namen trug. Blumen, die kein Verzeihen bedeuteten, denn es gab nichts zu verzeihen.

Er steckte das Kettchen in die Hosentasche und fuhr sich mit der Hand über die Stirn. Es war Zeit, niemand durfte ihn hier sehen. Er erhob sich und klopfte seine Hose ab, dann ging er zurück zur Straße, schwang sich auf das Fahrrad und fuhr über die menschenleeren Wege davon. Die Sonne schien ihm ins Gesicht und der Fahrtwind kühlte seine Wangen.

*

»Guten Morgen, ich bin Martin Trevisan, ich bin wieder hier.«

Die junge Frau mit den langen blonden, zum Zopf gebundenen Haaren und dem blassen Gesicht, die hinter dem Schreibtisch saß, hieß Thorke Oselich und war seine neue Chefin. Natürlich hatte sich Trevisan vor seiner Bewerbung über die Dienststellenleiterin in Wilhelmshaven informiert. Sie war Ende dreißig und direkt nach ihrem Abitur zur Polizei gegangen. Die Polizeischule hatte sie als Klassenbeste absolviert und nach einem Jahr im Streifendienst war sie zur Ausbildungsabteilung nach Nienburg gewechselt, bevor sie drei Jahre später ihre Ausbildung für den höheren Polizeidienst begann. Anschließend hatte sie im Führungsstab der Polizeidirektion Lüneburg gearbeitet, in Osnabrück und bei der Polizeiakademie, bevor sie vor zwei Jahren die Dienststelle in Wilhelmshaven übernommen hatte. Ihre Karriere war makellos und sie war beinahe alle drei Jahre befördert worden. Doch von echter Polizeiarbeit auf der Straße stand nicht besonders viel in ihrer Vita.

Thorke Oselich war jung, viel zu jung eigentlich, um bereits Chefin dieser Inspektion zu sein, aber diese Reform hatte viel durcheinandergewirbelt. Beck war längst in Pension und auch die ehemalige Direktorin Schulte-Westerbeck gab es nicht mehr. Es gab ein neues Dienstgebäude, in dem es immer noch nach frischer Farbe roch, neue Kolleginnen und Kollegen, die er erst einmal kennenlernen musste, und neue Zuständigkeiten, denn von dem ehemaligen Fachkommissariat war nur noch eine Außenstelle geblieben. Kleinschmidt, mit dem er sich vorgestern ein paar Minuten unterhalten hatte und der seit einem halben Jahr in Pension war, hatte ihn gewarnt. Alles war schlechter geworden. Zu wenig Personal, ein Riesenbezirk, den man zu betreuen hatte, und Vorgesetzte, die Polizeiarbeit auf der Straße nur noch vom Hörensagen kannten und sich ihre goldenen Sterne auf der Schulbank in Nienburg und Hiltrup verdient hatten, ohne jemals auch nur einen Falschparker aufgeschrieben, geschweige denn eine Leiche von Angesicht zu Angesicht gesehen zu haben.

Kleinschmidt war froh darüber gewesen, dass er endlich in Pension gehen konnte, denn auch die Spurensicherung war inzwischen zentralisiert und zur Direktion nach Oldenburg verlegt worden. Nur aufgrund seines Alters hatte er in Wilhelmshaven bleiben können. Wie eine ungeliebte Altlast war er sich vorgekommen. Zwar hatte man ihm staatlicherseits das Gnadenbrot in Wilhelmshaven gegönnt, dennoch hatte ihn stets das Gefühl verfolgt, dass niemand etwas dagegen gehabt hätte, wenn er vorzeitig in Pension gegangen wäre, um einem jungen, dynamischen Kollegen Platz zu machen.

Trevisan hatte nur mit der Schulter gezuckt. In den letzten fünf Jahren, die er bei der Präventionsabteilung in Oldenburg zugebracht und besorgten Bürgern die Vorzüge von Doppelverglasungen und dreifach gesicherten Türen nahegebracht hatte, war die Entwicklung innerhalb der Polizei irgendwie an ihm vorübergegangen. Er war nun selbst über fünfzig und hatte lange überlegt, ob er sich tatsächlich auf die ausgeschriebene Stelle beim Kriminalkommissariat in Wilhelmshaven bewerben sollte. Den Ausschlag hatte die Entfernung nach Oldenburg gegeben, denn seit einem halben Jahr wohnte er wieder an der Küste. Lea, seine Lebensgefährtin, hatte den Peerenhof unweit von Horumersiel gekauft, in den sie sich auf den ersten Blick sofort verliebt hatte. Auf der Suche nach einem neuen Atelier war sie dem Charme und der kreativen Ausstrahlung des alten Gemäuers erlegen. Sechshunderttausend Euro waren kein Pappenstiel, aber schließlich war Lea vermögend. Sie malte nicht nur Bilder und formte Skulpturen, sondern war inzwischen eine anerkannte und hoch gelobte Restauratorin sakraler Kunst, so dass es an Aufträgen nicht mangelte.

»So früh habe ich Sie eigentlich noch gar nicht erwartet«, entgegnete Thorke Oselich und erhob sich. »Nehmen Sie Platz, Herr Trevisan! Schön, dass ich Sie endlich persönlich kennenlerne. Sie waren schon einmal hier auf dieser Dienststelle, hörte ich.«

Trevisan nickte und nahm Platz. »In der Peterstraße, das ist lange her.«

»Ja, sehr lange«, bestätigte die Inspektionsleiterin. »Wie ich erfuhr, sind Sie damals wegen Ihrer Tochter nach Hannover zum Landeskriminalamt gewechselt. Sie musste dort in ärztliche Behandlung.«

Trevisan nickte.

»Wie geht es ihrer Tochter heute?«

Trevisan winkte ab. »Es geht ihr gut, sie arbeitet inzwischen auch hier in Wilhelmshaven.«

»Sie ist auch bei der Polizei?«

»Nein, beim Ozeanographischen Institut am Arsenalhafen. Sie hat Meeresbiologie studiert.«

»Ah, ich verstehe. Sind Sie deswegen wieder zurückgekommen?«

Trevisan lächelte und schüttelte den Kopf. »Paula ist inzwischen erwachsen, wobei Kinder für Eltern natürlich immer Kinder bleiben. Ich glaube kaum, dass sie begeistert wäre, wenn ich mich in ihr Leben mische. Nein, ich wohne inzwischen auf dem Peerenhof bei Horumersiel und nach Oldenburg sind es siebzig Kilometer. Außerdem fehlte mir die Küste. Ich glaube, wenn man an der Wiege des Windes aufgewachsen ist, dann zieht es einen immer wieder hierher zurück. Manchmal fühlte ich mich in den Städten wie ein Fisch auf dem Trockenen.«

»Das kann ich verstehen«, entgegnete Thorke Oselich. »Ich bin aus Schortens.« Die Kriminaldirektorin kramte aus ihrem Postkorb Trevisans Akte hervor und blätterte darin. »Sie waren damals Leiter des 1. Fachkommissariats.«

»Ja, anschließend war ich fünf Jahre beim LKA, dann wurde ich auf eigenen Wunsch nach Oldenburg versetzt.«

»Wie ich sehe, arbeiteten Sie zuerst bei der Koordinierungsstelle für Verbrechensbekämpfung und anschließend bei der Kriminalprävention. Sie sind sich aber im Klaren darüber, dass die ausgeschriebene Stelle des Kommissariatsleiters eine Sachbearbeiterstelle ist?«

»Ich bin mir im Klaren darüber, dass dies auch Außendienst bedeutet, und das kommt mir auch gelegen. Ich habe den Bürodienst satt.«

Thorke Oselich klappte die Akte zu. »Dann ist es ja gut, Herr Trevisan. Ich denke, ich stelle Ihnen nun die Abteilung vor. Allzu viele sind wir ja nicht mehr. Bei größeren Ereignissen unterstützen uns die Kollegen aus Oldenburg. Die Ermittlungen werden nach wie vor durch das Kommissariat geführt, leider sind wir nur dünn besetzt. Auch da unterstützt uns Oldenburg mit den Fachdiensten, wenn es notwendig ist.«

Die Inspektionsleiterin erhob sich, Trevisan folgte ihr. Sie führte ihn den Flur entlang in den Südflügel des Gebäudes, wo im zweiten Stock das Kriminalkommissariat untergebracht war. »Wir haben insgesamt acht Mitarbeiter im Kommissariat. Mit Ihnen sind es neun. Ihr Vorgänger wollte es etwas ruhiger und ist in den Stab nach Oldenburg gewechselt, die Stelle war seither unbesetzt. Frau Sander leitete die Abteilung.«

»Monika Sander?«

Thorke Oselich nickte. »Sie kennen sich?«

»Sie war früher im Fachkommissariat meine Stellvertreterin.«

»Gut, dann müssen Sie sich ja nicht großartig umstellen.«

Vor einer Glastür mit der Aufschrift *Kriminalkommissariat* blieben sie stehen. Thorke Oselich tippte den Code in den kleinen grauen Kasten neben der Tür und der Summer war deutlich zu vernehmen. Sie schob die Tür auf. »Den Code kennen Sie?«

Trevisan nickte. Es war derselbe, der ihm auch in Oldenburg sämtliche Pforten geöffnet hatte. Offenbar hatte die Polizei überall Schlüssel und Schlösser inzwischen abgeschafft.

Die Chefin führte Trevisan in einen großen Raum, in dem ein langer Tisch und etliche Stühle standen. Auf dem Tisch lagen eine Banane und eine Tupperbox. »Warten Sie hier. Ich rufe alle zusammen, das ist am einfachsten. Schließlich sollten alle wissen, wer ab heute das Zepter in diesen Räumen schwingt.«

Mit einem Lächeln ließ sie Trevisan an der Stirnseite des Tisches zurück, der sich angesichts der Situation ein klein wenig unwohl fühlte.

Tröpfchenweise füllte sich der Raum. Als Monika Sander das Büro im Schlepptau von Thorke Oselich betrat, winkte sie ihm freudig zu. Die Kolleginnen und Kollegen nahmen am Tisch Platz und warfen Trevisan den einen oder anderen abschätzenden Blick zu.

Thorke Oselich trat an seine Seite und brachte das Auditorium mit einer Handbewegung zum Schweigen. »Das, liebe Kolleginnen und Kollegen, ist Erster Polizeihauptkommissar Martin Trevisan, er wird diese Abteilung übernehmen, nachdem Kollege Bloom endgültig nach Oldenburg umgesetzt wurde. Er war schon einmal hier und leitete das 1. Fachkommissariat.«

Trevisan nickte den Anwesenden zu.

»Martin, schön, dass du wieder hier bist«, begrüßte ihn Monika, die sich in die vordere Reihe gesetzt hatte.

»Jetzt lasse ich Sie am besten alleine, damit Sie Ihre neuen Kolleginnen und Kollegen kennenlernen. Wir haben hier eine Ermittlungsabteilung und die Fahndung, ich denke, Sie werden schnell den Überblick haben. Wenn Sie noch Fragen haben, Sie wissen, wo Sie mich finden. Wir pflegen hier eine offene Kultur des Umganges, mein Büro steht Ihnen jederzeit offen.« Mit einem kurzen Nicken verabschiedete sich die Inspektionsleiterin.

»Soso, Erster Polizeihauptkommissar«, murmelte Monika. »Hier habe ich es leider nicht so weit gebracht, aber wie heißt es immer: Die guten Stellen sind eben bei der Direktion und nicht auf der Straße.«

Trevisan zwinkerte ihr zu. »Genau da komme ich her.«

»Wie geht es Paula?«

»Es geht ihr gut, sie hat mir deine Grüße bestellt.«

»Ja, ich war überrascht, als sie mir erzählte, dass du jetzt auf dem Peerenhof wohnst und noch überraschter war ich, als ich von deiner Bewerbung hörte. Es gibt selten Leute in unseren Reihen, die im Alter wieder zurück auf die Straße wollen.«

»Tja, dann bin ich wohl die Ausnahme. Außerdem fühle ich mich immer noch jung ...«

Bevor er weitersprechen konnte, betrat ein uniformierter Kollege den Raum. »Entschuldigen Sie, leider gibt es unangenehme Nachrichten. Auf dem Jakobshof bei Friederikensiel hat der Postbote eine Leiche gefunden, die Kollegen von der Streife sind schon auf Anfahrt. Es sieht nach einem Verbrechen aus.«

Monika Sander erhob sich. »Tja, geht schon gut los, dein erster Arbeitstag. Eigentlich hatten wir es in den letzten Wochen und Monaten sehr ruhig hier. Offenbar ziehst du Mord und Totschlag irgendwie an. Trotzdem, herzlich willkommen in Wilhelmshaven.«

2

Donnerstag

Er war wieder an der Küste und er spürte es deutlich, das Wetter schlug um. Es war kurz nach Mittag und vor die Sonne schoben sich dichte graue Wolken. Der Wind hatte gedreht und blies die Wolkenschirme von Nordost auf das Festland zu. Der sonnige Vormittag sollte wohl nur ein kurzer Ausblick auf den bevorstehenden Frühling gewesen sein. Trevisan zog seinen Jackenkragen höher, als er über den Parkplatz lief und zu Monika Sander in den Wagen stieg. Sie fuhren über die Bismarckstraße aus der Stadt hinaus und schlugen den Weg nach Schortens ein.

»Na, wie ist es dir so ergangen in der großen weiten Welt?«, fragte Monika, als sie die Stadt hinter sich gelassen hatten.

»Große weite Welt ist ganz schön übertrieben«, entgegnete Trevisan. »Wie geht es Peter und den Kindern?«

»Geht so.«

Er zögerte einen Augenblick. »Ich weiß, dass du dich auch auf die Stelle beworben hast, ich hoffe, du hast kein Problem damit, dass ich ...«

»Nein, ich bin sogar froh darüber, dass du wieder zurückgekommen bist. Bloom war nicht so ganz mein Fall, er wusste alles besser. Ich hoffe, es wird so wie früher, ich finde, es war eine schöne Zeit.«

»Das hoffe ich auch, wenngleich diese Schreibtischjobs einen anderen Menschen aus dir machen ... Da wird man irgendwann zum reinen Bürokraten, der schön brav in der Stube sitzt und den Blick über den Tellerrand meidet, damit er sich nicht immer dafür entschuldigen muss, wie gut es ihm geht.«

»Weshalb bist du zurückgekommen?«, fragte Monika.

»Ehrlich gesagt wegen der Entfernung. Ich wohne inzwischen in Horumersiel ...«

»Ich weiß, du hast zusammen mit deiner Lebensgefährtin den Peerenhof gekauft.«

»Ich wollte eigentlich immer wieder zurück, weder in Hannover noch in Oldenburg habe ich mich richtig zu Hause gefühlt. Eigentlich hätte ich schon viel früher zurückkommen sollen, aber es gab keine Stelle.«

»Ist es auch wegen Paula?«

Trevisan hob den Finger vor den Mund. »Wenn du mich nicht verrätst ...: Paula ist zwar erwachsen, aber das Loslassen, nach allem, was war, ist nicht so einfach. Ich brauche die Nähe zu ihr. Sicher hat Dänemark etwas damit zu tun ... Ich weiß es nicht ... Aber ich fühle mich einfach sicherer, wenn ich in ihrer Nähe bin.«

»Das verstehe ich. Mein Junge studiert in Marburg. Ich sehe ihn nur noch selten und Peter ist inzwischen bei einer Firma eingestiegen, die Industrieprojekte plant. Nichts mehr mit dem kleinen Büro im Haus, er ist gerade in Kanada und kommt, wenn es gut geht, Ende des Monats zurück. Tja, so ändern sich die Zeiten.«

»Wo sind eigentlich Tina und Alex abgeblieben?«, fragte Trevisan.

»Tina ist in Emden und Alex ist dir zum LKA gefolgt. Organisierte Kriminalität, da ist er inzwischen eine ganz große Nummer. Dietmar hat es an die Polizeischule gezogen, er unterrichtet Eingriffsrecht in Nienburg.«

»Ich weiß, ich bin ihm dort begegnet, als ich den Präventionslehrgang gemacht habe.«

»Prävention, das klingt ... spannend«, entgegnete Monika mit einem Lächeln.

»Tja, unsere Königsdisziplin. Tu was, bevor es passiert, damit es nicht passiert.«

»Ja, ich weiß, ich kenne das Geschwafel, ich habe nebenbei ein Jahr lang die Außenstelle hier betreut.«

Trevisan nickte. »Dann bist du ja bestens im Bilde.«

»Fensterläden, Türschlösser, junge Krakeeler und Altennachmittage, du brauchst mir nichts zu erzählen.«

Bei Hohenkirchen fuhren sie am Wangermeer vorbei, einem künstlichen See, der durch Kleiabbau entstanden und inzwischen zu einer kleinen touristischen Attraktion ausgebaut worden war. Kurz vor Friederikensiel bog Monika links ab und folgte der Straße in Richtung Minsen, bis sie an einen Feldweg kamen, der durch einen Streifenwagen abgesperrt war. Ein Gehöft lag am Ende des Weges, die nächste Siedlung war hunderte von Metern entfernt.

»Der Hof liegt sehr abgeschieden«, murmelte Trevisan.

Monika wandte sich ihm zu. »Ja, recht einsam hier.«

Der Deich war gerade mal einen halben Kilometer entfernt. Monika stoppte den Wagen, als die uniformierte Polizistin mit erhobener Haltekelle hinter dem blau-weißen Passat hervortrat.

»Hallo, Sander, KK Wilhelmshaven«, begrüßte sie die Kollegin, die daraufhin den Weg freigab.

»Na, dann schauen wir mal«, seufzte Trevisan. Zwei Streifenwagen und zwei Zivilfahrzeuge standen bereits auf dem Areal. Ein gelber Wagen der Post parkte an der Zufahrt zur Scheune. »Wo ist die Spurensicherung?«

»Tja, es hat sich so manches geändert«, entgegnete Monika Sander. »Früher musste sie auf uns warten, jetzt ist es umgekehrt. Die kommen aus Oldenburg und das dauert, das brauche ich dir ja nicht zu erzählen.«

Trevisan stieg aus. Ein großer und kräftiger Kollege in Uniform kam auf ihn zu. Monika umrundete den Wagen, und er begrüßte sie. »Schöner Mist, nicht wahr?«

»Das ist Martin Trevisan, mein alter und neuer Chef«, stellte sie ihren Begleiter vor. »Vielleicht kennst du ihn noch.«

»Klar kenne ich ihn noch, Trevisan vom K1. Wir hatten ein paarmal miteinander zu tun.«

Trevisan musterte den uniformierten Beamten mit der Figur eines Ringers, der Mitte vierzig war. So sehr er sich auch anstrengte, kam ihm keine Idee, woher er den Mann kennen sollte.

»Dieter Kronbaum, Polizeistation Fedderwardengroden. Es ist lange her, damals jagten wir einen Brandstifter, der hier an der Küste sein Unwesen trieb.«

»Ja, ich erinnere mich«, entgegnete Trevisan wahrheitswidrig. »Was gibt es hier?«

»Vier Tote«, entgegnete Kronbaum kalt. »Sieht aus wie in einem Schlachthaus.«

*

Inzwischen waren auch die Spezialisten der Spurensicherung aus Oldenburg eingetroffen. Trevisan ließ bei der Verteilung der Arbeit Monika den Vortritt und hielt sich erst einmal zurück, obwohl ihn längst das alte Fieber wieder ergriffen hatte. Kronbaum war noch immer in seiner Nähe, er kannte die Familie, die hier gelebt hatte und auf bestialische Weise ermordet worden war.

»Habichs bewirtschaften den Hof seit etwa fünf Jahren«, erklärte Kronbaum. »Frauke, das ist die Tote im Schlafzimmer, stammt von hier. Sie ist Ende letzten Jahres fünfzig geworden. Nachdem ihr Mann vor acht Jahren auf See geblieben ist, hat sie Rolf kennengelernt. Das war übers Internet, wie man behauptet. Der stammt ursprünglich aus dem Osten und ist mit seinem Vater hier eingezogen, nachdem sie geheiratet hatten. Die Tochter im Badezimmer heißt Dörte, ist Anfang zwanzig und stammt aus erster Ehe. Sie lebt normalerweise auf Norderney. Sie arbeitet dort in einem Hotel und kommt manchmal zu Besuch auf den Hof.«

»Und der alte Mann in der Scheune?«, fragte Trevisan.

»Das ist Rolfs Vater, er ist um die achtzig und machte sich auf dem Hof nützlich. War ja auch noch recht rüstig, der alte Mann. Die hatten früher auch Landwirtschaft im Osten. Viele hier im Umkreis behaupten, dass es nicht die Liebe war, die Frauke dazu veranlasste, Rolf zu heiraten. Alleine hätte sie den Hof niemals halten können.«

»Gab es Probleme?«

»Probleme?«

»Mit Nachbarn oder im Ort?«

Kronbaum schüttelte den Kopf. »Nein, ganz und gar nicht, absolut ruhige und freundliche Menschen, nur das Sächseln konnten sie nicht lassen.«

Ein kalter Windstoß fegte über den Hof und Trevisan fröstelte. Vier Leichen lagen in diesem Gehöft, ein alter Mann, der Sohn, dessen Ehefrau und ein junges Mädchen. So wie es schien, mit einer Axt erschlagen. Weitere Hinweise gab es bislang nicht. Trevisan würde einiges dafür geben, wenn Kleinschmidt mit von der Partie wäre, auf den hatte er sich damals hundertprozentig verlassen können. Der junge Schnösel, der die Spurensicherungsgruppe aus Oldenburg leitete, war zuerst grußlos an ihm vorübergegangen, was Trevisans Vertrauen in die Fähigkeiten des Mannes nicht sonderlich stärkte. Gerade in so einem Fall, in dem es keine offensichtlichen Spuren und Motive gab, kam es auf eine gründliche Spurensicherung an.

Monika Sander kam auf Trevisan zu, in ihrer Begleitung ein älterer Mann mit Brille und Glatze, der einen dunklen Pilotenkoffer trug. »Das ist Doktor Rüttensberg von der Rechtsmedizin. Martin Trevisan, der neue Leiter unseres KK.«

»Ah, Herr Trevisan.« Rüttensberg reichte ihm die Hand. »Da werden wir wohl in Zukunft öfter miteinander zu tun haben.«

»Können Sie schon etwas sagen?«

»Erst mal die Kurzform ... Der alte Mann in der Scheune wurde erschlagen. Im Haus liegen ein Mann mittleren Alters, seine Ehefrau und deren Tochter, ebenfalls erschlagen, teilweise weisen die Leichen zusätzliche Stichverletzungen auf. Als Tatmittel kommen eine Axt sowie ein handelsübliches Küchenmesser mit langer Klinge in Frage. Offenbar wurden die Opfer vom Blutrausch des Täters überrascht. Nur die Tochter versuchte aus dem Badezimmerfenster zu entkommen.«

»Todeszeitpunkt?«

»Tja, Witterung, Temperaturen ... Ich würde sagen, heute Morgen zwischen fünf und sieben Uhr. Näheres erfahren Sie nach der Obduktion.«

»Fünf und sieben Uhr«, wiederholte Trevisan. »Das heißt, zwischen Dämmerung und Sonnenaufgang.«

Der Arzt blickte sich um. »Ja, da waren wohl nur wenige Leute unterwegs. Die Frau und die Tochter waren noch im Nachthemd, während die Männer bereits ihre Arbeitskluft trugen. Aber das ist wohl normal, hier gibt es einen Stall voller Milchkühe.«

»Danke, Doktor.« Trevisan schaute ihm nach, bis er in seinen Wagen gestiegen war und über den Feldweg davonfuhr. Er wandte sich Monika zu. »Dann kümmern wir uns jetzt um den Postboten.«

*

Der junge Mann saß auf der Rückbank des VW-Busses der Streifenpolizei, der kurzfristig zum mobilen Vernehmungsraum umfunktioniert worden war, und zitterte am ganzen Körper. Ein Klapptisch in der Mitte ermöglichte, die Schreibkladde für Notizen aufzulegen. Das obligatorische Diktiergerät stand auch dort und zeichnete die Vernehmung auf.

Enno Behrend arbeitete seit fünf Jahren bei der Post in Jever. Sein Bezirk reichte hinüber bis nach Schillig. »Dann erzählen Sie mal!«, forderte Trevisan den Zeugen auf.

»Ich hatte zwei Briefe und ein Paket für die Habichs«, berichtete der Postbote. »Briefe stecke ich üblicherweise in den Briefkasten, aber das Paket musste quittiert werden. Ich bin gar nicht bis zur Haustür gefahren, ich hab vor dem Stall gehalten. Da ist meist offen und der alte Habich ist um diese Zeit im Stall.«

»Wann war das?«, fragte Trevisan.

»So halb zwölf etwa. Ich wusste, dass die Habichs auf das Paket warten. Da ist irgendein Bauteil für den Sicherungskasten drin, deshalb bin ich in den Stall gegangen und da lag er, überall war Blut.«

»Wen haben Sie liegen sehen?«

»Den alten Habich. Da war Blut überall um seinen Kopf. Ich dachte zuerst, er ist auf den Kopf gefallen oder so. Ich hab die Tür zum Haus geöffnet, da lag der Bauer. Auch da war überall Blut.«

»Sie waren auch im Haus?«

Der Postbote schüttelte den Kopf. »Nein, nicht direkt. In der Scheune gibt es eine Tür, die ins Haus führt. Ich hab die Tür aufgestoßen und da lag der Bauer vor mir.«

»Was haben Sie dann getan?«

Er zögerte. »Ich … ich hatte Angst … Die waren alle tot … Ich bin aus dem Stall gelaufen und nichts wie weg. Ich bin zu Dickens gefahren, das ist der nächste Hof.«

»Haben Sie von dort aus angerufen?«

Behrend schüttelte den Kopf. »Nein, mit meinem Handy. Ich bin auf den Dickenshof gefahren und habe gehupt, aber da war niemand. Dann habe ich den Notruf angerufen und man hat mir gesagt, dass ich dort warten soll. Mir war ganz schön mulmig zumute, das können Sie mir glauben.«

»Wegen der Toten?«

»Klar, weswegen denn sonst«, entgegnete der Postbote atemlos. »Als der Bauer da im Treppenhaus lag, wusste ich, dass da was Schlimmes passiert ist, deswegen bin ich auch sofort abgehauen.«

»Die beiden Frauen im Haus haben Sie nicht gesehen?«

Der Zeuge schüttelte den Kopf. »Ich habe gewartet, bis die Polizei gekommen ist, und dann bin ich wieder mit hierher gefahren.«

»Wie lange haben Sie gewartet?«

»Zehn Minuten vielleicht«, erklärte der Postbote.

»Beobachtet haben Sie niemanden, keine Fremden oder Fahrzeuge, die hier nicht her gehören?«

Behrend schüttelte den Kopf.

Trevisan wandte sich Monika zu. »Wer war die erste Streife hier vor Ort?«

»Die war vom PK in Jever. Sie sind von Carolinensiel herübergefahren.«

»Gut, Herr Behrend, das war es vorerst. Wenn es noch Fragen gibt, dann melden wir uns noch einmal bei Ihnen.«

»Dann kann ich jetzt gehen?«

»Ja, und vielen Dank, dass Sie geblieben sind und auf uns gewartet haben.« Trevisan wartete, bis der Postbote den Bus verlassen hatte. »Sind die Kollegen aus Jever noch hier?«

Monika deutete aus dem Fenster auf einen Streifenwagen. »Ocke Braren und seine junge Kollegin Stine Lübbers waren zuerst im Haus. Sie haben die beiden Frauen gefunden.«

»Einbruchspuren?«

»Nein, der Stall ist unverschlossen. Die Tür lässt sich aufschieben. Da gibt es einen Zugang zum Haus, der meist auch unverschlossen ist. Der Täter hatte kein Problem, ins Haus zu kommen. Er hat Fußspuren hinterlassen, deswegen können wir davon ausgehen, dass er den alten Habich im Stall zuerst ermordet hat, bevor er dann das Haus betrat. Die Tochter wollte offenbar noch durch das Badezimmerfenster entkommen, aber der Mörder war schneller.«

Trevisan seufzte. »Vier Menschen, einfach so erschlagen. Der Mörder muss sich in einen Blutrausch gesteigert haben.«

»Und er muss blutbesudelt gewesen sein«, sagte Monika. »Eike und die anderen klappern die Umgebung ab, vielleicht hat ja doch jemand was gesehen.«

»Es dämmerte bereits, das wäre möglich.«

»Ein toller Einstieg auf der neuen Dienststelle, oder?«

Trevisan zuckte mit der Schulter. »Dafür hatte ich es in den letzten Jahren sehr ruhig. Zu ruhig manchmal. Kennst du diesen Krog von der Spurensicherung?«

»Flüchtig«, entgegnete Monika. »War noch nicht oft hier.«

Trevisan räusperte sich. »Dann will ich mal sehen, ob er schon ein paar Neuigkeiten für uns hat.«

3

Paul Krog trug einen weißen Papieranzug über seiner Kleidung. Er stand unweit des weißen Sprinters der Spurensicherung und macht sich Notizen auf einem Schreibbrett. Trevisan trat an seine Seite und schaute ihm über die Schulter. Krog nahm das Schreibbrett zur Seite und blickte ihn fragend an.

»Martin Trevisan, Kripo Wilhelmshaven. Können Sie schon was sagen?«

Der Kollege aus Oldenburg, Trevisan schätzte ihn auf Mitte dreißig, schüttelte den Kopf.

»War es ein Einzeltäter?«

»Es ist noch zu früh, um etwas zu sagen.«

»Unsere Leute von der Fahndung sollten ungefähr wissen, nach was sie suchen«, sagte Trevisan. »Ich denke, wir müssen miteinander sprechen. Oder sollen wir uns einen Logenplatz im Zuschauerraum suchen?«

»Ich habe meine Methoden, Sie haben Ihre.«

Trevisan lächelte. »Na ja, vielleicht können Sie mich ja an Ihren Methoden teilhaben lassen, ich lerne gerne noch dazu.«

Krog wandte sich ihm zu. »Wir sind die Spurensicherung und jeder von uns hat seine Aufgabe. Meine Methode ist es, erst alles zusammenzutragen, bevor wir die Pferde scheu machen, und diese Methode hat sich in den letzten Jahren immer bewährt. Und jetzt entschuldigen Sie mich, wir haben noch eine Menge Arbeit vor uns.«

Trevisan trat dem jungen Kollegen in den Weg. »Wer ist Ihr Vorgesetzter, Maierling oder Uthof?«

»Wieso interessiert Sie das?«

»Weil ich verdammt noch einmal diese Ermittlungen leite und weil ich es gewohnt bin, über den Sachstand informiert zu werden und vielleicht auch, weil wir keine Sitzplätze für dieses Theater hier bekommen haben«, entgegnete Trevisan trocken. »Auch wenn Sie aus Oldenburg kommen und zu einer anderen Abteilung gehören, dieser Fall wird vom Kriminalkommissariat Wilhelmshaven bearbeitet, also von mir und meiner Dienststelle. Deshalb arbeiten wir nach meinen Methoden. Ich hoffe, Sie haben mich verstanden, oder soll ich zuerst in Oldenburg anrufen?«

Krog blickte Trevisan abschätzend an. Er schluckte ein paarmal, schließlich räusperte er sich. »Vier Leichen, mit einer Axt erschlagen und mit einem Messer attackiert, dazu noch ein erschlagener Hofhund an der Rückseite der Scheune. Tatwaffe könnten eine Axt und ein Messer gewesen sein.«

Trevisan grinste. »Das weiß ich bereits, haben Sie auch etwas Neues für mich?«

»Wir arbeiten daran, aber bislang gibt es nur ein paar grobstollige Stiefelabdrücke, die vermutlich vom Täter stammen. Gummistiefel, würde ich sagen. So wie es aussieht, ein Einzeltäter.«

»Besonderheiten zu den Tatwaffen?«

Krog zuckte mit der Schulter.

»Gibt es sonst noch etwas, das ich wissen sollte? Wie ging der Täter vor, wie kam er ins Haus, haben sich die Opfer gewehrt oder wurden sie überrascht?«

»Das steht später alles im Bericht«, entgegnete Krog.

»Hören Sie, Herr Kollege, ich habe schon Mörder festgenommen, da lümmelten Sie noch auf der Schulbank in Nienburg herum, also kommen Sie mir nicht mit einem Bericht. Erzählen Sie mir einfach, was Sie bislang herausgefunden haben, diese Methode hat sich über Jahre hin bewährt und es gibt sie schon, seit Menschen gelernt haben, aufrecht zu gehen.«

Krog runzelte die Stirn. »Wie meinen Sie das?«

»Menschen kommunizieren, tauschen sich aus, diskutieren und geben Informationen weiter, das meine ich damit. Was der eine nicht weiß, hat der andere entdeckt. Genau deshalb ist Kommunikation wichtig. Also, reden wir offen miteinander!«

Krog wurde unsicher. »Ich ... Wir ... Es ist ein großer Tatort, das ganze Haus sieht aus wie ein Schlachtfeld. Wir werden noch eine ganze Weile brauchen, bis wir alles durch haben.«

»Und diese Zeit haben Sie auch, aber es wäre sinnvoll, bevor wir alle hier stundenlang dumm rumstehen, dass Sie Ihr bislang erworbenes Wissen mit mir teilen. Vielleicht ließe sich dann zumindest gezielt nach dem Täter fahnden.«

»Ich habe die Hundestaffel angefordert, wir müssen auch das Umfeld absuchen.«

»Klar«, bestätigte Trevisan. »Und jetzt zu den Details. Auch Vermutungen interessieren mich.«

Krog zeigte ihm das Schreibbrett, auf dem er eine grobe Tatortskizze auf Millimeterpapier erstellt hatte. »Das Wohnhaus und die Scheune sind hälftig zusammengebaut und haben einen gemeinsamen Zugang. Wir gehen davon aus, dass der Täter durch die Scheune in das Haus gelangte. Dort traf er auf den Großvater und erschlug ihn. Einbruchspuren haben wir nicht gefunden, deshalb nehmen wir an, dass die Tür zur Scheune und die Zwischentür zum Wohnhaus unverschlossen waren.«

»Abwehrverletzungen?«

Krog schüttelte den Kopf. »Den Großvater hat es wohl aus heiterem Himmel erwischt. Anschließend öffnete der Täter die Tür zum Haus, dort traf er auf den Bauern, der sich dort seine Stiefel auszog. Auch hier hat er unvermittelt zugeschlagen, außerdem hat er ein Messer benutzt und mindestens drei- bis viermal zugestochen. Da lag das Opfer bereits auf dem Boden. Von dort aus führen blutige Stiefelspuren ins Schlafzimmer, wo er die Ehefrau des Landwirtes mit dem Messer und dem Beil ermordete. So wie es sich darstellt, hat die Tochter des Hauses etwas mitbekommen und kam die Treppe herunter. Als sie merkte, was los war, ist sie in das Badezimmer geflüchtet. Sie wollte dort aus dem Fenster steigen, aber der Täter war schneller. Er hat sie erwischt und erschlagen.«

»Ziemlich sicher ein Einzeltäter?«

»Davon gehen wir nach derzeitiger Spurenlage aus.«

»Seine Kleider müssen voller Blut gewesen sein.«

»Nicht zwangsläufig«, erwiderte Krog. »Im Badezimmer

kam es wohl zu einem Kampf. Die junge Frau hatte Abwehrverletzungen, außerdem hielt sie ein Stück Plastikfolie zwischen den Fingern, eine Klarsichtfolie, wie man sie bei einfachen Regencapes findet. Der Täter könnte so etwas getragen haben, um seine Kleider vor dem Blut zu schützen.«

»Hat man eine der Tatwaffen gefunden?«

Krog schüttelte den Kopf. »Deswegen habe ich die Hundestaffel angefordert. An der Rückseite der Scheune gibt es eine Tür, dort haben wir Fußspuren und Blutanhaftungen festgestellt. Der Täter hat das Areal wohl über diesen Ausgang verlassen und dabei den Hund erschlagen, der dort an einer Hundehütte angeleint war.«

»Dort hinten liegt Friederikensiel«, murmelte Trevisan.

»Zunächst sind dort Felder und Wiesen, dann folgt ein Weg, der zum Wangermeer führt. Wir lassen alles absuchen, vielleicht finden die Hunde eine Spur.«

Trevisan kratzte sich am Kopf. »Vier Menschen und ein Hund, und niemand bekommt etwas davon mit.«

»Mit der Intensität und dem Vernichtungswillen, den der Täter bei der Tatausführung an den Tag legte, dauerte dieses Massaker kaum mehr als ein paar Minuten. Nur bei der Tochter, die ins Badezimmer flüchtete, brauchte er ein klein wenig länger. Die Badezimmertür war kein großes Hindernis, er hat sie einfach mit dem Beil eingeschlagen. Ich würde sagen, der Täter ging mit äußerster Brutalität vor.«

»Das heißt, Hass könnte als Motiv in Frage kommen?«

Krog nickte und wies in den dunklen Himmel. »Ich habe aufgrund der Größe des Tatortes eine zweite Spurensicherungseinheit angefordert, die sind bereits auf dem Weg. Ich hoffe, es bleibt trocken.«

Eine Windböe fegte um das Haus. Trevisan nickte. »Wenn der Wind pfeift, dann treibt er den Regen ins Festland. Wir haben gute Chancen, dass es trocken bleibt.«

Er kehrte zu Monika Sander zurück, die neben dem Dienstwagen stand und sich locker dagegen lehnte. »Abgrundtiefer Hass«, sagte er, als er an ihre Seite trat und ihr ein Lutschbonbon reichte.

»Hass auf die ganze Familie?«

»Möglich. Unbändiger Vernichtungswille, meint der junge Kollege von der Spusi.«

*

Johannes Leußner schaute auf seine Uhr. Es war kurz nach vier. In wenigen Minuten hatte er Feierabend. Er rangierte den LKW in die Parklücke und schaltete den Motor ab. Morgen in aller Frühe würde er mit Maschinenteilen an Bord in den Süden nach Turin fahren. Eine Tour, die inzwischen zweimal im Monat anstand. Seit drei Jahren arbeitete er bereits für die Spedition Vader in der Stellmacherstraße, dem Industriegebiet von Norden, das vor der Stadt direkt an der B 72 lag. Eigentlich war LKW-Fahrer immer sein Traumjob gewesen. Schon als Kind hatte er davon geträumt, wenn die großen Laster wie der G5 oder Jahre später der W50 voll beladen mit Getreide über den Hof donnerten und er das Zittern der Erde spürte. Dann wollte er hinter dem Steuer eines dieser Riesen sitzen und damit in die weite Welt und über alle Grenzen hinweg fahren. Und nun fuhr er so ein Gefährt, viel größer noch als damals, einen Actros Megaliner mit vierzig Tonnen. Manchmal hinauf bis in den hohen Norden, nach Stockholm oder Kristiansand oder hinunter in den Süden, nach Turin, Rom oder Rijeka. Sogar in Warschau und in Kauna war er schon gewesen.

Doch inzwischen war nicht mehr viel von der Fernfahrerromantik geblieben. Die Elektronik beherrschte das Fahrzeug und der Disponent beherrschte den Fahrer. Zeit war der Faktor, der am meisten störte und inzwischen zum Feind aller Fernfahrer geworden war. Die Räder mussten rollen. Stillstand bedeutete Schmälerung des Gewinns. Außerdem hatte der Verkehr auf den Straßen in einer Intensität zugenommen, dass kilometerlange Staus zur täglichen Realität geworden waren. Der Stress, dem die Fahrer Tag für Tag ausgesetzt waren, brachte viele dazu, vorzeitig den Job zu schmeißen und für weitaus weniger Einkommen als Lagerist, Mechaniker oder in einer Fabrik am Band die Brötchen zu verdienen.

Johannes Leußner war sechsundfünfzig Jahre alt, fühlte sich aber immer noch fit und der Aufgabe gewachsen. In der Firma hielt man große Stücke auf ihn, denn die Fahrer von heute waren oft unzuverlässig und warfen bei den geringsten Schwierigkeiten die Flinte ins Korn. So kam es auch, dass er trotz seiner relativ kurzen Zeit in der Firma bereits einen Schlüssel zum Lager besaß, so dass er selbstständig und nach seinem eigenen Zeitplan den Lastwagen für die Abfahrt vorbereiten konnte.

»Wann fährst du los?«, fragte der Disponent, als Johannes das kleine Büro betrat, um seinen Fahrzeugschlüssel in dem dafür vorgesehenen Fach zu deponieren.

»Ich starte um vier, alles beladen und vollgetankt.«

»Vergiss meine Zigaretten nicht.«

»Ich weiß, MS Rosso, wie immer.«

»Ja, und denk daran, nach der Tour muss der Service gemacht werden, du musst dann auf den MAN umsteigen.«

»Der MAN ist eine alte Klapperkiste.«

»Für Rotterdam wird er reichen.«

»Okay, dann bis nächste Woche.«

Der Disponent nickte. »Gute Fahrt und hetze ihn nicht wieder.«

Johannes Leußner verkniff sich eine Antwort. Der junge Mann hinter dem Schreibtisch, ein Neffe des Juniorchefs, hatte sowieso keine Ahnung. Schließlich gab es inzwischen Regler und Begrenzer in den Fahrzeugen, außerdem lauerte beinahe an jedem Autobahnkreuz der Straßenzoll oder die Polizei. Er verließ das Büro und stieg in seinen Opel. Er musste dringend Farbe kaufen, *Jenny* wartete auf ihn.

Jenny war keine Frau, keine Freundin oder Lebensgefährtin, sondern ein schlankes, gut motorisiertes Boot, das in einem Bootshaus an der Leybucht auf ihn wartete und das er vorgestern mühsam von der alten Farbe befreit hatte, um ihm für den Frühling einen neuen Anstrich zu gönnen. Johannes Leußner lebte alleine, eine Frau gab es in seinem Leben nicht. Zweimal hatte er kurz davor gestanden, doch beide Male hatte er einen Rückzieher gemacht und nun fühlte er sich zu alt für eine feste Beziehung. Er hatte sein Leben eingerichtet und so sollte es auch bleiben. Auch wenn ihm Helga aus dem Lager immer wieder schöne Augen machte.

Als er in die Wurzeldeicher Straße einbog, hätte er vor lauter Gedanken beinahe einen Radfahrer überfahren, doch er sah ihn noch rechtzeitig und bremste. »Blöder Hund!« Der Radfahrer überquerte unmittelbar vor ihm die Fahrbahn und warf ihm einen vorwurfsvollen Blick zu. Aus dem Radio dudelte leise Shanty-Musik. Johannes Leußner schüttelte den Kopf und legte den ersten Gang ein. Er hatte heute noch viel zu tun.

4

»Ich denke, einen Raub können wir ausschließen«, konstatierte Krog.

Die Spurensicherung im Gebäude war weitgehend abgeschlossen. Krog begleitete Trevisan und Monika Sander bei der Tatortbegehung. Inzwischen war auch Thorke Oselich am Tatort eingetroffen. Die Leichen waren mit Tüchern abgedeckt und die Bestatter warteten geduldig auf dem Hof darauf, dass die Kriminalpolizei den Abtransport in die Gerichtsmedizin nach Oldenburg freigab.

Blut auf dem Boden, Blut an den Wänden, auf den Möbeln, sogar bis an die Decke war das Blut der Opfer gespritzt. »Absoluter Zerstörungswille«, murmelte Trevisan. »Zielstrebig und brutal.«

»Ein gnadenloser Overkill, ein klassischer Fall der Übertötung«, bestätigte Krog. »Er hat sich nicht lange aufgehalten. Vier Menschen und dennoch hatten sie keine Chance. So wie es aussieht, hat er einfach nur zugeschlagen, mehrfach, ohne sich mit langen Reden aufzuhalten. Dieses Gemetzel dauerte kaum mehr als ein paar Minuten.«

Thorke Oselich schluckte. »Herr Trevisan, jetzt sind Sie kaum hier angekommen und schon passiert so etwas. Sagen

Sie mir nur, was Sie brauchen – Material, Leute, ganz egal, diese Sache hat absolute Priorität, wir müssen diesen Irren dingfest machen.«

»Sexuelle Motive vielleicht?«, fragte Monika Sander.

Krog schüttelte den Kopf. »Zwar saß die Kleidung der jungen Frau im Bad nicht mehr ordentlich, sie trug ein Nachthemd und einen Slip, aber das liegt wohl eher an der Auseinandersetzung. Die Frau versuchte, durch das Badezimmerfenster zu entkommen, und der Täter zog sie an ihren Beinen zurück, ehe er sie erschlug. Deswegen würde ich dies eher verneinen.«

»Hass, grenzenloser Hass«, antwortete Trevisan. »Hass führt oft zur Übertötung.«

»Wir richten eine Sonderkommission ein und …«

»Ich denke, zunächst ist es wichtig, möglichst viel über die Toten herauszufinden«, fiel Trevisan seiner Chefin ins Wort. »Wie sie lebten, was sie taten, wem sie dermaßen auf die Füße getreten sind, dass sich der aufgestaute Hass in dieser Grausamkeit entlud. Meist stammen die Täter aus dem Umfeld.«

»Gibt es irgendwelche verwertbaren Spuren?«, fragte Thorke Oselich.

Krog schüttelte den Kopf. »Abdrücke von grobstolligem Profil, ich gehe von Gummistiefeln aus. Größe 44, würde ich sagen. Außerdem haben wir einen Plastikfetzen gefunden, deswegen nehmen wir an, dass der Täter ein Regencape trug. Weitere Spuren haben wir nicht, auch die Tatwaffen, ein Beil und ein Messer, fehlen noch, aber wir suchen derzeit die Umgebung mit Hunden ab.«

»Eike und Lisa befragen die Nachbarschaft, vielleicht hat jemand Beobachtungen gemacht«, erklärte Monika Sander.

»Die Ringfahndung steht«, fügte Trevisan hinzu. »Nur ist es schwer, gezielt nach jemandem zu suchen, wenn man so gut wie nichts über die Opfer weiß.«

»Sollte ein Profiler …«

Trevisan winkte ab und blickte auf seine Armbanduhr. »Wir besprechen uns in einer Stunde auf der Dienststelle und legen unser Vorgehen fest.«

»Gut, Kollege Trevisan«, entgegnete Thorke Oselich. »Sie haben die Erfahrung. Dann sehen wir uns in einer Stunde.«

»Können wir die Leichen freigeben?«, rief einer von Krogs Kollegen der kleinen Gruppe zu, als sie aus dem Gebäude kamen.

Krog warf Trevisan einen fragenden Blick zu.

»Von mir aus schon.«

»Okay, die Leichen können abtransportiert werden«, bestätigte Krog.

Die Polizeidirektorin verabschiedete sich und auch Krog ging wieder seines Weges. Monika Sander und Trevisan blieben alleine im Hof zurück.

»Was hältst du davon, Martin?«

»Wie brauchen Informationen über die Opfer«, entgegnete Trevisan. »Für mich stellt sich die Frage, ob alle Familienangehörigen gemeint waren oder ob der Täter es auf einen gezielt abgesehen hatte und die anderen nur im Weg waren.«

»Was sollen wir deiner Meinung nach tun?«

»Hass entsteht nicht von jetzt auf heute. Er wächst wie eine Pflanze, die austreibt und immer größer wird, deswegen müssen wir das Leben aller Opfer durchleuchten. Wir brauchen eine gründliche Umfeld-Recherche. Du weißt, was die Psychologen sagen, der Auslöser einer solchen Tat kann schon Jahre zurückliegen. Erinnerst du dich noch an Veronika Oberdorf und das Haus in den Dünen?«

Monika Sander überlegte.

»Manchmal dauert es aus irgendwelchen Gründen Jahre, bis sich der Hass entlädt.«

Sie nickte. »Du hast recht, das klingt nach sehr viel Arbeit. Dazu brauchen wir mehr Leute. Habich und sein Großvater stammten aus dem Osten, bevor sie hierher kamen.«

»Die Chefin sagte doch, wir bekommen, was wir brauchen«, entgegnete Trevisan. »Wie ist sie eigentlich so?«

»Oh, sie ist ganz okay, anders als Beck oder die Schulte-Westerbeck. Sie meint wirklich ernst, was sie sagt.«

Ein Wagen fuhr auf den Hof. Eike Brun und Lisa Bohm stiegen aus. Brun wies mit dem Zeigefinger nach Westen.

»Die Rohloffs haben einen Hof einen Kilometer entfernt«, berichtete der junge Oberkommissar. »Der alte Rohloff meinte, dass er so gegen halb acht einen roten Kleinwagen auf der Straße gesehen hat, der mit hoher Geschwindigkeit in Richtung Carolinensiel gebraust ist. Er war gerade draußen, um die Zeitung aus dem Briefkasten zu holen.«

»Halb acht«, murmelte Trevisan. »Das könnte hinkommen. Kann er etwas zu dem Wagen sagen?«

Brun zuckte mit der Schulter. »Es war noch dunkel. Er kann nichts über das Kennzeichen und zur Marke sagen und über die Insassen schon zweimal nichts.«

»Weiß die Fahndung Bescheid?«

Brun schüttelte den Kopf.

»Dann gebt es bitte durch, vielleicht ist der Wagen ja noch irgendwo aufgefallen. Sonst noch was?«

»Leider nicht, niemand hat etwas gesehen«, entgegnete Lisa Bohm. »Der Hof liegt ja auch ziemlich abgelegen hier vor dem Deich.«

Trevisan nickte. »Wir treffen uns in einer Stunde auf der Dienststelle, seid bitte pünktlich.«

*

Sie hatten Spuren gefunden. Hinter der Scheune, wo der erschlagene Hund lag, führte eine Stiefelspur über das Grundstück zu einer nahe gelegenen Wiese. Der Boden war feucht gewesen, denn in den Nächten waberte der Nebel über das Land. Die Spuren waren gut sichtbar und führten in Richtung Osten. Harro, der Polizeihund, hatte die Witterung aufgenommen und zerrte an der Leine, so dass sein Herrchen kaum noch folgen konnte. Harro war ein Mantrailer und gehörte der Hundestaffel der Direktion Oldenburg an. Er hatte bei Wettbewerben schon den einen oder anderen Preis eingeheimst und wenn er einmal die Witterung aufgenommen hatte, dann ließ er nicht so schnell wieder davon ab. So zog er seinen Hundführer förmlich über die Wiese und den angrenzenden brachliegenden Acker, bis er schließlich auf einen geschotterten Feldweg traf, wo Harro kurz verweilte.

»Such!«, forderte ihn der Hundeführer auf.

Aufgeregt, die Nase tief am Boden, lief Harro hin und her. Mehrmals wechselte er die Richtung, bis er sich schließlich nach Süden wandte und den Weg entlanglief. Drei Polizisten folgten dem Hund und seinem Herrchen.

»Wohin führt uns der Köter?«, fragte einer der Beamten völlig außer Atem und missgestimmt.

Der Kollege zuckte mit der Schulter. Spuren waren längst keine mehr zu sehen, der geschotterte Boden machte es unmöglich. Der Hund zog wie wild und die Beamten hasteten hinterher. Beinahe wäre der missgelaunte Kollege in eine Pfütze getreten, gerade rechtzeitig wich er noch aus, ehe er verharrte.

»Hey, schaut euch das mal an, was ist das?« Er wies auf eine knapp einen Meter lange, direkt durch die Pfütze führende Spur. Der Kollege, der bereits einige Schritte weitergegangen war, kehrte um und betrachtete den schmalen Streifen, der durch das Wasser führte.

»Das ist die Spur von einem Fahrrad.« Er tastete vorsichtig über den Boden. Hier lag nur wenig Schotter und die blanke und weiche Erde war zu sehen. »Verdammt, der ist mit dem Rad abgehauen!«

Der missgelaunte Kollege griff zum Funkgerät und meldete seine Entdeckung an die Einsatzleitung. Er wurde gebeten, an der Stelle zu warten und die Spurensicherer einzuweisen.

Der Kollege schaute dem Hundeführer und dem weiteren Kollegen hinterher. Sie waren beinahe schon einen ganzen Kilometer entfernt. »Ich weiß nicht, was der Hund riecht, aber wenn der Kerl sich tatsächlich ein Rad geschnappt hat, dann kann doch gar keine Spur mehr vorhanden sein, oder glaubst du, der Köter kann einen Menschen auch riechen, wenn der mit dem Rad fährt?«

Eine Antwort unterblieb. Während die beiden Polizisten an der Pfütze zurückblieben, ließ Harro keine Zweifel daran, dass er noch nicht am Ende seines Witterungsvermögens angekommen war. Er zog und zog und hetzte voran, dass seine beiden menschlichen Begleiter immer mehr außer

Atem kamen. Beinahe einen weiteren Kilometer ging es noch über den Schotterweg, bis sie an eine Wegegabelung kamen. Der Weg zur Rechten führte nach Altgarmsiel, während ein Weg links vorbei am künstlich angelegten Wangersee nach Hohenkirchen führte. Hier schien Harro mit seinem Latein am Ende. Nach ein paar Runden, die Nase tief am Boden, legte er sich einfach hin und hechelte.

»Was hat er?«, fragte der uniformierte Kollege den Hundeführer.

»Das ist das Zeichen, dass er die Spur verloren hat.«

»Was glaubst du, rechts oder links?«

Der Hundeführer betrachtete die Umgebung. »Wir schauen mal am See nach.«

Gemeinsam folgten sie dem Weg und gingen am Seeufer entlang, bis der Mantrailer wie aus heiterem Himmel wieder anzog. Der Hundeführer riss ihn zurück und raunte ihm einen Befehl zu.

»Was hat er denn?«, fragte der uniformierte Kollege.

»Er hat wohl wieder die Spur aufgenommen.« Harro zerrte an der Leine und lief am Ufer auf und ab. »Ist dort was?«, fragte der Hundeführer.

Der Uniformierte trat näher und stand beinahe schon im klaren, kalten Wasser, als er auf eine Ecke im Schilf wies. »Da, da liegt was!«

Eine Viertelstunde später traf ein Wagen der Spurensicherung ein. Ein Beamter streifte eine Anglerhose und Gummistiefel über, bevor er langsam in den See stapfte. Als er die Stelle erreichte, an der die Kollegen etwas im Schilf entdeckt hatten, reichte ihm das Wasser bis zum Bauch. Er zog einen schwarzen Plastiksack aus dem Wasser. Sein Begleiter nahm den Fund am Ufer in Empfang.

Auf dem Trockenen öffneten sie den verschnürten Sack. »Das ist ein Volltreffer«, sagte der Spurensicherungsbeamte, als er ein Beil herauszog. Es folgte ein Küchenmesser mit einer beinahe dreißig Zentimeter langen, beidseitig geschliffenen Klinge. Ein Plastikcape und ein paar grüne Gummistiefel Größe 44 waren neben drei schweren Steinen ebenfalls vorhanden. Das Wasser, das auf den geschotterten Boden tropfte, war rot gefärbt.

»Ich informiere Krog.« Der Spurensicherungsbeamte ging zum VW-Bus.

5

Trevisan hatte erst eine Weile suchen müssen, bevor er die Toilette am Ende des langen Flures fand. Mit dem neuen Dienstgebäude musste er sich erst einmal vertraut machen. Als er damals seiner Tochter zuliebe wegging, war alles um ihn herum vertraut gewesen. Aber das alte Dienstgebäude, die Kollegen, sogar das kleine Restaurant gegenüber, in dem er meist sein Mittagessen eingenommen hatte, gehörten der Vergangenheit an. Zwar meinten die Stadtpolitiker, das neue Polizeigebäude sei ins Zentrum gerückt, doch damals in der Ebertstraße war man eben noch ein ganzes Stück zentraler gelegen gewesen und hatte in der Pause einen Abstecher in die Fußgängerzone machen können, was nun nicht mehr ganz so einfach war.

Trevisan wusch sich gerade die Hände, als sein Mobiltelefon klingelte. Er trocknete sich ab und nahm das Gespräch an.

»Hallo, Paps. Ich wollte mal hören, ob du gut angekommen bist.«

Trevisan lächelte. »Klar, mitten in der Arbeit und das am ersten Tag.«

»Ich habe eine Stunde Pause«, sagte Paula. »Wir wollten raus, die Zählung steht an, aber der *Seeigel* streikt, wahrscheinlich der Motor. Vielleicht könnten wir uns ja bei *Sammys* auf einen Kaffee treffen, ich hätte Zeit.«

Trevisan warf einen Blick auf seine Armbanduhr. Es war kurz nach zwei. »Paula, tut mir wirklich leid, wir stecken mitten in Mordermittlungen.«

»Das ist dein erster Arbeitstag, ich dachte, du wolltest kürzer treten.«

»Arbeitstag, das siehst du richtig und da steckt nun mal das Wort Arbeit drin.«

»Was ist passiert?«

»Eine ganze Familie wurde ausgelöscht, oben an der Küste.«

»Hast du nicht gesagt, du gehst zurück nach Wilhelmshaven, weil es hier ruhiger ist als in Oldenburg?«

»Tja, manchmal kann man sich eben täuschen.«

»Kommst du heute Abend auf einen Sprung vorbei? Peer würde sich freuen.«

»Ich weiß nicht, wie spät es heute wird, ich habe Lea schon Bescheid gesagt, dass ich nicht pünktlich hier wegkomme.«

»Schade, du weißt doch, nächste Woche fahren wir los, dann bin ich erst mal einen Monat weg.«

»Ja, ich weiß. Wir werden uns vorher sicher noch einmal sehen, aber jetzt muss ich los, die anderen warten.«

»Hast du Monika getroffen?«

»Klar, sie arbeitet doch mit mir.«

»Dann richte ihr schöne Grüße aus.«

»Mach ich.« Trevisan steckte sein Handy zurück in die Tasche.

Im Besprechungsraum hatten sich seine Kolleginnen und Kollegen bereits um den langen Konferenztisch versammelt. Auch Thorke Oselich war dabei. Trevisan steuerte den freien Stuhl an der Stirnseite an und setzte sich neben Monika Sander.

Er atmete erst einmal kräftig durch. »Gut ... So wie es aussieht, suchen wir einen gewaltbereiten Menschen, der zwar geplant und koordiniert handelt, aber beim Tötungsakt selbst offenbar die Kontrolle verliert. Was haben wir bislang?«

Er wandte sich Monika zu, die sich aufrichtete. »Die Tatwaffen wurden gefunden, Krog hat angerufen. Sie lagen im Wangermeer. Ein Hundeführer, oder besser gesagt sein Hund, hat sie entdeckt.«

»Wie weit ist das vom Tatort entfernt?«

Monika trat vor die Pinnwand mit einer großen Landkarte

und zeigte auf darauf. »Etwa einen Kilometer. – Ein Beil und ein Messer. Krog meint, dass es Geräte aus dem Baumarkt sind, die uns nicht viel weiterhelfen werden. Außerdem hatte Krog recht, der Täter trug ein Regencape aus Plastik, so wie es Radfahrer benutzen. Es war voller Blut, deswegen hat es der Hund wohl gerochen.«

Trevisan kratzte sich am Kinn. »Gut, überlassen wir die Spuren den Spezialisten, gehen wir mal chronologisch vor. Der Täter verschafft sich Zugang zum Hof – wobei die Türen der Scheune unverschlossen waren – und tötet zielgerichtet und erbarmungslos. Er erschlägt vier Menschen und den Hofhund, bevor er wieder verschwindet. Er ist vorbereitet, hat Tatwaffen bei sich und trägt ein Regencape, um seine Kleidung vor Blutspritzern zu schützen. Anschließend verschwindet er durch die Hintertür und entsorgt die Tatwaffen in einem See.«

»Er hatte wohl ein Rad bei sich, meint Krog.«

»Okay, als Fluchtmittel nutzte er ein Rad, damit können wir den verdächtigen PKW erst einmal zurückstellen.«

»Wenn es ein geplanter Raub war, der aus dem Ruder lief?«, wandte Eike Brun ein.

Trevisan schüttelte den Kopf. »Falsche Zeit, falsches Objekt, falsches Vorgehen, außerdem wurde offenbar nichts durchwühlt, keine Kommoden und keine Schränke.«

»Weil er gestört wurde und in Panik geriet«, beharrte Eike.

»Das ist ein Bauernhof und von weitem kann man schon erkennen, dass dort Milchvieh gehalten wird. Jeder weiß, dass ein Landwirt am frühen Morgen seine Kühe melkt und selbst wenn er einmal verreist – dann tut es eben ein anderer. Außerdem schlug der Täter unvermittelt zu und war mit Axt, Messer, Regencape und Gummistiefeln entsprechend vorbereitet. Ich denke, Raub können wir ausschließen. – Sonst noch jemand eine Idee?«

»Worauf wollen Sie eigentlich hinaus, Herr Trevisan?«, fragte Thorke Oselich.

Trevisan lächelte. »Mindmapping. Nehmen wir die Tat als solches, sie kann uns viel über den Täter und das Motiv verraten.«

»Ach so, ja ... Was denken Sie über die Sache?«

»Das Motiv ist leicht erkennbar«, konstatierte Trevisan. »Rache und zwar Rache an der gesamten Familie, keiner sollte entkommen. Sogar die junge Frau, die noch zu fliehen versuchte, wurde in die Tötungshandlung einbezogen.«

»Was bedeutet das?«, fragte Monika.

»Das sagt uns, dass der Täter grenzenlosen Hass gegen die Familie empfand und niemand überleben sollte, der ihr angehört. Wahrscheinlich ist, dass man ihn im Familienkreis kannte und er enttarnt gewesen wäre, sollte jemand diesem Massaker entkommen. Außerdem wusste er, welche Sauerei es macht, wenn man mit einer Axt und einem Messer tötet. Deshalb hatte er sich entsprechend vorbereitet. Er tötete ohne Vorwarnung, was einen Raub eher unwahrscheinlich erscheinen lässt. Diese Menschen sollten sterben und sie sollten keinen einfachen Tod haben. Er musste seine aufgestauten Aggressionen abreagieren.«

»Das lesen Sie daraus!«, bemerkte Thorke Oselich voller Anerkennung.

»Nicht nur das«, fuhr Trevisan fort. »Täter und Opfer haben sich gekannt. Außerdem wusste er, wann die beste Zeit für die Tatausführung war. Er kam nicht mitten in der Nacht, er nutzte die Dämmerung, und er wusste, wie er ungesehen ins Haus gelangen konnte und über welche Wege er mit welchem Fluchtmittel ungesehen entkommen kann. Außerdem hat er seine Tatwaffen entsorgt, eigentlich sollten wir sie nicht finden. Mit einem Hund hat er wohl nicht gerechnet.«

»Das heißt?«, fragte Lisa Bohm.

»Er hat die Gegend vor der Tat erkundet und er kannte den Tagesrhythmus seiner Opfer.«

Eike Brun fasst sich an den Kopf. »Klar, er war schon mal da.«

Thorke Oselich lächelte. »Wie gehen wir vor?«

»Wir brauchen noch ein paar Leute«, sagte Trevisan. »Wir müssen die ganze Umgebung erkunden und alle dort befragen. Möglicherweise wurde der Täter bei der Ausspähung im Umfeld gesehen. Außerdem sollten wir auch den Fluchtweg gründlich überprüfen. Ich nehme an, er hat irgendwann sein

Fluchtmittel gewechselt und drittens müssen wir so viel wie möglich über unsere Opfer herausfinden. Sie müssen in ihrem Leben diesem Mörder dermaßen auf die Füße getreten sein, dass er zu so einer Tat fähig ist.«

»An wie viele Leute denken Sie?«

»Zehn, zwölf … und ich bräuchte jemanden, der sich mit dem Computer und dem Netz auskennt, nicht immer stehen die interessanten Dinge in unseren Dateien. Soziale Netzwerke verraten uns manchmal viel mehr über die Person als das Melderegister.«

»Das könnte ich tun«, meldete sich Eike Brun. »Ich hatte mal eine eigene Community.«

»Gut«, entschied Trevisan. »Monika, du koordinierst hier von der Dienststelle aus und führst alle Erkenntnisse zusammen. Außerdem sollten wir die Tat vor Augen haben.«

Monika zeigte an die Pinnwand. »Ja, klar, die Tatortbilder.«

»Und Bilder unserer Opfer. Bahnhöfe und Bushaltestellen sind wichtig. Vielleicht steht irgendwo ein Fahrrad herum, das niemandem gehört.«

»Und Taxis?«, fragte Monika.

»Und Taxis, klar. Alles so wie früher.«

»Wie früher, geht klar. Schön, dass du wieder da bist.«

Er lächelte. »Ah, ja, hätte ich fast vergessen, ich soll dich von Paula grüßen.«

»Bis wann brauchen Sie die Leute?«, fragte Thorke Oselich.

Trevisan zog die Lippen schmal. »Ehrlich gesagt, bis gestern wäre gut.«

Sie nickte und erhob sich.

»Und wir beiden Hübschen fahren noch einmal die Umgebung um den Tatort ab«, sagte er zu Lisa Bohm.

»Wir haben doch schon die Leute aus der Nachbarschaft befragt«, wandte Eike ein.

»Ihr habt gefragt, ob sie etwas gesehen haben«, entgegnete Trevisan. »Wir wollen wissen, wer unsere Opfer waren. Ich denke, die Antworten auf diese Frage werden anders ausfallen als heute Morgen.«

*

Ein Bus … Ein Bus ist ein großer Personenwagen für einen mehr oder minder komfortablen Transport von Reisenden und Fahrgästen. Ein Bus bringt einen relativ zügig von A nach B, man kann an vielen Haltestellen zu- oder aussteigen, man sitzt im Trockenen und kann die Landschaft an sich vorbeiziehen lassen. Doch für die Landschaft hatte er keinen Blick, er saß im Fond an der Fensterseite und döste.

Ein Bus hat Vorteile, wesentliche Vorteile sogar. Vor allem für ihn. Die Menschen im Bus sind meist mit sich selbst beschäftigt oder in Gruppen unterwegs und ein Bus kommt fast überall durch und wird so gut wie nie von der Polizei angehalten und kontrolliert.

Die Fahrt führte von Hohenkirchen über Wittmund hinunter nach Emden, wo er erst einmal wieder zur Ruhe kommen und neue Kraft schöpfen konnte. Er war noch lange nicht am Ziel.

Aus dem Dösen wurde ein leichter Schlaf. Gedanken zogen durch seinen Kopf, bunte Bilder und Szenen, und er erinnerte sich an einen heißen und trockenen Sommer, der lange Zeit zurücklag. Für ihn würde er unvergesslich bleiben, denn es war der letzte fröhliche Sommer, den er erlebt hatte, bevor die trüben Tage heraufgezogen waren und alles überdeckt hatten, was einmal an Leben und Lebensfreude in ihm gesteckt hatten. Er roch das Gras einer grünen und saftigen Wiese, er roch das Wasser des nahen Weihers, an dem sie Stunden verbrachten und an dem der Tag nie enden wollte. Er sah ihr Gesicht, ihr Lachen, ihre roten Wangen, und er schmeckte ihre Tränen, die salzigen und bitteren Tränen. Nur die Kälte einer langen und bohrenden Einsamkeit war ihm geblieben.

Das Gesicht verblasste, löste sich auf, wurde heller und heller, bevor es endgültig die Konturen verlor. Er versuchte es festzuhalten, doch seine Mühe war vergebens, die Schwärze breitete sich aus und er fühlte die Schläge auf seinem Rücken, spürte den Gürtel, der auf seine nackte Haut niedersauste und blutige Striemen hinterließ und er fühlte den Hass, dieses unbändige Verlangen nach Rache, das ihn erstickte und in die Tiefe stürzte.

Er schlug die Augen auf. Sie fuhren an einem Einkaufsmarkt vorbei. Häuser säumten die Straße und er wusste, dass er angekommen war. Der Bus verlangsamte. Nur noch drei Fahrgäste saßen mit ihm im Fond. »Haltestelle Auricher Straße, Philosophenweg«, tönte es aus dem Lautsprecher und der Busfahrer stoppte.

Er griff nach seinem Rucksack und stieg aus. Ein junges Mädchen folgte ihm, schlug aber dann der Weg in das nahe Wohngebiet ein, während er an dem kleinen Wartehäuschen stehen blieb und dem roten Regiobus noch eine Weile nachschaute, bis der im Gewühl der Straßen verschwand.

Sein weiterer Weg führte ihn am Wall entlang, bis er auf eine alte Windmühle stieß. Er folgte dem Weg, vorbei an Tennisplätzen und der Windmühle, entlang des Kanals bis zum Roten Siel. Einen Augenblick blieb er auf der Brücke stehen und blickte in das trübe Wasser, ehe er weiterging und in der nahen Siedlung verschwand.

Ruhe brauchte er, Ruhe und Erholung.

Die alte Frau, die ihm die Tür öffnete, lächelte ihm freundlich zu. »Na, schönen Tag gehabt?«

Er nickte nur, bevor er über die Treppe in sein Zimmer ging, die Tür hinter sich schloss und sich seufzend auf das Bett fallen ließ.

6

Sie hießen Marten und bewirtschafteten den Sophienhof, der Luftlinie kaum mehr als einen Kilometer vom Tatort entfernt lag. Er hieß Onno und seine Frau Rieke. Trevisan schätzte sie nahe siebzig. Sie waren über das erneute Erscheinen der Polizei etwas verwundert, hatten sie doch bereits den Kollegen, die am frühen Morgen bei ihnen gewesen waren, erklärt, dass sie niemanden gesehen, geschweige denn eine verdächtige Wahrnehmung gemacht hätten. Beide hätten bis acht Uhr geschlafen und seien erst durch die Polizei wach geworden. Inzwischen hatte sich herumgesprochen, was auf dem Jakobshof geschehen war, und die Betroffenheit der Martens war unübersehbar. Sie baten Trevisan und seine Kollegin Lisa Bohm in ihre Stube und boten ihnen Platz an.

»Einen Tee, wenn ich fragen darf?«

Lisa schüttelte den Kopf, doch Trevisan stimmte zu, weil er genau wusste, wie man mit älteren Zeugen ins Gespräch kommen konnte und genau das hatte er vor. Denn wenn jemand etwas berichten konnte, das man bei einer Routinebefragung nicht erfuhr, dann war es meist die direkte Nachbarschaft, und das waren die Martens.

Während Rieke Marten in die Küche davoneilte, stopfte sich Onno eine Pfeife. »Das ist furchtbar, was da passiert ist«, nuschelte er. »Diese Welt wird immer grausamer.«

»Sie wohnen hier alleine?«

Er nickte, während er seine Pfeife anzündete. »Mein Sohn ist bei der Marine in Wilhelmshaven. Kommt nur alle paar Wochen. Jetzt kreuzt er mit seiner Fregatte im Mittelmeer, wegen der Flüchtlinge, kommt erst im Winter wieder.«

»Dann kümmern Sie sich alleine um den Hof?«

Der alte Mann zog an seiner Pfeife und blies den Rauch wie eine Lokomotive in die Luft. »Na, ein paar Hühner und ein paar Schweine. Kühe haben wir schon lange nicht mehr. Windräder stehen auf meinem Grund, war Peters Idee, das mit dem Windpark.«

»Und das läuft?«

»Na, bessert die schmale Rente ein wenig auf.«

Rieke Marten kehrte mit einer Kanne Tee und mehreren Tassen auf einem Tablett aus der Küche zurück. Sie nahm Onnos Streichhölzer und zündete die Kerze im Stövchen an, ehe sie die blauviolett geblümte Kanne darauf platzierte. »Das ist eine schlimme Sache mit den Habichs und auch die Dörte, das kann man gar nicht fassen.«

»Kannten Sie die Habichs näher?«

»Na, näher … näher nicht, wir sind Nachbarn. War ein komischer Kauz, der Alte«, seufzte Onno Marten. »Die kamen von drüben. Frauke kennen wir gut, war 'ne lütte Deern und spielte manchmal mit Peter, unseren Söhn. War tragisch, als Hinrich nicht mehr wiederkam. Ist auf See geblieben. War ein Unfall mit dem Kutter. Ging über Bord und ward nie mehr gesehen. Tja, was sich die See holt, dat gibt se nie mehr her.«

»Wie hat Sie ihren Mann eigentlich kennengelernt?«

»Rolf, den Habich?«, fragte Rieke und setzte sich, nachdem sie den Tee eingeschenkt hatte. »Die Lüü sagen, durch den Computer, da kann man andere Leute kennenlernen. War eine harte Zeit, das mit Hinrich. Der Hof, die Kühe und dann auch noch Dörte, das war ja auch nicht immer leicht. Hat lange gedauert, bis Frauke einen fand, der auch was vom Wirtschaften verstand.«

»Gab es in der Zeit auch andere Männer?«, fragte Trevisan.

Rieke schaute ihren Mann an, schließlich schüttelten beide den Kopf. »Nichts Ernstes«, sagte er, »einmal war da einer aus dem Süden, ich glaube, das war ein Schweizer. Drei Monate, dann hatte er die Nase voll, ist einfach weggelaufen und tauchte nie wieder auf.«

»Wie lange lebte Frauke alleine?«

»Ein paar Jahre werden es wohl gewesen sein.«

»Und dann kam Rolf Habich?«

»Ja, wurde auch Zeit. Der Hof, das hat nicht funktioniert. Sie war alleine und das Kind war keine Hilfe. Trieb sich herum, das Luder. Trug immer kurze Röcke und war grell geschminkt, wie 'ne Hafennutte.«

»Onno!«, maßregelte Rieke ihren Mann.

»Wir haben zusammen geholfen«, fuhr er fort. »Aber ging auf Dauer nicht. Ich habe ihr geraten, dass sie verkaufen soll, weg mit den Rindviechern und so, wie wir, da waren noch alle verrückt nach Baugrund für die großen Ventilatoren. Aber Frauke wollte nichts davon wissen. Sie hat weitergeschuftet und dann irgendwie Rolf kennengelernt.«

»Über das Internet.«

»Ja, wie sonst, wenn du Deerten hast, dann geiht dat nich, das du rauskannst, die wollen freten und Milch geben sie auch Tag für Tag.«

»Also war Rolf Habich eine Internet-Bekanntschaft?«

Onno nickte. »Leev war dat nich.«

»Also mehr eine Zweckheirat.«

Rieke nickte. »Von Liebe kann man nicht leben. Rolf war Bauer, früher mal bei den Russen, drüben. Er kannte sich aus mit dem Vieh und Frauke war nicht die schlechteste Partie. Nur Dörte, die war dagegen. Ist dann auch verschwunden. Auf die Inseln, arbeitete in einem Hotel. Zimmermagd und so.«

»Auf Nordeney, hörte ich. Aber jetzt war sie da.«

Onno nickte. »Kam immer mal wieder für ein paar Tage. Jetzt war sie schon zwei Wochen da. Man hört, das Hotel, in dem sie arbeitet, ist bankrott.«

»Ah ... Wissen Sie, wo Dörte gearbeitet hat?«

Onno blickte seine Gattin fragend an.

»Dat hieß *Seestern* oder so ähnlich, hat mir Frauke mal erzählt.«

Trevisan nippte an seinem Tee. »Hatte Dörte einen Freund oder gab es mal jemanden, mit dem sie zusammen war?«

»Sie meinen ... jemand, der so etwas tut?«, fragte Rieke.

»Ja, so meine ich das«, bestätigte Trevisan.

Rieke Marten schüttelte den Kopf. »Dörte war 'ne lütte Deern, als sie ihren Vater verlor. Junge Lüü sind in diesem Alter, wie soll ich sagen, steenpöttig. Deerns meist noch schlimmer als Pöökse. Sie hat sich rumgetrieben und nicht auf Frauke gehört. Frauke meinte, dass ihr Dörte beim Hof hilft, aber die dachte gar nicht daran. War wohl die Pubertät. Als Frauke dann mit Rolf zusammenkam, ist sie abgehauen, also nicht weggelaufen, das meine ich nicht. Aber sie wollte nicht zu Hause wohnen bleiben. Frauke hatte ihr nach der Schule einen Ausbildungsplatz als Altenpflegerin in Wittmund besorgt, doch da hat sie hingeschmissen. Sie meinte, das wäre nichts für sie. Die Stelle auf Norderney, da hat sie sich selbst beworben. Frauke war zuerst nicht damit einverstanden, aber schließlich meinte sie, dass Dörte ruhig versuchen sollte, auf eigenen Füßen zu stehen. Kurz nach der Heirat von Frauke ist sie ausgezogen.

Anfangs kam sie selten, aber in den letzten Jahren war sie immer für ein paar Tage da. Rolf war gar nicht so schlimm, aber der Grootvadder, dat war nen olt Dodenvagel. Also ob Dörte auf Norderney jemand kennengelernt hat, das … dat weet ick nich.«

»Und Rolf Habich, was war er für ein Mensch?«

Onno zuckte mit der Schulter. »Anfangs redete er nicht viel, aber das … das änderte sich mit der Zeit, war ganz püük, der Keerl. Hat uns ab und zu geholfen, mit dem Trecker, wenn zu mähen war.«

»Kann es sein, dass er Feinde hatte?«

»Fiend?«, wiederholte Onno Marten. »Nee, dat glov ick nich. War ein angenehmer Mensch, wenn man ihn näher kannte. Sein Vater war da anders, wusste alles besser und war dauernd am Dibbern, dat passte nich, dat war mies. Ick ging em aus em Weg.«

»Ja, der Alte, dat war keen Feiner«, bestätigte Rieke.

»Frauke kannten Sie schon seit ihrer Kindheit?«

Rieke nickte. »Ja, ist da aufgewachsen und geblieben, hat immer auf dem Hof mitgearbeitet. Ihre Mutter war oft krank und gebrechlich. Frauke hat gekocht, geputzt und sich auch noch um die Tiere gekümmert. Hinrich war aus Hohenkirchen. Hat immer die Milch geholt mit seinem Laster, so kamen sie zusammen.«

»Und wie war das mit seinem Unfall?«

»Half dem alten Grotje auf dem Kutter, fuhren von Harlingersiel raus auf Krabben«, erzählte Onno. »Hat sich da was zuverdient, konnte ja gut anpacken, der Hinrich. War stürmisch an dem Tag, aber Grotje meinte, dat Schietwetter wird vorbigahn, hat sich getäuscht, der Alte. War vor Mellum am Roten Sand, een himmelhogen Duenung, kam ’ne Bülgen querab und Hinrich ging ins Fohrwater, musst versupen, de Sünner.«

»Sie haben ihn nicht mehr gefunden«, fügte Rieke hinzu. »War ein Unfall, sein Haken war lädiert und hat ihn nicht gehalten.«

»Haken?«, fragte Trevisan.

»Bei Sturm, die Sturmleine, damit man nicht über Bord geht.«

Trevisan griff erneut zur Teetasse. Während seine junge Kollegin nur nippte, nahm er einen kräftigen Schluck. »Warum ist der Skipper bei dem Sturm nicht in den Hafen zurückgekehrt?«

Onno runzelte die Stirn. »Dat ist nich einfach, bei Schietwetter in den Haven inlopen. Wollte abwettern beim Roten Sand.«

Trevisan verstand, was Onno damit meinte. Manchmal war es besser, auf der See zu bleiben, das Schiff richtig zu positionieren und den Sturm einfach abzuwarten. »Gab es damals eine Untersuchung?«

Rieke nickte. »Die Küstenwache ist gekommen, war ein Unfall, der alte Grotje konnte da nichts für. Hat aber nichts genutzt, der Gute ist drei Wochen später gestorben, Herzinfarkt.«

Trevisan stellte die Tasse ab. »Tja, ich glaube auch nicht, dass diese Geschichte etwas mit den Morden auf dem Jakobshof zu tun hat. Könnte es sein, dass der alte Mann, Rolf Habichs Vater, sich mit jemandem aus der Gegend überworfen hat?«

Onno lachte und schüttelte den Kopf. »Den ollen Gnadderkopp nahm eh niemand für voll.«

»Haben Sie in den letzten Tagen jemanden beobachtet, der sich für den Jakobshof interessiert und hier herumschlich, einen fremden Wagen, einen Radfahrer oder einen Touristen?«

Onno schüttelte den Kopf. »Nee, hier war niemand, alles wie immer.«

Trevisans Teetasse war leer und Rieke wollte noch einmal nachschenken, doch er lehnte ab und warf einen Blick auf die Armbanduhr. Es war kurz nach vier. »Tja, es wird Zeit«, sagte er zu seiner Kollegin und erhob sich. »Danke, Sie haben uns sehr geholfen.«

»Keine Ursache«, antwortete Rieke Marten. »Nur, müssen wir uns fürchten, dass der Bekloppte noch hier rumläuft?«

Trevisan lächelte. »Nein, das glaube ich nicht. Wir glauben, dass der Täter gezielt den Jakobshof aufsuchte. Aber trotzdem ist es ratsam, abzuschließen.«

Während Onno auf seinem Sessel sitzen blieb und genüsslich an seiner Pfeife zog, führte Rieke Marten ihre Gäste hinaus. Auf der Schwelle zum Flur wandte Trevisan sich noch einmal um. »Ach – hat Rolf Habich Ihnen erzählt, woher er kommt?«

»Hat er wohl«, bestätigte Onno. »Irgendwo in Sachsen, hab es aber vergessen.«

»Redete er nicht dauernd vom Erzgebirge?«, fragte Rieke.

»Kann sein.«

Trevisan bedankte sich noch einmal für den Tee und verließ zusammen mit Lisa Bohm das Haus.

»Dafür, dass sie eigentlich nicht viel über ihre Nachbarn wissen, haben sie eine ganze Menge über sie erzählt«, bemerkte Lisa, als sie auf dem Beifahrersitz des Dienstwagens Platz nahm.

»Ja, so etwas erfährt man nur, wenn man sich Zeit zum Plaudern nimmt«, bestätigte Trevisan. »Schade nur, dass sie nichts im Vorfeld beobachtet haben, das uns weiterhilft. Aber der Schlüssel zur Lösung des Falles liegt eindeutig im persönlichen Bereich der Opfer.«

»Was tun wir als Nächstes?«

Trevisan startete den Wagen. »Wir haben vier Opfer, jedes kann Auslöser der Tat gewesen sein. Eifersucht und verschmähte Liebe, Neid, abgrundtiefer Hass aus irgendeinem Grund.«

»Sie meinen die Tochter?«

»Ich bin übrigens Martin«, sagte er. »In meinem Team sprechen wir uns mit Vornamen an, schließlich müssen wir gut zusammenarbeiten und ich finde, die lockere Anrede trägt dazu bei.«

»Lisa«, entgegnete die junge Kollegin mit einem Lächeln.

»Also, Lisa, was schlägst du vor?«

Lisa hakte den Sicherheitsgurt ein. »Die Martens haben es schon gesagt, wenn wir mehr über das Mädchen erfahren wollen, dann müssen wir nach Norderney.«

Trevisan nickte. »Ja, aber zuerst fahren wir zurück auf die Dienststelle, die Verstärkung ist da. Monika hat mir eine SMS geschickt.«

7

Zehn Kolleginnen und Kollegen hatte Thorke Oselich in der Eile zusammengetrommelt. Trevisan war überrascht, als er zusammen mit Lisa Bohm den Besprechungsraum im zweiten Stock des Dienstgebäudes betrat. Monika Sander stand wie eine Lehrerin an der Stirnseite vor dem langen Tisch, wo an einer Pinnwand inzwischen Landkarten des Bezirks Skizzen und Tatortfotografien angeheftet waren, und erklärte den Anwesenden, was in den heutigen Morgenstunden auf dem Jakobshof unweit der Küste geschehen war.

»Oh, hallo, Martin«, sagte sie verlegen. »Ich habe schon mal angefangen, damit alle auf dem gleichen Stand sind. Ich hoffe, das ist für dich okay. Ich wollte dir nicht vorgreifen.«

Er lächelte. Mit Monika hatte er lange Jahre zusammengearbeitet und damals war daraus etwas wie eine Freundschaft entstanden. Jeder wusste, dass er sich auf den anderen verlassen konnte, doch die lange Zeit der Abwesenheit hatte Spuren hinterlassen und Monika schien unsicher, wie sie mit seiner Rückkehr auf die Dienststelle umgehen sollte.

Trevisan trat an ihre Seite und tätschelte freundschaftlich ihre Schulter. »Monika, ich bin immer noch der gleiche Kerl, der damals weggegangen ist«, flüsterte er ihr zu. »Und solltest du feststellen, dass ich mich zum Nachteil verändert habe, dann sag es mir bitte.«

Sie nickte. Während sich Trevisan einen Platz am Tisch suchte, fuhr Monika mit der Einweisung der Kolleginnen und Kollegen fort. Zehn Minuten später kam sie zum Ende und erteilte Trevisan das Wort.

»Danke, Monika.« Er erhob sich und trat vor die Pinnwand.

»Ich bin Martin Trevisan, heute ist mein erster Arbeitstag auf dieser Dienststelle und offenbar geht es schon gut los.«

Alle schmunzelten.

»Wir bilden zusammen die Sonderkommission Jakobshof und wir haben viel zu tun, denn wir müssen detailliert den Lebensweg der Mordopfer nachvollziehen«, erklärte er. »Irgendwo werden wir, da bin ich mir sicher, auf eine Verbindung zwischen dem Täter und den Opfern stoßen. Allerdings ist das nicht ganz so einfach, denn nur die weiblichen Opfer stammen von hier. Die beiden Männer lebten zuvor in der ehemaligen DDR und sind erst vor fünf Jahren hier in die Gegend gezogen, was uns die Sache erheblich erschwert.«

»Raubmord können wir ausschließen?«, fragte eine junge uniformierte Kollegin, die zum hiesigen Revier gehörte.

Trevisan zeigte auf die Pinnwand. »Definitiv ausschließen können wir leider nichts, aber sagen wir, es gibt eine deutliche Tendenz. Fest steht, es wurde augenscheinlich nichts geraubt und auch nichts entsprechend durchsucht. Die Vorbereitung des Täters deutet eher nicht in diese Richtung. Wir werden uns aufteilen müssen. Eine Gruppe wird sich intensiv der Nachbarschaft, den örtlichen Behörden und den städtischen Einrichtungen widmen, den Vereinen, den Kirchen und der Gemeindeverwaltung. Die andere Gruppe wird dem Lebensweg der Opfer vom Todestag bis zur Geburt folgen. Monika, ich hätte gerne, dass du diese Gruppen von hier aus koordinierst und die Erkenntnisse entsprechend zusammenführst. Eike widmet sich zusammen mit Verena der Netzrecherche, Internet, Facebook, Communitys – eben alle Aktivitäten im Web, soweit diese nachvollziehbar sind.« Es klopfte an der Tür. »Herein!«

Paul Krog von der Spurensicherung betrat den Raum. »Wir sind draußen am Tatort und dem Fundort der Tatwaffen so weit fertig.«

»Und die Computer?«, fragte Trevisan.

»Es gab einen PC im Arbeitszimmer und den Laptop der Tochter. Wir haben alles eingepackt und bringen es der IT-Abteilung zur Auswertung.«

»Alles klar, dann suchen Sie sich einen Platz, Kollege.«
»Aber ich … Wir würden uns jetzt auf den Weg zurück …«
»Nach Oldenburg?«
»Klar.«
Trevisan schüttelte den Kopf. »Ich halte nichts von räumlicher Trennung. Am Ende kriegen wir von euch dann einen Bericht und das war's … Nein. Ich denke, es ist viel besser, wenn jemand von der Spurensicherung direkt der Sonderkommission angehört, kein Telefonat kann ein persönliches Gespräch ersetzen. Außerdem ist es denkbar, dass wir hin und wieder Ihre Hilfe benötigen, da wäre ein Team vor Ort schon eine Bereicherung, finden Sie nicht auch?«
»Das ist aber so nicht vorgesehen«, entgegnete Krog. »Wir sind fertig hier und machen uns auf unserer Dienststelle an die Auswertung, das ist der normale Weg. Der Rest folgt schriftlich.«
Trevisan atmete tief ein. Von einer solchen Regelung hielt er nicht viel, denn Polizeiarbeit ließ sich nicht auf das Pinseln von Berichten und das Führen von Telefonaten reduzieren. Da sie nicht allein waren, vermied er jedoch eine Auseinandersetzung mit dem jungen Kollegen aus Oldenburg, der ihm seit der ersten Begegnung unsympathisch war. »Okay, dann gute Heimreise erst einmal. Den Rest kläre ich mit Ihrer Dienststelle.«
Krog nickte stumm und wandte sich um. Trevisan wartete, bis er die Tür hinter sich geschlossen hatte.
»Tja, wir hatten eine Reform, schon vergessen?«, seufzte Monika. »Wilhelmshaven ist jetzt nur noch ein kleiner und unbedeutender Ableger vom großen Oldenburg. Wer was werden will, der muss in die Zentrale.«
»Dann sind wir mal froh, dass aus uns schon was geworden ist«, scherzte Trevisan.
Sie waren noch eine ganze Stunde damit beschäftigt, die Teams einzuteilen und die Aufgaben zuzuordnen. Trevisan war froh, dass Monika ohne Murren die Koordination übernahm, denn er wusste, dass er sich auf sie verlassen konnte. Er selbst nahm sich vor, zusammen mit Lisa Bohm das Leben

der männlichen Mordopfer zu durchleuchten, wobei eine Zusammenarbeit mit den Kollegen aus Sachsen wohl unvermeidbar war. Denn wie Monika inzwischen festgestellt hatte, waren Christian und Rolf Habich vor fünf Jahren aus einer kleinen Gemeinde namens Jöhstadt nahe der tschechischen Grenze ins Wangerland gekommen.

»Jöhstadt«, wiederholte Trevisan, als er sich mit Monika auf dem Flur unterhielt. »Habe ich noch nie gehört, wo liegt das?

»Das ist eine kleine Stadt im Erzgebirge, das Polizeirevier von Annaberg-Buchholz ist dafür zuständig.«

»Annaberg habe ich schon mal gehört.«

»Das liegt im Zuständigkeitsbereich der Polizeidirektion Chemnitz, etwa vierzig Kilometer südlich davon.«

Trevisan kratzte sich am Kinn. »Gut, da rufe ich morgen an. Was wir noch tun könnten, wäre eine Erkenntnisanfrage an alle Landeskriminalämter und das BKA, vielleicht gibt es unaufgeklärte Fälle mit ähnlichem Modus operandi.«

»Gute Idee, mache ich gleich, außerdem müssen wir die Staatsanwaltschaft noch informieren. Ich habe schon mal etwas zusammengeschrieben, du kannst es dir ja anschauen.«

Thorke Oselich trat durch die Schwingtür. »Hallo, Herr Trevisan, auf ein Wort.«

Trevisan entschuldigte sich bei Monika und führte die Direktorin in sein Büro, in dem noch immer seine Kartons mit den persönlichen Utensilien auf dem leeren Schreibtisch standen. Zum Auspacken war er noch nicht gekommen.

»Die Presse macht uns die Hölle heiß«, seufzte Thorke Oselich. »Zuerst waren es nur der *Wangerlandbote* und die *Wilhelmshavener Nachrichten,* aber jetzt kommen auch noch Anfragen von *Bild* und von *RTL*, die wollen wissen, was da passiert ist.«

Trevisan zuckte mit der Schulter. »Wir schreiben den üblichen Pressebericht und verweisen an die Pressestelle in Oldenburg.«

»Ich fürchte, das wird nicht reichen«, entgegnete die Direktorin. »Der Präsident hat auch schon angerufen und Hamann von der Pressestelle meint, das wäre alleine unsere

Sache, er unterstützt uns, aber die Pressekonferenz wäre unsere Angelegenheit. Überdies sitzt mir Oberstaatsanwalt Lüderboom im Nacken, der ist politisch engagiert, das ist nicht so einfach.«

»Politisch, wie soll ich das verstehen?«

»Der kandidiert für den Landtag im nächsten Jahr und will unbedingt Karriere machen, Da kommt ihm ein solcher Fall gerade recht, verstehen Sie.«

»Ja, ich verstehe. Vier Menschen sind heute bestialisch ermordet worden und das soll nicht umsonst gewesen sein. So etwas kann man nutzen, wenn es weiterhilft.«

Thorke Oselich zuckte die Schultern. »Tja, so ist es eben, aber Lüderboom ist eigentlich ganz brauchbar. Hamann schlägt eine Pressekonferenz morgen früh um elf Uhr vor. Sie, ich, Lüderboom und er. Wir sollten uns genau abstimmen, was wir herausgeben können.«

»Okay, dann treffen wir uns morgen um zehn zur Besprechung, schlage ich vor.«

Sie nickte erleichtert. »Zehn Uhr, ich gebe Lüderboom Bescheid und hoffe, dass Ihnen die zusätzlichen Kräfte ausreichen, mehr können wir derzeit nicht abstellen. Wir sind nur eine kleine Dienststelle, ansonsten müsste ich Oldenburg um Unterstützung ersuchen.«

»Danke, ich denke, wir kommen klar«, entgegnete Trevisan. »Eine kleine Sache wäre da allerdings noch. Aufgrund meiner Erfahrung kann ich sagen, dass es Sinn macht, ein Team der Spurensicherung in die Soko zu integrieren. In der Vergangenheit hatten wir mehrfach Bedarf an Spezialisten und wenn ich dann jedes Mal warten muss, dass jemand aus Oldenburg hier heraufkommt, dann ist das ... sagen wir: kontraproduktiv.«

Thorke Oselich fuhr sich durch ihre langen blonden Haare. »Uns ist die volle Unterstützung zugesichert, ich denke, da kann ich etwas für Sie tun.«

An seinem ersten Arbeitstag auf der neuen Dienststelle wurde es spät. Nach dem Bericht an die Staatsanwaltschaft und der Erkenntnisanfrage an das BKA und die anderen Polizeidienststellen verabschiedete sich Trevisan kurz nach zehn Uhr von Monika Sander. Eine halbe Stunde später traf er müde und ausgelaugt auf dem Peerenhof bei Horumersiel ein. Im Atelier brannte noch Licht. Lea war mit einer neuen Skulptur beschäftigt, eine Auftragsarbeit für eine Kirche in Aurich.

»Na, mein Großer«, empfing sie ihn mit farbverschmierten Händen und hauchte ihm einen zärtlichen Kuss auf die Wange. »Dir scheint es auf deiner neuen Dienststelle so gut zu gefallen, dass du gar nicht mehr nach Hause kommen willst.«

Trevisan erzählte ihr von dem Mord an den Bewohnern des Jakobshofes und wies auf die Tür. »Ich fände es gut, wenn du künftig abschließen würdest.«

»Oh, macht er sich Sorgen um mich«, scherzte Lea und wies auf das abstrakte Gebilde. »Wie gefällt dir übriges Lambertus, ist er nicht schön geworden?«

»Wer ist Lambertus?«

»Der Schutzheilige der Lambertikirche.«

»Oh«, brummte Trevisan. »Hätte ich fast nicht wiedererkannt. Bist du schon fertig?«

»In einer halben Stunde.«

»Dann gehe ich jetzt noch kurz mit dem Hund raus und anschließend sollten wir ein Glas Wein zusammen trinken, schließlich bin ich wieder zu Hause, das ist doch ein Grund zum Feiern.«

*

Polizeikommissarin Ohlstedt bremste den Streifenwagen ab und fuhr an den Straßenrand. Ihr Kollege, der auf dem Beifahrersitz gedöst hatte, erwachte und wischte sich die Müdigkeit aus den Augen. In der Dunkelheit sah er sich um.

»Was ist los, wo sind wir?«, fragte er benommen.

»In Hohenkirchen an der Kläranlage«, entgegnete die junge Kollegin.

Er richtete sich auf. »Was ist, weshalb hältst du?«

»Da liegt was.« Sie griff nach ihrer Taschenlampe.

Im Scheinwerferlicht des Streifenwagens erkannte er einen Schutthaufen, der mitten auf einem geschotterten Platz abseits des Feldweges lag. »Warte!« Auch er griff nach seiner Taschenlampe.

Gemeinsam verließen sie den Streifenwagen und gingen auf den Schutthaufen zu. Im Lichtkegel der Taschenlampe reflektierte ein gelbes Licht.

»Das ist ein Fahrrad«, sagte die Kollegin. Hinter dem Schutt vor einem Gebüsch zwischen den angrenzenden Feldern lag ein rotes Damenrad.

»Du hast gute Augen«, lobte der Kollege die junge Beamtin.

»Ich habe es gesehen, als ich um die Kurve gefahren bin.«

»Wenn das nicht das gesuchte Rad dieses Mörders ist«, murmelte der Polizist. Er untersuchte es und fand am unteren Teil des Rahmens eine Nummer. Er vermied es, das Rad zu berühren. »0335572, würde ich sagen.«

»Oder 75 am Ende«, fügte seine Kollegin hinzu.

»Warte kurz, ich frage die Datenstation.« Er ging zurück zum Streifenwagen und griff zum Funkhörer. Einen Augenblick später beugte er sich aus dem Wagen. »Was ist es für eine Marke?«, rief er ihr zu.

»Winora, Domingo, sechsundzwanzig Zoll und eine Kettenschaltung von Shimano.«

Der Kollege zog sich in den Streifenwagen zurück. Nach kurzer Zeit tauchte er wieder auf. »Bingo. Das Rad wurde vorgestern in Jever gestohlen. Würde mich nicht wundern, wenn es dem Mörder vom Jakobshof gehört.«

»Was machen wir nun?«

»Wir sollen hier warten. Sie schicken jemanden vom Kriminaldauerdienst und einen Bus.«

Es dauerte beinahe eine Stunde, bis die Kollegen eintrafen. Wortlos musterten sie das Fahrrad. Als kurz darauf ein VW-Bus eintraf, beratschlagten sie, was zu tun war.

»Wir nehmen es einfach mit auf die Dienststelle«, schlug einer vor.

»Das wird den Leuten von der Soko gar nicht gefallen.«

»Wieso?«

»Hier könnten überall Spuren sein, auch das Fahrrad ist ein Spurenträger.«

»Was willst du tun?«

»Ich rede mit dem Schichtführer.« Der Kollege vom KDD zog sein Handy hervor. Er ging ein Stück abseits, ehe er nach kurzer Zeit wieder auftauchte. »Großräumig abriegeln und nichts verändern. Die Spurensicherung kommt.«

»Aus Oldenburg?«

»Ja, die brauchen etwa zwei Stunden, bis sie hier sind.«

8

Freitag

Als Trevisan kurz nach acht Uhr auf die Dienstselle kam, saß Monika Sander bereits am Schreibtisch.

»Guten Morgen, Martin. Eine Streife hat in der Nacht ein Fahrrad gefunden. Gerade mal drei Kilometer vom Tatort entfernt. Es wurde vor drei Tagen in Jever vor einem Supermarkt gestohlen und könnte vom Täter benutzt worden sein.«

»Wo ist das Rad jetzt?«

»Unten in der Garage. Dein Lieblingskollege von der Spurensicherung ist da und kümmert sich darum.«

»Krog?«

Monika lächelte. »Sie haben ihn mitten in der Nacht aus dem Bett geklingelt. Er bleibt jetzt übrigens hier, zumindest für eine Woche, hat er erklärt. Er hält es für besser, wegen der räumlichen Nähe zum Tatort und so, du verstehst.«

»Ah ja, interessant. Gibt es sonst noch was?«

»Ja, da liegt eine Bushaltestelle in Hohenkirchen, nur ein paar hundert Meter entfernt. Ich habe mit dem Verkehrsverbund Ems Jade telefoniert. Die fahren die Linie dreimal am Tag. Ich habe den Namen des Fahrers der Mittagstour. Er ist jetzt erst einmal unterwegs und meldet sich bei uns, sobald seine Tour beendet ist.«

»Gut gemacht, Monika. Wohin fährt der Bus von Hohenkirchen aus?«

»Der fährt von Wilhelmshaven über Jever, Carolinensiel, Wittmund und Aurich hinunter nach Emden.«

Trevisan versuchte sich den Weg bildlich vorzustellen. »Dann könnte der Kerl jetzt überall in der Gegend sein.«

»Ja, das ist wohl wahr. Lisa ist übrigens mit Eike unterwegs. Sie überprüfen da etwas, auf das Eike im Internet gestoßen ist. Und außerdem hat die Gerichtsmedizin schon kurz vor acht angerufen. Die Obduktion der Leichen ist für heute Mittag vorgesehen. Dreizehn Uhr.«

»Gut, das lässt sich einrichten. Die Pressekonferenz wird wohl bis dahin zu Ende sein. Sind die Teams schon unterwegs?«

»Drei Teams klappern die Nachbarschaft ab und ein Team ist unterwegs nach Norderney zu diesem Hotel *Seestern*.«

»Wen hast du geschickt?«

»Lentje und Olaf von der Fahndung.«

»So wie die Martens gestern andeuteten, könnte die junge Frau ein klein wenig durchtrieben gewesen sein. Da wäre es gut, wenn man sich ihr Leben mal ein klein wenig näher betrachtet.«

»Da kann ich dich beruhigen, Lentje Kaplani ist genau die Richtige dafür.«

»Schön, dann gehe ich mal in mein Büro, vielleicht komme ich heute dazu, meine Habseligkeiten auszupacken.«

»Glaube ich nicht, Thorke Oselich will dich sehen. Sie ist ganz schön nervös wegen der Pressekonferenz.«

»Ach ja«, seufzte Trevisan. »Dann gehe ich mal zu ihr und versuche sie zu beruhigen.«

Er ließ sein Zimmer links liegen und klopfte an die Bürotür der Direktorin.

»Ach, gut, dass Sie da sind, Herr Trevisan, wir sollten besprechen, was wir heute den Journalisten alles sagen.« Sie war sichtlich erleichtert, dass er endlich aufgetaucht war.

»Sollten wir nicht auf den Staatsanwalt warten?«

»Ich möchte mich gerne zuvor mit Ihnen beraten, bevor wir

da unterschiedlich auftreten. Wissen Sie, Kollege Trevisan, all zu oft kommt so etwas bei uns nicht vor.«

Trevisan nahm auf dem ihm zugewiesenen Stuhl Platz. Thorke Oselich sah ein klein wenig übernächtigt aus, was ihr überhaupt nicht gut zu Gesicht stand. Wahrscheinlich hatte sie vor lauter Aufregung die halbe Nacht nicht geschlafen. Sie wollte sich das allerdings in keiner Weise anmerken lassen.

Sie entspannte sich erst, als Trevisan ihr durch die Blume Entlastung anbot. »Ich denke, ich sollte als Sachbearbeiter mit der Presse sprechen, denn wir dürfen nicht zu viel preisgeben und müssen eine deutliche Grenze ziehen.«

»Ja, ja ... Das ... finde ich auch«, erklärte die Direktorin, sichtlich erleichtert.

»Ich will natürlich niemandem die Show stehlen und der Staatsanwalt wird sicherlich auch ein paar Worte zu sagen haben, aber grundsätzlich halte ich das für den gangbaren Weg, bevor Fragen auftauchen, auf die wir keine Antworten geben können.«

»Ja, da haben Sie recht, Kollege Trevisan«, bestätigte die Frau eifrig. »Außerdem ist es an der Zeit, ich denke, und so halte ich es mit allen Mitarbeitern, wir sollten einen offenen Umgang miteinander pflegen. Deswegen bevorzuge ich das Du und die Vornamen, natürlich nur, wenn es Ihnen nichts ausmacht. Ich bin Thorke.« Sie streckte ihm die Hand entgegen.

Er ergriff sie. »Martin.«

»Gut, dann ist das ja geklärt. Gibt es Neuigkeiten, ich meine, außer dem Fund des Fahrrades?«

Trevisan lächelte. »Krog von der Spusi hat beschlossen, ein paar Tage hierzubleiben.«

*

Lentje Kaplani war eine wunderschöne Frau mit langen, seidigen pechschwarzen Haaren, die im Wind der wilden See hin und her schwangen. Sie war die Tochter eines iranischen Vaters und einer friesischen Mutter, eine Mischung aus Schönheit und Intelligenz, wie sie selbst immer zu sagen pflegte, und arbeitete seit fünf Jahren bei der Kriminalpolizei in Wilhelmshaven. Ihre vorwiegende Aufgabe waren Kapitaldelikte im sexuellen Bereich wie Vergewaltigungen, sexuelle Nötigungen und Kinderpornographie. Doch diesmal war sie Teil einer Sonderkommission, die den brutalen Mord an einer ganzen Familie aufzuklären hatte. Sie hatte sich akribisch in den Fall eingelesen, denn sie spielte zwar schon lange mit dem Gedanken, ihren Fachbereich zu wechseln, bislang hatte sich aber noch nicht die Möglichkeit ergeben und zu Bloom, Trevisans Vorgänger, hatte sie kein allzu gutes Verhältnis gehabt. Trevisan war eine neue Chance für sie, außerdem eilte ihm ein ausgezeichneter Ruf voraus.

Nachdem die *Frisia*-Fähre im Hafen von Norderney angelegt hatte, fuhren sie in den Nordteil der Insel, wo sich unweit der Marienhöhe das Hotel *Seestern* befand. Ein mehrstöckiger weißer Bau mit mehreren Flügeln, der an ein englisches Landhaus erinnerte.

»Dann wollen wir mal!«, sagte Olaf Schönborn, Lentjes Kollege, als er den Dienstwagen auf dem Parkstreifen direkt vor dem Hotel parkte.

An der Rezeption zeigten sie der jungen Frau hinter dem Empfang ihre Dienstausweise. »Wir würden gerne mit dem Geschäftsführer sprechen.«

Die junge Frau reagierte ein klein wenig erschrocken. »Ist es wegen Gavin?«

»Gavin?«, wiederholte Lentje fragend.

»Ja, Gavin Eriksdorf, aber der arbeitet nicht mehr hier.«

»Ja, unter anderem«, entgegnete Lentje, während Olaf ihr einen fragenden Blick zuwarf. »Sie sind später noch hier?«

Die junge Angestellte nickte. »Ich habe gegen zwölf Pause.«

»Alles klar, kann sein, dass wir auch noch mit Ihnen sprechen müssen.«

Ein paar Minuten später wurden Lentje und Olaf so diskret wie möglich in das Büro der Geschäftsleitung geführt. *Mia Bröder, Geschäftsführung,* stand auf dem Türschild des geräumigen Büros im Erdgeschoss. Einen herrlichen Ausblick auf die Nordsee und den Strand gab es von diesem Zimmer aus. Mia Bröder war eine Frau mittleren Alters mit streng zurückgekämmten Haaren, die zu einem Dutt zusammengesteckt waren. Sie trug ein perfekt sitzendes blaues Kostüm und wirkte auf Lentje wie die Gouvernante eines blaublütigen Herrschaftssitzes.

»Die Polizei«, sagte die Frau erstaunt, nachdem Lentje sich vorstellt hatte. »Wir haben doch schon alles angegeben.«

»Wir sind wegen Dörte Henner hier.«

»Dörte, was ist mit ihr?« Die Geschäftsführerin bot den beiden Polizisten Platz an.

»Es tut mir leid, Dörte Henner ist tot«, entgegnete Lentje. »Sie wurde umgebracht.«

»Von Eriksdorf?«

»Was ist mit Eriksdorf?«

»Na, wegen ihm hat doch der ganze Schlammassel hier angefangen. Wir sind ein gutes Hotel und haben einhundertachtzig Betten. Die Leute kommen gerne zu uns, aber dass die Polizei bei uns ein- und ausgeht, das ist unmöglich. Unsere Gäste wollen sich erholen und abschalten, sie wollen keine Spürhunde hier herumlaufen sehen.«

Lentje warf ihrem Kollegen einen vielsagenden Blick zu. »Vielleicht sollten Sie uns das einmal von Anfang an erklären.«

»Also gut«, seufzte die Frau und strich sich ihren Rock zurecht. »Eriksdorf war bei uns angestellt. In der Küche. Vor etwa einem Monat tauchten dann Ihre Kollegen bei uns auf. Eriksdorf wurde in Holland festgenommen, wegen Rauschgiftschmuggel, aber er ist dort entkommen, deswegen haben Ihre Kollegen ihn hier gesucht. Sie haben alles auf den Kopf gestellt. Sie glauben gar nicht, wie peinlich uns das war. Wir können nichts für unsere Angestellten. Und dann auch noch dieses Rauschgift bei uns im Haus.«

Lentje horchte auf. »Rauschgift, hier im Hotel?«

»Ja, sie haben es in Dörtes Zimmer gefunden. Das war ein ganzes Paket. Am… Am… Amph…«

»Amphetamin!«

»Ja, genau.«

Lentje zückte ihren Notizblock. »Wie haben Sie reagiert?«

Mia Bröder fasste sich an die Nase. »Ich habe Dörte natürlich zur Rede gestellt, aber sie wollte nichts davon wissen. Ich habe sie selbstverständlich sofort hinausgeworfen. So etwas geht nicht.«

»Wieso wurde das Rauschgift bei ihr im Zimmer gefunden, wenn doch Eriksdorf verdächtigt wird?«, mischte sich Olaf Schönborn ein.

»Na, sie und Eriksdorf waren doch zusammen«, entgegnete Frau Bröder. »Da kann sie mir doch nicht einfach frech ins Gesicht lügen. Natürlich wusste sie Bescheid.«

»Wann war das?«, fragte Lentje.

»Vor vierzehn Tagen, etwa.«

»Und wie hießen unsere Kollegen, die hier bei Ihnen waren?«

Mia Bröder öffnete die Schublade ihres Schreibtisches und kramte darin, ehe sie eine Visitenkarte hervorzog. »Kriminalhauptkommissar Maier, Landeskriminalamt Hannover, Dezernat 3.« Sie reichte Lentje die Visitenkarte, die die Daten darauf in ihrem Block notierte. »Ich weiß ja, dass Sie nichts dafür können und nur Ihre Arbeit machen. Aber ich versuche hier ein Hotel zu führen und das alleine ist schon schwierig genug.«

»Das war ein ganzes Paket mit Rauschgift?«, fragte Lentje.

Mia Bröder nickte eifrig. »Ja, Ihr Kollege meinte, das kostet zwanzigtausend Euro, das Giftzeugs.«

Lentje runzelte die Stirn. »Er hat Dörte nicht festgenommen?«

»Sie musste mit aufs Festland, aber am Abend war sie wieder hier. Sie sagte, sie hätte nichts damit zu tun, aber das nehme ich ihr nicht ab. Die hat genau gewusst, was ihr sauberer Freund treibt. Ständig ist sie in neuen Klamotten herumgelaufen. Ich weiß, was so etwas kostet. Von dem Gehalt, das sie hier verdiente, konnte sie sich das nicht leisten. Um Gottes willen, nicht, dass wir schlecht bezahlen, aber das war lauter so Designerzeugs, da kostet alleine schon eine Jeans dreihundert Euro. Ich weiß das von meiner Tochter, die hat manchmal auch so komische Ideen. Sie sagt, das ist von Posen oder so ähnlich, irgendein wirrer Schneider, der es mit der Schere zu bunt treibt.«

Olaf warf der Geschäftsführerin einen fragenden Blick zu. »Und dann ist Dörte abgereist?«

Die Frau nickte. »Ja, das ist sie, sie hat geheult, aber das waren bestimmt nur Krokodilstränen. Haben Sie Eriksdorf schon gefasst?«

Lentje schüttelte den Kopf. »Nein, leider nicht, ich dachte, Sie könnten uns weiterhelfen.«

»Ich? Wieso ich? Na ja, wenn er hier in der Saison arbeitete, dann hat er hier gewohnt, im Gästehaus B, so wie alle Angestellten vom Festland, aber eigentlich kommt er aus Emden. Hat er Dörte etwas angetan?«

Olaf winkte ab. »Das wissen wir noch nicht. Wann war er das letzte Mal hier?«

»Vor vier Wochen, dann hatte er eine Woche Urlaub, da ist er nach Rotterdam gefahren und da haben ihn Ihre holländischen Kollegen erwischt, als er das Zeugs im Hafen kaufen wollte. Er ist geflüchtet, wurde uns gesagt.«

»Und seitdem haben Sie ihn nicht mehr gesehen?«

»Richtig.«

»Gut, wenn er auftaucht …«

»Ja, dann soll ich anrufen, das hat mir Ihr Kollege bereits gesagt.«

Nachdem Lentje und Olaf das Zimmer der Geschäftsführerin verlassen hatte, ging Lentje noch einmal auf die junge Frau hinter dem Tresen zu und wartete, bis sie einen Kunden abgefertigt hatte. »Sie wissen über Dörte und Eriksdorf Bescheid?«

»Dass sie zusammen waren, meinen Sie?«

»Kannten Sie Dörte gut?«

»Tja, was man so kennen nennt unter Kollegen. Weshalb fragen Sie?«

»Dörte ist tot, sie wurde umgebracht, gestern im Haus ihrer Eltern.«

Erschrocken schlug die junge Frau die Hände vor das Gesicht. »Das ist ja furchtbar, hat Gavin etwas damit zu tun?«

»Das frage ich Sie.«

Die junge Angestellte blickte zu Boden. Sie wirkte erschüttert. »Nein, das glaube ich nicht, Gavin ist … Ich … Dörte ist an allem schuld. Sie ist eine Hexe. Einmal hat sie gesagt, dass sie nicht ewig den Leuten hinterherräumen will, dass sie eines Tages diejenige sein wird, die sich von vorne bis hinten bedienen lässt. Sie hat Gavin nur ausgenutzt. Er war … Er hat … Er war ein anständiger Kerl.«

»Was macht Sie so sicher?«

»Ich … ich war … Sie … Dieses falsche Luder … Sie hat …«

»Sie waren zuerst mit Gavin zusammen, richtig?«, fiel ihr Lentje ins Wort.

Eine Träne kullerte über die Wange des Mädchens. »Ja«, sagte sie mit erstickter Stimme. »Sie hat ihn mir ausgespannt. Erst dann hat es mit den Drogen angefangen. Sie hat ihn dazu gebracht. Sie hat ihn bestimmt auch nach Holland geschickt, um Nachschub zu kaufen.«

»Das wissen Sie oder das glauben Sie?«

»Ich weiß es«, entgegnete die Angestellte bestimmt.

»Dann wussten Sie auch von dem Drogenhandel?«

»Nein, ich meine natürlich, ich weiß es, weil ich Gavin kenne.«

»Haben Sie noch Kontakt zu ihm?«

Das junge Mädchen schüttelte den Kopf. *Irina* stand auf dem Namensschild auf ihrer Jacke.

»Könnte es sein, dass Gavin Dörte umgebracht hat?«

»Auf keinen Fall!«, zischte Irina resolut.

»Also gut«, entgegnete Lentje sanftmütig und reichte ihr eine Visitenkarte. »Zumindest steht er unter Verdacht. Und hier geht es nicht mehr um ein paar Gramm Rauschgift, sondern um Mord. Mit jedem Tag, an dem er auf der Flucht ist und sich vor der Polizei versteckt, wird es nur schlimmer. Sagen Sie ihm das, falls er sich zufällig bei Ihnen melden sollte. Er kann mich anrufen, egal ob Tag oder Nacht.«

Ein Hotelgast kam auf das Empfangspult zu.

Irina wischte sich die Tränen von der Wange. »Ich muss … arbeiten.«

»Dann tun Sie das, und vergessen Sie nicht, er soll sich bei uns melden, bevor es für ihn zu spät ist.«

Mit gespieltem Lächeln widmete sich Irina wieder dem Hotelgast, während Lentje zu ihrem Kollegen ging.

»Was hältst du davon?«, fragte Olaf.

»Stoff im Wert von zwanzigtausend Euro, das ist kein Pappenstiel. Das könnte durchaus ein Motiv für einen Mord sein.«

»Ja, das glaube ich auch. Wir sollten mit diesem Maier vom LKA reden, bevor wir Trevisan informieren.«

9

Um sieben Uhr war er losgefahren. Es war ein trockener Tag und er war gut vorangekommen, bis ihn ein Unfall auf der A3 bei Rösrath ausgebremst hatte. Drei Lastwagen und ein Personenwagen waren ineinandergekracht, der Rettungshubschrauber war gelandet und die Strecke für beinahe zwei Stunden total gesperrt. Anschließend wurde der Verkehr einspurig an den Unfallfahrzeugen vorbeigeleitet. Ihn fröstelte, als er an dem vollkommen zerbeulten Wrack des Personenkraftwagens vorbeifuhr. Auf den ersten Blick war nicht mehr zu erkennen, um welche Marke es sich gehandelt hatte. Johannes Leußner bezweifelte, dass noch jemand lebend herausgekommen war.

Beinahe vier Stunden verlor er durch den Stau und kurz vor der deutschen Grenze bei Basel ging es gerade so weiter. Sieben Kilometer Stau in Höhe von Neuenburg meldete der Sprecher im Radio. Gut, es war Freitag, das Wochenende in Sicht und der Verkehr nahm an diesem Tag erfahrungsgemäß zu, denn viele Menschen nutzten die freien Tage, um nach Hause zu fahren oder irgendwo auszuspannen. Es war kurz nach zehn Uhr in der Nacht, als er die Grenze passierte und seinen Laster auf einen Parkplatz kurz hinter Basel manövrierte. Über zwanzig Lastwagen parkten bereits dort, um das nächtliche Fahrverbot abzuwarten.

Er packte seine Vesperbox aus und kramte aus dem Handschuhfach einen Umschlag hervor. Nachdem er sich seiner Schuhe entledigt hatte, zog er sich in die Schlafkabine zurück und nahm die Fotos aus dem Umschlag. Es waren Bilder seiner Yacht, die er im letzten Jahr gekauft hatte und mit der er im Frühjahr eine längere Tour über die Nordsee bis hoch nach Irland plante. *Jenny* war ein Kajütboot vom Typ Condor, hergestellt von der Rosenheimer Klepperwerft, das er zu einem günstigen Preis vom Yachtclub in Greetsiel erstanden hatte und dessen Renovierung er in den letzten Monaten seine gesamte Freizeit gewidmet hatte. Blau hatte er den schlanken Bootskörper gestrichen, blau und weiß, die Farben des Meeres.

Obwohl er im tiefsten Binnenland, mitten zwischen Wäldern, Hügel und Tälern, aufgewachsen war, hatte es ihn schon seit frühester Kindheit ans Meer gezogen. Früher war es die Ostsee gewesen, wo er mit der Familie oder im Freizeitheim der FDJ auf Rügen seine Ferien verbracht hatte, und nachdem der Staat zerfallen war und die grenzenlose Freiheit Einzug ins Land gehalten hatte, waren es die Kreuzfahrten, die ihn faszinierten. Ob Bergen, Trondheim, Oslo, ob Reykjavik, Paamiut oder die Arktis, ob die Barentssee oder Spitzbergen, keine Strecke war ihm zu weit, wenn er die Dünung des Meeres spürte. Er war alleine, unabhängig, verdiente gut, weil er sich für nichts zu schade war, schruppte Überstunden, sprang ein, wenn Not am Mann war, und sparte jeden Cent, um sich seinen Traum vom eigenen Boot zu erfüllen. Und im letzten Jahr war es dann so weit gewesen, er hatte genau das Boot gefunden, das zu ihm passte. Nicht zu groß, nicht zu klein, gut zu bedienen und motorisiert, wenn ihn einmal der Wind im Stich lassen sollte.

Er blätterte sich durch die Fotos und betrachtete sie lange und eingehend. Er konnte es überhaupt nicht erwarten, dass endlich der Frühling kam und er an Bord seiner *Jenny* wieder über das Wasser der Nordsee gleiten konnte. Der aufgesparte

Urlaub und die Überstunden, alles in allem zwei Monate, würde er nutzen. Die Einsamkeit war er gewohnt, es war nichts anderes als auf dem LKW. Es schaukelte vielleicht ein klein wenig mehr, war gefährlicher, denn das Wetter im hohen Norden neigte dazu, oft stürmisch und wenig freundlich daherzukommen, doch es bedeutete grenzenlose Freiheit und Abenteuer.

Er schob die Bilder zurück in den Umschlag, schüttelte sein Kissen auf und löschte das Licht. Die lange Fahrt und die vielen Staus hatten ihn müde gemacht. Morgen in aller Frühe würde er aufbrechen. Von Basel bis nach Turin würde er noch gut sechs Stunden brauchen und bis zwölf Uhr musste er die Schweiz verlassen haben, um nicht noch eine weitere Pause einlegen zu müssen. Wenn er endlich in Italien war, dann hatte er freie Fahrt. Nach dem großen Sankt-Bernhard-Tunnel und wenn der das Aostatal hinter sich gelassen hatte, war es nur noch ein Katzensprung. Die Firma, bei der er abladen sollte, kannte er gut. Schon das achte Mal fuhr er diese Route, deshalb wusste er, dass der alte Luigi auf ihn warten würde, auch wenn es die eine oder andere Verzögerung gab.

Er dachte an *Jenny*, die in Norden in einem Schuppen stand und auf ihn wartete, als seine Augen schwerer und schwerer wurden.

*

Trevisan saß in seinem Büro und blickte aus dem Fenster, an dem kleine Wassertropfen herabrannen. Es hatte zu regnen begonnen und eine frische Brise wehte über die See in das Landesinnere. Vor sich hatte er eine Akte ausgebreitet. Monika Sander hatte über das Gemeindeamt von Jöhstadt alles besorgt, was über Christan Habich und seinen Sohn Rolf in Erfahrung zu bringen war. Auch das Bundesarchiv in Berlin-Lichterfelde hatte sie nicht vergessen, in dem ein reichhaltiger Fundus von alten Akten aus der DDR schlummerte. Gerichtsakten, Strafvollzugsakten, aber auch Akten des Ministeriums für Nationale Verteidigung, für Volksbildung oder auch die eine oder andere Akte des Verteidigungsministeriums.

Christian Habich war im Jahr 1936 in Jöhstadt geboren worden. Über seine Kindheit und die Jugend, die in den ersten zehn Jahren mitten in den Wirren des Zweiten Weltkrieges lag, war nur wenig bekannt. Erst im Jahr 1952 tauchte sein Name das erste Mal in den Akten auf. Als Sechzehnjähriger wurde er zum Unterführer in der Freien Deutschen Jugend des Verwaltungsbezirks von Karl-Marx-Stadt gewählt und drei Jahre später absolvierte er bei der neu gegründeten Nationalen Volksarmee die Unteroffiziersschule in Weißkießel, um anschließend bei der 4. Motorisierten Schützen Division in Erfurt zu dienen. Aus dem Jahr 1972 stammte ein Eintrag aus den Akten der SED, in dem Christan Habich als Sprecher der LPG Merxleben tituliert wurde, dem für die herausragenden Leistungen in der Ernteschlacht zum Wohle des Sozialistischen Vaterlandes der Junkerorden von Landwirtschaftsminister Georg Ewald persönlich verliehen wurde.

In den nachfolgenden Jahren tauchte Habichs Name immer mal wieder in Verbindung mit der Landwirtschaft der DDR auf, bis er im Jahr 1979 auf dem Volkseigenen Gut Birkenhof in der Nähe seines Geburtsortes die Funktion des Produktionsleiters übernahm. Einer der wenigen größeren Gutshöfe auf dem Staatsgebiet der ehemaligen Deutschen Demokratischen Republik, der nicht der Eingliederung in eine LPG zum Opfer gefallen war und als unabhängiger Betrieb für Pflanzen- und Viehzucht erhalten blieb. Zum damaligen Zeitpunkt lebten und arbeiteten neben den Habichs – Christian Habich war inzwischen verheiratet und sein Sohn Rolf und seine Tochter Gabriele bereits geboren – noch weitere zwei Familien auf dem Areal des VEG, so die offizielle Abkürzung in der damaligen Zeit.

Wiederum klaffte eine Lücke von beinahe zehn Jahren in den Aufzeichnungen. Dem nächsten Eintrag lag ein eher trauriger Anlass zugrunde. Habichs Tochter Gabriele verunglückte im zarten Alter von zwölf Jahren bei Erntearbeiten im Gewann Kalteiche tödlich. Drei weitere Male wurde er in den alten DDR-Akten namentlich erwähnt, denn offensichtlich erwirtschaftete das von ihm geführte Volkseigene

Gehöft durchaus erfolgreiche Quoten. So wurden ihm mehrfach Urkunden, Leistungsabzeichen und Auszeichnungen überreicht, unter anderem im Jahr 1983 die Ehrennadel für herausragende Verdienste im sozialistischen Bildungswesen und zuletzt 1985 die Silbermedaille als Sieger der Sozialistischen Landwirtschaft. Zwei Jahre nach der Wende starb seine Ehefrau und er zog zusammen mit seinem Sohn vom Birkenhof nach Jöhstadt um, wo er bis zu seiner Übersiedlung in den Westen lebte.

Trevisan blickte erneut aus dem Fenster in den verregneten Tag. Vor seinen Augen tauchte noch einmal der Jakobshof auf. Er erhob sich und warf einen Blick hinaus in den Flur, doch von Monika war weit und breit nichts zu sehen. Er kehrte auf seinen Stuhl zurück und nahm den nächsten Ordner aus dem Postkorb. Er schlug ihn auf und las.

Rolf Habich, 1962 in Annaberg in einem Krankenhaus geboren, besuchte die Grundschule in Erfurt und wechselte dann, vermutlich bedingt durch das Berufsleben seines Vaters, an die Polytechnische Oberschule nach Langensalza, und später an die Erweitere Oberschule, wo er 1979 seinen Abschluss machte und anschließend an der Technischen Hochschule in Mittweida Agrarwissenschaften und Maschinenkunde studierte. Er kehrte 1982 auf den Birkenhof zurück und übernahm dort die Wartung des Maschinenparks. Auch er wurde in einigen Urkunden und Anerkennungen erwähnt und erhielt im Jahr 1987 die Auszeichnung Maschinenwart, als Unterkategorie des Kampfordens für das sozialistische Vaterland. Er war, ebenso wie sein Vater, langjähriges Parteimitglied der SED und sogar zeitweise Vorsitzender des Verbandes für Jungjunker des Sozialismus im Erzgebirge. Laut den Aufzeichnungen war er nie verheiratet gewesen. Rolf Habich war nach der Wende arbeitslos gemeldet, bis er eine Anstellung bei einem Sägewerk nahe Königswalde fand. Dort arbeitete er bis zu seiner Heirat und seinem Umzug in das Wangerland. Polizeilich waren weder er noch sein Vater in Erscheinung getreten.

»Steht etwas Interessantes in den Akten?«, fragte Monika, die mit zwei dampfenden Kaffeetasse in der Tür stand.

Trevisan schlug den Aktendeckel zu und schüttelte den Kopf. »Nichts, was auf den ersten Blick interessant genug erscheint, um als Motiv für diesen Mord in Frage zu kommen.«

Sie reichte ihm eine Tasse. »Es ist wirklich schön, dass du wieder hier bist.«

Trevisan nickte und schaute hinüber zum Fenster. »Auch wenn das Wetter hier oben manchmal die kalte Schulter zeigt, bin ich froh, wieder hier zu sein. Hannover war … wie soll ich sagen … war mir viel zu hektisch, und Oldenburg ist eben auch nur eine Stadt wie viele, ich habe mich die ganzen Jahre über immer wie auf dem Sprung gefühlt. Erst als Lea und ich den Hof kauften und wir wieder hierher kamen, hatte ich das Gefühl, zu Hause zu sein.«

»Was glaubst du, hinter wem war der Mörder her?«

Er hielt die Akte in die Höhe. »Ich hatte gehofft, hier drinnen etwas zu finden. So etwas wie Stasispitzelei oder Hochverrat, aber offenbar war der alte Habich ein ganz passabler Landwirt. Über seinen Sohn gibt es nur wenige Informationen. Sie waren beide treue Mitglieder in der SED, aber das waren damals wohl alle, wenn man was erreichen wollte.«

»Ich habe noch eine Anfrage beim BStU laufen, aber das dauert eine Weile«, entgegnete Monika.

»BStU?«

»Früher mal Gauck-Behörde. Die Bearbeitungszeit beträgt sieben bis vierzehn Tage, vorher werden wir nichts erfahren, wenn es dort überhaupt eine Akte über die Habichs gibt.«

»Notfalls müssen wir eben eine Dienstreise machen«, entgegnete Trevisan.

Sie zog sich einen Stuhl heran. »Der Birkenhof ist übrigens 1996 in Flammen aufgegangen.«

»Woher weißt du das?«

»Ich habe die Kollegen vom Polizeirevier in Annaberg angerufen.«

»Vier Jahre, nachdem die Habichs den Hof verlassen haben«, murmelte Trevisan nachdenklich. »Konnten die Kollegen Näheres dazu sagen?«

Monika Sander zuckte mit der Schulter. »Offenbar stand der Hof leer, man nimmt an, dass es sich um fahrlässige Brandstiftung handelte und ein Penner dort übernachtet hat, dem wohl ein Missgeschick passiert ist. Auf alle Fälle fand man eine Petroleumlampe, von der wohl das Feuer ausging. Alles ist niedergebrannt. Vier Häuser, drei Hallen und eine große Scheune.«

»Gibt es dort keine Feuerwehr?«

»Der Kollege aus Annaberg sagte, dass das Gehöft mitten in der Wildnis in einem Tal lag, beinahe drei Kilometer von Jöhstadt entfernt. Der Brand muss in den frühen Morgenstunden ausgebrochen sein, deshalb wurde er erst bemerkt, als es bereits zu spät war. Bis die Feuerwehr ausrückte, war alles bis auf die Grundmauern niedergebrannt.«

»So, so, Brandstiftung, sagst du«, wiederholte Trevisan nachdenklich.

»So steht es im Bericht der Annaberger Kollegen.«

»Warum stand das Gehöft leer? Ich meine, da lebten doch Menschen. Drei Familien sollen es gewesen sein. Hat er darüber auch etwas gesagt?«

Monika nickte. »Da gab es offenbar Ärger mit den Besitzrechten. Jemand aus dem Westen hat es zurückgefordert. Es war einmal Privatbesitz und wurde zu DDR-Zeiten zwangsenteignet. Nach der Wende gab es eine Rückforderungswelle von zwangsenteignetem Staatsbesitz in der ehemaligen DDR, und nach einem Urteil des Bundesverfassungsgerichts sah es für die Kläger gar nicht schlecht aus. Möglicherweise war das der Grund dafür, weshalb das Gut aufgegeben wurde.«

»Konnte der Kollege auch etwas über die Habichs berichten?«

Sie erhob sich und schüttelte den Kopf. »Leider nein, er kannte sie nicht einmal.«

»Dieses Jöhstadt, gibt es dort eine Polizeidienststelle, eine Station oder einen Posten?«

»Fehlanzeige. Das ist eine Kleinstadt. Zweitausend Einwohner mit allen Gemeinden. Tendenz fallend, Annaberg ist dafür zuständig.«

Auf dem Flur waren eilige Schritte zu hören. Trevisan schaute auf, als jemand klopfte. Thorke Oselich stand im Türrahmen. »Es ist so weit, der Staatsanwalt ist da.«

Trevisan blickte auf seine Armbanduhr. Es war kurz nach zehn und draußen hatte der Himmel alle seine Schleusen geöffnet.

10

Oberstaatsanwalt Lüderboom verkörperte das, was man gemeinhin als Karrierebeamten bezeichnete. Seine Kleidung war teuer, seine Rasur gründlich und seine Frisur saß perfekt, dazu trug er eine Brille mit Goldrand, die sein akademisches Erscheinungsbild unterstrich. Trevisan war dennoch überrascht, denn schon nach einem kurzen Gespräch mit dem Oberstaatsanwalt war klar, dass der Mann sein Handwerk verstand und durchaus mit ihm auf einer Wellenlänge lag, zumindest was die anberaumte Pressekonferenz anging. Besonders die Umstände, wie die Opfer zu Tode gekommen waren, sollten zunächst nicht an die Öffentlichkeit gelangen, um den Ermittlungserfolg nicht zu gefährden.

Als Trevisan zusammen mit Thorke Oselich, dem Oberstaatsanwalt Lüderboom und dem Leiter der Pressestelle Oberrat Hamann den großen Besprechungsraum im Erdgeschoss der Dienststelle betrat, waren bereits alle Stühle besetzt. Es war warm und stickig und allenthalben standen Journalisten sowie Fernsehteams herum, die keinen Platz gefunden hatten.

»Das ist ja ein ganz schönen Rummel«, flüsterte Thorke Oselich Trevisan zu.

»Mit so vielen Journalisten haben wir nicht gerechnet«, murmelte Oberrat Hamann.

Trevisan nahm neben seiner Direktorin Platz, während der Oberstaatsanwalt die Mitte der Tischreihe bevorzugte.

Oberrat Hamann blieb zunächst stehen und begrüßte die Anwesenden. Ein Kamerateam vom *Norddeutschen Rundfunk* hatte sich unmittelbar vor den erhöhten Tischen platziert, während das Team des *ZDF* sich im Hintergrund hielt. Das Gemurmel und Palaver verebbte, als Hamann die Pressekonferenz eröffnete. Er entschuldigte sich dafür, dass einige Journalisten keinen Platz gefunden hatten, und übergab dem Oberstaatsanwalt das Wort, der nach seinen einführenden Worten ein paar oberflächliche Details zur Tat bekanntgab, die eigentlich auch schon in der Presseverlautbarung gestanden hatten. Dann stellte er Trevisan als leitenden Ermittler vor, und die Scheinwerfer der Kameraleute richteten sich auf ihn.

»Hauptkommissar Trevisan steht Ihnen nun für weitere Fragen zur Verfügung«, wiederholte Hamann und blickte von seiner erhobenen Position in das Auditorium.

Ein Journalist von der *Bildzeitung* meldete sich zu Wort. »Stimmt es, dass es sich bei den Mordopfern um eine Familie handelt, die aus dem Osten ins Wangerland gezogen ist und erst kurze Zeit hier lebte?«

»Das ist so nicht richtig«, entgegnete Trevisan. »Die beiden männlichen Opfer, der Familienvater und der Großvater, stammen aus dem Erzgebirge, die beiden weiblichen Opfer lebten hier im Wangerland und wurden auch hier geboren.«

»Haben Sie schon einen konkreten Verdacht?« Eine junge Frau hatte diese Frage gestellt, allerdings gingen ihr Name und der ihrer Zeitung im allgemeinen Gemurmel unter.

»Wir haben ein paar konkrete Spuren, die wir noch abklären müssen, einen konkreten Tatverdacht gegen eine bestimmte Person haben wir noch nicht, die Ermittlungen laufen auf Hochtouren.«

Ein Mann mit blonder langer Mähne meldete sich zu Wort. Trevisan erkannte ihn sofort. Die letzten Jahre waren nicht spurlos an ihm vorbeigegangen und er wirkte ein klein wenig schmuddelig und ungepflegt. »Schulze vom *Tageblatt*.«

Trevisan dachte an den letzten Artikel, den er von diesem Mann gelesen hatte, einen Artikel, den er nicht so leicht vergessen konnte. Zwar waren inzwischen mehr als zehn Jahre ins Land gezogen, doch Trevisan erinnerte sich noch an jedes Wort. Unfähigkeit und Führungsschwäche hatte ihm damals dieser Journalist vorgeworfen, als es galt, einen Brandstifter dingfest zu machen, der im Wangerland sein Unwesen trieb. Trevisan war gespannt, welche Gemeinheiten Schulze heute auf Lager hatte.

»Herr Trevisan, schön, dass Sie wieder im Land sind«, grüßte Schulze mit aufgesetzter Freundlichkeit. »Wenngleich die Umstände dieser Rückkehr nicht gerade einladend sind. Aber nun zum Fall – stimmt es, dass ein Postbote die Leichen am frühen Morgen aufgefunden hat, und ist es richtig, dass die vier Menschen, die auf dem Gehöft lebten, auf brutale Art und Weise, möglicherweise von einem Landstreicher, erschlagen wurden? Und ist es korrekt, dass die Polizei mit möglichen weiteren Taten rechnet?«

Oberstaatsanwalt Lüderboom beugte sich vor und warf Trevisan einen fragenden Blick zu.

Trevisan räusperte sich. »Guten Tag, Herr Schulze. Ich sehe, Sie haben sich nicht geändert. Noch immer der gleiche Schwarzmaler wir früher.«

Schulze lächelte und warf einen Anerkennung heischenden Blick in das Kollegenrund.

»Der Postbote hat die Leichen entdeckt, das ist richtig. Die Umstände ihres Todes geben wir aus ermittlungstaktischen Gründen nicht bekannt, und den Landstreicher haben Sie ins Spiel gebracht. Also, ich denke nicht, dass man sich im Wangerland eine Schrotflinte unters Bett legen sollte, aber abschließen und den Hof in der Nacht verriegeln, das hat noch nie geschadet.«

»Dann glauben Sie an eine Beziehungstat?«, schoss Schulze seine nächste Frage ab.

»Wir stehen noch am Anfang der Ermittlungen, alles ist denkbar.«

»Also auch ein Landstreicher?«

»Das würde mich wundern.«

»Dann doch eher eine Beziehungstat?«

»Wie gesagt, die Ermittlungen laufen auf vollen Touren«, entgegnete Trevisan. »Panikmache, so wie damals, als der Feuerteufel hier sein Unwesen trieb, bringt uns alle nicht weiter und schadet eher den Ermittlungen. Dennoch ist es durchaus wichtig, etwas für die eigene Sicherheit zu tun und mit offenen Augen durch die Welt zu gehen.«

»Haben Sie mehr auf Lager als nur allgemeine Floskeln?«, fragte Schulze.

Trevisan erhob sich. »Wir haben Ihnen mitgeteilt, was wir zum derzeitigen Augenblick sagen können, zu weiteren Details werden wir uns zu gegebener Zeit äußern. Ich bitte Sie noch: Veröffentlichen Sie unsere Fragen, die wir an die Bevölkerung haben, und gehen Sie sorgfältig mit den Informationen um.«

Schulze erhob sich von seinem Stuhl. »Herr Trevisan …«

Hamann stand ebenfalls auf. »Meine Damen und Herren, an dieser Stelle beenden wir diese Konferenz.«

Zusammen verließen sie den Konferenzraum und ließen die Pressevertreter zurück.

»Wer ist dieser Journalist?«, fragte Oberstaatsanwalt Lüderboom.

»Er schreibt für das *Wangerländer Tageblatt*«, erklärte Trevisan. »Ich kenne ihn noch aus meiner Zeit, als ich hier das FK 1 leitete. Er hofft offenbar noch immer, ein Komplott der Polizei aufdecken zu können.«

»Aber woher weiß er, dass die Leute erschlagen wurden?«

»Er ist hartnäckig und zapft gerne unsere Zeugen an. Es ist leicht herauszufinden, wer die Post auf den Jakobshof bringt.«

»Gut, ich will nur nicht, dass wir Leute im Kollegenkreis haben, die ein allzu offenes Verhältnis mit der Presse pflegen. Ansonsten halten Sie mich bitte auf dem Laufenden.«

Trevisan reichte dem Oberstaatsanwalt die Hand. »Das werden wir tun«, versprach er.

*

Trevisan hatte sich in den Soko-Raum zurückgezogen. Verena Steuer, die Sekretärin des Dezernats, hatte ihm einen starken Kaffee gekocht. Er stand vor der Pinnwand und betrachtete die Tatortfotos, als Verena eine junge Frau mit langen schwarzen Haaren in das Zimmer führte. »Lentje will mit Ihnen sprechen.«

Er kannte die junge Frau aus der Besprechung, wusste aber ihren Namen nicht.

»Lentje Kaplani, Fahndung.« Sie reichte ihm die Hand.

»Martin Trevisan. Sie müssen entschuldigen, dass ich noch nicht alle kenne, es hat sich in den letzten Jahren sehr viel verändert.«

»Kein Problem.«

»Weshalb wollen Sie mit mir reden?«

»Dörte Henner.«

Trevisan bot der jungen Kollegin Platz an. »Sie waren auf Norderney?«

»Ja, und es war sehr interessant.« Lentje Kaplani erzählte, was sie auf der Insel über Dörte Henner, Gavin Eriksdorf und die Ermittlungen der Kollegen vom LKA erfahren hatte.

»Das sollten wir überprüfen«, bestätigte Trevisan. »Außerdem wäre es mir recht, wenn wir uns duzen.«

»Kein Problem. Ich heiße Lentje.«

»Martin.«

»Okay, ich habe über eine Stunde mit Kollegen Maier vom LKA telefoniert. Er schickt uns die Akte zu, allerdings gibt es seinen Ermittlungen nach keinen konkreten Tatverdacht gegen Dörte Henner. Möglicherweise war der Stoff in ihrem Zimmer gebunkert und sie wusste nichts davon, so wie sie es in ihrer Vernehmung behauptet hat. Dafür gab es Fingerabdrücke von Eriksdorf auf der Folie. Er war übrigens in Rotterdam, um Kokain zu kaufen und keine Amphetamine. Es gibt offenbar so etwas wie eine Partyszene auf Norderney, wenn es im Sommer wieder losgeht.«

»Die Fahndung nach Eriksdorf steht?«

Lentje nickte. »Leider gibt es bislang überhaupt keine Hinweise, der Kerl ist wie vom Erdboden verschluckt.«

»Ein Kilo Koks, der Marktwert liegt bei etwa fünfzigtausend«, murmelte Trevisan. »Drogen könnten durchaus als Motiv in Frage kommen. Wie sind ihm die Holländer auf die Schliche gekommen?«

»Eine Spezialeinheit der holländischen Gendarmerie hat einen Scheinkauf eingefädelt und Eriksdorf ist darauf hereingefallen«, erklärte Lentje. »Bevor die Holländer zugreifen konnten, ist er in einer Straßenbahn entkommen.«

Trevisan zuckte mit der Schulter. »Haben sie denn überhaupt etwas von ihm?«

»Einen Rucksack mit Papieren und dreiunddreißigtausend Euro in verschiedener Stückelung. Vermutlich Drogengeld.«

»Das ist immerhin etwas. Was, denkst du, sollten wir tun?«

»Wir sollten uns auf alle Fälle noch einmal auf dem Jakobshof umsehen und wir sollten dazu Drogenhunde anfordern.«

»Da stimme ich zu. Kannst du das mit der Durchsuchung organisieren?«

»Klar.« Lentje Kaplani erhob sich.

»Gute Arbeit«, sagte Trevisan, bevor die junge Kollegin die Tür erreichte. »Wir brauchen noch ein Foto von diesem Eriksdorf.«

»Ein Bild ist bereits auf dem Weg.«

Nachdem sie gegangen war, nahm Trevisan das Bild von Dörte Henner von der Pinnwand. Im Drogengeschäft ging es häufig um sehr viel Geld und es gab immer ein Motiv für einen Mord, wenn es darum ging, den anderen auszubooten. Aber wie sollte Dörte Henner in einen Drogendeal in Holland verwickelt gewesen sein? Hatte es Streit wegen des Geldes gegeben, war sie tatsächlich die treibende Kraft im Hintergrund gewesen, so wie ihre Arbeitskollegin es darstellte?

Trevisan betrachtete nachdenklich das Foto der jungen Frau, ehe er es wieder an die Pinnwand heftete und den Soko-Raum verließ.

*

Der Raum war kühl und abweisend und in den weißen Kacheln an den Wänden spiegelte sich das Neonlicht in schmutzigem Gelb. Doktor Rüttensberg deckte den Leichnam ab und schaltete den Strahler aus. Monika Sander war zusammen mit Eike Brun in die Rechtsmedizin gefahren und hatte an Trevisans Stelle an der Obduktion der Leichen teilgenommen, die um zwei Stunden vorverlegt worden war.

»Es ist so, wie ich es bereits am Tatort gesagt habe«, grummelte Rüttensberg. »Der Todeszeitpunkt lag zwischen fünf und sieben Uhr und der Täter ist mit äußerster Brutalität vorgegangen. Er wollte sich seiner Sache sicher sein.«

»Wie meinen Sie das?«

»Dem alten Mann wurde mehrfach auf den Kopf geschlagen«, erklärte der Pathologe. »Mindestens dreimal, und jeder Schlag mit dem spitzen Teil des Beils hätte zum Tode geführt. Bei dem zweiten männlichen Opfer haben wir neben mindestens drei Schlägen außerdem einundzwanzig Messerstiche gezählt. Sieben davon wären tödlich gewesen. Die Frau im Schlafzimmer wies zwölf Messerstiche auf, auch hier kam das Beil mehrfach zum Einsatz. Die Tochter im Badezimmer wurde mindestens dreimal vom Beil getroffen und wies insgesamt siebzehn Messerstiche auf. Insgesamt ein klarer Akt der Übertötung. Näheres steht im Bericht, den Sie erhalten, sobald die toxikologischen Gutachten vorliegen.«

»Haben Sie sonst noch etwas festgestellt?«, fragte Monika Sander.

»Tja, wie es aussieht, wurden die beiden Männer und anschließend die Frau im Schlafzimmer überrascht, dort gibt es nur rudimentäre Abwehrverletzungen, aber das Töchterchen hat sich ordentlich zur Wehr gesetzt. Leider gibt es keinerlei Spuren des Täters an den Leichen.«

»Das stimmt auch mit der Auffindesituation überein«, bestätigte Monika. »Die Tochter unternahm noch einen vergeblichen Fluchtversuch durch das Badezimmerfenster.«

»Wir haben kleine Plastikpartikel an den Händen der jungen Frau gefunden«, fuhr der Arzt fort. »Die stammen sicherlich von dem Regencape, das mir mit den beiden Tatwaffen angeliefert wurde. Beil sowie Messer stimmen mit den Wunden überein, daran gibt es keine Zweifel. Schade nur, dass es Werkzeuge sind, die man in jedem Supermarkt oder Baumarkt kaufen kann, das bringt Ihre Ermittlungen sicherlich nur wenig voran. Ich denke, nach dem Zustand der beiden Werkzeuge zu urteilen, hat sie der Täter eigens zur Tatausführung erworben. Zumindest habe ich unter dem Mikroskop keine der üblichen Gebrauchsspuren gefunden.«

»Danke, Doktor, wir warten dann auf das Gutachten.«

Der Arzt warf einen Blick auf seine Armbanduhr. »Heute haben wir Freitag, ich denke, bis Ende nächster Woche ist die Akte auf Ihrem Schreibtisch.«

Nachdem Eike Brun und Monika Sander das Gebäude der Gerichtsmedizin verlassen hatten, fuhren sie zurück zur Dienststelle.

»Das wird noch ein hartes Stück Arbeit«, meinte Eike, bevor sie in den Hof der Inspektion einbogen. »Viel ist es nicht, was wir von Rüttensberg erfahren haben.«

Monika nickte. »Deswegen bin ich ganz froh, dass Trevisan wieder hier ist.«

11

Der Regen war zurückgekehrt. Ein kalter Wind blies von See her über das Land und die dicken Tropfen prasselten auf das Dach aus Blech und ließen den kleinen Schuppen erzittern. Das Rauschen der Wellen drang durch die Ritzen und vereinigte sich mit dem Wind zu einer stürmischen Symphonie. Dies war nicht der erste Sturm, den er erlebte, doch es war das erste Mal, dass er sich bei so einem Wetter so dicht an der Küste befand. Nur wenige Schritte trennten ihn vom kalten Wasser des gefüllten Priels. Das Watt war die Attraktion hier oben im Norden, doch er verstand nicht, was die Menschen daran faszinierte. Sobald sich das Wasser zurückzog, hinterließ es einen stinkenden und glitschigen Morast. Es war nichts anderes als das brachliegende Ackerland im Frühjahr nach der Schneeschmelze. Doch es gab einen grundlegenden Unterschied, denn der Wind traf auf ungeschütztes Land, keine Bäume, die sich unter dem Druck der Böen wiegten, kein Pfeifen des Windes, der sich in den dichten Tannen verirrte, und kein Knistern der Blätter, wenn sich der Wind in den starken Ästen der Eichen verfing. Er erinnerte sich noch daran, als wenn es gestern gewesen wäre. Ein furchtbarer Sturm war über das Land hereingebrochen und er, verloren in der Einsamkeit, verdammt dazu, draußen zu bleiben, draußen bei den Tieren, inmitten der Dunkelheit. Kein wärmendes Haus, keine windgeschützte Hütte, kein trockener Unterstand, nur Schafe um ihn herum, blökende, stinkende und im Regen dampfende Schafe. Er wusste, was geschehen wäre, hätte er seinen Posten verlassen und wäre auf den Hof zurückgekehrt. Geschlagen hätten sie ihn, mit dem Gürtel, so wie es der alte Konz immer getan hatte, wenn jemand sich nicht an seine Anweisungen hielt.

Damals hatte er zu Gott gebetet und Gott hatte ihn erhört. Mitten in den Pulk aus dampfenden und wärmenden Leibern der Schafe war er gekrochen und die Schafe hatten ihn in ihre Herde aufgenommen, so als wäre er einer von ihnen. Selbst der Hund hatte Reißaus genommen und war auf den Hof zurückgelaufen, als die Wolken zerbrachen und Blitz und Donner zur Erde hinabschickten. Das Unwetter war vorübergegangen, so wie auch dieser Sturm vorübergehen würde. Er kniete sich auf den Boden und lehnte sich gegen den schlanken Bootskörper.

Er war weggefahren, auf Tour, über das Wochenende. Vor Montag war nicht mit ihm zu rechnen. Außer ihm würde niemand diese einsame Hütte unweit von Greetsiel aufsuchen. Dies war sein Reich. Schon damals hatte sich der Hannes gerne in eine stille Ecke auf dem weitläufigen Gehöft zurückgezogen und geschnitzt. Boote, immer nur Boote. Er war geschickt mit dem Schnitzmesser gewesen, doch niemand wusste sein Talent zu würdigen. Eigentlich war er gar nicht so schlimm gewesen, war weicher als die anderen, introvertiert, stiller. Eines Tages fahre ich hinaus über das Meer und dann komme ich nie mehr hierher zurück, hatte er einmal gesagt, als sie beide an einem Teich gesessen hatten. Hinausfahren, so ein Blödsinn, der Teich war gerade mal zwanzig Schritte groß gewesen und von diesem bösen Ort hatte es kein Entkommen gegeben.

Und nun saß er hier und starrte auf die weiß-blau getünchte Yacht. Sie gehörte ihm, dem Hannes. Er hatte sich seinen Traum erfüllt, doch das würde ihn nicht vor seinem Schicksal retten. Er gehörte zu ihnen, zu jenen, die ihm alle Hoffnung genommen hatten, die ihn zerstört und alles ausradiert hatten, was ihm jemals im Leben etwas bedeutet hatte. Eine Träne lief über seine Wangen. Der Wind hatte nachgelassen. Er erhob sich und öffnete die Tür. Es war Zeit, diesem Ort den Rücken zu kehren. Bald würde er wieder hierher zurückkommen und sein Werk vollenden.

Der Regen hatte nachgelassen. Er warf einen Blick auf seine Armbanduhr. Zwanzig Minuten blieben ihm. Er durfte den Bus nicht verpassen, es war der letzte, der heute noch in Richtung Emden fuhr. Bevor er den Schuppen verließ, vergewisserte er sich, dass alles noch so aussah, wie er es vorgefunden hatte, nachdem er hier eingedrungen war. Auch das Schloss, ein einfaches Bügelschloss, verriegelte er, nachdem er den Bügel vor die Tür gelegt hatte. Nichts sollte auf seine Anwesenheit hindeuten. Er war ein Jäger, ein einsamer und stiller Jäger, und er hatte längst seine Beute im Visier. Er würde sie zur Strecke bringen, gnadenlos und unnachgiebig.

*

Hansjörg Heinen war sechzig. Seit über dreißig Jahren arbeitete er schon als Busfahrer. Angefangen hatte er bei der Bundesbahn, bis das Unternehmen privatisiert worden war und er seinen Job verloren hatte. Ein paar Jahre hatte er es bei einer privaten Firma versucht, bis ihm das Krakeelen der Kinder auf den Ausflugsfahrten in den Süden und die alkoholbeseelte Stimmung der Kegelbrüder bei ihrem Ausflug in die nächste Stadt zu viel geworden waren. So war er vor vierzehn Jahren beim Verkehrsverbund Jade-Ems auf Linie gelandet und er war froh darüber. Der Verdienst war mäßig, aber reichte zum Leben, und die Arbeitszeit war angenehm.

Nur der Abendbus, in den sich zuweilen schon einmal ein Betrunkener oder ein jugendlicher Randalierer verirren konnte, war nicht gerade nach seinem Geschmack. Am vergangenen Donnerstag war er die Linie 410 gefahren. Sie startete gegen neun Uhr in Wilhelmshaven und führte über Aurich und Wittmund nach Emden, wo der Bus planmäßig um zehn nach zwölf sein Ziel am Busbahnhof erreichte.

Martin Trevisan führte Heinen ist das Vernehmungszimmer, wo er ihm Platz und einen Kaffee anbot, bevor er sich für das Kommen des Busfahrers nach dem Ende seiner Schicht erst einmal bedankte.

»Das ist doch selbstverständlich, wenn man helfen kann«, antwortete Heinen. »Ich habe gehört, was da auf dem Hof bei Hohenkirchen passiert ist, und tatsächlich ist in dem kleinen Ort ein Fahrgast zugestiegen.«

»Wissen Sie noch, wann Sie mit dem Bus in Hohenkirchen waren?«

Heinen überlegte. »Ja, das muss so kurz vor zehn gewesen sein. Normalerweise fahre ich durch, wenn niemand im Bus drückt oder keiner an der Haltestelle steht, aber da stand einer und winkte, daran kann ich mich genau erinnern.«

»Wo war das?«

»In der Jeverschen Straße, bei der Grundschule«, entgegnete Heinen. »Da stand einer, mit einem dunklen Pullover und einer Kapuze über dem Kopf, so wie es die jungen Leute heute tragen, und hat gewinkt. Oft kommt das nicht vor auf der Strecke. Die meisten steigen in Wittmund oder Aurich zu. Aber der wollte mitfahren, da habe ich gehalten.«

Trevisan wurde hellhörig. »Können Sie den Mann beschreiben?«

»Tja, was soll ich sagen«, sinnierte Heinen. »Ganz unauffälliger Typ eben. Das Alter war schwer zu schätzen, würde mal sagen, zwischen zwanzig und dreißig, vielleicht auch älter, etwa so groß wie ich, einen Meter und achtzig, würde ich sagen, normal, nicht dick, aber hatte schon Fleisch an den Knochen. Trug so einen Schlabberpulli mit Kapuze und dann auch noch eine Schildkappe. Das Gesicht habe ich nur kurz gesehen. Er zeigte mit eine gültige Zonenkarte, alle Zonen, die gilt zwei Wochen. Haben oft die Touristen.«

»Hatte er eine Brille oder einen Bart?«

Heinen ging in sich, schließlich schüttelte er den Kopf. »Eher nicht, war so ein heller Typ, aber durch die Kapuze und die Kappe konnte ich ihn nicht richtig sehen.«

»Welche Farbe hatte die Kappe?«

Heinen zuckte mit der Schulter. »Schwarz, war alles schwarz, auch der Pullover und die Hose, nur die Schuhe, die waren blau. Blau und weiß, so Turnschuhe eben.«

»Hatte er etwas bei sich?«

Der Busfahrer überlegte und kratzte sich nachdenklich an der Stirn. »Einen Rucksack, ja, einen Rucksack hatte er. Auch dunkel, könnte schwarz oder auch blau gewesen sein. Hat mir die Karte gezeigt und ist dann nach hinten gegangen.«

»Sie haben ihn zum ersten Mal dort gesehen?«

Heinen nickte. »Ja, das war kein Stammkunde. Normalerweise steigt dort niemand zu, außer ein paar Schülern am Mittag nach der Schule.«

»Haben Sie ihn während der Fahrt beobachtet?«

Heinen schüttelte abermals den Kopf. »Nee, sagte doch schon, ging durch nach hinten und verzog sich in eine Ecke. Ist erst in Emden wieder ausgestiegen. Kurz nach Mittag waren wir dort.«

»In Emden, wo genau?«

»Moment … Er … er ist nicht bis zum ZOB mitgefahren, ist vorher ausgestiegen. Ich glaube, das war am Philosophenweg, ja richtig, Philosophenweg.«

»Sicher?«

Diesmal nickte Heinen selbstbewusst. »Ja, da bin ich mir ganz sicher.«

»War er alleine oder hat er sich mit jemandem unterhalten oder dort vielleicht sogar jemanden getroffen?«

»Als er reinkam, war er allein, ob er dort jemanden getroffen hat, kann ich nicht sagen, er ist hinten ausgestiegen.«

Trevisan blickte auf seinen Notizblock. »Gut, dann fasse ich mal zusammen. Ein Mann, zwischen zwanzig und dreißig, möglicherweise älter, einen Meter und achtzig groß, keine Brille, keinen Bart und dunkel gekleidet mit Kapuze und Baseball-Kappe. Trug einen dunklen Rucksack bei sich. Ansonsten haben Sie ihn noch nie vorher gesehen. Gibt es sonst noch eine Auffälligkeit, an die Sie sich erinnern, hat er gesprochen, etwas gesagt oder irgendeine Bemerkung fallen lassen?«

Heinen fuhr sich mit den Handflächen über das Gesicht. »Nee, nichts, noch nicht einmal einen Gruß. Zeigte einfach seine Zonenkarte und ging auf seinen Platz. Gesagt hat er nichts und jetzt, wenn ich richtig überlege, glaube ich, dass er auch gar nicht erkannt werden wollte, zumindest hatte er seine Kappe tief in das Gesicht gezogen. Erst nach eurem Anruf im Büro kam mir das, als er zustieg, habe ich mir nichts dabei gedacht, heutzutage rennen ja viele so rum, solche Punks oder wie man die nennt.«

»Hatte er Schmuck, ein Piercing oder eine Tätowierung, irgendetwas Auffälliges an sich?«

»Eigentlich ... wenn ich es recht überlege ...«, Heinen zögerte. »Ja, seine Blässe, er hatte eine sehr helle Haut, ich würde sagen, die Sonne sieht er nicht oft oder er weicht ihr aus, verstehen Sie, was ich damit sagen will?«

Trevisan nickte. »Sie meinen, er war auffällig blass.«

»Ja, genau ... genau das meine ich.«

»Können Sie sich noch an diese Zonenkarte erinnern?«

»Klar.«

»Wie lange war sie gültig?«

»Die war noch neu, ich denke, zehn, zwölf Tage kann er damit noch fahren.«

»Wo bekommt man diese Karte?«

»Die heißt Mobi-Card, also von Mobil kommt das«, erklärte der Busfahrer. »Die ist aus Karton und zwei bis vier Wochen gültig. Für Touristen eben, die mit dem Bus durch die Gegend fahren wollen. Die kostet für zwei Wochen 29,90 und die kriegt man an jedem größeren Busbahnhof aus dem Automat.«

»Größerer Busbahnhof, was heißt das?«

»Na, in den Städten eben, in Wilhelmshaven, in Jever, in Aurich, Wittmund und in Emden eben, überall, wo der Jade-Ems-Verbund fährt.«

»Das heißt, in Hohenkirchen bekommt man sie nicht?«

»Nee, da gibt es keinen Automaten.«

»Wissen Sie zufällig noch, wo diese Karte gelöst wurde?«

Heinen schüttelte den Kopf. »Das kann ich nicht mehr sagen, das steht auch nicht drauf, da muss man schon die Nummer entziffern, um das ableiten zu können. Und ehrlich gesagt habe ich nicht darauf geachtet. Ich fahre Bus, da ist es normal, dass Fahrgäste zusteigen. Okay, um diese Zeit in Hohenkirchen kommt das nicht häufig vor, aber ich dachte mir nichts dabei, ein Rucksacktourist eben. Erst als ich am Abend erfuhr, dass in der Nähe jemand umgebracht wurde, habe ich mich wieder an den Kerl erinnert. Und als mein Chef mir auf der Tour heute sagte, dass die Polizei mit mir sprechen will, dachte ich, der könnte es vielleicht gewesen sein. Deshalb bin ich hier.«

Trevisan lächelte. »Dafür sind wir Ihnen auch sehr dankbar. Glauben Sie, dass wir eine Zeichnung …«

Heinen winkte ab. »So gut habe ich ihn nicht gesehen. Ich sagte schon, das Gesicht war von der Mütze verdeckt. Nur diese blasse Haut ist mir noch in Erinnerung, das war schon … wie soll ich sagen … auffallend.«

Als Heinen die Dienststelle verließ, war sich Trevisan sicher, dass die Aussage des Busfahrers von brisanter Bedeutung für den Fall war. Das mutmaßliche Fahrrad des Täters war gerade mal einen Kilometer von der Bushaltestelle entfernt aufgefunden worden. Und der Bus hatte oft trotz aller Fahndungsmaßnahmen freie Fahrt. Nur selten wurden die Insassen überprüft. In Emden war der Mann ausgestiegen und seine Fahrkarte war noch mehr als zehn Tage gültig …

Trevisan wusste nicht, ob er dies als ein gutes oder ein schlechtes Zeichen werten sollte. Auf alle Fälle lohnte es sich, die Fahndungsmaßnahmen auf Emden und auf die Busse des Jade-Ems-Verbundes zu konzentrieren. Die Kleidung konnte er wechseln, aber sein Alter und seine Größe sowie die auffällige Blässe seines Gesichtes waren ein unveränderliches Zeichen und für die Ermittlungen der erste konkrete Anhaltspunkt.

*

Einen Bauernhof von der Größe des Jakobshofes, mit einer großen Scheune, einem Wohnhaus, einem Schuppen und einer Maschinenhalle zu durchsuchen, war kein leichtes Unterfangen. Schon gar nicht, wenn es dabei um Rauschgift ging. Trotz der Anforderung einer Gruppe der Bereitschaftspolizei aus Oldenburg, der Hinzuziehung von Spezialisten des Rauschgiftdezernats und ein paar Spürhunden, die auf Rauschgift trainiert waren, blieb der erhoffte Erfolg aus. Im Haus, in dem noch immer das Blut der Getöteten auf dem Boden und an den Wänden verteilt war, mussten die Hundeführer äußerst sensibel vorgehen, da der Geruch die Tiere nervös machte.

Auch im Stall mit den vielfältigen Gerüchen der Landwirtschaft war es nicht besser. Dort kamen sie nur langsam voran. Als Lentje Kaplani und ihr Kollege Olaf Schönborn die Maschinenhalle verließen und sich unter das Vordach stellten, war es bereits dunkel geworden. Es schüttete wie aus Kübeln und ein eisiger Wind blies über den Deich. Es war ungemütlich geworden jenseits der Küste im Wangerland.

»So ein Mist!« Lentje zog ihr silbernes Zigarettenetui hervor.

»Du rauchst?«, fragte Olaf Schönborn.

»Nur, wenn ich nervös bin.«

»Warum bist du nervös? Wir haben getan, was wir konnten. Die Hunde haben nicht angeschlagen und die Leute vom D 3 haben auch nichts gefunden und das sind Spezialisten, die wissen, wo man suchen muss.«

»Ich fände es besser, wenn wir etwas gefunden hätten«, entgegnete Lentje. »Dann hätten wir Motiv und Täter und die Sache wäre wasserdicht.«

»Du meinst, es war ein Streit unter Dealern.«

Lentje zog an ihrer Zigarette. »Wieso nicht. Eriksdorf versucht, einen Deal einzufädeln, der scheitert und als er zurück auf die Insel kommt, ist auch noch seine Komplizin verschwunden und mit ihr der ganze Stoff. Quasi alles, was er noch hatte. Kein Wunder, dass er durchdreht.«

Olaf Schönborn winkte ab. »Der Stoff ist bei der Polizei und seine Freundin wurde verhaftet, vergiss das nicht.«

Lentje lächelte. »Wie sollte er das wissen, er konnte sich dort auf der Insel mit niemand unterhalten. Nach ihm wird gefahndet, das weiß er.«

»Klar weiß er das, er ist ja nicht blöd.«

»Wahrscheinlich rechnet er sogar damit, dass man ihn auf der Insel vermutet. Also schleicht er dort wie ein Dieb herum und geht den Menschen aus dem Weg. Als er nach Dörte sucht, muss er feststellen, dass sie weg ist, das Zimmer ist geräumt und auch der Stoff ist weg.«

»Das ist deine Theorie?«

Lentje blies den Rauch in den Wind. »Er weiß, wo er sie suchen muss. Er kommt hierher, um seinen Stoff zu holen. Er braucht Kohle, damit er untertauchen kann. Aber seine saubere Komplizin steckt ihm, dass der Stoff bei der Polizei liegt. Er glaubt, sie verarscht ihn, und kommt am nächsten Morgen hierher zurück.«

»Und tötet alles, was sich ihm in den Weg stellt, auch seine Freundin.«

Lentje nickte.

Olaf Schönborn schüttelte den Kopf. »Dann ist er jetzt ein Mörder und hat noch immer keine Kohle.«

»Wer sagt denn, dass seine Komplizin nicht den Stoff rausgerückt hat, bevor er sie umbrachte. Das muss nur eine Minute gedauert haben, bis sie ihm das Versteck verraten hat. Und dann bringt er sie um, um alle Zeugen zu beseitigen.«

»Ich weiß nicht«, entgegnete Olaf Schönborn. »Das klingt mir zu einfach.«

Lentjes Handy klingelte. »Kaplani«, meldete sie sich.

Trevisan fragte nach einer Beschreibung von Gavin Eriksdorf, denn noch immer ließen das Bild und die Akte vom LKA auf sich warten.

»Etwa ein Meter neunzig groß, dunkle Haare, dunkler Teint, Dreitagebart, die Haare sind an den Seiten rasiert«, entgegnete sie. Es knackte in der Leitung. »Martin ... hallo ... Herr Trevisan ... Ich kann ... hallo ...«

»Was ist?«, fragte Olaf Schönborn.

Lentje schaute ungläubig auf ihr Telefon. Der Balken in der rechten oberen Ecke des Displays offenbarte ihr, dass sie ausgezeichneten Empfang hatte. »Er ... er ist weg.«

»Trevisan?«

Lentje nickte.

»Er wird sich schon wieder melden, wenn er noch was wissen will«, beruhigte Schönborn seine Kollegin.

Der Einsatzleiter der Bereitschaftspolizei näherte sich. »Wir haben alles durchsucht, die Hunde sind durch, wir haben nichts gefunden.«

Lentje schaute ihren Kollegen an, der mit der Schulter zuckte.

»Alles klar«, sagte sie. »Machen wir Feierabend für heute.«

12

Samstag

Acht Uhr, Frühbesprechung. Ein frischer und böiger Wind hatte die Regenfront des vergangenen Tages tief ins Landesinnere getragen. Die Sonne schien von einem wolkenlosen Himmel herab, dennoch lag die Temperatur um die null Grad.

Trevisan hatte sich mit seinem Team im Konferenzraum versammelt, und selbst die Direktorin Thorke Oselich war trotz des Wochenendes auf der Dienststelle erschienen, um sich über den Fortgang der Ermittlungen zu informieren. Trevisan hatte die Erkenntnisse aus der Vernehmung des Busfahrers an seine Leute weitergegeben, und Lentje Kaplani berichtete, was sie auf Norderney in Erfahrung gebracht hatte. Die Durchsuchung des Wangerländer Gehöfts nach Rauschgift und Amphetamin war zwar negativ verlaufen, dennoch stand nach wie vor der Verdacht im Raum, dass Dörte Henner, die Stieftochter von Rolf Habich, auf der Insel in dunkle Geschäfte verwickelt gewesen war und ihr Freund oder Ex-Freund als Tatverdächtiger in Frage kam. Schließlich hatte er bei einem missglückten Rauschgiftdeal in Holland dreißigtausend Euro verloren, und als er auf die Insel zurückgekehrt war, hatte nicht nur Dörte gefehlt, sondern überdies noch beinahe ein Kilogramm Rauschgift mit einem Marktwert von zwanzigtausend Euro. Durchaus möglich, dass er sich hintergangen fühlte. Hatte er sich deshalb an Dörte Henner und ihrer Familie auf diese grausame Art und Weise gerächt?

Inzwischen hatte das Landeskriminalamt die Akte des flüchtigen Gavin Eriksdorf übermittelt. Ein Lichtbild lag den Unterlagen bei, demnach konnte Eriksdorf nicht der Mann sein, der am Tattag gegen zehn Uhr in Hohenkirchen in den Regio-Bus gestiegen war. Eriksdorf war beinahe einen Meter und neunzig groß, hatte dunkle und an den Seiten rasierte Haare und einen dunklen Teint.

»Wer weiß, vielleicht hatte er einen Komplizen«, mutmaßte Lentje. »Es könnte sich auch um eine Gruppe handeln.«

Trevisan nahm ihren Einwand ernst, schließlich stammte Eriksdorf ursprünglich aus Emden und genau dorthin war der Bus gefahren. Zweimal war Eriksdorf wegen eines Rauschgiftdelikts in Erscheinung getreten, doch lagen beide Taten ein paar Jahre zurück. Einmal war er als Konsument bei einer Razzia in einer Disco in Jever festgenommen worden, ein anderes Mal in eine Polizeikontrolle gefahren und hatte dabei merklich unter Drogeneinfluss gestanden. Einträge über Gewaltdelikte gab es nicht und auch sonst keinerlei Hinweise darauf, dass er zu übermäßiger Gewalt neigte.

»Wir bleiben auf alle Fälle am Ball«, entschied Trevisan. »Wir müssen noch weitere Zeugen ausfindig machen. Arbeitskollegen, Freundinnen – so, wie es aus der Akte hervorgeht, war er nicht gerade unbeliebt bei den Damen der Insel. Da muss es Leute geben, die uns mehr über ihn und über Dörte Henner erzählen können.«

Lentje nickte.

»Du und Olaf übernehmt das«, entschied Trevisan. »Nehmt euch noch zwei Leute dazu, wir brauchen ein genaues Bild.«

Monika Sander meldete sich zu Wort. »Die Obduktion hat die Übertötung bestätigt, die Opfer wurden auf brutalste Art und Weise getötet. Ansonsten wird uns der medizinische Bericht nicht viel helfen. Spuren oder fremde DNA gibt es an den Leichen nicht.«

»Auch auf den Tatwaffen und dem Plastikumhang haben wir keine Spuren festgestellt«, fügte Kollege Krog von der Spurensicherung hinzu.

Trevisan nahm es zur Kenntnis und wandte sich Eike Brun zu. »Hast du im Internet etwas herausfinden können?«

Eike blätterte im Ordner, der vor ihm lag. »Ich bin auf eine Website gestoßen, sie heißt *Jakobshof, Friesland*. Offenbar haben sie Werbung für Ferienwohnungen betrieben und ihren Hof darauf vorgestellt. Die Homepage besteht aus nur fünf Seiten und wurde vor einem halben Jahr das letzte Mal aktualisiert.«

»Sind Bilder darauf?«, fragte Monika.

»Bilder vom Hof, von der Familie, von der Umgebung und vom Meer«, bestätigte Eike. »*Im Schatten des Deichs das Leben genießen und einfach nur die Seele baumeln lassen.*«

»Auch von der Tochter?«

Eike schüttelte den Kopf. »Nur er und sie, auch den Opa haben sie unterschlagen. Aber Dörte hatte eine Seite bei Facebook, da sind übrigens einige Fotos mit Freunden und Freundinnen drauf, die lassen sich leicht über Facebook identifizieren.«

»Gut, dann tu das und informiere Lentje, sonst noch was?«

Ein junger Kollege der Fahndung meldete sich, Trevisans Erinnerung nach hieß er Lübbing, doch sein Vorname fiel ihm partout nicht ein, deshalb wies er nur mit dem Finger auf ihn.

»Wir haben die Nachbarschaft befragt, niemand hat dort etwas gesehen, auch Tage zuvor nicht«, erklärte der junge Kriminalkommissar. »Aber wir konnten den schnell fahrenden Wagen ermitteln, den ein Nachbar am Morgen des Tattages auf der Störtebekerstraße gesehen hat. Er kommt nicht in Frage, es war ein junger Mann, der verschlafen hatte und schnell nach Dornum zur Arbeit musste. Wir haben es überprüft, er wohnt in Horumersiel und hat keine Verbindungen zu den Habichs.«

Trevisan nickte. »Gut, dann machen wir uns wieder an die Arbeit.«

Thorke Oselich wartete, bis sich der Raum geleert hatte und sie mit Trevisan alleine war. »Was glaubst du, könnte es sein, dass Lentje recht behält und es bei den Morden um Rauschgift ging?«

Trevisan zuckte mit der Schulter. »Zum derzeitigen Ermittlungsstand wissen wir zu wenig darüber, wir müssen auf alle Fälle der Sache nachgehen.«

»Sollten wir die Personenbeschreibung an die Presse weitergeben?«

»Zum jetzigen Zeitpunkt nicht. Der Busfahrer sagte, dass

er eine Mobi-Karte vorzeigte, er nutzt also den Bus. Ich will ihn nicht warnen.«

»Brauchst du noch Leute?«

»Wir haben derzeit acht Zivilstreifen in Emden im Einsatz, die verdeckt Bushaltestellen und den Busbahnhof überwachen. Die Kollegen dort unterstützen uns.«

Es klopfte an der Tür und Lisa Bohm trat ein. »Frau Kolling ist jetzt da.«

»In den Vernehmungsraum, ich komme.«

Lisa nickte und verschwand wieder.

»Frau Kolling?«, fragte die Direktorin.

Trevisan nickte. »Ja, sie ist die Ex-Schwägerin von Frauke Habich. Sie wohnt in Cuxhaven und ist die Schwester von Fraukes erstem Mann, der auf See verunglückt ist. Lisa hat sie ausfindig gemacht.«

»Ach so, gut, halte mich bitte auf dem Laufenden«, entgegnete sie, bevor auch sie das Zimmer verließ.

*

Anneliese Kolling war eine Frau Mitte fünfzig, sie trug ein blaues Kostüm, das bestimmt nicht billig gewesen war. Ihr gut geschnittenes, kastanienrot gefärbtes Haar war schulterlang. Überhaupt erschien die Frau adrett und legte offenbar sehr viel wert auf ihr Äußeres. Am Revers ihrer Jacke schimmerte eine silberne, mit Diamanten bestückte Brosche in Tropfenform. Von Lisa wusste Trevisan, dass sie mit einem Juwelier verheiratet war und sich selbst als Schmuckdesignerin bezeichnete, obwohl sie früher, vor ihrer zweiten Ehe mit dem Juwelier, als Verkäuferin in einer Drogerie gearbeitet hatte.

Sie musterte Trevisan sorgfältig, nachdem er sie begrüßt und gegenüber hinter dem Tisch Platz genommen hatte. Anneliese Kolling wusste, dass ihre Schwägerin Frauke Habich einem Verbrechen zum Opfer gefallen war. Noch am Tattag war sie darüber informiert worden, denn außer ihr gab es keine weiteren Verwandten.

»Ich war vollkommen durch den Wind, als ich von den Morden hörte«, sagte sie, während Trevisan noch mit dem

Mikrofon beschäftigt war und es auf die Frau ausrichtete. »Das haben Frauke und auch Dörte nicht verdient. Sie müssen mir versprechen, dass Sie den Mörder finden, der so etwas Schreckliches tut.«

»Wir tun, was in unserer Macht steht«, entgegnete Trevisan und suchte nach dem Einschaltknopf des Mikros.

»Wissen Sie, als ich es erfuhr, da habe ich eine ganze Nacht lang geweint, aber Walter hat gesagt, dass uns Emotionen in solch einer Sache nicht weiterbringen, dass wir jetzt vernünftig bleiben müssen. Also fragen Sie ruhig, was Sie wissen müssen, und fangen Sie dieses Ungeheuer.«

Endlich hatte Trevisan den Schalter gefunden. Er richtete sich auf. »Gut, also beginnen wir.«

Nachdem die Formalitäten erledigt waren und Trevisan sie auf ihre Zeugenpflichten aufmerksam gemacht hatte, fragte er sie nach ihrem Verhältnis zu ihrer verstorbenen Schwägerin.

»In den letzten Jahren ließ der Kontakt mehr und mehr nach«, erklärte sie. »Der übliche Anruf zum Geburtstag und Weihnachtsgrüße, mehr war da nicht. Es lag an ihrem neuen Mann, ich konnte ihn nicht leiden und er mich wohl auch nicht.«

»Das heißt aber, dass Sie früher mehr Kontakt hatten?«

Anneliese Kolling nickte, dabei fiel ihr eine Haarsträhne ins Gesicht, die sie vorsichtig zur Seite strich. »Früher haben wir viel unternommen. Als Hinrich noch lebte, da waren wir fast wie eine Familie. Ich arbeitete und wohnte in Dornum, war aber meistens hier. Auf dem Hof gab es immer viel Arbeit. Ich habe mich um Dörte gekümmert und Frauke entlastet, wir waren wie ... wir waren wie Schwestern.«

»Das ließ nach, als Frauke Rolf Habich heiratete?«

Sie zuckte mit den Schultern. »Ich lernte vor sechs Jahren meinen jetzigen Mann kennen, da war der Hinrich schon auf See geblieben. Da wurden die Besuche natürlich weniger, das ist doch normal. Doch auch wenn ich nur wenig über die letzten Jahre weiß, hoffe ich trotzdem, dass ich helfen kann.«

Trevisan stützte die Ellenbogen auf der Tischplatte auf und

faltete die Hände vor seinem Gesicht. »Frauke, ihre Tochter, ihr Schwiegervater und ihr Ehemann wurden ermordet, da müssen wir uns ein Bild über ihr Leben verschaffen, das ist vollkommen normal und Verwandte oder nahe Bekannte haben oft einen tiefen Einblick in das Leben der Opfer. Wir sind auf Mithilfe angewiesen. Alles kann wichtig sein, auch wenn es unwichtig erscheinen mag.«

»Ich verstehe«, antwortete Anneliese Kolling. »Nun ja, zwei Jahre nach dem Tod von Hinrich lernte ich Walter kennen, meinen jetzigen Mann. Ich hatte kurz zuvor meine Arbeitsstelle verloren, weil die Drogeriekette meinte, dass sich ein Geschäft in Dornum nicht mehr lohnte. Man hat mir einen Job in Emden angeboten, aber darauf ließ ich mich nicht ein. Walter war hier Feriengast und er bot mir an, in seinem Schmuckgeschäft zu arbeiten. Ich zog dann nach Cuxhaven, das war die Zeit, als Frauke und Dörte oft miteinander stritten. Der Hof machte sie fertig. Es war zu viel für eine Frau und Dörte war ihr keine große Hilfe. Damals hat sie mal gesagt, dass sie über das Internet einen Mann kennengelernt hatte, der ebenfalls in der Landwirtschaft arbeitete, dessen Hof aber abgebrannt ist. Sie war da so Mitglied in einer Community, wo sich wildfremde Menschen unter Code-Namen miteinander unterhalten und man nie weiß, was für ein Spinner da am anderen Ende des Computers sitzt. Ich sagte ihr noch, sie solle das lassen, das sind alles nur Betrüger, die ihr sonst etwas versprechen, nur um sie ins Bett zu kriegen.«

Trevisan runzelte die Stirn. »Sie meinen, eine Partnerbörse?«

»So etwas Ähnliches, aber da konnte man auch nur miteinander quatschen oder Kochrezepte austauschen.«

»Was können Sie mir über Dörte sagen?«

Anneliese Kölling beugte sich vor und antwortete in das Mikrophon. »Dörte war früher ein liebes Kind, aber sie hat wohl nie den Tod von Hinrich überwunden. Sie liebte ihren Vater abgöttisch. Und als Frauke mit dieser Partnersuche anfing, da ist es Dörte vorgekommen, als würde sie Hinrich verraten. Eines Tages stand das Mädchen vor meiner Tür in Cuxhaven. Sie war ausgebüxt und hatte Tränen in den Augen, als sie davon erzählte, dass sich Frauke mit einem Mann treffen würde. Damals war sie fünfzehn.«

»Dieser Mann war Rolf Habich?«

Sie schüttelte den Kopf. »Nein, das war ein anderer, Habich kam später. Ich habe Dörte am nächsten Tag zurückgebracht und mit Frauke geredet. Sie hatte sich mit einem Mann aus Wilhelmshaven getroffen, sie meinte, er ist ein echter Kavalier. Ingenieur soll er gewesen sein. Sie hat sehr für ihn geschwärmt und benahm sich wie ein pubertierender Teenager, aber zwei Wochen später war das mit der Herrlichkeit vorbei. Der wollte kein Bauer werden.«

Trevisan lehnte sich auf seinem Stuhl zurück und verschränkte seine Arme vor der Brust. »Sie wohnten damals schon in Cuxhaven?«

Anneliese Kolling nickte. »Ja, aber ich war mindestens zweimal im Monat bei Frauke zu Besuch. Übernachtete auch hier. Der Hof kostete sie beinahe die letzte Kraft und dann ging später auch noch Dörte weg. Nach Norderney, und machte dort eine Lehre als Hotelfachangestellte. Frauke war sehr einsam. Eines Tages erzählte sie mir, dass sie über das Internet diesen Rolf kennengelernt hatte, der Bauer war und dessen Hof offenbar in Flammen aufgegangen ist. Der kam aus dem Osten. Irgendwo aus dem Erzgebirge. Sie hat sich dann wohl auch ein paarmal mit ihm getroffen. Damals heiratete ich, deshalb konnte ich nicht mehr so oft hierher kommen. Ich denke, das ist normal, und Walter wollte schließlich, dass ich zu Hause bin und nicht in der Welt herumreise.«

»Das ist verständlich.«

»Sie hat ihn mir einmal vorgestellt, den Rolf, das war vielleicht ein oder zwei Monate vor der Heirat. Der Kerl war eigentlich ganz nett, aber sein Vater war mir nicht geheuer, der war ein alter, brummiger Kauz. Mit Hinrich war das natürlich überhaupt kein Vergleich. Ich habe dann mal Tacheles mit Frauke gesprochen und sie hat es mir insgeheim bestätigt. Da war keine Liebe, diese Ehe hatte nur den

Zweck, den Hof zu erhalten, aber irgendwie haben sie sich wohl zusammengerauft. Ich war sogar damals Trauzeugin.«

»Und dann ließ der Kontakt nach?«

Anneliese Kölling winkte ab. »Nein, nicht sofort. Ein paar Monate ging das noch. Ich kam zwar seltener, aber dafür haben wir stundenlang miteinander telefoniert. Ich merkte, dass es Rolf nicht passt, wenn ich hier auftauche, also hielten sich meine Besuche in Grenzen. Und der Alte, der ließ mich deutlich spüren, dass ich hier die persona non grata war. Ich hatte das Gefühl, die beiden hatten, was sie wollten. Sie hatten den Hof und als Dreingabe auch noch eine Bäuerin, die kocht, wäscht und putzt, mehr wollten die doch gar nicht.«

»Sie meinen, dass sie kein normales Familienleben führten?«

Anneliese Kolling nickte. »Ja, das dachte ich zuerst, ich habe es Frauke auch so gesagt, aber da hat sie mich ganz schön angefahren. Sie meinte, der Rolf ist zwar nicht die große Liebe, so wie Hinrich, und würde es auch nie werden, aber er wäre immer gut zu ihr und auch zu Dörte. Den Alten konnte sie auch nicht leiden, aber da hoffte sie, dass er ja irgendwann weg ist, und offenbar brachte Rolf den Alten immer wieder zu Räson, deswegen ging er Frauke meist aus dem Weg.«

Trevisan überlegte einen Augenblick. »Gab es denn einen bestimmten Vorfall als Grund dafür, dass Ihr Kontakt immer weniger wurde?«

Anneliese Kolling schüttelte vehement den Kopf. »Nein, sicher nicht. Wir waren immer noch gut miteinander. Aber das ist eben so. Walter zeigte mir, wie man Schmuck anfertigt, und das faszinierte mich und ich hatte wohl irgendwie auch ein Händchen dafür.« Sie legte die Hand auf ihre Brosche. »Das habe ich auch selbst gemacht, Silber mit drei Diamanten besetzt, das macht wirklich Freude, wenn man seinen eigenen Schmuck tragen kann. Na ja, irgendwie ließ der Kontakt zu Frauke nach. Sie hatte ihr Leben und ich hatte meines. Sie rief auf einmal nicht mehr an und ich … ich dachte mir, wenn das so ist, dann ist es eben so. Die letzten beiden Jahre haben wir vielleicht vier- oder fünfmal miteinander gesprochen. Einmal, letztes Jahr an Weihnachten, da habe ich sie noch einmal besucht. Wir waren zufällig in der Gegend. Sie sah schlecht aus. Dörte machte ihr Sorgen.«

Trevisan horchte auf. »Wissen Sie, weswegen sie Ärger mit ihrer Tochter hatte?«

»Ärger, also Ärger ist zu viel gesagt, aber Dörte trieb es manchmal ganz schön bunt. Männergeschichten, fast jeden Monat einen anderen Liebhaber, das gefiel Frauke eben nicht und ich verstand es. Ich war genauso alt wie Dörte, als ich das erste Mal heiratete. Zwei Jahre blieb der Kerl, dann ist er verschwunden, der Halunke, wenn man jung ist, da macht man eben Fehler.«

»Dörte lebte damals auf Norderney?«

»Ja, immer noch das gleiche Hotel, in dem sie gelernt hat. *Seestern*, ein ganz gutes Haus und auf Norderney hat man das ganze Jahr hindurch Gäste. Frauke passte es eben nicht, dass Dörte, wie soll ich sagen, einen etwas lockeren Umgang mit dem männlichen Geschlecht pflegte.«

Trevisan nickte zustimmend. »Ich denke, als Elternteil kann man so etwas verstehen.«

»Sie haben auch Kinder?«

»Eine Tochter«, bestätigte Trevisan.

»Dann wissen Sie ja, wie man sich fühlt, wenn die Kinder einfach nicht hören wollen, obwohl man es gut mit ihnen meint.«

»Können Sie mir sonst etwas über das Leben der Habichs erzählen? Gab es da etwas Ungewöhnliches? Ärger mit irgendjemandem oder Streit mit irgendwelchen anderen Familien?«

Anneliese Kolling schüttelte den Kopf. »Nein, nicht, dass ich wüsste. Hinrich war hier beliebt, der hat geholfen, wo es nur ging, und Frauke ging in ihrem Hof auf. Ich glaube, das hat ihr richtig Spaß gemacht. Da gab es nie etwas, im Gegenteil. Wenn Hinrich Hilfe brauchte, da kamen die Nachbarn aus allen Ecken und packten mit an. So, wie auch Hinrich sich für nichts zu schade war. Und Frauke ebenfalls. Über die Habichs weiß ich nichts, das hat mich auch nie interessiert.

Aber wenn es da irgendetwas gegeben hätte, wenn der Rolf oder auch der Alte sich mit den Nachbarn überworfen hätten, dann hätte es mir Frauke sicherlich erzählt.«

»Was wissen Sie über Dörte?«

»Wie meinen Sie das?«

Trevisan druckste ein klein wenig herum.

Anneliese Kolling bemerkte das. »Nur heraus mit der Sprache«, sagte sie.

»Wir suchen ein mögliches Motiv für die Morde«, umsegelte Trevisan die Klippe. »Könnte es sein, dass Dörte in dunkle Geschäfte verwickelt war?«

Anneliese Kolling fuhr sich über die Stirn. »In den letzten beiden Jahren habe ich wie gesagt nicht mehr viel mitbekommen, aber wenn Sie mich so direkt fragen … Wenn Dörte den falschen Umgang hatte, dann würde ich nicht meine Hand für sie ins Feuer legen. Sie war … Wie soll ich sagen … Sie war ein klein wenig leichtsinnig.«

Trevisan zog seine Lippen schmal. »Danke, dass Sie gekommen sind«, sagte er und reichte ihr die Hand.

»Und wie geht das jetzt weiter, ich meine, auch mit dem Hof?«

»Das wird das Erbschaftsgericht entscheiden, man muss erst einmal feststellen, ob es noch andere Verwandte gibt.«

»Die gibt es nicht, das heißt, nicht mehr. Sie hatte eine Tante, die ältere Schwester ihrer Mutter, lebte in Italien, aber die dürfte bereits lange schon gestorben sein. Ich weiß nicht, ob die Tante auch Kinder hatte. Ansonsten gibt es da niemanden. Manchmal ist man eben der Letzte aus seiner Sippe und wenn man geht, dann geht die ganze Familiengeschichte mit ins Grab.«

Ein paar Minuten später führte Trevisan die Frau zum Ausgang. Er bedankte sich noch einmal bei ihr, dass sie Zeit gefunden hatte und extra aus Cuxhaven hergekommen war.

»Konnte Sie etwas zum Fall beitragen?«, fragte Lisa, als Trevisan den Konferenzraum betrat.

Trevisan zuckte mit der Schulter. »Ich weiß es nicht, noch nicht.«

13

Die Sonne schien von einem nahezu wolkenlosen Himmel, dennoch war es windig und bitterkalt. Er trug einen grünen Anorak und hatte die Kapuze tief in das Gesicht gezogen. Trotz der Kälte und des Windes freute er sich über den Sonnenschein, denn die letzten Wochen waren trüb, düster und nasskalt gewesen, so dass man bald schon vergessen hatte, wie sich Sonnenstrahlen anfühlten. Vielleicht war dies ein gutes Zeichen und die hellen Strahlen kündigten den nahenden Frühling an. Die Zeit des Erwachens, die Zeit, in der sich die Natur regte und in einer Explosion aus Duft und Farben über die Menschen kam. Als er noch ein Kind gewesen war, hatte er nach einem langen Winter den Frühling herbeigesehnt, denn die Düsternis wich und machte einer befreienden Helligkeit Platz. Licht, das er brauchte wie ein Fisch das Wasser. Frühling war das Ende der Pein. Nicht nur für ihn, auch für alle anderen und für manche ganz besonders.

Er überquerte den Kanal und schlug den Weg zum Hafen ein. Diesmal würde er die Bushaltestelle am Rathausplatz benutzen, doch er brauchte sich nicht zu beeilen. Der Bus würde erst in einer halben Stunde abfahren. Als er an der Kirche vorbeikam, blieb er stehen. Der Friedhof breitete sich weitläufig neben dem ehrwürdigen Gebäude aus. Er betrachtete den kleinen Turm des Backsteinbaus im Emder Herrentorviertel. Einmal war er an ihrem Grab gewesen, einmal hatte er vor dem schwarzen Stein gestanden, auf dem ihre Namen prangten. Alt waren sie nicht geworden, viel zu früh waren sie gestorben, doch er hoffte, dass sie ein gutes Leben gehabt hatten. Obwohl sie ihn in der Einsamkeit und im Schmerz zurückgelassen hatten. Sie hatten keine andere Möglichkeit, hatte die Frau im weißen Kleid immer und immer wieder gesagt. Sie sind nun weg, aber ihr seid hier und nun müsst ihr das Beste daraus machen und ihr müsst stark sein und euer neues Leben akzeptieren. Dann hatte sie sich umgedreht und war gegangen und erneut ließ man ihn zusammen mit seiner Schwester im Stich. Diese Worte waren ihm im Gedächtnis geblieben, doch verstanden hatte er sie nie. Erst als er vor dem Grab der Eltern stand, konnte er seinen Frieden mit ihnen schließen. Doch vergeben konnte er ihnen nicht.

Er ging weiter, und eine Windböe verfing sich in seiner Kapuze. Am Gewerbeaufsichtsamt bog er nach rechts ab und ging über die Oldersumer Straße in Richtung Rathausplatz. An einem Parkplatz blieb er stehen und beobachtete die Umgebung. Er wusste, dass er wachsam bleiben musste, sicher hatte die Polizei inzwischen herausgefunden, auf welchem Weg er seine Flucht angetreten hatte. Bestimmt hatten sie das Fahrrad längst gefunden. Er hätte es im See versenken sollen, so wie die Axt und das Messer, doch das Ufer war einfach zu flach gewesen.

Auf dem Parkplatz standen mehrere Wagen, alle waren leer. Langsam schlenderte er weiter und passierte das Rathaus. Das Otto-Huus, wo der Kopf eines sonderbaren Phantasie-Elefanten aus dem Mauerwerk ragte, lag gegenüber dem ausladenden Platz. Er hatte den friesischen Komiker schon ein paarmal im Fernseher gesehen, aber dieser Art von Klamauk konnte er nicht viel abgewinnen. Er umrundete das Rathaus, ließ zwei Autos passieren, ehe er die Straße überquerte und am alten Markt auf einer Parkbank Platz nahm. Ein Blick auf die Rathausuhr offenbarte ihm, dass er noch gut zwanzig Minuten Zeit hatte. Aus seinem Rucksack kramte er eine Wasserflasche hervor. Ein paar Möwen aus dem nahen Hafen kamen auf ihn zu, sie hegten wohl die Hoffnung, dass auch für sie etwas abfallen konnte, doch er scheuchte sie einfach davon. Er blickte sich um. Vor dem Parkstreifen am Otto-Museum stand ein silberfarbener Opel. Direkt gegenüber befand sich die Bushaltestelle. Sein Blick blieb auf dem Wagen haften. Die Seitenscheibe der Beifahrerseite war geöffnet und der Ellenbogen eines Mannes lag auf der Tür. Zwei Personen saßen in dem Wagen. Er erhob sich und ging hinter einem großen Baum in Deckung, unauffällig, so, als wolle er sich die Beine vertreten.

In all den Jahren, in denen er auf der Flucht gewesen war, hatte er gelernt, diese Zeichen zu deuten. Autos, besetzt mit mehreren Personen, waren immer verdächtig. Als sich ein Bus näherte und gegenüber auf dem Haltestreifen anhielt, schienen sich die beiden Männer im Opel besonders für die Passanten im Umfeld zu interessieren. Kein Zweifel, in diesem Wagen saßen Polizisten in Zivil, die nach ihm Ausschau hielten. Der Busfahrer hatte sich wohl an ihn erinnert. Er hätte vielleicht nicht in dem kleinen Ort zusteigen sollen, er hätte weiterfahren sollen, in eine größere Stadt. Er ärgerte sich, weil er einen Fehler gemacht hatte. Er wandte sich um und ging in Richtung des Stadtgartens davon. Es war an der Zeit, die Zelte hier abzubrechen und zu verschwinden. Doch einen Bus würde er diesmal nicht nutzen.

*

Trevisan nippte an seinem Kaffee. Er legte den Bericht zur Seite, den die Kollegen über die Nachbarschaftsbefragung zusammengestellt hatten, und schüttelte den Kopf. »Es waren ganz normale Leute. Keine Probleme, keine Nickeligkeiten, kein Streit. Nichts, was auf eine solche Tat hindeutet. Ich glaube, wir suchen hier in dieser Gegend vergeblich. Wir müssen uns die Vita von Rolf und Christian Habich vornehmen.«

»Da ist nicht sehr viel bekannt«, entgegnete Lisa.

»Eben«, konterte Trevisan. »Und du weißt, wie man in Kollegenkreisen mit Ersuchen umgeht. Wir sollten uns vor Ort ein Bild verschaffen.«

»In den Osten fahren?«

»Genau. Zum Beispiel dieser Brand des Gehöfts, den die Habichs drüben bewirtschafteten. Darüber gibt es vollkommen unterschiedliche Berichte. Einmal soll es ein Penner gewesen sein, der dort übernachtete und nicht aufpasste, andererseits waren es mehrere Gebäude, die dort in Flammen aufgingen und noch dazu weit auseinander standen. Da frage ich mich, wie das gehen soll. Ich habe ein komisches Gefühl bei der Sache. Was, wenn der Brand auch schon ein Racheakt war?«

»Als das Gehöft abbrannte, stand es bereits leer«, widersprach Lisa. »Soweit ich mich erinnere, hatten die Habichs wegen eines Besitzstreites den Hof schon längst aufgegeben.«

»Was ist, wenn der Brandstifter das nicht wusste?«

»Das war im Winter 1996, das ist eine ganze Weile her.«

»Trotzdem. Ich habe das Gefühl, dass hier etwas nicht stimmt.«

Es klopfte an der Tür und Monika Sander betrat den Besprechungsraum.

»Gibt es Neuigkeiten?«, fragte Trevisan.

Sie schob ihm eine Akte zu. »Das LKA hat uns alles zusammengestellt, was sie über diese Partyszene auf Norderney haben. Beim letzten Summertime-Festival am Strand unweit des Hotels haben sie beinahe ein halbes Kilo Drogen beschlagnahmt. Amphetamine vor allem. Sie haben zwei Klein-Dealer verhaftet. Kollege Maier ist der Ansicht, dass es dort jemanden gibt, der die Szene kontrolliert. Und damit meint er weder Eriksdorf noch Dörte Henner.«

»Woher weißt du das?«

»Ich habe mit ihm gesprochen.«

»Heute?«, fragte Trevisan überrascht.

»Ja, genau so hat er auch reagiert, aber als ich ihm sagte, dass wir von der Mordkommission kein Wochenende kennen, wenn es um die Aufklärung eines Verbrechens geht. Er zeigte sich durchaus kooperativ.«

»Hat er einen konkreten Verdacht, einen Namen?«

Monika zeigte auf die Akte. »Lakic, Miroslav Lakic. Er betreibt ein Café, Maier meint, dass es nur der Tarnung dient.«

»Maier hat nichts gegen ihn in der Hand?«

»Observation, Telefonüberwachung, Zeugenbefragung, V-Männer, all das hat bislang nichts gebracht. Lakic ist geschickt und kennt das Gewerbe. Außerdem ist es nicht einfach, an jemanden heranzukommen, der auf einer Insel lebt, wo alles klein und überschaubar ist.«

Trevisan schlug die Akte auf und betrachtete das Foto. Miroslav Lakic war ein Mann um die fünfzig, dem man sein Alter nicht auf den ersten Blick ansah. Graue Haare, Oberlippenbart und ein aristokratisches Erscheinungsbild. Das Kriminalregister wies zwei Vorstrafen wegen Körperverletzung aus, die aber beide schon über fünf Jahre zurücklagen.

»Der ist aalglatt, der Kerl«, brummte Trevisan.

»Ja, das hat Maier auch gesagt.«

»Hat er so etwas wie eine Organisation?«

»Maier sagte, sie sind erst seit dem letzten Sommer an ihm dran«, erklärte Monika. »Natürlich gibt es Leute in seinem Umfeld, aber Maier kann nicht sagen, ob es sich da um eine Organisation handelt. So weit sind sie noch nicht vorgedrungen.«

»Was hat er die letzten acht Monate getan?«

Monika zuckte mit der Schulter. »Falls es tatsächlich zutrifft, dass Eriksdorf und Dörte Henner irgendwie ihre Finger im Spiel hatten und das Geld und der Stoff gar nicht ihnen, sondern Lakic gehörten, könnte es sich durchaus um einen Auftragsmord handeln. Vielleicht sollte damit ein klares Zeichen gesetzt werden. Das ist im Drogenmilieu nicht ungewöhnlich, wenn jemand versucht, den Capo di tutti i capi zu betrügen.«

Trevisan schüttelte den Kopf. »Da geht es meist um höhere Summen und Norderney ist nicht Chicago.«

»Hast du eine bessere Erklärung?«

»Ich denke, wir sollten die Habichs nicht aus den Augen verlieren.«

»Was willst du tun?«

»Ich rede am Montag mit Thorke. Wir müssen nach Annaberg.«

»Okay, wenn du meinst.«

»Wir arbeiten parallel«, entschied Trevisan. »Du bleibst zusammen mit Lentje in Sachen Lakic am Ball und ich kümmere mich zusammen mit Lisa um die Habichs. Die Sache mit dem Brand des Gutshofes ist reichlich dubios. Vielleicht finden wir dort drüben ein paar Antworten auf unsere Fragen.«

*

Das Mehrfamilienhaus am Kreuzkirchenstieg in Billstedt war reichlich heruntergekommen. An der Fassade bröckelte der Putz und die hölzernen Fensterläden hingen schief in ihren Angeln. Hamburgs Problemviertel präsentierte sein düsteres Gesicht in der Morgensonne. Gavin Eriksdorf erwachte, als das Sonnenlicht durch das Fenster auf seine Matratze fiel. Er erhob sich und streckte alle Glieder von sich. Sein Magen knurrte. Beinahe wäre er über eine leere Bierflasche gestolpert, die vor seiner Matratze lag. Marco, der Kumpel, den er auf Norderney kennengelernt hatte und dessen Schnarchen aus dem Nebenzimmer zu ihm herüberdrang, hatte ihn bei sich aufgenommen und keine Fragen gestellt.

Gavin ging zum Kühlschrank und öffnete die Tür. Gähnende Leere empfing ihn. Er streifte sich seine Hose über und fuhr sich mit den Händen durch die Haare. Ein Griff in seine Hosentasche förderte nur ein paar Münzen ans Tageslicht. Drei Euro und sieben Cent, das war alles, was er noch an Barschaft besaß. Egal, für eine Flasche Wasser, um den schalen Geschmack aus dem Mund zu spülen, und ein paar Brötchen an der Bäckerei um die Ecke würde es schon reichen.

Als er die Wohnung verließ, zog er die Tür leise zu. Draußen war es kalt und ungemütlich. Die Sonne schien, doch ein eisiger Wind fegte durch die Straßen. Er schwang sich auf das Fahrrad und fuhr den Kreuzkirchenstieg hinunter. An der Einmündung zur Billstedter Hauptstraße trat er in die Pedale, den Kleinwagen, der sich aus Richtung Hamburg-Horn näherte, nahm er gar nicht wahr. Er schnitt die Kurve und noch ehe er die Einmündung hinter sich gelassen hatte, prallte er mit seinem Rad ungebremst in die Seite des roten Autos. Die Wucht des Aufpralls hob ihn aus dem Sattel. Er flog auf die Motorhaube, bevor er vor dem heftig bremsenden Wagen auf den Asphalt stürzte und mit dem Kopf aufschlug. Regungslos blieb er liegen. Er erwachte erst, als er in einem Krankenbett lag. Ein dicker Verband war um seinen Kopf gewickelt. Verwirrt schaute er sich um. Sein Blick blieb auf der blauen Uniform eines Polizisten haften.

Erst jetzt bemerkte er, dass sein rechtes Handgelenk mit einer Handschelle am Bett fixiert war.

»Wo ... wo bin ich?«, fragte er verwirrt.

»Guten Tag, Herr Eriksdorf, Sie sind hier in guten Händen.«

»Was ... was ist passiert?«

»Sie hatten einen Unfall, erinnern Sie sich?«

Eriksdorf versuchte den Kopf zu schütteln, doch es blieb bei dem Versuch, heftige Kopfschmerzen stellten sich ein.

»Außerdem habe ich noch eine schlechte Nachricht für Sie, Herr Eriksdorf. Sie sind verhaftet.«

»Verhaftet?«, fragte er entgeistert.

»Ja, die Kollegen aus Wilhelmshaven fahnden nach Ihnen.«

»Wilhelmshaven, weshalb Wilhelmshaven?«

»Es geht um den Mord an einer vierköpfigen Familie. Sie werden heute noch in ein Gefängniskrankenhaus überführt.«

»Das ... das ... das ist Blödsinn«, stammelte er und schloss die Augen. Als er sie wieder öffnete, stand der Polizist noch immer vor seinem Bett. Dieser Alptraum wollte offenbar nicht einfach so enden.

14

Das Internet und die Social Communitys waren Fluch und Segen zugleich. Zum einen kehrten unbedarfte und allzu naive Zeitgenossen hochoffiziell ihr Innerstes nach außen und machten sich damit öffentlich zum Affen, zum anderen waren diese Seiten ein schier unerschöpflicher Quell an Informationen.

Eike hatte den Facebook-Acount von Dörte Henner entschlüsselt und für die weiteren Ermittlungen nützliche Informationen daraus gezogen. Eine von Dörtes besten Freundinnen, zumindest bis vor etwa einem Jahr, war eine Arbeitskollegin namens Maddy, von der es mehrere Bilder, zum Teil in inniger Umarmung mit Dörte, zu finden gab. Vor acht Monaten hatte der Kontakt nachgelassen, aus welchem Grund auch immer, doch für Eike war es nicht schwer gewesen, Maddy ausfindig zu machen. Sie hieß eigentlich Madeleine Dörner und arbeitete als Hotelangestellte im Strandhotel *Georgshöhe* auf Norderney. Lentje hatte sich mit Olaf Schönborn aufgemacht, um mit der jungen Frau zu reden, die hinter der Rezeption ihre Frühschicht abgeleistet hatte und seit knapp zehn Minuten Feierabend hatte. Sie saßen im Frühstücksraum des Restaurants, wo sie sich ungestört unterhalten konnten, denn die Gäste hatten sich schon längst verzogen.

Maddy war fünfundzwanzig Jahre alt, hatte lange rotblonde Haare und war ein ausgesprochen hübsches, aber eher in sich gekehrtes Mädchen. Sie war über die Nachricht vom Tod ihrer Freundin Dörte sichtlich erschüttert und trocknete sich die Tränen mit einem Taschentuch ab. Es war schnell geklärt, weshalb ihr Kontakt zu Dörte vor knapp acht Monaten nachgelassen hatte, denn Maddy war schwanger, im sechsten Monat bereits, und ihr Freund, der als Koch auf der *Georgshöhe* arbeitete, war von Dörtes neuem Freund Gavin Eriksdorf nicht begeistert gewesen und hatte verlangte, den Kontakt einzuschränken.

»Wir waren früher viel zusammen«, schluchzte die junge Frau. »Wir waren zusammen in Ausbildung, im *Seestern*. Ich kann es einfach noch nicht fassen.«

»Wann haben Sie das letzte Mal mit Dörte gesprochen?«

Lentje musste eine Weile warten, ehe Maddy zu einer Antwort in der Lage war. »Wir haben uns beinahe jede Woche eine SMS geschrieben, das letzte Mal vor zwei Wochen etwa, aber Harald durfte das nicht wissen.«

»Wieso war Ihr Freund gegen die Beziehung?«, fragte Olaf.

»Harald sagt, die beiden sind nicht gut für uns, er traut Gavin nicht über den Weg. Damals, als Dörte ihn kennenlernte, hat er auch versucht, mich anzumachen, da gab es einen handfesten Streit zwischen ihm und meinem Freund.«

»Und das hat Dörte nicht gestört?«

»Doch, schon, aber … Gavin ist so, Küsschen hier, Küsschen da, so Schickimicki eben, und das gefällt Harald gar nicht. Da war nichts dahinter, das war nur Spaß und Harald ist eifersüchtig, er … liebt mich und er freut sich auf das Kind. Er will einmal sein eigenes Restaurant auf der Insel eröffnen.«

Lentje stoppte Maddys Vortrag über ihren Freund, sie hatte verstanden, was die junge Frau zum Ausdruck bringen wollte. »Um was ging es bei der letzten Unterhaltung?«

Maddy zuckte mit der Schulter. »Wie es mir geht, eben.«

»Hat sie irgendetwas von Schwierigkeiten geschrieben?«

Maddy schüttelte den Kopf. »Schwierigkeiten, was für Schwierigkeiten?«

»Im Beruf oder mit ihrem Freund?«

»Kein Wort«, erklärte Maddy. »Deshalb habe ich auch überhaupt nicht verstanden, dass sie gekündigt hat und auf das Festland zurückgegangen ist. Sie hat immer gesagt, ihr gefällt es im *Seestern*.«

»Dann wissen Sie überhaupt nicht, dass Sie entlassen wurde?«

»Entlassen«, wiederholte Maddy entgeistert und schlug die Hände vor das Gesicht.

Olaf Schönborn nickte. »Eriksdorf hat versucht, in Holland Drogen zu kaufen, und wurde dabei erwischt. Als man das Zimmer Ihrer Freundin durchsuchte, fand man beinahe ein ganzes Kilogramm Amphetamine, deshalb wurde ihr fristlos gekündigt.«

»Dörte und Drogen?« Maddy schüttelte den Kopf. »Das kann nicht sein. Wir haben früher mal ein klein wenig über den Durst getrunken, aber Drogen, das kam nie in Frage.«

»Und Eriksdorf?«, fragte Lentje.

»Dem traue ich alles zu«, antwortete Maddy scharf.

»Wann haben Sie sich eigentlich das letzte Mal persönlich getroffen?«

Maddy überlegte. »Das … das war vor einem Monat etwa, im *Goode Wind*. Harald und ich sind gegangen, da ist sie gekommen. Da war noch jemand bei ihr, den kannte ich nicht. Wir haben uns kurz unterhalten, aber Harald wollte weiter, er musste am nächsten Morgen um fünf in der Küche stehen.«

»Über was haben Sie gesprochen?«

Maddy zeigte auf ihren Bauch. »Über die Schwangerschaft, aber Harald drängelte und wollte nach Hause, weiter kamen wir nicht, das war noch nicht einmal eine Minute.«

»Wer war denn Dörtes Begleiter?«

Maddy zuckte mit der Schulter. »Das war eine junge Frau, dunkelhaarig, und ein Kerl, den habe ich nicht richtig gesehen, weil er so einen schwarzen Kapuzenkittel trug und einfach weitergegangen ist.«

»Waren diese Leute von der Insel?«

»Nein, die habe ich noch nie hier gesehen.«

»War Gavin Eriksdorf auch dabei?«

»Der musste arbeiten, hat Dörte gesagt.«

»Sie haben also noch nie etwas von Drogen bei Dörte bemerkt?«

Maddy zog die Luft tief in ihre Lungen. »Nein, das passt auch nicht zu ihr, und wenn, dann steckt bestimmt Gavin dahinter. Der macht sich nichts daraus, das ist eben ein ganz lockerer Typ.«

Lentje warf Olaf einen vielsagenden Blick zu. Schließlich reichte Lentje der jungen Frau die Hand.

»Wurde Dörte wegen Drogen umgebracht?«

Lentje zuckte mit der Schulter. »Das wissen wir nicht, aber wir müssen allen Hinweisen nachgehen.«

»Dann sollten Sie sich an Gavin halten, er war manchmal … wie soll ich sagen … rücksichtslos, ja rücksichtslos, das trifft es.«

Paco war ein Irish Setter mit einem glänzenden braunen Fell und einem kleinen hellen Fleck unterhalb des Halses. Als Trevisan einen lauten Pfiff ausstieß, jagte er wild über die Wiese und nahm vor seinem Herrchen Platz. Mit treuen Augen sah er Trevisan an.

»Bei Fuß, Paco, ich glaube es reicht, gehen wir wieder zurück.«

Lea blickt in den düsteren Himmel »Ja, es wird bald regnen, ich hätte jetzt Lust auf eine Tasse Tee.«

Sie spazierten über die Schilliger Leide zurück zum Peerenhof, der etwa zwei Kilometer entfernt am südlichen Rand von Horumersiel lag. Trevisan genoss die salzige Seeluft und die frische Brise, die von Norden über das Wattenmeer aufs Land wehte. Lea hängte sich bei ihm ein und auch Paco wich nach seinem Befehl keinen Millimeter von seiner Seite.

»Es ist schön, wenn du zu Hause bist«, seufzte Lea. »Leider ist das viel zu selten.«

Noch bevor sie Horumersiel erreicht hatten, klingelte Trevisans Mobiltelefon.

»Heute ist Sonntag«, maßregelte Lea ihren Begleiter, der das Handy aus der Jackentasche zog und auf das Display schaute.

»Es ist die Dienststelle, das ist bestimmt wichtig.«

»Geh schon ran!«

Trevisan meldete sich und vernahm Monikas Stimme aus dem kleinen Lautsprecher. Das Gespräch dauerte nur kurz, doch es war schnell klar, dass er den Rest des Tages wohl im Dienst verbringen würde.

Knapp drei Stunden später saß er zusammen mit Monika Sander am Krankenbett von Gavin Eriksdorf in einer Klinik in Billstedt.

»Als wir ihm die Festnahme erklärten und wir ihm vom Tod seiner Freundin erzählten, da war er wie vom Donner gerührt«, hatte der diensthabende Kriminalbeamte der Hamburger Kripo berichtet, nachdem er die beiden ins Krankenhaus gefahren hatte.

»War das echt?«, fragte Monika.

Der Kollege zuckte die Schultern. »Wenn nicht, dann war es zumindest gut gespielt.«

Ansonsten hatte Gavin Eriksdorf verlangt, mit den zuständigen Polizisten zu sprechen. Zu den Mordvorwürfen hatte er geschwiegen.

Nachdem sich Trevisan als zuständiger Ermittler im Mordfall von Dörte Henner und ihrer Familie vorgestellt hatte, wandte Eriksdorf den Kopf, zumindest so gut es ging, und sagte, dass er nichts mit Dörtes Tod zu tun habe.

»Sie hatten ein Motiv«, erklärte Trevisan. »Immerhin geht es um Drogen im Wert von zwanzigtausend Euro.«

»Von Drogen weiß ich nicht«, log Eriksdorf eiskalt.

»Sie sind angesichts des Todes Ihrer Freundin aber nicht sonderlich betroffen«, merkte Monika Sander an.

»Das ist meine Sache.«

»Leider ist das nicht mehr so ganz Ihre Sache«, widersprach Trevisan. »Schließlich sind vier Menschen tot.«

»Das hat überhaupt nichts mit mir zu tun.«

»Mit dieser Antwort wird sich kein Richter zufriedengeben. Wo waren Sie denn, nachdem Sie aus Holland abgehauen sind?«

»Ich war hier, hier in Hamburg.«, antwortete Eriksdorf.

»Die ganze Zeit?«

»Ja.«

»Kann das jemand bezeugen?«

Eriksdorf wandte den Kopf zur Seite.

»Wir haben erfahren, dass es einen Streit zwischen Ihnen und Dörte gab, außerdem wurden nach Ihrer Flucht in Holland Drogen in Dörtes Zimmer gefunden. Drogen, die Ihnen gehören. Zwanzigtausend Euro sind eine Menge Geld, da kann man schon einmal ausrasten.«

»Mann, wenn die Drogen bei der Polizei sind, warum sollte ich Dörte umbringen?«, widersprach Eriksdorf.

»Vielleicht, weil Sie ihr nicht glaubten und annahmen, sie will Sie nur ausbooten.«

»So ein Bockmist, das ist doch absoluter Blödsinn.«

Trevisan zuckte mit der Schulter. »So großer Blödsinn ist das gar nicht, diese Theorie reichte zumindest für einen Haftbefehl gegen Sie.«

»Wann … wann wurde Dörte umgebracht?«, fragte Eriksdorf unsicher.

»Das war am letzten Donnerstag.«

»Ich war es nicht, ich war hier, hier in Hamburg. Sie können mir nichts beweisen.«

»Wo genau?«

»Bei einem Kumpel.«

Trevisan platzte der Kragen. »Sie glauben wohl, Sie können uns mit Ihren Sprüchen beeindrucken. Es geht um vierfachen Mord. Eine ganze Familie wurde ausgelöscht. So einfach kommen Sie nicht davon.«

»Ich war es nicht«, beteuerte Eriksdorf.

Trevisan beachtete ihn überhaupt nicht. Er erhob sich und wandte sich Monika zu. »Komm, wir gehen!«

»Gehen? Was soll das?«

»Sie bleiben erst einmal hier und morgen werden Sie in ein Gefängniskrankenhaus verlegt. Der Richter hat Untersuchungshaft angeordnet. Freunden Sie sich schon mal mit dem Gedanken an, dass Sie eine lange Zeit hinter Gittern verbringen werden. Wir haben noch genügend Zeit, uns mit Ihnen zu unterhalten.«

Trevisan setzte seinen Weg fort und Monika folgte ihm zur Tür.

»Marco di Tomaso«, rief ihnen Eriksdorf hinterher.

Trevisan wandte sich um.

»Ich war bei Marco, die ganze Zeit. Sie können ihn fragen.«

»Wo wohnt dieser Marco?«

»Er wohnt in Billstedt, er hat einmal im *Seestern* gearbeitet, jetzt wohnt er hier. Ich bin bei ihm untergekrochen.«

»Wann?«

»Vor einer Woche.«

»Wir brauchen seine Adresse.«

»Hören Sie, er hat nichts mit der Sache zu tun und ich habe ihm nicht erzählt, dass da in Holland was schiefgelaufen ist. Ich habe bei ihm gepoft und er hat keine Fragen gestellt.«

Als Trevisan zusammen mit Monika Sander gegen acht Uhr am Abend nach Wilhelmshaven zurückfuhr, hatten sie Gewissheit, dass Eriksdorf nicht als Täter in Frage kam. Marco di Tomasi hatte das Alibi bestätigt und konnte sich auch genau daran erinnern, dass Eriksdorf am Tattag auf der Matratze in der Küche geschlafen hatte, als er um sechs Uhr zu seiner Arbeitsstelle im Großmarkt gefahren war.

Als Trevisan an diesem Abend gegen elf nach Hause zurückkehrte, schlief Lea bereits tief und fest, dafür wurde er von Paco umso stürmischer begrüßt. Erst nach reichlichen Streicheleinheiten und einer Runde über den Altdeich entließ er sein Herrchen in den wohlverdienten Schlaf.

*

Trevisan hatte die Dienststelle längst verlassen, als Monika Sander, ebenfalls in der Absicht, nach Hause zu gehen, im Flur auf Eike Brun stieß. »Hey, was machst du denn hier?«, fragte sie überrascht.

»Ich bin im Internet auf eine Sache gestoßen, die wollte ich mir mal ein bisschen näher anschauen.«

»Heute am Sonntag? Und warum hier auf der Dienststelle?«

»Du weißt doch, wie es ist, zu Hause hat man keine Ruhe und außerdem könnte es wichtig sein, es geht um diesen Birkenhof bei Jöhstadt. Ich bin da auf einen Chat gestoßen«, erklärte Eike. »Das Forum heißt *Alle-Winde.de,* darin können sich Freunde suchen, die sich irgendwann mal aus den Augen verloren haben. Ich dachte, dass könnte wichtig sein.«

»Um was geht es genau?«, fragte Monika neugierig.

»In einem Eintrag aus dem Jahr 2006 sucht ein gewisser *Hansmann1966* Leute, die mit ihm zusammen in den Jahren 1981 bis 1983 dort aufgewachsen sind. Ich musste erst einmal eine Weile recherchieren, denn er nannte den Hof nicht Birkenhof, sondern Kalteiche. Offenbar waren dort auch Jugendliche durch die Kinderfürsorge der damaligen DDR untergebracht und der Aufenthalt dort muss nicht vergnügungssteuerpflichtig gewesen sein.«

»Hat jemand geantwortet?«

»Leider nicht.«

Monika überlegte. »Es war ein staatliches Gut, aber was war damals in der DDR nicht alles staatlich? Kommst du an diesen Hansmann irgendwie heran?«

»Keine Chance«, sagte Eike. »Das Forum wurde vor sieben Jahren abgeschaltet, da befinden sich nur noch ein paar Seiten im Netz, du weißt doch, das Internet vergisst nichts. Im Netz komme ich nicht weiter.«

»Kommt man wenigstens an den Betreiber heran, vielleicht hat der ja noch Daten?«

»Das versuche ich gerade. Betrieben wurde die Seite von einem Verein namens *Freunde fürs Leben e.V.* aus Magdeburg, ich habe die Vereinsregisternummer, aber heute haben die Ämter geschlossen. Ich mache morgen früh weiter.«

Monika nickte. »Ja, dann tu das und halt mich auf dem Laufenden.« Sie wandte sich um.

»Weshalb bist du eigentlich hier?«, hielt Eike sie vom Gehen ab.

»Eriksdorf wurde in Hamburg festgenommen, Trevisan und ich waren zur Vernehmung dort, aber er hat ein Alibi für den Mord, er kann es nicht gewesen sein.«

»Das heißt, die Spur mit dem Rauschgift ist kalt?«

Monika zuckte mit der Schulter. »Lauwarm würde ich sagen, aber Eriksdorf kommt sicher nicht als Täter in Frage.«

»Vielleicht hatte er einen Komplizen?«

»Könnte sein, aber Trevisan ist davon nicht überzeugt, deswegen sollten wir herausfinden, wer dieser Hansmann in Wirklichkeit ist.«

Eike nickte. »Ich klemme mich dahinter, gleich morgen früh, irgendetwas zu diesem Verein wird es wohl noch geben.«

15

Montag

Die Frühbesprechung im Konferenzraum war ernüchternd. Die Spur Eriksdorf war erkaltet und auch Lentjes Bericht über ihr Gespräch mit Madeleine Dörner, der Freundin der ermordeten Dörte Henner, am vergangenen Samstag trug nicht unbedingt dazu bei, die Stimmung aufzuhellen. Die Observation der Bushaltestellen in Emden und der Umgebung hatte ebenfalls keine neuen Hinweise erbracht. Kurzum, bislang gab es, mal abgesehen von der Aussage des Busfahrers, keinerlei konkrete Ansatzpunkte für weitere Ermittlungen.

»Vielleicht sind wir in dieser Sache komplett auf dem Holzweg«, knurrte Trevisan. »Wir müssen diese Habichs genauer unter die Lupe nehmen und dazu müssen wir nach Annaberg. Da nützt uns kein Ersuchen an die Kollegen dort. Wir müssen Leute ausfindig machen, die uns einen Einblick in die Vergangenheit der beiden Männer geben können.«

»Das ist mehr als fünf Jahre her, ich meine, wer schiebt seine Rache so lange auf, bis er endlich zuschlägt?«, wandte Krog ein.

»Jemand, der keine andere Möglichkeit hat«, warf Monika Sander ein. »Eike ist da im Internet auf etwas gestoßen und versucht Details herauszufinden. Offenbar war der Birkenhof so etwas wie ein Kinderheim.«

»Wo ist Eike überhaupt?«, fragte Trevisan.

»Er telefoniert«, entgegnete Monika. »Er war gestern hier im Büro und hat gearbeitet.«

»Wie gehen wir weiter vor?«, fragte Lentje.

Trevisan überlegte. »Ich denke, wir sollten erst einmal weitermachen. Eriksdorf hat zwar ein Alibi, aber es wäre durchaus denkbar, dass er nur ein kleines Rädchen im Getriebe war und da so etwas wie das Organisierte Verbrechen dahintersteckt. Also bleibt ihr auf Norderney am Ball. Die

Buslinien sind unser einziger echter Hinweis auf den Täter. Er hat ein Ticket, das noch für die nächste Woche gilt, wir setzen die Überwachung fort!«

»Glaubst du, er hat noch etwas vor?«

Trevisan zuckte mit der Schulter. »Ich weiß nicht, was ich glauben soll. Hat denn schon eine Polizeidienststelle auf unsere Anfrage reagiert?«

Monika schüttelte den Kopf.

Es klopfte. »Ja!«, rief Trevisan ungehalten.

Thorke Oselich trat ein, in ihrem Schlepptau befand sich ein groß gewachsener, hagerer Mann im grauen Anzug. Er kam Trevisan bekannt vor. »Moin. Kollege Trevisan, hättest du kurz Zeit?«

Trevisan nickte. »Gut, dann an die Arbeit!«, sagte er zu den anderen, bevor er Thorke Oselich und ihren hageren Begleiter in sein Büro führte und ihnen Platz anbot.

»Das ist Kriminaloberrat Dieterich vom LKA«, stellte sie den Mann vor. »Er will mit dir sprechen.«

Jetzt dämmerte Trevisan, woher er diesen Mann kannte. »Um was geht es?«, fragte er, als er ihm zunickte.

»Ich leite die Ermittlungen gegen Miroslav Lakic«, erklärte Dieterich. »Wir überwachen ihn und seine Organisation bereits seit geraumer Zeit und ich möchte, dass Sie Ihre Aktivitäten auf der Insel einstellen. Sie gefährden unseren Überwachungserfolg.«

Trevisan warf ihm einen überraschten Blick zu. »Wir ermitteln in einem Vierfachmord, das ist Ihnen doch klar, oder?«

»Natürlich weiß ich das. Aber Sie können mir glauben, Lakic hat nichts mit der Sache zu tun und Ihre Leute wirbeln derzeit so viel Staub auf, dass wir damit rechnen müssen, ihn zu verlieren.«

Trevisan lächelte. »Das müssen Sie mir erklären. Soweit ich weiß, wurde doch Amphetamin im Wert von zwanzigtausend Euro bei der Durchsuchung von Dörte Henners Zimmer im Seestern gefunden und jetzt ist sie tot, ich denke schon, dass hier ein Zusammenhang vorliegen könnte, finden Sie nicht auch, Herr Dieterich?«

Dieterich räusperte sich und beugte sich auf seinem Stuhl vor. »Also gut, reden wir Klartext. Lakic ist kein kleiner Fisch, er gehört zu den großen und mit Amphetamin gibt er sich schon lange nicht mehr ab. Er steht auf Koks und Norderney hat sich in den letzten Jahren zumindest in den Sommermonaten zu einer Event-Meile entwickelt, die zunehmend junge Menschen und Leute aus der Partyszene anlockt. Diese Insel ist ›in‹, kann man sagen, und das ruft natürlich auch Leute aus dem kriminellen Milieu auf den Plan. Lakic stammt aus Frankfurt und ist vor vier Jahren auf die Insel gekommen. Man sagt, er wäre in Frankfurt von den Afrikanern aus dem Geschäft gedrängt worden und sucht eine neue Wirkungsstätte. Inzwischen hat er einen Ring aufgebaut und kontrolliert den Handel.«

»Norderney und Rauschgift, passt das überhaupt zusammen?«

Dieterich lachte. »Ja, Norderney und Rentner auf Urlaub, das war einmal. Sie glauben gar nicht, in welch gottverlassenen Landstrichen Sie inzwischen auf diese Pestbeule Drogen stoßen. Deutschland wird zum Partyland und selbst im kleinsten Dorf finden heute Events statt, die Massen anziehen. Die Dealer stellen sich darauf ein. Hohe Polizeipräsenz in den Städten, dafür aber polizeiliches Entwicklungsland in den ländlichen Bereichen und das bedeutet natürlich auch, dass sich die Gefahr der Entdeckung minimiert.«

»Was ist mit Eriksdorf?«

»Eriksdorf war ein Klein-Dealer, der für Lakic arbeitet und auf dem Weg zur nächsten Stufe war. Warum glauben Sie, haben die Holländer ihn erwischt?«

Trevisan dämmerte, was Dieterich damit sagen wollte. »Das war Ihr Tipp?«

»Richtig, wir wollten Bewegung in die Sache bringen und mussten die Bande aufscheuchen.«

»Was ist mit Dörte Henner, wie steckt die da mit drinnen?«

Dieterich zuckte mit der Schulter. »Auf der Plastiktüte mit dem Amphetamin waren nur Fingerabdrücke von Eriksdorf. Ich denke, er wollte ein kleines Nebengeschäft einfädeln.

Dörte Henner hat unseren Erkenntnissen nach nichts mit dem Drogenhandel zu tun, sie ist uns auch nicht als Konsumentin bekannt. Eriksdorf hatte einen Schlag bei den Frauen, ich nehme an, er hat ihr Zimmer nur als Versteck benutzt, damit ihm Lakic nicht auf die Schliche kommt.«

»Wir suchen einen Mann mittleren Alters, schlank, aber muskulös, einsachtzig groß, trägt gerne Baseballcaps und Kapuzenkittel und hat ein auffallend blasses Gesicht, gibt es einen solchen Kerl in Lakics Bande?«

Dieterich zuckte mit der Schulter. »Das könnte Maric sein, Darko Maric. Er ist Ende zwanzig und seit etwa drei Monaten untergetaucht. Er ist bei Lakic in Ungnade gefallen und musste die Insel verlassen. Wir versuchen schon seit Wochen, an ihn heranzukommen, aber der Kerl ist wie vom Erdboden verschwunden. Jetzt halten wir uns eben an Eriksdorf.«

»Haben sich dieser Maric und Eriksdorf gekannt?«

»Sicher haben sie das.«

»Könnte es sein ...«

»Ich weiß, worauf Sie hinaus wollen, Herr Trevisan«, fiel ihm Dieterich ins Wort. »Sie glauben, Maric und Eriksdorf steckten bei dem Amphetamin unter einer Decke und nachdem es plötzlich weg war und Eriksdorf abhauen musste, hat sich Maric an die Freundin von Eriksdorf gehalten.«

»Wäre eine Möglichkeit.«

»Ja, das wäre eine Möglichkeit, aber dass Maric deswegen gleich vier Leute abschlachtet, das glaube ich eher nicht, das ist nicht seine Kragenweite.«

»Haben Sie eine Akte von Maric?«

»Haben wir und die kriegen Sie auch, wenn wir uns darauf einigen können, dass Sie Ihre Leute von der Insel fernhalten. Dieser Trubel verscheucht uns nur die Kundschaft und Lakic steht etwas unter Druck. Er braucht neues Material. Seine Quelle wurde vor zwei Monaten in Hamburg hochgenommen und ist versiegt, nun muss er einen neuen Großhändler finden und das ist unsere Chance, an den Mann heranzukommen.«

Trevisan lächelte. »Warum wissen Sie so viel über Lakic? Haben Sie dort einen Informanten eingeschleust?«

Dieterich winkte ab. »Das ist Geschäftsgeheimnis. Ziehen Sie Ihre Leute ab und wir informieren Sie, wenn wir etwas über die Morde erfahren.«

Trevisan nickte. »Was ist mit Maric?«

»Maric ist für uns nicht mehr von Interesse«, entgegnete Dieterich. »Er stammt aus Oldenburg, aber es wird nicht leicht, ihn zu finden, er hat eine große Familie hier in Deutschland. Sogar im tiefsten Bayern sitzt ein Cousin von ihm. Er könnte überall sein.«

Trevisan reichte Dieterich die Hand. »Gut, abgemacht, wir ziehen uns zurück, aber ich verlasse mich auf Ihr Wort: Sobald Sie etwas über die Morde auf dem Jakobshof erfahren, informieren Sie mich.«

Dieterich erwiderte den Händedruck. »Geht klar, schließlich sind wir alle bei der Polizei.«

*

Kurz nachdem Dieterich gegangen war, betrat Monika Sander das Büro. Eike Brun folgte ihr. Er hatte einen Stoß Papiere bei sich.

»Der Birkenhof war tatsächlich ein Erziehungsheim«, verkündete Monika, nachdem sie sich gesetzt hatte.

»Was ist los?«

Eike Brun reichte Trevisan eines der Papiere. »Das sind eindeutige Hinweise darauf, dass auf dem Birkenhof nicht nur drei Familien wohnten, sondern auch, sagen wir, Jugendliche und Kinder, die nicht ganz freiwillig dort lebten.«

»Woher weiß du das?«

»Ich habe gerade mit *Hansmann1966* telefoniert, der vor neun Jahren via Internet Leidensgenossen suchte«, erklärte Eike. »Er wohnt inzwischen in Rostock.«

»Du konntest ihn ermitteln?«

»Es war nicht ganz leicht, aber das Internet vergisst eben nichts.«

»Was hat er gesagt?«

»Antwort hat er damals nicht erhalten, aber seiner Aussage nach lebten dort bis zu zwölf Jugendliche, die von der Kinderfürsorge auf dem Hof unterbracht wurden. Jungen und Mädchen zwischen sieben und sechzehn Jahren. Meistens waren es schwer erziehbare Jugendliche und sie hatten dort keine besonders schöne Zeit. Dort gab es einen Martin Konz, der das Regiment führte. *Hansmann1966* heißt eigentlich Hans Mannsdorf, er hat mir Dinge geschildert, die ich kaum glauben kann. Schläge mit der Bullenpeitsche, tagelanger Essensentzug und Kerkerstrafe, da wurden sie für Tage in einen dunklen Keller gesperrt. Den ganzen Tag mussten die dort malochen und wehe, einer tanzte aus der Reihe. So wie es Mannsdorf schilderte, war das schlimmer als in einem Knast. Dieser Martin Konz verhielt sich wie ein Lageraufseher im Dritten Reich, wenn ich Manndorfs Erzählung glauben kann.«

»Ein Erziehungsheim, sagst du.« Trevisan überflog den Papierausdruck des Chatrooms. »Hat er auch etwas über Habichs erzählt?«

»Habich kannte er und einen gewissen Walter Leußner hat er erwähnt, das waren alle keine ausgesprochenen Menschenfreunde. Die lebten dort mit ihren Familien und benahmen sich wie Gefängnisaufseher.«

»Wo genau lebt dieser *Hansmann1966* jetzt?«

»Er wohnt in einem Pflegeheim bei Rostock«, entgegnete Eike. »Ich habe ein paar Kollegen zu ihm geschickt, die ihn zu seinem Aufenthalt auf dem Birkenhof befragen sollen. Er hatte einen Arbeitsunfall und sitzt seit fünf Jahren im Rollstuhl.«

»Das hast du wirklich gut gemacht«, lobte Trevisan seinen Mitarbeiter. »Wir müssen herausfinden, wer damals alles auf diesem Hof lebte und dort untergebracht war, da muss es doch Aktenvermerke geben.«

»Der Hof ist vor ein paar Jahren abgebrannt«, wandte Monika Sander ein. »Das ist lange her, ob da noch etwas zu finden ist?«

»Es ist eine neue Spur«, erklärte Trevisan. »Und ich finde, sie ist einer genaueren Überprüfung wert.«

»Woher wusste der Täter, wo die Habichs wohnen? Wir sind hier mehr als sechshundert Kilometer vom Birkenhof entfernt ...«

»... aber sie inserierten im Internet und machten Werbung für Ferien auf dem Bauernhof. Vergiss nicht, Eike hat Hansmann auch auf diese Art und Weise gefunden.«

»Du meinst, er nutzt das Internet?«

»So wie wir.« Trevisan griff zum Telefon. »Es hilft nichts, wir müssen uns diesen ominösen Birkenhof einmal selbst ansehen und mit den Menschen dort reden.«

Er wählte die Nummer von Thorke Oselich und bat darum, umgehend mit ihr sprechen zu dürfen.

*

Es war ein Fehler gewesen, sich kaum drei Kilometer vom Tatort entfernt in einen Bus zu setzen. Nun suchten sie nach ihm und überwachten die Haltestellen. Geld war allerdings kein Problem, davon hatte er genug, einen ganzen Rucksack voll. Deswegen hatten ihm die zweihundert Euro, die der Taxifahrer für die Fahrt von Emden nach Wilhelmshaven wollte, auch überhaupt nichts ausgemacht. Viel schwieriger war es gewesen, eine neue Bleibe zu finden. Ein Hotel oder eine Pension kamen nicht in Frage, da er keine Papiere hatte und der Studentenausweis, den er in einem Bus gefunden hatte, nicht ausreichen würde. Eine Ferienwohnung war schon eher geeignet, denn dort genügte es, wenn er im Voraus zahlte, so wie er es in Emden getan hatte.

Er wusste nicht, wie gut ihn der Busfahrer beschreiben könnte. Er hatte versucht, sein Äußeres zu verbergen, doch im Bus selbst war er für ein paar Minuten eingenickt, so dass er damit rechnen musste, dass es durchaus eine gute Beschreibung von ihm gab und die Polizei diese früher oder später auch veröffentlichen würde. Also blieb ihm nicht viel anderes übrig, als einen Unterschlupf in der Einsamkeit zu suchen. Er fand eine leer stehende Hütte in einer Gartenanlage unweit der Autobahn. Noch war März und noch immer herrschte Winterzeit, auch wenn der Tag vorgestern ausgesprochen sonnig dahergekommen war, doch in den nächsten Tagen würde es wohl noch niemanden in die freie Natur und in den Schrebergarten ziehen. Nur noch einen Tag, dann wäre er dem Ziel nahe, dann würde er nach Hause gehen. Doch diesmal musste er vorsichtiger sein.

Als er sich der Bushaltestelle an der Sander Hauptstraße näherte, schaute er sich aufmerksam um, doch ein Fahrzeug entdeckte er nicht. Er hatte sich einen Anzug gekauft, trug ein weißes Hemd und eine Krawatte unter der dunklen Wildlederjacke und glich einem seriösen Bankangestellten. Die braune Aktentasche verstärkte diesen Eindruck noch. Als sich der Bus näherte, erhob er sich von der Bank. Mit ihm stiegen weitere vier Personen ein. Die Tour ging wie bereits in der letzten Woche entlang der Küste, durch Jever, vorbei an Wittmund nach Norden und anschließend hinunter nach Emden. Im Bus war noch genügend Platz. Er setzte sich an ein Fenster und genoss die Aussicht. Es störte ihn nicht, dass sich ein junges Mädchen neben ihn setzte und bei Jever den Bus verließ. Einen Augenblick lang schaute er ihr nach, als sie über die Straße schlenderte. Er war auf der Jagd und er durfte nicht versagen. Zu viel hing davon ab.

16

Am frühen Morgen hatte er bei Basel die Grenze passiert. Er kam gut voran, gleich hinter Frankfurt legte er eine kurze Rast ein, aß etwas und machte einen kleinen Spaziergang, ehe er wieder in den Wagen stieg. Noch über fünfhundert Kilometer lagen vor ihm, bevor er den Betriebshof in Norden erreichte. Es würde knapp werden, denn die Vorschriften waren eng gefasst und unerbittlich, noch knapp fünf Stunden konnte er hinter dem Steuer sitzen, ohne die tägliche Ruhezeit zu überschreiten. Kurz vor Dortmund verdichtete sich der Verkehr, doch er hatte Glück, passierte das Kamener

Kreuz, und erst kurz danach meldete das Radio, dass sich der Verkehr dort staute.

»Schwein gehabt«, murmelte er, als er sich aus der Thermoskanne Kaffee einschenkte. Noch knapp zweieinhalb Stunden durfte er fahren. Die Zeit würde ihm nicht reichen, denn noch immer lagen über zweihundert Kilometer vor ihm und der Motor der Zugmaschine riegelte bei 94 km/h ab, doch für sich hatte er beschlossen, die Strecke durchzufahren, auch wenn er damit ein fettes Bußgeld riskierte. Er schaute auf den Beifahrersitz. Drei Stangen MS Rosso lagen dort. Er hatte den Disponenten nicht vergessen.

Es wurde dunkel, als er Meppen passierte. Noch einhundertdreißig Kilometer lagen vor ihm, nur noch dreißig Minuten Lenkzeit verblieben, doch sein Entschluss stand fest. Die nächste Station für einen Halt würde der Betriebshof in Norden sein, wenn er von einer Polizeikontrolle verschont blieb. Dem Disponenten würde das nicht gefallen, aber er hatte keine Lust, kurz vor dem Ziel noch einmal anzuhalten und sich eine Nacht in der Schlafkabine um die Ohren zu schlagen. Er wollte nach Hause, wollte zu seinem Boot, an dem er noch einiges zu erledigen hatte, bevor er sich auf große Fahrt begeben konnte. Noch eine Tour nach Rotterdam am Ende der Woche, dann hatte er den Rest des Monats frei.

Der Verkehr auf der A 31 nahm zusehends ab. Es war kurz nach sieben, als er von der Autobahn abfuhr und über die gut ausgebaute Landstraße in Richtung Norden weiterfuhr. Als er auf das Betriebsgelände in der Stellmacher Straße einbog, war es stockdunkel. Die Bediensteten hatten längst Feierabend. Er öffnete das Tor mit der Fernbedienung und lenkte den Laster an die Rampe, damit man ihn in aller Frühe entladen konnte. Den Schlüssel deponierte er auf dem Schreibtisch des Disponenten, wo er auch die drei Stangen MS platzierte.

Er hatte es geschafft. Zwar hatte er die Lenkzeit um beinahe zwei Stunden überschritten, doch die Polizei hatte zum Glück keine Kontrolle auf der Autobahn durchgeführt. Als er in seinen Wagen stieg, fiel leichter Nieselregen aus den Wolken. In der Norddeicher Straße vor *Gittis Grillstube* hielt er an und kaufte sich ein Abendessen, bevor er weiterfuhr und am Ende der Straße in Richtung Waterwarfer Weg abbog. Als er seinen Wagen vor dem Bootshaus unweit der Leybucht abstellte, verschlang er den letzten Bissen seines Hamburgers. Er griff nach seiner Taschenlampe und stieg aus. Die Dunkelheit und der Nieselregen empfingen ihn. Er zog seinen Jackenkragen höher, denn der Wind war kalt und ungemütlich. Er folgte dem Strahl seiner Taschenlampe und wunderte sich, dass die Kette am Tor des Bootshauses locker herunterhing. Hatte er vielleicht vergessen, die Hütte bei seinem letzten Besuch zu verschließen? Zögernd ging er weiter. Er war sich sicher, er hatte die Kette vorgelegt und das Schloss verriegelt. Er beschleunigte seine Schritte. Noch bevor er die Tür erreichte, hörte er ein Knacken hinter sich. Er fuhr herum, doch schon traf ihn ein Schlag am Kopf, ein zweiter folgte. Die Taschenlampe fiel aus seiner Hand und er stürzte zu Boden. Es wurde dunkel um ihn.

*

»Wie stellst du dir das vor?«, entgegnete Thorke Oselich sichtlich konsterniert. »Das ist Sachsen, da sind wir weder örtlich noch sachlich zuständig. Vier Leute, mein Gott, du kannst doch nicht auf der ganzen Welt das Ermitteln anfangen, das kann ich nicht genehmigen.«

»Ich habe bereits mit den Kollegen vom LKA in Dresden Kontakt aufgenommen«, erklärte Trevisan. »Auf dem kleinen Dienstweg, ich habe dort einen Bekannten, mit dem habe ich vor nicht allzu langer Zeit einen Lehrgang besucht.«

»Ach so, dann hast du bereits alles organisiert«, antwortete Thorke Oselich verstimmt.

»Nein, so würde ich das nicht nennen, ich habe ein wenig vorgefühlt.«

»Was meint dein Kollege?«

»Wir können mit der vollen Unterstützung rechnen.«

»Und an wen dachtest du bei diesem Ausflug?«

»An Lisa Bohm, Olaf Schönborn, Lentje Kaplani und meine Wenigkeit. Monika hält hier die Stellung.«

»Dann glaubst du nicht daran, dass der Mörder aus dem Drogenmilieu von Norderney stammt?«

Trevisan schüttelte den Kopf. »Ehrlich gesagt war ich von Anfang an skeptisch. Die Spuren deuten in eine andere Richtung. Natürlich kann man beim derzeitigen Ermittlungsstand nichts ausschließen, aber nach einem Auftragsmord oder einer Abrechung im Drogenmilieu sehen mir die Morde nun wirklich nicht aus. Die Art und Weise, wie der Täter vorgegangen ist, spricht eine andere Sprache.«

»Du redest wie ein Profiler vom LKA.«

»Ja, das mag so klingen und ich habe sogar ein paar Vorlesungen zu diesem Themenbereich besucht, ich würde es aber Berufserfahrung nennen, das ist mir lieber.«

»Was hoffst du dort drüben zu finden, Martin?« Sie musterte ihn.

Er zögerte einen Augenblick. Schließlich räusperte er sich. »Ich denke, wir stoßen dort auf das Motiv.«

Thorke Oselich richtete sich auf. »Ich kann es nicht entscheiden, das ist Sache der Verwaltung. Wir brauchen vier Zimmer und einen Dienstwagen, außerdem fallen da eine ganze Menge Überstunden an. Ich werde sehen, was ich tun kann, komm morgen noch einmal zu mir. Ich kenne Rosenberg, den Verwaltungsleiter, er sitzt förmlich auf seinem Geld, da brauche ich schon eine gute Begründung.«

Trevisan nickte. »Dann sag ihm, dass dies vermutlich nicht der letzte Mord sein wird, den unser Täter verübt. Dieser Mann ist auf einem Kreuzzug und ich fürchte, wir werden bald wieder von ihm hören.«

»Du glaubst ernsthaft, er schlägt noch einmal zu? Gibt es dafür objektive Gründe?«

»Objektiv nicht, aber es ist so ein Gefühl.«

Thorke lächelte. »Ein Gefühl, also. Ich fürchte, das wird Rosenberg nicht ausreichen, dein Gefühl.«

»Dann sag ihm, das letzte Mal, als mich mein Gefühl betrog, war, als ich dachte, ich hätte die Frau fürs Leben gefunden. Das ist jetzt über dreißig Jahre her.«

Gegen fünf Uhr verließ Trevisan die Dienststelle, doch er

blieb in der Stadt, denn er hatte sich mit Paula zum Essen verabredet. Er holte seine Tochter am Ozeanographischen Institut ab und fuhr über die Jadeallee zur *Banter Ruine*, wo sie schon öfter zusammen gegessen hatten.

Sie suchten einen Platz im rustikalen Bereich des Restaurants aus, von dem man einen Blick hinaus auf die Südterrasse und den Yachthafen hatte. Trevisan wartete, bis Paula auf der weiß gepolsterten Holzbank Platz genommen hatte, ehe er sich selbst auf der gegenüberliegenden Seite des Tisches niederließ. Das Lokal war gut gefüllt, dennoch waren einige Platze frei.

»Was macht Peer?«, fragte Trevisan, nachdem die Bedienung die Kerze auf dem Tisch angezündet und ihnen die Speisekarte gereicht hatte.

»Ihm geht es gut, die *Alkor* legt morgen hier an.«

Nachdenklich betrachtete er seine Tochter, die in der Speisekarte stöberte, und kam zu dem Schluss, dass Paula glücklich aussah. Eine blonde Strähne fiel ihr ins Gesicht und sie strich sie mit einer fließenden Bewegung zur Seite.

»Lea hofft, dass ihr uns am Wochenende besucht, aber ich weiß gar nicht, ob ich hier sein kann.«

Paula schaute auf. »Weshalb?«

»Ich muss wahrscheinlich dienstlich verreisen, nach Annaberg, ins Erzgebirge.«

»Wie lange?«

Trevisan zuckte mit der Schulter. »Das weiß ich noch nicht.«

Die Bedienung kam an den Tisch und nahm die Bestellung auf. Paula entschied sich für eine Seezunge mit Ofenkartoffel und Trevisan zog ein deftiges Rumpsteak vor.

»Wie ist es für dich, wieder hier zu sein?«, fragte Paula und ihre Augen funkelten spitzbübisch.

Trevisan warf einen nachdenklichen Blick aus dem Fenster hinaus auf Yachthafen. »Weißt du, irgendwie ist es, als wäre ich endlich wieder nach Hause gekommen«, antwortete er nach einer Weile.

Paula verstand, was Trevisan meinte. »Genau wie bei mir.« Ein Lächeln huschte über ihr Gesicht.

Sie saßen noch bis kurz nach elf im Restaurant. Trevisan brachte seine Tochter nach Hause und fuhr dann hinauf nach Horumersiel. Nur noch Paco war wach und empfing ihn erfreut, als er zu Hause ankam.

*

Als Johannes Leußner erwachte, war es, als ob sein Kopf zerspringen wollte. Vorsichtig öffnete er die Augen. Das trübe Licht der Glühbirne schmerzte in seinen Augen und die Handgelenke brannten wie Feuer. Es dauerte eine Weile, bis er begriff, dass er gefesselt wie ein Sack am schwenkbaren Flaschenzug über dem Wasser hing. Seine Beine baumelten knapp über der Oberfläche. Ein Seufzer kam über seine Lippen, als er sich umsah. Eine dunkle Gestalt saß auf einem hölzernen Gerüstbock und betrachtete ihn interessiert, wie er kaum einen Meter über dem kalten Wasser baumelte.

»Was … was soll … Was willst du?«, stammelte er.

Die dunkle Gestalt erhob sich und kam ein Stück näher.

»Wer … wer bist du?«

»Ich bin dein Schmerz, deine Pein und deine Sünde, ich bin deine Krankheit, deine schwarze Seele, die dich innerlich zerfrisst«, antwortete die dunkle Gestalt. An der dunklen Wasserkante blieb sie stehen.

Johannes Leußner schloss die Augen. Es war wie ein böser Traum, doch dieser Traum wollte kein Ende nehmen. Als er die Augen wieder öffnete, stand die Gestalt noch immer am Wasser.

»Es ist lange her, Jahre sind vergangen, du erinnerst dich?«, ertönte erneut die Stimme, in der eine Kälte lag, die ihn frösteln ließ. Die Schmerzen der Fesseln um sein Handgelenk wurden schier unerträglich.

»Was … was willst du von mir?«

Der Mann trat vor die Seilwinde. »Ich habe, was ich will, und du hast nichts, was du mir geben könntest. Die ganze Nacht liegt vor uns.«

Noch bevor die Worte des Mannes verklungen waren, berührte Johannes Leußner das kalte Wasser. Wie spitze Nadeln fühlte es sich an, als er in das kühle Nass hinabgelassen wurde, bis selbst sein Kopf ins Wasser tauchte. Verzweifelt versuchte Johannes Leußner den Kopf über Wasser zu halten, doch so sehr er sich auch bemühte, es zog ihn unaufhaltsam in die Tiefe. Wasser drang in seinen Mund und er verschluckte sich. Er strampelte und wehrte sich gegen das Ertrinken und als er kurz davor war, dass seine Sinne schwanden, wurde er wieder in die Höhe gezogen. Er spie das Wasser aus und schnappte nach Luft. Ein Hustenanfall schüttelte ihn, und er erbrach sich.

»Was zum Teufel willst du von mir?«, krächzte er.

»Ich will, dass du mir von deinem Bruder erzählst«, antwortete die kalte Stimme.

»Du … du kannst mich …«

Noch bevor er den Satz zu Ende gesprochen hatte, tauchte er erneut in das kalte Wasser ein. Diesmal noch ein ganzes Stück tiefer.

Als er wieder zu sich kam, hing er wieder über dem Sieltief, die Schmerzen in seinem Kopf spürte er nicht mehr.

»Wir haben die ganze Nacht vor uns und du wirst reden«, ertönte die Stimme in seinem Rücken. »Noch bevor der Morgen graut, wirst du mir erzählen, was ich wissen will.«

Johannes Leußner ahnte, dass der Schatten recht behalten sollte, Warum nahm dieser Alptraum nur kein Ende …

17

Dienstag

Jan Sommer, der Disponent der Spedition, hatte sich gefreut, als er kurz nach halb sieben sein Büro betreten und die versprochenen Zigaretten auf seinem Schreibtisch vorgefunden hatte. Ein Zettel von Johannes Leußner hatte daneben gelegen, auf dem er sein Kommen für sieben Uhr ankündigte, um beim Entladen des LKW zu helfen, der noch immer vor der Rampe stand. Der Fahrzeugschlüssel war ebenfalls auf dem Schreibtisch deponiert, doch nun war schon acht Uhr und Johannes war immer noch nicht aufgetaucht. Das war überhaupt nicht seine Art, schließlich waren die Fahrer selbst für die Fracht und das Entladen verantwortlich. Außerdem musste die geplante Tour nach Rotterdam besprochen werden, schon heute Mittag sollte es wieder losgehen. Mehrfach hatte Jan Sommer inzwischen bei ihm angerufen. Alle Anrufe, ob über den Hausanschluss oder das Mobiltelefon, waren bislang unbeantwortet geblieben. Inzwischen hatten Mitarbeiter begonnen, den Auflieger zu entladen, da ansonsten der LKW den ganzen Betrieb aufhielt.

»Ich schau mal nach Johannes«, sagte Sommer zu seiner Kollegin, die am Schreibtisch gegenüber saß und eine neue Lieferung nach Mailand zusammenstellte.

»Glaubst du, er hat verschlafen?«, fragte sie.

»Du kannst ihn bei Tag oder auch mitten in der Nacht anrufen, sein Handy hat er immer bei sich, da hat er sich bislang immer gemeldet.«

»Vielleicht ist er krank.«

»Dann hätte er sich gemeldet, ich fahr mal rüber zu ihm«, entschied der Disponent und schnappte sich den Wagenschlüssel des Kleinbusses.

Johannes Leußner bewohnte eine Zweizimmerwohnung im Muschelweg. Als Jan Sommer vor dem Haus ausstieg, schaute er sich um, doch den Wagen von Johannes konnte er nirgends entdecken. Er war schon ein paarmal hier gewesen und kannte den Stellplatz, aber dort war alles leer, und nachdem er mehrfach Sturm an seiner Tür geklingelt hatte und niemand öffnete, wuchs seine Sorge.

Er wandte sich ab und wollte zurück zu seinem Bus, als sich die Haustür öffnete. Eine alte Frau trat ins Freie und warf Jan Sommer einen fragenden Blick zu.

»Moin«, grüßte er. »Ich wollte zu Johannes Leußner, wissen Sie, ob er zu Hause ist?«

Die Frau musterte Jan durch ihre dicke Brille. »Sie waren schon mal hier, richtig?«

»Ja, ich bin ein Freund von Johannes, er arbeitet bei uns in der Firma und ist heute nicht gekommen.«

»Den habe ich schon ein paar Tage nicht mehr gesehen.«

Jan lächelte. »Ja, er war auf Tour, aber er ist gestern Abend zurückgekommen.«

Die Frau schüttelte den Kopf und zeigte auf den freien Stellplatz. »Nee, hier war der nicht. Sein Auto steht auch nicht hier.«

Jan Sommer bedankte sich und ging einen Schritt zur Seite. Wenn er nicht hier war, dann konnte er nur noch draußen in der Westermarsch am Bootshaus sein. Jan Sommer wusste um die Leidenschaft von Johannes für das Boot, das er sich angeschafft hatte und derzeit restaurierte.

»Hoffentlich ist da nichts passiert«, murmelte er, als er in seinen Bus stieg und wendete. Über die Deichstraße fuhr er hinüber zur Westermarsch und als er am Leydeich in den kleinen Feldweg abbog, sah er bereits von weitem den Wagen von Johannes vor dem kleinen, weiß gestrichenen Bootshaus stehen, das direkt am Leybuchtsiel lag. Er stoppte den Kleinbus neben dem Opel und stieg aus.

»Johannes?«, rief er in Richtung der Hütte, deren Tür halb offen stand. Ein seltsames Gefühl beschlich ihn und trotz des helllichten Tages verstärkte es sich Schritt um Schritt. Vor der Hütte blieb er stehen und rief noch einmal nach seinem Arbeitskollegen, doch eine Antwort blieb aus. Er riss sich zusammen. Beherzt öffnete er die Tür. Im Schuppen roch es moderig und nach abgestandenem Wasser. Die Yacht stand aufgebockt neben der Slipanlage, die direkt ins Wasser führte. Von Johannes keine Spur. Er trat näher, umrundete das Boot und blieb vor ein paar Eimern mit Farbe stehen.

»Johannes, bis du hier?«, fragte er laut. Doch außer dem Plätschern und Glucksen des Wassers blieb es still. Er sah sich um. Regale standen an der Wand, auf denen allerlei Werkzeug und Gerümpel lag. Seine Knie zitterten. Vor der Leiter, die hinauf auf die Kajütyacht führte, blieb er stehen. Hatte Johannes etwa hier in seinem Boot übernachtet? Er ergriff die Leiter und ging die Stufen hinauf, stieg über ein paar Taue und blieb vor dem Niedergang stehen.

»Johannes, bis du da?«, rief er noch einmal. Wiederum blieb es still. Er fasst sich ein Herz und ging die kleine Stiege hinunter. Er öffnete die Kajütentür, die nach innen aufschwang, und warf einen Blick in das schummrige Rund, doch auch dort war keine Spur von seinem Freund zu entdecken. Als er die kleine Leiter wieder emporstieg und sich umwandte, fiel sein Blick in das brackige Wasser des kleinen gemauerten Beckens. Sein Atem stockte und er schlug die Hände vors Gesicht. Ein Körper trieb dort unten. Er hatte das karierte Hemd sofort erkannt. Nach einem tiefen Atemzug kletterte er vom Boot, griff nach seinem Handy und wählte die Notrufnummer des Rettungsdienstes.

*

»Ich hätte gerne, dass ihr mich begleitet«, sagte Trevisan zu seinen Kolleginnen und seinem Kollegen.

»Wieso zu viert?«, fragte Lentje.

»Weil acht Augen mehr sehen als nur vier«, entgegnete Trevisan.

»Ich glaube kaum, dass uns die Sachsen freie Hand bei den Ermittlungen lassen«, wandte Olaf ein. »Dort sind wir nicht zuständig.«

Trevisan winkte ab. »Das weiß ich selbst, das wird kein Problem. Ich habe dort einen guten Bekannten beim LKA in Dresden, die werden unsere Arbeit unterstützen. Und vergesst nicht, über das Leben dort drüben, als noch der Grenzzaun stand, werden wir aus den Akten nur wenig entnehmen können, da müssen wir selbst vor Ort gehen und die Leute befragen, anders werden wir nichts über die Habichs erfahren.«

»Was ist mit der Spur ins Drogenmilieu?«, fragte Lentje.

»Da sind uns die Hände gebunden. Dieterich wünscht, dass wir unsere Ermittlungen auf der Insel einstellen, und so wie es zurzeit aussieht, war Dörte Henner nur mittelbar in die Sache verstrickt. Eriksdorf hat ein Alibi und an diesen ominösen Rauschgifthändler kommen wir nicht heran, in diese Richtung führt keine einzige konkrete Spur.«

»Was ist mit Maric?«

»Nach Maric wird vom LKA gefahndet«, erklärte Trevisan. »Dieterich hat mir versprochen, dass er uns informiert, wenn er aufläuft. Darauf müssen wir uns verlassen. Ich kenne das aus eigener Erfahrung, das LKA sitzt da am längeren Hebel.«

»Wir lange werden wir drüben sein?«, fragte Olaf.

»Ein paar Tage, eine Woche oder auch mehr, ich kann es nicht sagen. Es wird eben einige Zeit dauern, bis wir genügend Material zusammengetragen haben. Ich sehe keine Alternative. Wenn wir es den Kollegen dort drüben überlassen, dann erhalten wir einen Aktenvermerk, in dem steht, dass die beiden Habichs polizeilich nicht in Erscheinung getreten sind, und das war es auch schon. Das wird uns bei unseren Ermittlungen nicht viel helfen. Wir sehen es ja an dieser ominösen Brandsache. Der Gutshof bestand aus mehreren Häusern und die sind alle dem Brand zum Opfer gefallen. Ich fragte mich, wie das gehen soll. Ich denke nicht, dass damals dort sauber ermittelt wurde.«

»Das war im Jahr 1996, da gab es die DDR längst nicht mehr, aber eine Polizei wird es dort gegeben haben«, widersprach Lentje.

»Der Fall wurde vom Polizeiposten in Jöhstadt aufgenommen. Ich traue dieser Sache nicht, vor allem, weil sich jetzt herausgestellt hat, dass dort auch ein Kinderheim für schwer erziehbare Jugendliche angesiedelt war. Wer sagt uns denn, dass der Brandstifter von damals wirklich ein Penner gewesen ist, der dort nächtigen wollte und unvorsichtig mit einer Petroleumlampe umging? Ich finde, das Ermittlungsergebnis der Kollegen wirft mehr Fragen auf, als es tatsächlich beantwortet.«

»Ich habe nichts gegen einen kleinen Ausflug nach Dresden«, meldete sich Lisa Bohn zu Wort.

»Du willst da hinfahren und eigene Nachforschungen anstellen«, fasste Lentje Trevisans Anliegen zusammen. »Gibt es denn Hinweise, dass sich unser Täter dort herumgetrieben hat? Ich meine, wenn das ein Racheakt eines misshandelten Jugendlichen ist, dann gibt es sicher noch andere Leute, die damals auf dem Hof lebten und jetzt irgendwo anders wohnen.«

»Wenn du darauf anspielst, ob es ein ähnliches Verbrechen im Zuständigkeitsbereich der Kollegen aus Annaberg gab, dann muss ich dich enttäuschen, das hat Monika bereits abgeklärt.«

Lentje überlegte kurz. »Gut, ich bin dabei.«

Olaf nickte zustimmend.

Trevisan richtete sich auf. »Dann ist ja alles klar, wir brauchen nur noch das Okay von der Verwaltung, darum will sich Thorke Oselich kümmern.«

Die Tür zum Besprechungszimmer wurde aufgerissen und Monika Sander kam herein. Sie war sichtlich außer Atem.

»Was ist denn los?«, fragte Trevisan, der aus ihrem Gesicht lesen konnte, dass etwas passiert war.

»Es gibt einen Toten, an der Leybucht in einem Bootshaus.«

»Erschlagen, mit einer Axt?«, fragte Trevisan konsterniert.

Monika zuckte mit der Schulter. »Das weiß man noch nicht.«

*

Trevisan war mit Lentje hinüber an die Leybucht gefahren. Der Bootsschuppen lag am Ende eines Feldweges etwa einen Kilometer von der nächsten Ansiedlung entfernt, direkt am

Ufer des Leybuchtsiels. Zwei Streifenwagen, ein weißer VW-Bus, ein Kleinlaster und zwei weitere Zivilwagen waren entlang des Feldweges in der matschigen Wiese geparkt. Ein Leichenwagen hatte direkt vor dem Schuppen auf einer geschotterten Fläche Position bezogen. Ein uniformierter Kollege ließ Trevisan und seine Begleiterin passieren. Vor dem Schuppen trafen sie auf Krog, der sich mit seinen Leuten von der Spurensicherung bereits an die Arbeit gemacht hatte.

Trevisan nickte ihm zu. »Was haben wir hier?«

»Eine männliche Leiche. Etwa fünfzig, wohl der Besitzer des Bootshauses. Heißt Johannes Leußner, wohnt in Norden und war Fernfahrer. Wurde offenbar vor seinem Tod gefoltert und anschließend im Wasser des Siels ersäuft.«

»Könnte das unser Mörder vom Jakobshof gewesen sein?«

Krog zuckte mit der Schulter. »Ich weiß es nicht, eine Axt kam hier nicht zum Einsatz und der Mann wurde mehrere Stunden gefoltert. Der Rechtsmediziner war schon hier. Seiner Meinung nach wurde das Opfer zuerst niedergeschlagen, an den Handgelenken gefesselt und am Flaschenzug über dem Becken der Slipanlage aufgehängt. Anschließend wurde er durch Schläge und tiefe Schnitte gefoltert, bevor man ihn mit einem Gewicht an den Beinen ins Wasser gelassen hat. Das Becken ist fast vier Meter tief. So wie es aussieht, ist er ertrunken. Als wir ihn geborgen haben, hatte er noch die Fesseln um die Handgelenke und war mit einem Karabinerhaken am Flaschenzug eingehakt.«

»Wann ist das passiert?«

»In der Nacht, der Tod trat zwischen elf und drei Uhr ein. Der Täter hat sich offenbar Zeit gelassen und ging sehr brutal vor, sagt der Arzt.«

»Können wir rein?«

Krog nickte.

Trevisan bedankte sich und betrat den Schuppen, wo zwei Spurensicherungsbeamte an der Leiche arbeiteten, die inzwischen geborgen war und entkleidet vor dem Wasserbecken zum Schutz vor dem sandigen Boden auf einer Silberdecke lag. Trevisan warf einen langen und nachdenklichen Blick auf den Toten, der im Gesicht, am Brustkorb und an den Armen und Beinen Verletzungen und tiefe Schnitte aufwies.

»Wer tut so was?«, fragte Lentje.

»Wir müssen alles über ihn in Erfahrung bringen«, murmelte Trevisan.

Krog, der den beiden gefolgt war, räusperte sich. »Draußen ist der Mann, der den Toten gefunden hat, ein Arbeitskollege von ihm. Er hatte sich Sorgen gemachte, weil Leußner heute früh nicht wie abgemacht zur Arbeit erschien. Der Zeuge heißt Jan Sommer und ist Disponent in einer Spedition. Er hat einen Schock und sitzt bei einer Kollegin im Streifenwagen. Ins Krankenhaus will er nicht.«

Trevisan wandte sich Lentje zu. »Kümmerst du dich um ihn?«

Lentje nickte und verließ den Schuppen.

»Irgendwelche Spuren?«

»Ein paar Fußspuren, Stiefel, Größe 44, aber die hatte auch das Opfer an. Die Profile dieser Dinger ähneln sich, deshalb kann ich nicht sagen, welche Fußspuren vom Opfer und welche vom Täter stammen.«

»Fingerabdrücke, DNA?«

»Wir suchen noch auf dem Boot.«

Trevisan nickte und wandte sich um. Der Schuppen war etwa zehn Meter lang und etwa genauso breit. Die Yacht, bei der die Bootsmasten abgenommen waren, passte gerade so in den Schuppen. Sie war aufgebockt und stand etwa einen Meter vom Becken entfernt. Ein Flaschenzug an der Decke, gehalten von zwei mächtigen Balken, diente offenbar dazu, sie ins Wasser abzulassen. Neben der Tür, die in einem großen Tor eingelassen war, konnte auch der rückwärtige, zum Wasser gewandte Teil komplett geöffnet werden, um die Ausfahrt der Yacht zu ermöglichen. Die Slipanlage, eine Schräge, die ins Wasser führte, war wohl lange nicht mehr betrieben worden. Der an den Balken aufhängte Flaschenzug war an Rollen beweglich und reichte aus, um ein Boot dieser Größe ins Wasser zu hieven.

Jenny hieß die Yacht und sie war erst vor kurzem neu gestrichen worden. Trevisan umrundete das Boot und betrachtete die Regale, auf denen neben Werkzeug, Seilen, Farbeimern und Netzen allerlei Gerümpel lag. Langsam ging er am Regal entlang, bis er die Tür erreichte.

Lentje kam auf ihm zu. »Wir haben einen Krankenwagen gerufen, der Kerl ist vollkommen fertig und wäre beinahe kollabiert.«

»Konntest du zuvor noch mit ihm sprechen?«

»Er sagte nicht viel. Er heißt Jan Sommer und ist ein Arbeitskollege. Das Opfer lebte alleine und arbeitete bei der Spedition Vader in Norden. Kam gestern erst von einer Tour aus Italien wieder und wollte heute früh seinen LKW entladen. Als er nicht erschien und auch telefonisch nicht erreicht werden konnte, hat sich Sommer auf die Suche gemacht. Er kannte das Bootshaus und sagt, dass der Tote ein begeisterter Segler war. Als er ihn dann an seiner Wohnadresse nicht antraf und eine Nachbarin meinte, dass er überhaupt nicht zu Hause war, ist er hierher gefahren und hat ihn im Becken treibend gefunden. Er dachte zuerst an einen Unfall und hat den Rettungsdienst verständigt, doch dann haben die Rettungssanitäter die Fesseln entdeckt und uns angerufen.«

»Gibt es Verwandte hier in der Nähe?«

Lentje schüttelte den Kopf. »Der Tote stammt aus dem Osten und lebte alleine. Er war mal längere Zeit mit einer Lageristin aus der Spedition befreundet, aber vor einem Jahr haben sie sich getrennt. Mehr konnte er nicht sagen, der Kerl kippt uns noch aus den Latschen.«

»Aus welcher Ecke im Osten er kommt, konnte der Zeuge nicht sagen?«

Wiederum schüttelte Lentje den Kopf.

Trevisan wandte sich Krog zu. »Habt ihr Papiere gefunden?«

»Ausweis und Führerschein lagen zusammen mit dem Geldbeutel im Wagen«, antwortete Krog. »Zweihundert Euro sind da auch drinnen, Raubmord können wir erst einmal ausschließen. Der Autoschlüssel lag neben der Tür im Regal.« Krog zeigte auf die Stelle, an der er ihn gefunden hatte.

Trevisan trat einen Schritt näher. Im gleichen Regalfach stand neben einem Aschenbecher und einer Dose mit Schrauben und Nägeln eine grüne Holzfigur. Trevisan betrachtete nachdenklich das grün lackierte Räuchermännchen. »Wo ist das Opfer geboren?«

Krog blätterte in seinen Aufzeichnungen, die er auf einem Klemmbrett abgeheftet hatte. »Karl-Marx-Stadt, steht hier.«

Trevisan hatte es plötzlich eilig. Er zeige auf das Räuchermännchen, das einen Jäger darstellte. »Fotografieren und eintüten!«, sagte er, bevor er aus dem Schuppen stürmte.

18

Trevisan saß am Steuer. Lentje war es angesichts der Geschwindigkeit, mit der er die Deichstraße entlangbrauste, nicht ganz geheuer. Ein paarmal hatte sie schon gefragt, weshalb er so überstürzt vom Bootsschuppen aufgebrochen war, doch Trevisan hatte nicht geantwortet. Als sie bei Mederns in den kleinen Feldweg abbogen, wusste Lentje, wohin er wollte.

Auf dem Jakobshof endete die rasante Fahrt. Trevisan stieg aus und ging auf den Eingang des Wohnhauses zu, an dem ein Polizeisiegel prangte. Die Tür war abgeschlossen und einen Schlüssel zum Haus hatte er nicht dabei.

»Was ist denn los?«, fragte sie.

»Ich bin mir nicht sicher«, entgegnete Trevisan und schon war er in Richtung der Scheune verschwunden. Lentje folgte ihm. Auch das Scheunentor war geschlossen.

»Verdammt, ich muss da rein!«, fluchte Trevisan.

Lentje zeigte auf ein kleines Holzfenster. »Ich würde da durchpassen.«

Trevisan nickte. Neben der Scheunentür stand eine Kiste mit Brennholz. Er kippte sie aus und stellte sie unter das Fenster. Er drückte ein paarmal gegen den Holzrahmen, bis das Fenster nach innen aufschwang. Trevisan ging einen Schritt zur Seite und machte Lentje Platz.

»Ich gehe da nur rein, wenn ich weiß, weswegen wir hier sind«, sagte sie.

Trevisan räusperte sich. »Ich bin mir nicht sicher, aber ich glaube, ich habe im Bootsschuppen was gesehen, das es auch hier in Habichs Wohnung gibt. Und ich bin mir sicher, es stammt vom Täter.«

Lentje schaute Trevisan fragend an. Schließlich nickte sie und stieg auf die Kiste. Für sie war es kein Problem, durch das enge Fenster in die Scheune zu steigen. Sie öffnete die Tür. Trevisan hastete durch die Scheune und betrat das Wohnhaus durch den Nebeneingang, durch den damals auch der Täter ins Haus eingedrungen war. Neben der Treppe, wo die Leiche von Rolf Habich gelegen hatte, blieb Trevisan stehen. Er schüttelte den Kopf. Lentje blieb direkt neben ihm stehen. Trevisan hatte sich nicht getäuscht. Auf einer Schuhkommode stand ein grünes Räuchermännchen, das einen Jäger darstellte.

»Der Mann aus dem Schuppen und die Habichs wurden vom selben Täter ermordet«, sagte Trevisan. »Das ist ein Serientäter.«

»Deswegen?« Lentje zeigte auf die Holzfigur.

»Das ist ein Räuchermännchen«, erklärte Trevisan. »Eine Holzschnitzerei aus dem Erzgebirge. Da legt man eine Räucherkerze rein und schon riecht das ganze Zimmer nach Bratapfel oder nach Zimt. Diese Dinger stellt man an Weihnachten auf.«

»So wie eine Duftkerze?«

»Genau so wie eine Duftkerze, diese Holzfiguren haben im Erzgebirge eine lange Tradition. Im Frühling sät der Bauer, im Sommer pflegt er seine Felder, im Herbst erntet er und wenn dann im Winter alles erledigt ist, dann schnitzt er Holzfiguren. – Na ja, so war es vielleicht mal, aber fest steht, dass diese Figuren vorwiegend aus dem Erzgebirge stammen und Annaberg liegt im Erzgebirge. Der Tote aus dem Wasser wurde in Karl-Marx-Stadt geboren, es würde mich nicht wundern, wenn sich die Habichs und der Tote aus dem Bootsschuppen sogar kannten.«

»Du meinst, da begleicht einer eine Rechnung aus der alten Zeit?«

»Genau das denke ich, deswegen müssen wir unbedingt dort hin, wo dieses Männchen herkommt.«

Trevisan eilte davon und kehrte nach einer kurzen Weile mit einer Plastiktüte aus der Küche zurück. Vorsichtig, die Tüte als Handschuh umfunktioniert, griff er nach der Holzfigur, drehte sie herum und betrachtete sie.

»Einen Stempel oder Hinweis auf den Hersteller gibt es nicht«, sagte er, bevor er das knapp zwanzig Zentimeter große Männchen in der Tüte verschwinden ließ.

Sie verließen das Gebäude durch die Scheune und Lentje stieg durch das Fenster nach draußen, damit sie die Tür wieder verriegeln konnten.

»Du fährst.« Trevisan warf ihr den Wagenschlüssel zu.

»Wohin?«

»Auf die Dienststelle. Wir sollten uns zusammensetzen. Der Täter hinterlässt seine Zeichen und ich glaube nicht, dass die Habichs und der Tote aus dem Bootsschuppen die einzigen Opfer bleiben werden.«

*

Er saß im Zug und die Bäume des nahen Waldes huschten an ihm vorbei, doch er hatte keinen Blick dafür, seine Gedanken kreisten um die letzte Nacht. Er hasste Grausamkeiten, doch es musste sein. Es war wie ein Rausch. Diesmal war es nicht so einfach gewesen wie auf dem Jakobshof, wo alles automatisch abgelaufen war und an der Oberfläche blieb, wo es nicht tief in ihn eindringen konnte. Über mehrere Stunden hatte sich die Tortur im Bootshaus hingezogen. Mitleid hatte er für sein Opfer nicht empfunden, keine Sekunde lang. Abscheu war es gewesen, Abscheu vor der Gewalt. Über drei Stunden hatte es gedauert, bis er endlich erfahren hatte, was er wissen wollte. Lange hatte sich sein Opfer gewehrt und hatte geschwiegen, doch dann wurden die Schmerzen übermächtig, dann wurde das Martyrium zu viel für ihn und zerfraß seinen Widerstand. Leußner musste gewusst haben, dass er diesen Schuppen nicht mehr lebendig verlassen würde. Es hatte lang gedauert, bis er sich an damals erinnert hatte. Wie alt mochte er gewesen sein, damals, bevor in diesem Land alles anders geworden war? Ein Jugendlicher war er gewesen, ein junger Mann, kaum trocken hinter den Ohren.

Eine junge Frau lief an ihm vorbei, er zuckte zusammen und befürchtete schon, dass sie neben ihm Platz nehmen würde. Er wollte alleine bleiben, alleine mit sich und mit seinem Schmerz. Die junge Frau zögerte einen Augenblick, bevor sie weiterging. Er atmete auf. Er war weit gekommen. Noch war er nicht am Ziel. Wie lange würde es noch dauern, bis er sie endlich wiedersehen durfte?

Er lehnte sich zurück, fühlte sich matt, müde und ausgelaugt. Doch Ruhe fand er nicht. Die Sache mit dem Bus beunruhigte ihn. So dicht waren sie noch nie an ihn herangekommen. Eine kleine Unaufmerksamkeit hatte ausgereicht. Er mochte gar nicht darüber nachdenken, was passiert wäre, wenn er diesen Wagen vor dem Haus des Komikers in Emden nicht rechtzeitig entdeckt hätte. Die Polizei hätte er mit seinem gefälschten Studentenausweis nicht täuschen können.

Er blickte auf die Armbanduhr. Es war kurz nach drei, die Fahrt dauerte noch über eine Stunde. Er griff nach seinem Rucksack und holte eine Brotbox und eine Flasche Mineralwasser heraus. Ein Geldschein hatte sich um die Flasche gewickelt. Es war pures Glück gewesen, dass damals der Tresor offen gestanden hatte. Beinahe einhunderttausend Euro waren ihm in die Hände gefallen und dabei war das nicht einmal seine Absicht gewesen. Ein Beifang sozusagen. Geld erleichterte so manches. Er öffnete die Brotbox. Nachdem er sein Brot verspeist hatte, griff er erneut zum Rucksack und zog einen Tablet-Computer hervor. Er schaltete ihn ein. Zum Glück gab es in der Bahn W-Lan. Er rief die Internetseite des Sägewerks auf, das nicht weit von Marienberg entfernt lag. Als der Zug am Bahnhof in Spandau hielt, schaltete er seinen Computer ab und steckte ihn wieder in den Rucksack.

Der Zug von Berlin nach Dresden hatte vierzig Minuten Verspätung. Ausgerechnet heute, wo er es eilig hatte und noch vor Einbruch der Nacht sein Ziel erreichen wollte.

*

Erneut hatte sich Trevisans gesamtes Team inklusive Thorke Oselich im großen Konferenzraum eingefunden. Krog berichtete, dass sie trotz intensiver Suche keine weiteren Hinweise zum Täter gefunden hatten. Allerdings war eine Holzlatte sichergestellt worden, an der sich Blut und Haare des Opfers Johannes Leußner befanden. Sie hatte vor dem Schuppen unter seinem Wagen gelegen.

»Er hat ihm aufgelauert«, beendete Krog seinen Vortrag.

»Also wusste er, dass sein Opfer dort auftauchen wird«, folgerte Trevisan. »Das heißt, dass er wie im Fall Habich sehr viel über seine Opfer herausfindet, bevor er zuschlägt.«

»Diese Holzfiguren«, sagte Thorke Oselich. »Die stammen sicher vom Täter?«

Krog zuckte mit der Schulter. »Sie sind identisch. Es gibt keine DNA-Spuren daran. Aber wir haben an der Figur im Bootshaus ein paar Krümel gefunden. Das könnten Brotkrumen sein. Die Analyse läuft noch.«

Trevisan meldete sich zu Wort. »Das ist das Zeichen, das der Täter hinterlässt. Diese Figuren stellt man an Weihnachten auf. Jetzt ist März. Niemand hat jetzt noch seine Weihnachtsdekoration zu Hause herumstehen. Sie haben eine Bedeutung, da bin ich mir sicher.«

Monika Sander kam herein und blieb neben Trevisan stehen. »Was hast du herausgefunden?«, fragte er.

»Johannes Leußner lebte auch auf dem Birkenhof«, antwortete sie. »Er hat noch einen Bruder, der nach der Wende nach Kanada ausgewandert ist. Das Auswärtige Amt ist informiert und versucht, die Adresse in Kanada zu ermitteln. Aber da ist noch etwas.«

»Wir sind ganz Ohr«, entgegnete Trevisan.

»Leußners Eltern sind, nachdem sie den Birkenhof verlassen haben, in die Oberlausitz gezogen, genauer gesagt nach

Spremberg. Dort haben sie sich ein Haus gekauft. Sie waren offenbar gut betucht.«

»Was heißt waren?«, fragte Thorke Oselich. »Sind sie gestorben?«

»Sie wurden ermordet«, entgegnete Monika. »Ich habe mit der Polizeidirektion in Görlitz gesprochen. Die waren für die Ermittlungen zuständig. Ich erhielt die Auskunft, dass das Ehepaar Leußner im November 2010 einem Raubmord zum Opfer gefallen ist. Das ganze Haus wurde auf den Kopf gestellt und aus einem Tresor fehlte eine größere Summe Bargeld. Man geht von osteuropäischen Tätergruppen aus.«

»Die Leußners waren reich?«

Monika Sander nickte und zeigte auf das Räuchermännchen, das vor Trevisan auf dem Schreibtisch stand. »Sie waren an einer Firma beteiligt, die Volkskunst aus dem Erzgebirge in die ganze Welt verschickt. 2008 haben sie ihre Anteile an der Firma verkauft. Die Firma hat ihren Sitz in Seiffen, das kennen vielleicht einige.«

Trevisan kratzte sich am Kinn. »Ich sagte doch, das Männchen hat einen tieferen Sinn.«

»Muss es unbedingt mit dem Birkenhof zusammenhängen?«, wandte Thorke Oselich ein. »Könnte es nicht um diese Firma gehen? Vielleicht wurde da jemand ausgebootet.«

»Du vergisst die Habichs«, widersprach Trevisan.

Monika Sander nickte. »Trevisan hat recht. Damals wurden auf dem Birkenhof solche Figuren gefertigt. Ich habe in Annaberg angerufen und nachgefragt. Die hatten dort eine richtige Werkstatt und lieferten sogar in den Westen. Das waren gern gesehene Devisen für die DDR.«

»Wir müssen unbedingt nach Annaberg«, fügte Trevisan hinzu. »Nur dort werden wir die Antworten auf unsere Fragen finden.«

»Glaubst du, der Mörder ist noch hier in unserer Gegend?«, fragte Thorke Oselich besorgt.

»Ausschließen können wir das nicht. Wir müssen die Überwachung auf alle Fälle fortsetzen.«

»Darum werden wir uns kümmern«, meldete sich Monika zu Wort.

»Und wir brauchen endlich das Okay von der Verwaltung.« Trevisan warf seiner Chefin einen eindringlichen Blick zu.

Thorke Oselich nickte. »Ich mache noch einmal Druck in Oldenburg.«

19

»Wie lange wirst du weg sein?« Lea strich mit ihren Händen über den weichen Ton der Skulptur.

Trevisan zuckte mit der Schulter. »Ich kann es dir nicht sagen, es kann eine Weile dauern, aber ich bin mir sicher, dass wir hier an der falschen Stelle suchen. Wenn wir den Mörder finden wollen, müssen wir dorthin, wo die Opfer lebten, bevor die Mauer fiel.«

»Fährst du alleine?«

Er zog sich einen Stuhl heran. »Nein, ich nehme drei meiner Leute mit.«

Lea seufzte. »Irgendwie habe ich mir deine Rückkehr nach Wilhelmshaven anders vorgestellt. Du bist kaum hier und schon steckst du wieder mitten in der Arbeit.«

»Es ist meine Aufgabe.«

»Ich weiß und ich weiß auch, dass du in Oldenburg nicht glücklich warst. Du brauchst diesen Rummel um dich herum, manchmal habe ich den Eindruck, du suchst ihn geradezu.«

»Das ist meine Arbeit.«

»Eigentlich hattest du mir erklärt, dass du es hier ruhiger haben wirst, doch kaum bist du hier, geht es schon wieder los und alles, was sonst um dich herum geschieht, das zieht wie ein Schatten an dir vorbei. Du nimmst es nicht einmal wahr.« Lea drehte mit dem Fuß die große Schwungscheibe und widmete sich dem tönernen Rücken der Figur. »Das wird der Heilige Josef, er ist der Schutzpatron der Arbeiter und irgendwie erinnert er mich an dich.«

»War er Polizist?«, fragte Trevisan mit einem Lächeln.

»Er war Zimmermann, aber er ging treu und brav seiner Arbeit nach und tat, was immer er tun musste. Sogar mit seiner hochschwangeren Frau ist er damals losgezogen, um sich zählen zu lassen, so wie man es ihm befohlen hatte. Und es war ihm egal, wie sich seine Frau Maria dabei fühlte.«

Trevisan verstand den sarkastischen Vorwurf, der in ihrer Antwort steckte, und es machte ihn traurig, denn er hatte auf Leas Verständnis gehofft. »Wenn du glaubst, dass ich dies aus reinem Pflichtbewusstsein tue, aus Loyalität zu meinem Beruf, dann irrst du dich. Ich tue es, weil ich es tun muss, weil der Tod dieser Familie und des Mannes in diesem Bootshaus mein Bild von dieser Welt verrückt hat und wenn ich sehe, dass ein Bild schief hängt, dann muss ich es gerade rücken. Ich tue es nicht wegen meines Jobs und ich tue es nicht, weil man es von mir erwartet, ich tue es, weil ich dieses schräge Bild nicht ertragen kann, weil es mich krank macht, weil es mich begleitet, den ganzen Tag, und ich fühle, dass ich erst wieder zufrieden bin, bis ich alles versucht habe, um das Weltbild wieder geradezurücken, verstehst du das, Lea?«

Lea erhob sich. Langsam kam sie auf Trevisan zu. Mit ihren vom weichen Ton verschmutzten Händen umarmte sie ihn. »Entschuldige, das war gemein von mir«, flüsterte sie. »Ich werfe dir vor, dass du so bist, wie ich selbst bin. Ich kenne dieses Gefühl, ich weiß, wie es ist, wenn man diesen Drang verspürt, dieses Gefühl, etwas tun zu müssen, nicht ruhen zu können, bevor es getan ist. Man kann es nicht erklären, aber es wächst und wächst und staut sich auf, bis es sich entlädt. Dann muss ich einfach zum Messer greifen, ein Holzstück nehmen und meinen Emotionen freien Lauf lassen, das Stück bearbeiten, bis es Gestalt annimmt, bis es reift, Schnitt um Schnitt und bis sich dieses Gefühl in einem Bild oder einer Skulptur ausdrückt. Nur eines unterscheidet uns: Ich lasse etwas entstehen und du lässt etwas enden, das ist der einzige Unterschied. Verzeih mir bitte, fange diesen

Mörder und rücke dieses Bild wieder gerade, ich warte hier auf dich.« Sie umarmte ihn und hauchte ihm einen sanften Kuss auf die Wange.

Als Trevisan eine Stunde später im Schlafzimmer stand und seinen Koffer packte, trat sie an seine Seite. »Wann wirst du fahren?«

»Ich weiß es noch nicht, es kann schnell gehen, aber noch haben wir kein grünes Licht aus Oldenburg.«

Sie zog ihn zum Bett und löschte das Licht. »Dann gehört uns zumindest noch diese Nacht, dein Koffer ist gepackt, wenn du ihn brauchst. Er steht hier und du brauchst ihn nur zu holen.«

Dienstag

Monika Sander war früh aufgebrochen. Eike begleitete sie, als sie mit dem Dienstwagen nach Norden fuhren. Susanne Wehlau arbeitete noch immer als Lageristin in der Spedition Vader. Vier Jahre hatte ihre Beziehung mit Johannes Leußner gehalten, ehe sie sich vor zehn Monaten getrennt hatten. Zwei Jahre lang hatten sie sogar zusammen in der Parkstraße in Norden gewohnt. Monika wusste nicht, was sie erwartete, aber ein Gespräch mit der Frau war unumgänglich, um sich ein Bild von dem ermordeten Fernfahrer zu verschaffen. Unterdessen war Krog mit weiteren Kollegen damit beschäftigt, die Wohnung von Leußner zu durchsuchen. Vor allem Dinge, die aus seiner Vergangenheit im Osten stammten, waren für die Ermittlungen interessant.

Susanne Wehlau wartete im Aufenthaltsraum der Firma. Sie saß zusammengesunken auf einem Stuhl und wischte sich mit einem Taschentuch die Tränen von den Wangen.

»Susanne Wehlau?« Monika zeigte der blonden und durchaus attraktiven Frau im mittleren Alter ihren Dienstausweis. »Das ist mein Kollege Eike Brun. Wir hätten ein paar Fragen an Sie, falls Sie sich dazu in der Lage fühlen.«

»Jan – Jan Sommer, unser Disponent – hat mir erzählt, was passiert ist«, entgegnete sie. »Wir waren nicht mehr zusammen, aber wir … wir haben uns als Freunde getrennt. Ich mochte Johannes noch immer gut leiden.«

»Tut mir leid, was passiert ist.« Monika setzte sich zu ihr an den Tisch. Eike zog es vor, an den Küchenschrank gelehnt stehenzubleiben.

»Das macht alles keinen Sinn«, schluchzte die junge Frau. »Johannes war … Er war ein guter Kerl. Liebenswert und sanftmütig. Ich frage mich, wer so etwas tut.«

»Um das herauszufinden, sind wir hier. Gab es während der Zeit, in der Sie zusammen waren, irgendwelche ungewöhnliche Dinge, Streit mit jemandem, Anrufe, Drohungen?«

»Sie meinen so etwas wie Feinde?« Susanne Wehlau schüttelte den Kopf. »Nein, überhaupt nicht. Sie hätten ihn mitten in der Nacht anrufen und um Hilfe bitten können und er wäre aufgestanden und gekommen. Ohne zu murren, ohne Vorwürfe, so ein Mensch war er. Feinde, nein, das ist unmöglich.«

»Gab es denn irgendwelche Freunde oder Bekannten hier in der Gegend?«

»Johannes wollte für sich bleiben. Hier in der Firma, die Kollegen. Jan, ja, mit Jan verstand er sich gut, aber so richtige Freunde, nein, die gab es nicht. Nur im Segelclub, da war er öfter. Hier in Norden, hier hat er auch Segeln gelernt. Er liebte das Meer und er träumte immer von einer großen Tour. Hoch zu den britischen Inseln, Irland, Grönland. Es war fast schon so etwas wie eine fixe Idee.«

»Ich will nicht indiskret sein, aber weshalb haben Sie sich getrennt?«, fragte Monika.

»Wir gingen als Freunde auseinander«, beeilte sich Susanne Wehlau noch einmal zu versichern. »Aber es ging nicht mehr. Johannes war immer ein, wie soll ich sagen, er war immer schon ein verschlossener, in sich gekehrter Mensch. Ich dachte damals, das würde sich mit der Zeit ändern, doch es wurde immer schlimmer. Ich wollte, dass wir alles miteinander teilen, ich wollte … ich wollte Kinder, eine Familie, ein ganz normales Leben eben, aber er ... Johannes war dazu nicht bereit ... Er wollte für sich bleiben. Ich hatte viele Freunde, ich stamme hier aus Norden. Anfangs begleitete er mich noch, doch dann zog er sich immer mehr zurück. Er hatte nur noch das Meer und sein eigenes Boot im Sinn. Ich hatte das Gefühl, dass ich eher störe, deshalb ... deshalb trennten wir uns, es machte für mich keinen Sinn mehr, verstehen Sie?«

»Und er nahm es hin?«

Sie fuhr sich durch ihre blonden Haare. »Ich dachte, wenn wir uns trennen, dann ... dann merkt er irgendwann, was ihm fehlt, aber ich habe mich getäuscht. Im Gegenteil, ich hatte das Gefühl, er war froh, dass er mir nicht mehr verpflichtet war.«

»Hat er mal von seinem früheren Leben im Osten erzählt?«

Sie überlegte. »Nicht viel, meist wich er meinen Fragen aus. Ich glaube, er redete nicht gerne davon.«

»Gab es Kontakte in den Osten?«

Susanne Wehlau schüttelte den Kopf. »Nein, da gab es wohl auch niemanden mehr. Seine Eltern waren tot, ich fand eine Sterbeurkunde in seinen Sachen. Als ich ihn danach fragte, wechselte er sofort das Thema.«

»Sonst noch jemand, zu dem er Kontakt hatte?«

»Seine Sachen schloss er weg, ich glaube sogar, er hat sie bewusst vor mir versteckt. Aber einmal, ja ich erinnere mich, einmal rief jemand an. Das war im Sommer, ich glaube, vor zwei Jahren. Eine Frau war es und das Gespräch kam aus Übersee. Ich konnte sie nicht verstehen, sie sprach nur Englisch und die Leitung knackte furchtbar, aber soweit ich mitbekam, war es seine Schwägerin. Ich sprach ihn darauf an, doch er reagierte schroff und sagte nur, dass er mit seinem Bruder nichts zu tun haben will.«

»Sein Bruder lebt in Kanada.«

»Richtig, aber offenbar gab es da keinen Kontakt mehr. Ich fragte auch nicht mehr weiter nach, denn ich erkannte an seiner Reaktion, dass er nicht darüber reden wollte.«

»Haben Sie eine Erklärung dafür, weshalb Johannes Leußner getötet wurde?«

Erneut flossen Tränen über Susanne Wehlers Gesicht. Sie schüttelte den Kopf. »Ich sagte doch schon, er war eine Seele von Mensch.«

*

Noch immer lag die Reisegenehmigung von der Verwaltung aus Oldenburg nicht vor. Kurz bevor Trevisan erneut Thorke Oselich aufsuchen wollte, klingelte das Telefon in seinem Büro.

Rüttensberg, der Rechtsmediziner, war am Apparat. »Wir ziehen die Obduktion von Leußners Leiche vor. Es wäre sinnvoll, wenn jemand von Ihrer Abteilung dabei wäre.«

Trevisan sagte zu. Monika war zur Vernehmung von Leußners Ex-Freundin nach Norden gefahren und der Rest der Crew, soweit sie nicht zur Überwachung der Bushaltestellen eingesetzt war, unterstützte Krog bei der Nachschau in der Wohnung des Ermordeten. Nur noch Lisa Bohn war hier. Er zog seine Jacke über und bat sie, ihn zu begleiten.

Als sie den Dienstwagen vor der Gerichtsmedizin stoppte, stieg Trevisan aus und schaute sich um. Hier war die Zeit einfach stehen geblieben. Noch immer die gleiche triste Umgebung, die gleiche schmutzig rote Fassade, die grauen Fenster und die quietschende Eingangstür. Im Treppenhaus hing noch immer das wirre Gemälde aus dunklen und düsteren Farben, das damals die Frau des früheren Chefpathologen gemalt hatte. Nur das Personal war inzwischen ein anderes.

Rüttensberg schien ungeduldig, als er den OP-Raum öffnete. »Guten Morgen, Herr Trevisan. Tut mir leid, aber wir müssen uns beeilen, am Nachmittag kommen Handwerker. Das Belüftungssystem muss gereinigt werden.«

Trevisan beeilte sich. Zusammen mit Lisa Bohn zog er die grüne OP-Kleidung über und beinahe, hätte ihn Lisa darauf nicht aufmerksam gemacht, hätte er sogar vergessen, die Plastikschuhe überzustreifen.

Bei der Obduktion selbst blieben Trevisan und Lisa im Hintergrund und ließen Rüttensberg sein blutiges Werk verrichten. Der Pathologe diktierte alle Ergebnisse in das

Mikrophon, das über dem OP-Tisch schwebte, und erst, als er seinen Mundschutz entfernte und die Handschuhe abstreifte, wandte er sich ihnen zu. »Es gibt nur wenige neue Erkenntnisse. Der Todeszeitpunkt liegt zwischen ein und vier Uhr. Der Mann ist ertrunken, aber er wäre wohl auch am Blutverlust gestorben, wenn man ihn nicht rechtzeitig gefunden hätte. Er wurde misshandelt. Mehrere oberflächliche Schnitte am Oberkörper, an den Armen und den Beinen. Ich schätze, diese Tortur war äußerst schmerzhaft und hat sich über mehrere Stunden hingezogen. Außerdem war seine linke Schulter ausgekugelt. Das alleine sind schon Schmerzen, an denen man stark zu knabbern hat. Ich denke, diese Verletzung stammt daher, dass er an diesem Flaschenzug an seinen Armen aufgehängt wurde. Außerdem habe ich eine Verletzung an seinem Hinterkopf festgestellt, die von einem Schlag herrührt. Es muss eine Holzlatte gewesen sein, die die Wunde verursachte. Es befanden sich entsprechende Splitter in der Wunde.«

»War es ein heftiger Schlag?«, fragte Trevisan.

»Hart genug, um ihn außer Gefecht zu setzen, aber nicht ausreichend, um ihn zu töten. Wenn Sie mich fragen, Herr Trevisan, dann lauerte der Täter seinem Opfer auf, schlug es nieder und trug es in den Schuppen, wo er es fesselte und am Flaschenzug aufhängte. Anschließend folterte er den Mann über mehrere Stunden, dabei war das Opfer bestimmt zeitweise bei Bewusstsein. Und dann hat er einen Anker als Gewicht an den Beinen des Opfers befestigt und ihn ins Wasser gelassen. Genau so weit, dass der Kopf unter Wasser geriet. Dadurch ist der Mann ertrunken.«

»Waren Alkohol oder Drogen im Spiel?«

»Wie kommen Sie darauf?«

»Nur der Vollständigkeit halber«, entgegnete Trevisan.

»Da müssen wir noch die Ergebnisse aus dem Labor abwarten, aber Anzeichen dafür habe ich nicht entdeckt. Der Mann hatte kurz zuvor Nahrung zu sich genommen, die noch nicht vollständig verdaut war.«

»Lecker«, bemerkte Lisa.

»Ja, Hamburger und Zwiebel«, bestätigte der Arzt. »Der Bericht folgt. Dann können die Handwerker heute Mittag schon einmal anfangen.«

Als Trevisan kurz vor Mittag auf der Dienststelle eintraf, suchte er zuerst Thorke Oselich auf, doch das Büro war verwaist. Auch die Sekretärin konnte ihm nicht weiterhelfen. Noch immer gab es keine Nachricht aus Oldenburg, und Trevisan hatte irgendwie das Gefühl, dass ihm die Zeit davonlief.

20

Er stand an der Packstation unmittelbar neben dem Busbahnhof und trug einen schwarzen Kapuzenpulli. Auf seiner Brust prangte ein weißer Adler. Scheinbar zufällig näherte er sich der Packstation, die Augen wach und nach allen Seiten sichernd. Eine alte Frau stand direkt vor den Schließfächern und las sich auf der großen Tafel die Beschreibung durch. Als sich ein junges Pärchen näherte, dreht er um und verschwand hinter einem Baum. Er wartete, bis das Pärchen in Richtung Friedhof davonging, ehe er wieder aus seiner Deckung kam. Er war nervös, denn er wusste, dass die Polizei nach ihm fahndete. Er hatte einen unverzeihlichen Fehler begangen, und nun stand er auf der Abschussliste. Eigentlich wollte er längst schon kilometerweit weg sein, untergetaucht, in Sicherheit, doch in einem dieser Postfächer lag etwas, auf das er auf seiner Flucht nicht verzichten konnte.

Eine Windböe fuhr durch die Gassen und wirbelte Papier auf. Beinahe hätte sie ihm die Kapuze vom Kopf geweht, die er tief ins Gesicht gezogen hatte. Mehrfach hatte er sich umgesehen, doch nirgends hatte er etwas Verdächtiges entdeckt, dennoch hatte ihn dieses bohrende Gefühl der Ungewissheit beschlichen, als er aus dem Bus gestiegen war. Er war angespannt. Er hatte kaum zwei Schritte getan, als das junge Pärchen wieder auf den Platz zurückkehrte. Er wandte sich um. Von der anderen Seite näherte sich ein Mann mit kurzen blonden Haaren. Er trug einen Jogginganzug und Turnschuhe und war ihm nicht geheuer. Mit schnellen Schritten überquerte er den Busbahnhof in Richtung der Residenz. Noch bevor er den Straßenrand erreichte, hetzte der Jogger los und schlug den Weg in seine Richtung ein. Auch das Pärchen hatte inzwischen den Schritt beschleunigt und seine Befürchtungen wurden zur Gewissheit. Aus dem Gehen wurde Laufen. Er sprang über ein niedriges Gebüsch aus dürren Ästen, beinahe wäre er gestrauchelt.

»Bleiben Sie stehen!«, ertönte ein scharfer Ruf in seinem Rücken. Er wechselte die Richtung und rannte die Jann-Berghaus-Straße hinunter, doch der Jogger und auch das Pärchen blieben ihm auf den Fersen. Ein weiterer Mann, der sich an der Residenz postiert hatte, nahm ebenfalls die Verfolgung auf.

»Stehen bleiben, Polizei!«

Er beschleunigte das Tempo. Er holte das Letzte aus sich heraus und sein Herz wummerte wild. Er war sportlich und fühlte sich fit, doch der Jogger kam immer näher. An der Schanze bog er ab und rannte in Richtung des kleinen Wäldchens im Kurpark. Von dem Jogger trennten ihn gerade mal zehn Schritte, während die anderen Verfolger mehr und mehr zurückblieben. Er erreichte den Park, sprang über ein kleines Geländer und wandte sich in Richtung See. Den Weg verließ er und rannte querfeldein. Was gäbe er dafür, wenn die kahlen Bäume und Büsche dichtes Blattwerk tragen würden … Der Schweiß trat ihm aus den Poren und seine Lunge begann zu schmerzen. Der Jogger war gut in Form und holte auf.

Noch einmal versuchte er, seine letzten Kräfte zu mobilisieren. Er flitzte an einem mannshohen Gebüsch vorbei, dicht genug, um ihn zu verbergen, und schlug einen Haken. In Richtung Westen hastete er weiter. Er wandte den Kopf und sah, wie der Jogger strauchelte. Hoffnung keimte auf. Er hetzte weiter, sprang über herabgefallene Äste und überquerte den betonierten Fußweg, bevor er auf der anderen

Seite wieder in den Wald eintauchte. Der Jogger war aus seinem Blickfeld verschwunden. Mehr und mehr schwanden ihm die Kräfte und aus dem Laufen wurde ein unkontrolliertes, kraftloses Stolpern. Im Schatten eines großen Baumes sank er nieder. Das Blut pochte in seinen Ohren. Er blickte sich um, spähte hinter dem Baum hervor, weit und breit war niemand zu sehen. Lautes Rufen drang durch den Wald. Die Worte konnte er nicht verstehen, aber zweifellos gehörten die Stimmen seinen Verfolgern. Er duckte sich tief auf den feuchten Boden, versuchte, wieder zu Kräften zu kommen. Er zuckte zusammen, als es in seiner Nähe laut knackte, und duckte sich noch tiefer, so dass sein Gesicht das verdorrte Gras berührte. Vorsichtig spähte er hinter dem Baum hervor und sah gerade noch den Jogger, der auf dem Weg, knapp zwanzig Schritte von ihm entfernt, in Richtung Osten aus dem Sichtfeld verschwand. Er atmete auf.

Für einen Augenblick hatte er das Gefühl, entkommen zu sein, dann jagten ihm Stimmen in seinem Rücken einen Schrecken durch die Glieder. Langsam wandte er sich um. Das Pärchen stand vor ihm. Die Frau hielt eine Waffe in der Hand, während der junge Mann, fast einen Kopf größer als er und muskulös, als würde er seine Freizeit ausschließlich in einem Fitness-Studio verbringen, ein Paar Handschellen hielt.

»Keine Bewegung!«, zischte die Frau. »Umdrehen!«

Einen Augenblick überlegte er, doch was blieb ihm angesichts der Waffe in der Hand der Frau anderes übrig – er dreht sich herum und legte sich auf den Bauch. Schon kniete sich der Mann auf seinen Rücken, griff nach seinen Armen und legte ihm die Handschellen an, bevor er ihn in die Höhe riss.

Die junge Frau trat einen Schritt näher. Sie steckte ihre Dienstwaffe zurück in das Holster und zeigte ihm eine Polizeidienstmarke. »Darko Maric, Sie sind verhaftet.«

*

Als das Telefon klingelte, zuckte Trevisan zusammen. Er legte die Tatortbilder beiseite und nahm den Hörer ab. Ein Kollege der Kriminalpolizei aus Rostock meldete sich.

Trevisan musste zweimal nach seinem Namen fragen. Er hieß Mikulicz und saß gerade einem Zeugen namens Hans Mannsdorf gegenüber, der eine Aussage bezüglich eines ehemaligen Erziehungsheims in der DDR machen sollte. Der Mann, der von einem Freund begleitet wurde und im Rollstuhl saß, habe erzählt, dass er dort von August 1979 bis März 1982 untergebracht war, doch welchen Hintergrund die Befragung haben sollte, das war Mikulicz nicht so ganz klar geworden und Kollege Eike Brun, der diese Anhörung initiiert hatte, war derzeit nicht erreichbar.

»Er ist bei einer Durchsuchung«, antwortete Trevisan.

»Ich habe das Handy auf laut gestellt, Herr Mannsdorf kann Sie hören«, erklärte Mikulicz. »Ich dachte mir, dass wir auf diese Art die Befragung durchführen können. Der Mann sitzt ja im Rollstuhl, ich will ihm einen erneuten Termin nicht zumuten. Ihrer Zentrale sagte ich, sie solle mich mit jemandem verbinden, der über die Sache Bescheid weiß. Sie wissen doch Bescheid, Herr Trevisan?«

»Ja, ich weiß Bescheid, ich leite die Ermittlungen«, entgegnete Trevisan. »Herr Mannsdorf?«

»Ja, ich höre Sie.«

Trevisan beugte sich vor. Zwar war diese Art der Befragung recht unkonventionell, war aber immerhin eine Möglichkeit, zumindest einen ersten Eindruck vom Birkenhof zu gewinnen. »Herr Mannsdorf, Sie waren als Jugendlicher drei Jahre im Erziehungsheim Birkenhof untergebracht, darf ich erfahren, weshalb?«

»Ist das wichtig?«

»Es dient dazu, mir ein Bild zu verschaffen, damit ich nachvollziehen kann, wer dort auf dem Hof untergebracht worden ist.«

»Also gut. Meine Familie stammt eigentlich ursprünglich aus Stollberg, das liegt im Erzgebirge, in der Nähe von Chemnitz«, erklärte der Zeuge. »Ich verlor im Alter von vierzehn Jahren meinen Vater durch einen Arbeitsunfall bei Holzarbeiten im Wald. Meine Mutter hat das nie verkraftet. Zwar wurde für uns gesorgt, dennoch griff meine Mutter zum

Alkohol. Wir Kinder – ich habe eine Schwester, die war bereits sechzehn – versuchten es zu verheimlichen und halfen Mama, so gut es ging, aber irgendjemand aus der Nachbarschaft muss uns angeschwärzt haben. Eines Tages kamen eine Frau und ein Mann von der Kinderfürsorge. Meine Mutter war wieder einmal sturzbetrunken. Da ging alles ganz schnell. Noch am gleichen Tag wurden wir abgeholt. Meine Schwester landete in Dresden und ich kam über Umwege auf den Birkenhof und dort direkt in die Hölle. Das ist meine Geschichte.«

»Dann ist es richtig, der Birkenhof war ein Kinderheim?«

»Nicht so, wie man sich ein Heim vorstellt«, sagte Mannsdorf. »Eigentlich war der Birkenhof – wir nannten es damals Kalteiche – ein Volkseigener Gutshof. Da gab es ein Haus, in dem wir untergebracht waren. Damals waren wir sieben Jungs und neun Mädchen. Die Jungs mussten auf dem Hof helfen und die Mädchen in der Küche oder beim Melken im Stall, beim Käsemachen oder beim Buttern. Und wer nicht spurte, der bekam eine Abreibung.«

»Wie alt waren diese Kinder?«

»Von sieben bis siebzehn.«

»Können Sie sich noch an Namen erinnern?«

»Meinen Sie von den Mithäftlingen oder unseren Aufsehern?«

»Mithäftlingen?«

»Ja, so haben wir uns damals gefühlt«, sagte Mannsdorf. »Wer nicht spurte, der bekam Schläge oder man hat ihm nichts zu essen gegeben und die schlimmste Strafe war das Loch. Ein kalter und feuchter Keller, in den man gesperrt wurde. Manchmal sogar tagelang.«

Trevisan traute seinen Ohren kaum. »Erinnern Sie sich noch an die Namen der Bediensteten dort oder an die einiger Kinder?«

»Der Boss der Kalteiche hieß Martin Konz, seine Frau hieß Martha. Die waren schon älter, ich schätze so Mitte fünfzig. Er war ein echt harter Knochen. Nicht viel besser war der alte Leußner, ich glaube, der hieß Walter oder so. Seine Frau war eine Hexe und machte uns das Leben zur Hölle. Sie hieß Maria, so wie die Mutter der anderen Familie, die dort wohnte. Habich hießen die, die hatten einen Sohn, den Rolf. Die Frau war in Ordnung, die steckte uns ab und an auch etwas zu, wenn es mal wieder nichts zu essen gab. Leußners hatten auch zwei Söhne. Der ältere war die meiste Zeit weg, der machte eine Ausbildung als Landmaschinenmechaniker und war ganz okay, wenn er mal da war. An den Vornamen erinnere ich mich nicht mehr. Aber der Bruder, Simon hieß der, das war ein ganz gemeiner Hund, der ließ die Mädchen nie in Ruhe. Einmal gab es Ärger, weil er wohl eines der Mädchen angegrabscht hat. Da hat ihm der Konz ordentlich den Marsch geblasen.«

»Gibt es sonst noch jemanden, an den Sie sich erinnern?«

»Ja, da war ein Helfer auf dem Hof, der die Arbeit einteilte. Der hieß Arnold, aber den Nachnamen weiß ich nicht mehr. Und da war ein Junge in meinem Alter, der hieß Manfred Bauz und teilte das gleiche Schicksal wie ich, nur dass seine Eltern keine Säufer waren, aber ihre Flucht in den Westen vorbereitet hatten und erwischt wurden. Da haben die Behörden einfach die Kinder weggenommen und ins Heim gesteckt. Manche sahen ihre Eltern nie wieder.«

Der Kollege der Rostocker Polizei meldete sich noch einmal zu Wort. »Ich hoffe, es in Ordnung, ich nehme das alles hier auf und lasse es später diktieren?«

»Ja, das ist sehr gut«, bestätigte Trevisan. »Herr Mannsdorf, wie muss ich mir das Leben auf dem Hof vorstellen, wurden Sie bewacht oder gab es da einen Zaun, waren Sie eingesperrt?«

»Konz kontrollierte unsere Baracke, nachts wurde abgeschlossen, tagsüber nicht. Aber wohin sollten wir, der Hof lag mitten in der Einöde. Rund herum nur Felder, Wiesen und Wald und ein paar Kilometer entfernt im Süden die Grenze zur Tschechei. Die hatten Hunde. Zweimal ist jemand abgehauen, als ich dort war, und jedes Mal haben sie ihn wieder zurückgebracht. Dann saß er eine Woche im Loch, würde ordentlich verprügelt und hatte keine Lust mehr zum Abhauen.«

»Gingen Sie zur Schule?«

»Konz und seine Frau unterrichteten uns, und nach den Hausaufgaben mussten wir arbeiten.«

»Was für Arbeiten waren das?«

»Das war ein Hofgut, da gab es jede Menge Arbeit. Vom Frühjahr bis zum Herbst waren wir mit Feldarbeit beschäftigt. Im Winter sammelten wir Holz oder schnitzten Figuren.«

»Was für Figuren waren das?«

»Volkskunst aus dem Erzgebirge. Räuchermännchen, Christbaumschmuck, kleinen Eisenbahnen und so. Wir Jungs schnitzten und die Mädchen bemalten die Figuren.«

Trevisan wurde hellhörig. »Räuchermännchen, sagen Sie.«

»Räuchermännchen, Nussknacker, Krippenfiguren, Nikoläuse mit und ohne Rentier, eben alles, was man so an Weihnachten gerne hervorkramte.«

»Gab es da … wie soll ich sagen, schwerwiegende Vorfälle?«, fragte er, obwohl ihm die Schilderungen des Mannes bereits schwerwiegend genug erschien. Doch reichte es aus, um einen grausamen Rachefeldzug zu starten? Zumindest wusste er nun, dass ihn sein Gefühl nicht getrogen hatte und er auf dem richtigen Weg war.

»Was meinen Sie damit?«, fragte Mannsdorf.

»Ich denke an etwas Außergewöhnliches«, verdeutlichte Trevisan. »Gab es Todesfälle oder wurde jemand so schwer verletzt, dass …«

»Ach, so etwas meinen Sie«, fiel ihm Mannsdorf ins Wort. »Ja, natürlich gab es das. Damals ist ein Junge gestorben, der fiel von einem Baum, weil er Äste absägen sollte. Konz hat ihn hinaufgejagt, ganz ohne Sicherung. Aber die steckten damals alle unter einer Decke, da ist nie was passiert. Da kam die Volkspolizei aus Jöhstadt, hat den Fall aufgenommen und zu den Akten gelegt. Wo gehobelt wird, da fallen Späne, verstehen Sie?«

Trevisan verstand, worauf Mannsdorf anspielte. Er unterhielt sich noch eine ganze Weile mit dem Zeugen, doch weitere Erkenntnisse gab es nicht. »Falls ich noch ein paar Fragen hätte …«

»... dann rufen Sie mich einfach an, meine Nummer gebe ich Ihnen«, fiel ihm Mannsdorf ins Wort.

Nachdenklich legte Trevisan den Hörer auf. Dieses Hofgut war viel mehr als ein Bauernhof gewesen, nach Mannsdorfs Schilderungen ein Straflager für Jugendliche und Kinder, deren Eltern gegen die damals geltenden Normen in der DDR verstoßen hatten. Zweifellos lag er richtig mit seiner Einschätzung: Nach dem Motiv für die Morde an den Habichs und Johannes Leußner musste er auf dem Birkenhof suchen.

*

Noch bevor Trevisan das Telefonat richtig verdaut hatte, kam Lentje Kaplani mit einer kleinen, braunen Kiste ins Büro und stellte sie vor ihn auf den Tisch.

»Was hast du da?«

»Das stammt aus Leußners Wohnung«, erklärte Lentje, als sie den Deckel öffnete. »Zwei Briefe an Leußner von seinem Bruder Simon aus Kanada. Offenbar arbeitete er als Holzfäller im Norden des Landes und hat eine Kanadierin geheiratet. Das Auswärtige Amt versucht, ihn ausfindig zu machen.«

»Keine Adresse auf den Briefen?«, fragte Trevisan.

Lentje schüttelte den Kopf. »Beide aus einem Motel abgeschickt, wo er offenbar nicht mehr wohnt. Sieh dir das mal an!« Sie reichte Trevisan einen der Briefe.

Er überflog die Zeilen, in denen Simon Leußner von Bäumen berichtete, die so hoch waren wie Kirchtürme, und von seiner Frau, die Kelly hieß und die ebenfalls hart arbeitete, damit sie sich eines Tages ein Haus leisten konnten. Als er ans Ende des Briefes kam, stutzte er. *... ich weiß, was du von mir hältst, aber glaube mir, ich habe mich geändert. Dieser Scheiß liegt hinter mir und es wäre schön, wenn du dich bei mir meldest. Du weißt doch, es gibt Dinge im Leben, die man ewig bereut und das tue ich aus ganzem Herzen, denn Kelly hat mir gezeigt, dass man sich ändern muss. Ich melde mich wieder bei dir, in der nächsten Zeit, denn ich habe einen neuen Job und muss in den Norden. Sobald ich weiß, wohin es mich* *verschlägt, teile ich es mit. Ich sende dir Grüße aus Kanada und würde mich freuen, wenn wir unseren Frieden schließen könnten ... Simon, dein Bruder, der dazugelernt hat.*

»Kannst du dir darauf einen Reim machen?« Trevisan streckte Lentje den Brief entgegen.

»Das war vor zwei Jahren«, sagte sie. »Weitere Briefe haben wir nicht gefunden. Aber ich denke mal, die beiden hatten wohl ordentlich Zoff und es lag wohl eher an Simon, dass ihr Verhältnis zerrüttet war.«

»Okay, gute Arbeit«, sagte Trevisan. »Habt ihr sonst noch was gefunden?«

Lentje zog ein Farbfoto im Normalformat aus der Kiste und reichte es ihm. Er schaltete die Stehlampe ein und betrachtete es eingehend. Sieben Personen waren darauf abgebildet. Drei davon hatten Ähnlichkeit mit den Mordopfern.

»Rolf Habich, Christian Habich und Johannes Leußner«, erklärte Lentje. »Jünger als heute, aber die Ähnlichkeit ist eindeutig, finde ich.«

Trevisan stimmte zu. »Dann müssen wir nur noch herausfinden, um wen es sich bei den anderen handelt. Und ich weiß auch schon, wie. Kannst du das Bild scannen?«

Lentje nickte. »Mach ich.«

21

Sie hatten sich im Besprechungsraum eingefunden – Trevisan, Monika, Lentje, Olaf und Eike Brun.

»Seine ehemalige Lebensgefährtin wird uns nicht sonderlich weiterhelfen können«, erklärte Monika Sander. »Offenbar wollte er über seine Vergangenheit nicht reden, aber es gibt einen Bruder …«

»Ja, wissen wir«, entgegnete Trevisan. »Der ist nach Kanada ausgewandert und verdingt sich dort als Holzfäller, es wird nicht einfach, ihn zu finden. Es ist keine aktuelle Adresse bekannt.«

»Wie lange kann so etwas dauern?«, fragte Lentje.

»Kanada ist groß und die haben ganz andere Meldegesetze als wir«, entgegnete Trevisan. »Das wird nicht einfach, wenn er sich außerhalb der großen Städte aufhält. Hat sonst noch jemand etwas über Johannes Leußner herausgefunden?«

Eike schlug sein Notizbuch auf. »Eigentlich nicht viel. Er war 52 Jahre alt und wurde in Jöhstadt geboren. Er lebte auf dem Birkenhof und machte eine Ausbildung als Landmaschinenmechaniker. 1995 kam er in den Westen und arbeitete als Fernfahrer. Zuerst in Braunschweig, dann in Cuxhaven und schließlich kam er im Jahr 2000 nach Norden. Seither fuhr er für die Firma Vader. Vorwiegend Auslandstouren. Er ist ledig und war den Akten nach auch nie verheiratet. Ansonsten gibt es nicht viel über ihn zu sagen. Er zahlte seine Steuern und kam noch nie mit dem Gesetz in Konflikt. Bis auf ein paar Verkehrsverstöße gibt es keine Einträge.«

»Sonst noch was?«

»Ja, er muss offenbar eine gewisse Affinität für das Meer entwickelt haben. 2001 machte er den Bootsführerschein, ein paar Jahre später wurde er Mitglied im Segelclub in Norden. Im letzten Jahr hat er sich ein eigenes Boot gekauft, das er restaurierte. Der Bootsschuppen war angemietet.«

»Hast du auch etwas über seine Zeit in der DDR herausgefunden?«, fragte Lentje.

»Wie gesagt, es gibt keine Einträge in irgendwelchen alten Polizeiakten oder so, aber eines habe ich gefunden: Er hat den Abschluss der Landwirtschaftsschule für Mechanik in Karl-Marx-Stadt mit Auszeichnung bestanden.«

»Deswegen wird keiner umgebracht«, scherzte Olaf.

»Dafür ist sein Bruder Simon Leußner zweimal mit dem Gesetz in Konflikt geraten.«

Trevisan horchte auf. »Weswegen?«

Eike blätterte in seinem Notizbuch. »Das erste Mal im Jahr 1994 wegen sexueller Beleidigung, das zweite Mal wegen sexueller Nötigung ein Jahr später. Beide Verfahren wurden eingestellt und es kam zu keiner Verurteilung.«

»Wo war das?«

»Dresden und Berlin.«

»Noch weitere Einträge?«

Eike schüttelte den Kopf. »Da habe ich nichts gefunden.«

»Was ist mit der Reisegenehmigung, gibt es da was Neues?«, fragte Monika nach einer kurzen Weile des Schweigens.

Trevisan schüttelte den Kopf. Es klopfte, und Verena Steuer, die Sekretärin der Abteilung, betrat den Raum. »Da ist eine Mail gekommen, von der Kripo in Rostock.« Sie überreichte Trevisan den Ausdruck.

»Danke, Verena.«

»Ach ja, noch eines«, sagte sie. »Die Chefin will Sie sehen.«

Trevisan wartete, bis Verena Steuer das Zimmer wieder verlassen hatte, ehe er die Zeilen überflog. Er nahm das Foto von der Pinnwand, das Lentje in Leußners Wohnung gefunden hatte. »Das Bild stammt zweifellos vom Birkenhof, man sieht die Scheune und einen Misthaufen im Hintergrund. Die erste Person links ist Simon Leußner, der Bruder des Ermordeten, daneben, das ist Johannes Leußner, dann folgt Rolf Habich und daneben steht sein Vater Christian. Der Glatzköpfige heißt Arnold Lehmann und war so etwas wie der Vorarbeiter auf dem Hof. Die Frau auf dem Bild heißt Lina und war Köchin, ihr Nachname ist unbekannt und der Mann ganz rechts im Hintergrund, das war der damalige Chefaufseher, er hieß Martin Konz.«

»Woher weißt du das?«, fragte Monika.

»Dank Eikes Internetrecherche«, entgegnete Trevisan. »Hans Mannsdorf sitzt gerade in Rostock bei den Kollegen. Ich habe mit ihm übers Telefon gesprochen und seine Angaben waren höchst interessant. Das war tatsächlich ein Kinderheim, aber keines, in das man ein Kind geben sollte. Mannsdorf sprach von einem Straflager. Die Kinder wurden misshandelt, geschlagen und gequält. Konz war der Schlimmste, aber auch über den alten Habich und den alten Leußner hatte Mannsdorf nichts Gutes zu sagen. Dabei konnten die Kinder gar nichts dafür, das waren keine schwer erziehbaren Jungs und Mädchen, das waren Kinder von Eltern, die beim Regime in Ungnade gefallen waren.«

»Dann könnte unser Mörder ein misshandelter Junge sein, der dort aufgewachsen ist«, folgerte Lentje.

»Es kommt noch besser: Im Winter, wenn die Feldarbeit getan war, dann mussten die Kinder Figuren schnitzen. Volkskunst aus dem Erzgebirge.«

Monika Sander fuhr sich über die Haare. »Das Räuchermännchen.«

»Genau, das Räuchermännchen«, bestätigte Trevisan. »Wir müssen alles über diesen Hof in Erfahrung bringen. Offiziell hieß er Birkenhof, aber Mannsdorf meinte, dass er landläufig nur ›Kalteiche‹ genannt wurde. Wir müssen wissen, wer dort lebte und wer sich dort aufgehalten hat. Das wird nicht leicht. Wir müssen das BKA einschalten und wir brauchen alle Akten aus dem Bundesarchiv.«

»Wir kümmern uns darum.« Monika klopfte Eike auf die Schulter.

»Und vergesst nicht, herauszufinden, wo wir diesen Arnold Lehmann finden können und wer diese Köchin ist. Glücklicherweise ist Mannsdorf der Nachname des Mannes wieder eingefallen, nachdem er das Bild sah.«

*

Thorke Oselich saß hinter ihrem Schreibtisch und telefonierte. Sie war ungehalten. Trevisan hatte nach dem

Anklopfen die Tür geöffnet und die Polizeidirektorin hatte mit dem Kopf in Richtung des freien Stuhles genickt. Leise hatte er das Zimmer betreten und Platz genommen. Das Telefonat schien keines von der angenehmen Art zu sein.

»Das haben wir, wir sind keine Anfänger«, zischte die Dienststellenleiterin. »Manchmal dauert es eben seine Zeit, wir können nicht hexen.«

Trevisan hielt sich zurück, doch aus Thorkes Antworten entnahm er, dass es um die Mordfälle gehen musste.

»... sobald wir etwas erfahren«, fuhr sie fort und legte schließlich grußlos den Hörer auf. »Hallo, Martin.«

»Ärger?«

»Der Vizepräsident«, entgegnete die Chefin. »Er ist der Meinung, dass wir zu wenig tun. Die Öffentlichkeit sei beunruhigt, sagt er. Man erwartet Ergebnisse, aber das bin ich gewohnt. Die Herren aus der Chefetage machen es sich leicht, die sitzen in ihren warmen Büros und geben die Verantwortung einfach nach unten weiter. Hinterher, wenn wir den Fall gelöst haben, da wollen sie alle mit aufs Foto. Es ist immer dasselbe.«

»Tut mir leid.«

»Schon gut. Wie läuft es?«

»Ich denke, wir sind einen ganzen Schritt weiter.« Trevisan erzählte ihr, was sie inzwischen herausgefunden hatten.

»Also führt die Spur eindeutig ins Erzgebirge«, folgerte Thorke Oselich.

»Ja, davon bin ich überzeugt.«

»Dann habe ich eine gute und eine schlechte Nachricht für dich. Die Dienstreise ist genehmigt. Du fährst morgen früh. Ein Dienstwagen ist angeordnet und zwei Einzelzimmer sind im Hotel *Alt Annaberg* gebucht.«

»Zwei?«

Thorke Oselich hob abwehrend die Hände. »Ja, das ist die schlechte Nachricht. Es sind nur zwei Beamte für die Dienstreise zugelassen. Du musst selbst entscheiden, wen du mitnimmst.«

Trevisan schluckte. Damit würden sich die Ermittlungen

in der Nähe von Jöhstadt wohl einige Zeit hinziehen. »Tja, ich denke, ich fahre mit Lentje. Sie erscheint sehr kompetent und eigenständig.«

Thorke nickte. »Das ist eine gute Entscheidung. Ich hoffe, wir haben dort drüben Erfolg.«

Es klopfte an der Tür. »Ja, verdammt!«, rief Thorke, der wohl noch immer das Telefonat mit dem Vizepräsidenten zu schaffen machte.

»Sorry, wenn ich störe, aber ich denke, es ist wichtig«, entschuldigte sich Paul Krog, der seinen Kopf durch den Türspalt streckte.

»Kommen Sie rein!«

»Danke.« Krog schloss die Tür hinter sich.

»Was haben Sie, das so wichtig ist?«

»Wir haben DNA gefunden. An dem Karabinerhaken des Flaschenzugs. Diese stammt möglicherweise vom Täter. Er war wohl ein wenig unvorsichtig.«

Trevisan nickte. »Das ist eine gute Nachricht. Vielleicht werden wir in der Datenbank fündig.«

Krog nickte und ging. Thorke Oselich erhob sich und trat an Trevisans Seite. »Ich verlasse mich auf euch. Bringt die Sache zu Ende.«

Trevisan nickte. »Genau das habe ich vor.«

Sie hatten den blauen Audi genommen und waren kurz nach sieben Uhr aufgebrochen. Sie fuhren über Bremen und Hannover in Richtung Magdeburg. Lentje hatte das Steuer übernommen, während Trevisan auf dem Beifahrersitz döste. Noch am gestrigen Abend hatte Trevisan mit seinem Kollegen vom LKA Sachsen in Dresden telefoniert. Sieben Stunden hatte er für die Fahrt eingeplant und mit seinem sächsischen Kollegen vereinbart, sich im Hotel in Annaberg zu treffen. Die Fahrt bis Hannover zog sich hin, denn es herrschte dichter Verkehr. Hinter Braunschweig ließ es nach und sie kamen deutlich schneller voran. Dennoch hinkten sie in ihrem Zeitplan hinterher.

An einem Rasthof nach Magdeburg aßen sie eine Kleinigkeit und tranken Kaffee, bevor sie weiterfuhren. Kurz nach ein Uhr passierten sie Leipzig. Trevisan wies Lentje an, einen Parkplatz anzufahren, denn der Kaffee machte sich bemerkbar. Zehn Minuten später – Lentje hatte eine Zigarette rauchen wollen – setzten sie die Fahrt fort. Als sie in die Farbegasse einbogen und direkt vor dem Hotel parkten, war es kurz nach drei Uhr. Trevisan hatte Peter Uhlig vom LKA Dresden über Handy über die Verspätung informiert. Als sie eintrafen, wartete er bereits im Foyer.

»Peter, schön dich zu sehen«, begrüßte Trevisan seinen Bekannten, mit dem er sich bei einem Lehrgang über neue Kriminaltechnik ein Zimmer geteilt hatte. »Das ist meine Kollegin Lentje Kaplani.«

Peter Uhlig reichte ihr die Hand, bevor er Trevisan umarmte und herzlich drückte. Er wies auf die junge blonde Frau, die in einem Sessel saß. »Ich habe auch jemanden mitgebracht. Bea Gabler, sie arbeitet mit mir in der Abteilung. Aber ich dachte, ihr kommt zu viert?«

»Leider spielt da unsere Verwaltung nicht mit.«

»Ich denke, ihr wollt zuerst eure Zimmer beziehen. Wir können uns in einer Stunde treffen.«

»Das kommt gar nicht in Frage«, entgegnete Trevisan. »Ihr habt die ganze Zeit auf uns gewartet. Wir nehmen unsere Schlüssel in Empfang und dann setzen wir uns zusammen. Wohnt ihr auch hier?«

»Nein, im *Wilden Mann*, am Marktplatz, das ist ein paar hundert Meter von hier entfernt.«

»Hast du alles dabei?«

Peter Uhlig wies auf die Aktentasche, die vor Bea Gabler auf dem Boden stand.

Trevisan und Lentje checkten ein und suchten ihre Zimmer auf, die im ersten Obergeschoss lagen. Peter Uhlig und Bea Gabler folgten Trevisan aufs Zimmer.

»Also dann, heraus mit der Sprache«, forderte Uhlig seinen Freund aus Wilhelmshaven aus, als auch Lentje eingetroffen war.

Trevisan öffnete seinen Koffer und nahm einen dicken Ringordner heraus. »Du gibst mir deine Akte, ich gebe dir meine und dann schauen wir mal, wie wir zusammenkommen.«

»Alles klar.« Peter Uhlig reichte ihm die Aktentasche. »Wir treffen uns zum Abendessen. Sagen wir, in einer Stunde.«

22

Trevisan klappte den Aktendeckel zu, aber nicht bevor er ein Bild daraus hervorgezogen hatte. »Schlampig ermittelt, würde ich sagen«, murmelte er.

Lentje, die mitgelesen hatte, nickte.

»Ich bin mir sicher, dass dies kein Raubmord war.« Er präsentierte das Bild eines Räuchermännchens, das auf einer blutbesudelten Kommode stand.

Die Ermittlungsakte betraf den Mord am Ehepaar Leußner, das nach Aktenlage in den Abendstunden des 5. November 2010 in ihrem Haus in Spremberg ausgeraubt und umgebracht worden war. Zwar war im Gegensatz zu dem Mord an Habichs auf dem Jakobshof das gesamte Haus durchsucht, die Schränke geöffnet und die Schubladen herausgerissen worden. Außerdem fehlte aus einem Tresor, der mit einem Schlüssel geöffnet worden war, den Walter Leußner laut Akte meist an einer Kette um den Hals getragen hatte, die gesamte Barschaft. Dennoch gab es für die Annahme, eine osteuropäische Tätergruppe habe die Tat verübt, nur vage Verdachtsmomente. Der einzige Umstand, der die Kollegen der zuständigen Kriminalpolizei in Görlitz zu dieser Theorie veranlasste, war eine Einbruchsserie im Grenzgebiet zu Polen im selben Zeitraum. Nach Angaben von Zeugen hatte diese Tätergruppe Polnisch gesprochen.

Walter Leußner hatte man mit eingeschlagenem Schädel im Flur aufgefunden. Maria Leußner hatte in ihrem Bett gelegen. Sie war mit einem Kissen erstickt worden.

»Es gab damals keine weiteren Spuren, nur der blutige Teilabdruck eines Stiefels wurde gesichert.«

Lentje betrachtete das Bild vom Tatort. »Sie betrieben eine Firma, die Räuchermännchen produzierte, und haben damit gehandelt.«

»Klar, deswegen ist es nicht aufgefallen«, entgegnete Trevisan. »Aber dieses Männchen ist die einzige Weihnachtsdekoration im Haus. Würdest du es direkt neben einer Obstschale und vor einem Bild deiner Kinder platzieren?«

Lentje wusste, worauf Trevisan hinauswollte.

»Es sollen einhunderttausend Euro aus dem Tresor fehlen, behauptete die Frau vom Pflegedienst, die die Leichen fand.«

»Aus diesem Grund lag Raubmord als Motiv nahe«, folgerte Lentje. »Die Täter wuchteten die Terrassentür auf, so wie diese Polenbande. Der gleiche Modus operandi.«

Trevisan warf einen Blick zum Fenster. Draußen wurde es langsam dunkel.

»Heute werden wir das Gehöft nicht mehr zu Gesicht bekommen.«, bemerkte Lentje.

»Wir sind spät dran, aber jetzt wissen wir wenigstens über

den Tod der Leußners Bescheid und ich habe überhaupt kein gutes Gefühl dabei.«

Im Restaurant an einem Tisch in einer ruhigen Ecke trafen sie auf Peter Uhlig und seine Kollegin. Die beiden hatten Trevisans Akte zur Seite gelegt und widmeten sich der Speisekarte.

»Was sagst du dazu?« Trevisan wies auf den braunen Aktendeckel.

»Der Täter könnte durchaus auf dem Birkenhof aufgewachsen sein.«

Trevisan platzierte das Foto mit dem Räuchermännchen aus dem Anwesen der Leußners neben Uhligs Teller. »Dann schau mal hier.«

Uhlig nahm das Bild in die Hand, betrachtete es und reichte es an Bea Gabler weiter.

»Es ist das gleiche Räuchermännchen wie bei Habichs und bei Johannes Leußner«, sagte Trevisan. »Der Mord geschah Anfang November, da dekoriert man noch nicht für Weihnachten.«

»Du meinst, es ist eine Mordserie«, folgerte Uhlig. » Aber der Mord an den Leußners liegt fünf Jahre zurück. Warum lässt sich der Täter so viel Zeit?«

»Es muss eine logische Erklärung dafür geben«, meinte Bea Gabler. »Vielleicht wusste er nicht, wo er seine Opfer finden kann. Schließlich hat sich der gesamte Clan von damals in alle Winde verstreut.«

»Das wäre eine Möglichkeit«, bestätigte Trevisan. »Wir müssen herausfinden, was aus den anderen auf dem Hof geworden ist.«

»Es gab früher einmal eine Polizeistation in Jöhstadt, die wurde 1996 geschlossen«, erklärte Peter Uhlig. »Ich denke, wir sollten mit dem damaligen Ortspolizisten anfangen. Er ist zwar schon im Ruhestand, aber er lebt immer noch in Jöhstadt. Ich habe seine Adresse.«

»Ludwig Kampe?«, fragte Trevisan.

Uhlig nickte überrascht. »Woher kennst du ihn?«

»Er hat damals auch den Brand des Gehöfts bearbeitet, da

gibt es viele Ungereimtheiten. Mich würde schon interessieren, wie es sein kann, dass der gesamte Hof aus mehreren einzeln stehenden Gebäuden den Flammen zum Opfer fiel. Das sieht mir nicht nach Zufall aus.«

Uhlig nickte und reichte Lentje die Speisekarte. »Wir werden sehen. Jetzt essen wir erst einmal. Heute können wir sowieso nichts mehr tun.«

*

Der Lastwagen war vor knapp einer Stunde auf den Firmenhof gefahren. Auf dem Auflieger lagen schöne, gerade gewachsene Buchenstämme, jeder mehr als zehn Meter lang. Mit dem Holzlader luden sie den Sattelzug leer. Sie waren zu viert. Er arbeitete seit letztem Montag hier in diesem Sägewerk. Die Stelle war seit Wochen ausgeschrieben gewesen, doch niemand hatte sich beworben. Neben einem Motorsägen-Lehrgang war auch der Staplerschein Voraussetzung. Er erfüllte diese Bedingungen. Mit Holz war er beinahe sein ganzes Leben umgegangen. Ob es das Fällen von Bäumen war, das Schnitzen von Figuren oder das Sägen, das Schleifen und Polieren von Möbeln, mit Holz kannte er sich aus.

Der Inhaber des Sägewerks hatte ihm ein Zimmer in einem Nebengebäude für ein geringes Entgelt überlassen.

Mildenau war ein kleiner Ort östlich von Annaberg, mit knapp dreitausend Einwohnern. Das Sägewerk lag am südlichen Ende der Kleinstadt, direkt an der Dorfstraße. Viel herumgekommen war er noch nicht, denn sein Arbeitstag hatte oft zehn, elf Stunden. Meist fiel er nach Feierabend müde ins Bett, doch das störte ihn nicht. Er konnte warten. Es war der richtige Ort, die richtige Adresse, nur gesehen hatte er ihn noch nicht. Der Juniorchef befand sich im Urlaub, so viel hatte er inzwischen herausgefunden. Es würde noch eine Weile dauern, bis er seinen Plan in die Tat umsetzen konnte. Doch was waren ein paar Tage gegen all die Zeit, die verstrichen war und die er in der Einsamkeit zugebracht hatte, schweigend, abwartend, auf die Gelegenheit lauernd.

»Jan, fahr mal den Stapler weg!«, rief ihm sein Arbeitskollege zu, der Klaus hieß und eigentlich ganz in Ordnung war. Neben Klaus gab es noch sieben weitere Arbeiter hier im Werk. »Jetzt mach schon!«

Jan winkte ihm zu und beeilte sich. Er schwang sich auf den Sitz des Staplers und startete den Elektromotor. Gemeinsam entluden sie den Holztransporter und stapelten die Baumstämme hinter der großen Halle. Er wischte sich den Schweiß von der Stirn und seufzte, als ein weiterer schwer beladener Transporter auf den Hof fuhr. Heute würde es wieder spät werden.

»Jan, wo bleibst du?«

Klaus konnte einem ganz schön auf die Nerven gehen.

»Komme!«, rief er mit deutlichem Akzent in seiner Stimme. Er musste sich nicht verstellten, dieser Akzent war echt. Über zwanzig Jahre jenseits der Grenze hatten ihn geprägt.

»Das ist der letzte für heute«, empfing ihn sein Arbeitskollege.

*

»Wieso kannst du das?«, fragte Monika Sander und beobachtete Eike Brun, dessen Finger wie Balletttänzerinnen über die Tastatur wirbelten.

»Ich bin mit dem Computer aufgewachsen«, erklärte er. »Mein Vater hatte einen Computerladen, da blieb es nicht aus, dass ich mich damit beschäftigt habe. Ich hab mir sogar manchmal Taschengeld dazuverdient und die Kästen für Kunden konfiguriert.«

»Dann wäre die IT-Abteilung für dich wohl der richtige Arbeitsplatz.«

»Willst du mich loswerden?«

»Quatsch, ich meine ja nur«, entschuldigte sich Monika. »Vielleicht hast du irgendwann einmal die Nase voll und suchst ein neues Betätigungsfeld.«

»Nein, mir gefällt es hier und ich denke, bei der Ermittlungsarbeit wird der Computer immer wichtiger. Über das Internet und die Social Communitys kannst du heutzutage verdammt viel herausfinden.«

»Was machst du da eigentlich?«

»Ich versuche eine alte PDF-Datei wieder zum Leben zu erwecken«, erklärte Eike. »Die schwirrt irgendwo im Netz herum und gehörte einmal zu einer Website, die es längst nicht mehr gibt.«

»Was ist so schwer daran, dann ruf sie einfach auf.«

»Ich sagte doch, die Homepage gibt es nicht mehr. Das heißt, weder die Adresse noch der Pfad, auf dem du das Dokument aufrufen kannst, ist noch vorhanden.«

»Und wie macht man so etwas?«

»Ich benutzte das FTP-Protokoll.«

Monika nippte an ihrer dampfenden Tasse Tee. »Trevisan ist schon in Annaberg angekommen.«

»Sieben Stunden dauert es, wenn man gut durchkommt und nicht ewig auf der Autobahn im Stau steht.«

Sie erhob sich und warf einen Blick aus dem Fenster. Es dämmerte bereits und die Straßenlaternen brannten. Über Wilhelmshaven hing ein dichtes Wolkenfeld und der Wind hatte in der letzten Stunde zugenommen. »Was suchst du eigentlich genau?«

»Ich sagte doch, ich versuche ein altes PDF-Dokument wieder zu reaktivieren.«

»Das habe ich schon verstanden, aber um was geht es in diesem Dokument?«

»Ich bin da auf eine Reportage einer Chemnitzer Zeitung aus dem Jahr 1991 gestoßen, da geht es um landwirtschaftliche Produkte und gesunde Ernährung. Der Birkenhof wurde darin erwähnt. Vielleicht hilft uns das Dokument weiter.«

»Wie bist du darauf gestoßen, wenn es die Seite doch gar nicht mehr gibt?«, fragte Monika verwundert.

»Schlüsselwörter.« Eike hielt eine Diskette in die Höhe.

»Was ist das?«

»Ein Recherchеprogramm. Böse Zungen behaupten, die NSA benutzt es, aber inzwischen kann man es sich aus dem Darknet herunterladen.«

»Darknet, was ist denn das schon wieder?«

»Das ist ein Netz, das vorwiegend verschlüsselt betrieben

wird und das aus Netzwerken besteht, zu denen man einen Zugang braucht.«

Monika winkte ab. »Schon gut, du weißt hoffentlich, was du tust, und verseuchst unseren PC nicht mit Viren.«

»Keine Angst.«

Ein melodischer Dreiklang ertönte. Das Dokument wurde reaktiviert und der PDF-Converter öffnete sich. »Es ist schon eine ganze Weile her, dass das geschrieben wurde«, murmelte Eike.

»Hast du was?«

»Es sind fünf Seiten.«

Geduldig wartete Monika Sander, bis Eike den Text überflogen hatte.

»Ah, sehr gut, da ist es«, rief er erfreut. »Hör zu. … *ein Beispiel für diese Art der Entwicklung ist der Birkenhof*«, las Eike vor, »*unweit von Annaberg gelegen. Nur so entstehen hofeigene Abläufe, die zwangsläufig zur Verwendung eigener Produkte der Milch-, der Pflanzen- und der Viehwirtschaft führen. ›Ich koche jeden Tag für beinahe dreißig Personen‹, erzählt Lina Unruh, ›die Mahlzeiten müssen ausgewogen und vitaminreich sein, schließlich ist das Tagwerk hart und anstrengend.‹ Die Köchin arbeitet seit dreißig Jahren auf dem Hofgut, das früher einmal ein Volkseigener Betrieb war …*«

»Kopier das!«, sagte Monika und stellte ihre Tasse auf dem Schreibtisch ab.

»Lina Unruh«, murmelte Eike und gab den Druckbefehl. »Mal sehen, ob ich etwas über sie finde.« Ein paar Minuten später gab er auf. »Sie gehört wohl nicht der Computergeneration an.«

»Das müsste uns doch trotzdem weiterbringen. Wir müssen herausfinden, ob die Frau noch lebt und wenn ja, wo sie jetzt wohnt.«

Eike wies auf die Uhr, die über dem Kalender an der Wand hing. »Die Ämter haben schon geschlossen, heute ist es schon zu spät.«

23

Donnerstag

Trevisan hatte überraschenderweise ausgesprochen gut geschlafen. Die gestrige Fahrt hatte ihn müde gemacht. Er hatte sich erst noch mit der Ermittlungsakte in Sachen Raubüberfall Leußner beschäftigt, doch dann waren ihm einfach die Augen zugefallen.

Er duschte, zog sich an und ging hinunter ins Foyer. Lentje schlief anscheinend noch, es war kurz nach sieben. Frühstück war für acht Uhr vereinbart. Er ging nach draußen. Ein eisiger Wind empfing ihn.

Am gestrigen Tag hatte er keinen Blick für die malerische Stadt mit der mächtigen Kirche im Zentrum gehabt, die sich sanft an die Hügel schmiegte. Den Wind war er gewohnt, doch in der eisigen Kälte fror er trotz seiner dicken Jacke. Überall lagen noch Schneereste, und auch die Hügel rund um die Stadt waren mit einer weißen Haube bedeckt. Durch die wenigen Wolken bahnten sich die Strahlen der Sonne ihren Weg und Trevisan atmete durch. Links von ihm ragte der mächtige Turm der Sankt-Annen-Kirche auf, der das Stadtbild dominierte. Doch auch die erhabenen Stadthäuser waren imposant.

»Es ist schön hier«, sagte eine Stimme in seinem Rücken. Trevisan fuhr erschrocken herum. Lentje stand hinter ihm. Sie trug einen lilafarbenen Jogginganzug und eine helle Jacke. Ihr Körper dampfte.

»Ich dachte, du schläfst noch?«

Sie schüttelte den Kopf. »Ich bin schon eine Runde gelaufen, das mache ich jeden Morgen, wenn ich dazu komme.«

»Respekt«, entgegnete Trevisan.

»Ich gehe duschen, wir sehen uns im Frühstücksraum.«

Eine Stunde später, Trevisan frühstückte noch mit seiner Kollegin, trafen wie abgesprochen Peter Uhlig und seine Kollegin Bea Gabler ein.

»Ich hoffe, ihr habt euch warme Sachen eingepackt, der Birkenhof liegt noch ein paar Meter höher als hier«, sagte Peter Uhlig. »Da oben hat es noch ordentlich Schnee.«

»Ich habe mir meine Winterstiefel eingepackt«, entgegnete Trevisan.

Ein groß gewachsener, bärtiger Polizist in Uniform betrat den Frühstücksraum. Peter Uhlig winkte ihm zu und er kam an den Tisch. »Das ist Kollege Schork. Er stammt aus Jöhstadt und wird uns begleiten. Er arbeitet im Polizeistandort Oberwiesenthal und kennt sich hier aus, Jöhstadt gehört zu seinem Bezirk.«

Trevisan begrüßte ihn und stellte Lentje vor. »Gut, dann brechen wir auf. Wie fahren wir?«

»Ich habe einen Geländewagen«, antwortete Schork, der einen ganzen Kopf größer als Trevisan und geschätzt Anfang vierzig war.

»Wir holen unseren Wagen und fahren Ihnen nach.«

Schork schüttelte den Kopf. »Ohne Geländewagen kommen Sie nicht durch, da oben liegt noch ein halber Meter Schnee und nicht alle Straßen sind geräumt.«

Trevisan verkniff sich ein Schmunzeln ob des Dialekts des Kollegen. »Passen wir denn alle bei Ihnen rein?«

»Kein Problem.«

Ein paar Minuten später starteten sie. Sie fuhren über Königswalde nach Jöhstadt, das kaum mehr als zwölf Kilometer von Annaberg entfernt lag. Es ging die meiste Zeit bergauf. Trevisan saß im geräumigen Fond neben Lentje und Bea. Ein paarmal versuchte er ein paar Worte mit dem Fahrer zu wechseln, doch bei seiner Sitzposition war es schwierig und anstrengend, so dass er es vorzog, zu schweigen und die urige Landschaft zu genießen. Jöhstadt lag in einem kleinen Tal und war von Wiesen umgeben, eine Ansammlung von Häusern, die sich hauptsächlich entlang der Straße erstreckte. Sie durchquerten den Ort und bogen noch vor dem Ortsende nach rechts ab. Vorbei an einem Bahnhof, zu dem Schmalspurgleise führten, fuhren sie in einen schmalen Weg ein, der von festgefahrenem Schnee bedeckt war.

»Drüben ist Tschechien.« Schork wies aus dem Beifahrerfenster.

Trevisan folgte seinem Blick, aber außer einem verschneiten Weg und einem nahen Wald konnte er nicht viel entdecken. »Ich sehe nur Wald.«

»Ja, mehr gibt es dort auch nicht zu sehen«, entgegnete Schork. »Früher war da mal ein Grenzzaun und eine Grenzzone, aber jetzt ist es eine grüne Grenze. Man merkt nur an den alten Grenzsteinen, dass man bei den Tschechen ist.«

Der weitere Weg führte erneut einen Hügel hinauf und der allradbetriebene Geländewagen hielt trotz des Schnees treu und brav die Spur. Mit einem PKW ohne Allradantrieb wären sie längst schon stecken geblieben. Ein dichter und dunkler Kiefernwald verschluckte sie und aus der Straße wurde ein schmaler, holperiger Weg. Als sie den höchsten Punkt des Hügels erreicht hatten und wieder talabwärts fuhren, erreichten sie eine Lichtung.

Schork fuhr rechts heran und schaltete den Motor ab. »Der Birkenhof. Besser gesagt das, was von ihm noch übrig ist.«

Trevisan stieg aus und schaute sich um. Er war umgeben von einem Meer aus Schnee und Wald. Ein eisiger Wind fegte durch das Tal und wirbelte hier und da Schneefontänen auf. »Hier lag das Gehöft?«

Schork trat an seine Seite. »Wenn der Schnee abtaut, dann sieht man noch ein paar Grundmauern.« Er wies auf einen Hügel inmitten der Wiese. »Und da hinten, da geht es runter in einen Gewölbekeller, der eigentlich noch ganz gut erhalten ist.«

Trevisan folgte seinem Fingerzeig. Er war enttäuscht, denn er hatte gehofft, mehr hier vorzufinden.

*

Das Telefon klingelte und Monika Sander nahm den Hörer ab.

»Dieterich, LKA«, meldete sich eine männliche Stimme. »Kann ich mit dem Kollegen Trevisan sprechen?«

»Er ist nicht hier, Sie müssen schon mit mir Vorlieb nehmen.«

»Es geht um Darko Maric«, erklärte Dieterich. »Wir haben ihn auf Norderney festgenommen.«

»Maric, ich weiß Bescheid, wann können wir mit ihm reden?«

»Er sitzt in Oldenburg. Ich habe Trevisan versprochen, mich bei ihm zu melden. Aber Sie können ihm ausrichten, dass es wohl keinen Sinn hat, in Ihrer Sache mit ihm zu sprechen. Er versichert glaubhaft, dass er weder Eriksdorf noch Dörte Henner kennt. Außerdem haben wir seinen Aufenthalt in den letzten drei Wochen seines Verschwindens rekonstruiert, er kann mit den Morden nichts zu tun haben, denn er war in Kroatien.«

»Ist das sicher?«

»Er ist bei einem Onkel in Skrad untergetaucht. Wir haben die Angaben durch die kroatischen Kollegen überprüfen lassen. Der Onkel und eine Cousine haben es bestätigt, er war definitiv nicht in Deutschland, als sich die Morde ereigneten.«

»Können wir trotzdem mit ihm sprechen?«

Dieterich schwieg einen Augenblick. Schließlich räusperte er sich. »Das käme uns ungelegen. Wir haben ihn so weit, dass er gegen Lakic aussagt. Ihn mit Vorhaltungen zu einem Mord zu konfrontieren, mit dem er definitiv nichts zu tun haben kann, wäre im Augenblick sicherlich kontraproduktiv für unser weiteres Vorgehen. Mit seiner Hilfe hoffen wir, Lakic festnageln und seine Verbindungen aufdecken zu können.«

Monika Sander überlegte kurz. »Gut, wir ermitteln derzeit in eine andere Richtung, deswegen ist Kollege Trevisan auf einer Dienstreise. Lassen Sie uns Marics Aussage und das Überprüfungsergebnis zukommen, wir melden uns, sollten wir noch etwas brauchen.«

Mit diesem Vorschlag konnte Dieterich leben. »Die Papiere gehen heute noch raus«, versprach er und verabschiedete sich.

Kaum hatte Monika den Hörer aufgelegt, kam Eike ohne anzuklopfen in ihr Büro. Er war sichtlich aufgeregt. »Ich glaube, ich habe sie gefunden.«

»Wen?«

»Diese Köchin, Lina Unruh. Ich bin über ein altes Melde-verzeichnis weitergekommen. Sie hat offenbar kurz nach der Wende den Birkenhof verlassen und ist nach Wolkenstein zu einer Schwester gezogen.«

»Wolkenstein, wo liegt das?«

»Etwa zwanzig Kilometer von Jöhstadt entfernt«, erklärte Eike. »Der Ort gehört zu Marienberg, aber ich habe noch niemanden auf dem Amt erreicht, ich versuche es später noch einmal.«

Noch bevor Monika antworten konnte, war Eike schon wieder verschwunden. Sie machte eine Notiz über das Gespräch mit Dieterich vom LKA und legte sie in den Postkorb, als es erneut am Türrahmen klopfte, denn meist ließ sie ihre Bürotür offen stehen. Ein uniformierter Kollege schaute um die Ecke. »Hier ist ein Bote, der ein paar Akten vorbeibringt.«

»In Ordnung, lassen Sie ihn herein.«

Der Kollege machte einem Wagen mit drei großen Kisten Platz, der von einem jungen Mann im schwarzen Overall geschoben wurde.

Monika erhob sich und umrundete den Schreibtisch. »Was ist denn das, das muss ein Irrtum sein.«

Der junge Mann griff zu seiner Schreibkladde. »Das hier ist doch die Kripo Wilhelmshaven, Sonderkommission Jakobshof, oder nicht?«

»Ja, schon ... aber ...«

»Das sind die angeforderten Akten vom Bundesarchiv«, erklärte der Zusteller.

»Akten vom Bundesarchiv ...« Monika betrachtete die Kisten. »Ich dachte, das sind nur ein paar ...«

»Das ist alles, was auf die Schnelle gefunden werden konnte«, erklärte der Bote. »Die Jahre 1970 bis 1989. Personengebundene Akten liegen im Zentralarchiv und können nur gegen richterlichen Beschluss herausgegeben werden.«

»Mein Gott ...« Monika betrachtet entmutigt den Aktenberg.

Der junge Mann streckte ihr die Kladde und einen Kugelschreiber entgegen. »Eine Unterschrift für den Empfang, bitte.«

»Das dauert Jahre, bis wir durch sind.«

»Wie gesagt, personenbezogene Akten erhalten Sie nur mit richterlichem Beschluss.«

Monika nickte, während der junge Mann die großen Aktenkörbe von seinem Wagen hievte. »Was heißt personenbezogene Akten?«

»Na, was weiß ich, ich bin nur der Bote«, entgegnete er.

»Toll«, murmelte Monika Sander und blieb alleine mit dem Aktenberg im Zimmer zurück.

*

Sie standen mitten in der Einöde, umgeben von rauschenden Bäumen. Inzwischen hatten sie die Lichtung abgeschritten und nach den Grundmauern der alten Gebäude gesucht. Teile davon hatten sie unter den Schneemassen gefunden. Schork hatte einen alten Lageplan bei sich, auf dem der Standort der ehemaligen Gebäude eingezeichnet war. Fest stand, dass sie zum Teil mehrere Meter auseinander gestanden hatten. Insgesamt waren es acht Gebäudekomplexe gewesen.

»Waren Sie schon einmal hier?«, fragte Trevisan den Kollegen aus Oberwiesenthal. »Ich meine, als hier alles noch stand?«

Schork nickte. »Früher, als Kind. Da war ich zehn oder elf, mit meinem Vater, aber Kontakt hatten wir keinen zu den Kindern hier. Ich ging in Annaberg zur Schule, und ehrlich gesagt war das auch nicht gern gesehen, dass wir hierher gingen. Oben auf dem Deutschen Felsen – so heißt der Berg über den wir gefahren sind –, war die Grenze, weiter durften wir nicht und die Kalteiche war natürlich tabu.«

»Wissen Sie, warum das hier Kalteiche heißt?«

Schork wies nach Norden, wo ein paar kahle Bäume auf der Lichtung standen. Einer war beinahe doppelt so hoch wie seine Nachbarn. »Das da drüben, das sind die Kalteichen. Da fällt der Hügel noch ein Stück weiter ab und durch das Tal, keine einhundert Meter entfernt, pfeift gerne der Ostwind. Ich glaube, daher kommt der Name. Offiziell hieß das Gehöft natürlich Gutshof Birkenhof, aber alle nannten es nur Kalteiche.«

Trevisan wies nach Süden. »Was liegt dort hinten?«

»Da ist die Grenze zur Tschechei. Knapp drei Kilometer entfernt. Da gibt es noch ein paar Felsen und schroffe Wände.«

Lentje hatte die fellbesetzte Kapuze ihres Anoraks tief in das Gesicht gezogen. Sie schaute nachdenklich auf die Fußspuren, die sie bei ihrer Suche nach den Grundmauern hinterlassen hatten. »Also ich weiß nicht ... Die Häuser standen weit voneinander entfernt, ich kann mir nicht vorstellen, dass alles abbrennt, wenn es in einem ein Feuer gab.«

Schork zuckte mit der Schulter. »Als es hier brannte, da war ich auf der Polizeischule. Ich kann nicht viel dazu sagen. Teilweise waren die Dächer mit Stroh gedeckt und hier, das spürt man ja, herrscht immer Wind. Wahrscheinlich war das der Grund dafür. Und weil niemand den Brand entdeckte. Jöhstadt liegt hinter dem Deutschen Felsen, da drüben liegt Tschechien und nach Norden zu, da liegt der kleine Ort Schmalzgrube, den kann man von hier aus nicht sehen, weil er durch den Berg verdeckt wird. Noch dazu fuhr hier früher die Dampflok der Schmalspurbahn, so dass aufsteigender Rauch nicht ungewöhnlich war.«

»Aber den Feuerschein, den hätte man sehen müssen, wenn acht Häuser verbrennen«, murmelte Trevisan.

»Wie gesagt, da war ich noch auf der Polizeischule, aber wir können Ludwig Kampe fragen. Der war der Chef der Polizeistation in Jöhstadt, als er hier noch eine gab. Er hat die Sache damals bearbeitet. Er wohnt nur zwei Häuser von mir entfernt.«

»Wieso hat die Kripo den Brand nicht bearbeitet, der Sachschaden war doch beträchtlich?«, fragte Bea Gabler.

»Keine Ahnung«, entgegnete Schork. »Das müssen Sie ihn fragen.«

Trevisan warf noch einen nachdenklichen Blick ins weite Rund. »Gut, das machen wir. Es ist verdammt kalt.

Ich denke, es gibt hier nicht mehr viel zu sehen, was uns weiterhilft.«

Noch bevor sie den Geländewagen erreichten, wandte er sich noch einmal um. Unweit der Straße, kaum zehn Schritte an der Waldgrenze, ragte ein grauer Bildstock auf. Er zögerte und wartete auf Schork. »Sie sagten, Sie sind in Annaberg zur Schule gegangen? Fuhr da ein Bus?«

Schork nickte.

»Hier auf dem Hof gab es doch auch schulpflichtige Kinder, einige werden doch auch höhere Schulen besucht haben. Fuhren die nicht mit oder besuchten die eine andere Schule?«

Schork überlegte einen Augenblick. »Im Bus waren keine von hier dabei, aber soweit ich weiß, hatten die ihre eigene Schule hier auf dem Gelände. Ich weiß nicht, ob von hier welche auf die Polytechnische gingen. Kampe müsste das wissen, fragen Sie ihn.«

Trevisan schlug den Weg zu dem Bildstock ein. Schork folgte ihm. Das Relief zeigte zwei Grubenarbeiter und das Symbol der Bergleute. Darunter stand *Glückauf* in den Stein gemeißelt. »Wieso steht dieses Denkmal hier?«

Schork zeigte in den Wald. »Hier gab es eine Grube, in der Eisenerz gefördert wurde. Das muss so um 1900 gewesen sein. Da gab es mal ein Unglück. Über zwanzig Kumpels wurden verschüttet, deswegen steht diese Säule hier.«

24

Berge von Akten. Monika Sander hatte die Ordner auf dem langen Konferenztisch im Besprechungsraum ausgebreitet und die gesamte Crew zusammengerufen. Alle bis auf die Fahndungskräfte, die nach wie vor die Bushaltestellen im Großraum Emden überwachten.

Flächennutzungsordnungen, Planfeststellungsverfahren, Kontrollberichte, Einsatzpläne, Meldungen und Bilanzen enthielten die Ordner und alle befassten sich mit dem Volkseigenen Hofgut Birkenhof, Bezirk Karl-Marx-Stadt, und waren an die Bezirksregierung, an die Landwirtschaftliche Produktionsgenossenschaft oder an das Landwirtschaftsministerium der Deutschen Demokratischen Republik gerichtet.

»Ich möchte, dass ihr alle Blätter in den Ordnern sondiert, und sobald ihr Hinweise auf Personen oder interessante Vorkommnisse entdeckt, dann haltet es fest. Alles könnte wichtig sein, vor allem Meldungen über das Kinderheim, das sich auf dem Hof befand.«

»Da sitzen wir ja Tage dran«, murrte Lisa Bohm und zog sich einen Stuhl heran.

»Und wenn es Wochen dauert, wir müssen Hinweise finden, die mit dem Birkenhof zusammenhängen und uns möglicherweise zum Täter oder zum Motiv führen.«

Während sich die Kolleginnen und Kollegen an die Arbeit machten, betrat Thorke Oselich den von Aktenbergen belagerten Raum. »Schöne Grüße von Trevisan. Sie haben bereits mit den Ermittlungen begonnen und sich das Gehöft angesehen, besser gesagt, die Reste davon. Viel ist allerdings nicht mehr übrig. Und wie geht es hier voran?«

»Das sind die Akten vom Bundesamt«, erklärte Monika Sander. »Allerdings nur die frei zugänglichen. Bei den personenbezogenen Akten gibt es offenbar ein Problem, da brauchen wir eine richterliche Anordnung.«

Thorke Oselich zog die Stirn kraus. »Eine richterliche Anordnung … Das kann schwierig werden.«

»Alle Beweise deuten auf diesen Hof, Trevisan hatte von Anfang an recht. Diese Rauschgiftsache auf Norderney hatte überhaupt nichts mit unserem Fall zu tun. Maric wurde verhaftet, er hat ein einwandfreies Alibi. Er befand sich zur Tatzeit in Kroatien.«

Die Dienststellenleiterin kratzte sich am Kinn. »Das ist sicher?«

»Es gibt mehrere Zeugen.«

»Ich rede mit Lüderboom«, entgegnete Thorke Oselich. »Das wird nicht einfach, solange wir keine konkreten Hinweise haben.«

»Diese Räuchermännchen sind sehr konkret, finde ich«, hielt Monika dagegen.

»Tja, mal sehen, ob das reicht«, antwortete die Chefin. »Dann lasse ich euch mal in Ruhe arbeiten, informiert mich, wenn ihr auf etwas stoßt.«

»Bestimmt«, bestätigte Monika.

Nachdem Thorke Oselich gegangen war, besorgte sich Monika einen Kaffee aus der kleinen Küche und suchte Eike Brun auf, der im Büro am Ende des Flures am einzigen Stand-alone-Computer in diesem Dienstgebäude saß und im Internet recherchierte. »Hallo, Eike, gibt es Neuigkeiten?« Sie stellte ihm die Tasse auf den Schreibtisch.

»Danke. Leider sind die Ergebnisse dünn, bislang Fehlanzeige.« Er fuhr mit dem Mauszeiger ein weiteres Dokument in der Ergebnisliste auf dem Bildschirm an. »Sieh an …!«

»Hast du was gefunden?«, fragte Monika neugierig.

»Da steht etwas über ein Bergwerk am Deutschen Felsen. Offenbar gab es in unmittelbarer Nähe zum Birkenhof mal so was wie eine Erzgrube.«

»Was für ein Eintrag ist das?«

»Nennt sich *Freunde des Erzgebirges*, so was wie ein Heimat- und Kulturverein. Der Aufsatz stammt von einem Mitglied namens Josef Sattler.« Eike rief erneut die Suchmaske auf und gab den Namen ein. »Guck mal, er hat mehrere Aufsätze über das Erzgebirge verfasst. Da steht sogar etwas über den Birkenhof.« Eike rief das Dokument auf, das sich im Archiv der Homepage der Heimatfreunde befand. Es handelte sich um eine PDF-Datei, unter der sogar der Name des Verfassers und sein Wohnort standen. »Ich glaube, das sollten wir Trevisan melden. Der Mann scheint viel über den Birkenhof zu wissen.«

Er druckte das fünfseitige Dokument aus und reichte es an Monika weiter, die es überflog.

»Ja, du hast recht, der Mann wohnt in Königswalde, nicht weit von Annaberg entfernt.«

»Im Gartenweg 25«, entgegnete Eike.

»Woher weißt du das?«

Er wies auf den Bildschirm. »Telefonbuch.«

»Ich rufe Trevisan an.«

*

Ludwig Kampe wohnte in der Grumbacher Straße. Trevisan und Peter Uhlig hatten sich zusammen mit dem Kollegen Schork auf den Weg zu dem ehemaligen Leiter der Polizeistation von Jöhstadt gemacht. Der Mann war inzwischen achtundsiebzig und lebte alleine in einem kleinen, weiß getünchten Haus am nördlichen Ende der Stadt. Bea Gabler und Lentje Kaplani warteten unterdessen in der kleinen Polizeistation in der Stadtverwaltung, die im Gegensatz zu früheren Zeiten nur noch zu bestimmten Sprechzeiten betrieben wurde.

Es dauerte eine Weile, bis Kampe die Tür öffnete. Er ging am Stock, trug eine graue Schiebermütze und blickte seine Besucher durch eine dicke Hornbrille an. »Ah, Hartmut, was willst du denn von mir?«, fragte er mit brüchiger Stimme, als er Schork erkannte.

»Das sind die Hauptkommissare Uhlig vom LKA und Trevisan aus Wilhelmshaven«, stellte Schork seine Begleiter vor. »Es geht um den Birkenhof. Sie haben ein paar Fragen.«

»Der Birkenhof«, wiederholte Kampe. »Den gibt es doch schon lange nicht mehr.«

»Das wissen wir«, entgegnete Trevisan. »Wir haben die Akte gelesen.«

»Na, dann kommen Sie mal rein in die gute Stube.«

Kampe führte seine Gäste in das Wohnzimmer. Die Wohnung war sauber und aufgeräumt. Sogar die Kissen auf dem Sofa waren aufgeschüttelt und jedes oben exakt in der Mitte mit einer Falte versehen.

Kampe beobachtete, wie sich Trevisan abschätzend umsah. »Alles ordentlich – noch gut in Schuss, der Alte.« Er grinste verschmitzt.

Trevisan lächelte. »Ja, schön haben Sie es hier.«

Kampe wies auf das Sofa. »Zweimal in der Woche kommt meine Putzfrau. Also, was wollen Sie wissen und weshalb interessiert sich jemand aus dem Westen für den Birkenhof?«

»Sie waren damals draußen, als der Hof abgebrannt ist, und haben den Brandbericht verfasst?«, fragte Trevisan.

»Wenn Sie die Akte gelesen haben, dann wissen Sie ja, dass ich der Sachbearbeiter war«, antwortete der alte Mann. »Aber sagen Sie, Wilhelmshaven, liegt das nicht an der Nordsee, weshalb fragen Sie dann nach dem Birkenhof?«

»Sagen Ihnen die Namen Johannes Leußner und Christian und Rolf Habich etwas?«, fuhr Trevisan unbeirrt fort.

Kampe setzte sich in den Sessel und betrachtete ihn nachdenklich. »Sicher. Leußners, Habich und Konz, so hießen die Familien, die den Birkenhof bewirtschafteten, bevor es diesen Rückübertragungsantrag wegen Zwangsenteignung nach der Wende gab. Weil man nicht wusste, wie die Geschichte ausgeht, stellten sie den Betrieb ein, gaben den Hof auf und zogen weg. Martin Konz starb bald darauf, seine Frau ging ihm ein Jahr voraus. Die Habichs wohnten noch eine ganze Weile hier in Jöhstadt, sind aber dann auch weggezogen. Die Leußners verschlug es nach Spremberg, aber soweit ich weiß, fielen sie ein paar Jahre später einem Raubmord zum Opfer. Der Hof stand drei bis vier Jahre leer und die Häuser verfielen. Da war nichts mehr von Wert dort. Ab und zu übernachteten dort ein paar Landstreicher und eines Abends brannte das gesamte Gerümpel nieder. Der Rückübertragungsantrag wurde übrigens nach ein paar Jahren abgelehnt. Aber jetzt sagen Sie schon, weshalb wollen Sie das wissen?«

Trevisan räusperte sich. »Rolf Habich heiratete eine Witwe, die einen Hof unweit von Wilhelmshaven bewirtschaftete, und Johannes Leußner verschlug es nach Norden, das ist eine Stadt in Ostfriesland, an der Nordsee. Sie wurden beide innerhalb der letzten beiden Wochen ermordet.«

Kampe stutzte. »Das ist schrecklich. Jetzt denken Sie, dass dies mit dem Birkenhof zusammenhängt?«

»Waren Sie auch zu DDR-Zeiten hier bei der Polizei?«

Kampe winkte ab. »Meine Gesinnungsprüfung habe ich bestanden, falls Sie das meinen. Ich war schon immer Polizist, auch in der DDR. Aber nach Jöhstadt kam ich erst nach der Wende. ich war zuvor bei der Motorisierten Volkspolizeieinheit in Karl-Marx-Stadt. Die alten Polizisten wurden eben auf dem Land verteilt, das nannten wir Pensionierung auf Raten.«

Trevisan schmunzelte.

»Der Hof brannte innerhalb einer einzigen Nacht ab«, fuhr Kampe fort. »Ein Landwirt aus Schmalzgrube hat es uns gemeldet. Er hat es gesehen, als er rausfuhr, um Holz zu machen. Als wir ankamen, war es schon zu spät, wir fanden nur noch qualmende Überreste und ein paar Grundmauern. Zumindest brauchte die Feuerwehr nicht mehr einzugreifen, wir ließen den Rest kontrolliert abbrennen, mehr konnten wir nicht mehr tun.«

»Dort standen acht Gebäude, fanden Sie es nicht auch komisch, dass davon nichts übriggeblieben ist?«

»Neun. Neun Gebäude waren es«, stellte Kampe richtig. »Der Brand war natürlich atypisch. Ich habe Verstärkung aus Chemnitz angefordert, aber die hatten niemanden frei und die Kripo interessierte sich nicht dafür. Schließlich handelte es sich ja um ein paar alte, verfallene Häuser, die eigentlich niemandem mehr gehörten.«

»Ich meine, wenn ein Haus abgebrannt wäre, dann …«

»Hören Sie, Herr Trevisan«, fiel ihm Kampe ins Wort. »Ich bin kein Brandermittler. Ich verließ mich auf die Aussage des damaligen Feuerwehrkommandanten, der es durchaus für möglich hielt, dass der Brand in einem einzigen Gebäude ausgebrochen ist. Es war eine stürmische Novembernacht und der Wind wechselte mehrfach die Richtung. Die Häuser hatten Strohdächer. Der Kommandant meinte, dass es durchaus sein kann, dass die anderen Gebäude durch Funkenflug in Brand gerieten. Auf alle Fälle fanden wir eine Petroleumlampe in den Überresten der Scheune. Und da dort manchmal Penner übernachteten, gingen wir davon aus, dass einer damit fahrlässig die Scheune in Brand gesteckt hatte. Ein Versehen natürlich, denn wer brennt schon seinen Unterschlupf nieder, wenn es draußen saumäßig stürmt.«

»Ich verstehe«, entgegnete Trevisan. »Das heißt, der Bericht basiert im Wesentlichen auf Annahmen und Vermutungen.«

»Wenn Sie so wollen«, bestätigte Kampe. »Der Staatsanwaltschaft hat der Bericht ausgereicht. Die haben das Verfahren eingestellt.«

»Das heißt aber, es könnte auch jemand gewesen sein, der den Hof vorsätzlich in Brand steckte.«

»Dafür gab es keine Anhaltspunkte.«

Trevisan nickte.

Kampe schaute einen Augenblick aus dem Fenster. »Sie glauben, es war Brandstiftung.«

Uhlig räusperte sich. »So wie es aussieht, wurden die Leußners in Spremberg vom gleichen Täter ermordet, der auch Rolf Habich und dessen Vater sowie Johannes Leußner umgebracht hat.«

»Ein Serienmörder, der auch den Hof anzündete. Um was geht es da, um Rache?«

»Der Birkenhof war früher ein Erziehungsheim für Kinder und Jugendliche«, sagte Trevisan. »Kennen Sie jemanden, der uns dazu etwas sagen könnte?«

Kampe überlegte. »Hier im Ort wohnt noch mein Vorgänger, der den Vopo-Posten Jöhstadt leitete. Er musste kurz nach der Wende in Pension. Den könnten wir fragen.«

»Wie heißt der Mann?«

Schork meldete sich zu Wort. »Er meint Hans Jochmann. Der ist schon weit über achtzig. Nur glaube ich kaum, dass der mit uns reden wird. Für ihn war die Wende wie ein verlorener Krieg. Wenn es nach ihm ginge, dann gäbe es die DDR noch immer. Er ist ein verbitterter und knurriger alter Mann.«

Kampe winkte ab. »Ich habe schon ein paarmal mit ihm geredet. Ich glaube, mit mir würde er sprechen, auch wenn ich mit einem imperialistischen Klassenfeind aus dem dekadenten Westen bei ihm auftauche. Denn eigentlich ist ein Polizist ein Polizist, egal in welcher Staatsform, er sollte immer die gleichen Interessen haben und der Feind des Polizisten ist das Verbrechen.«

Trevisan warf Kampe einen abschätzenden Blick zu. »Gut, einen Versuch ist es auf alle Fälle wert.«

*

Die Dämmerung hatte sich über die Stadt gelegt, doch der Marienberger Marktplatz war dicht bevölkert. Die Menschen drängten sich um die Fässer, in denen Feuer loderten. Sie trugen dicke Jacken und Mäntel, hatten Kapuzen oder Mützen auf dem Kopf und harrten auf dem großen Platz aus, auf dem eine Bühne direkt neben dem Denkmal des Stadtgründers Herzog Heinrich von Sachsen errichtet worden war.

Er stand abseits unter einer Linde und beobachtete die Schneeflöckchen, die aus den dunklen Wolken fielen und im Tanz des Windes auf die Erde schwebten. Die Menschen um ihn herum beunruhigten ihn, die Enge und das Gedränge waren ihm zuwider, dennoch war er hierher gekommen, um ihn zu sehen, so wie viele hundert andere auch. Doch das war das Einzige, was er mit den Menschen auf dem großen gepflasterten Platz in der beschaulichen Bergstadt teilte. Sie wollten ihn reden hören, wollten wissen, was er sagen, was geschehen würde, welchen Plan seine Partei und die Regierenden hatten, denn die Geißel der Menschheit war zurückgekehrt; der Krieg. Eigentlich war er nie wirklich weg gewesen, war er ständiger Begleiter der Menschheit, doch man hatte ihn hier nicht wahrgenommen, nicht gefühlt und seine Auswirkungen nicht gesehen. Man hatte ihn aus den Augen verloren, weil er weit weg gewesen war, aber nun stand er beinahe vor der Haustür. Es waren keine Armeen und Legionen, keine Panzer standen vor der Grenze, keine Raketen regneten vom Himmel herab und brachten tausenden von Menschen den Tod, nicht hier, nicht in dieser Gegend, nein – es waren Menschen, Menschenmassen, junge Männer, Familien mit Kindern, Jugendliche, Frauen, nur ganz wenige Alte. Und vorwiegend hatten sie dunkle Haut, sprachen Arabisch oder gebrochenes Englisch und kamen in dieses Land, um dem Elend und dem Krieg zu entfliehen. Sie kamen über das Wasser, riskierten dabei ihr Leben, sie kamen über Land, der Marsch war hart und zermürbend, doch keine Zäune und Grenzen hielten sie auf und manche kamen sogar über die Luftwege in das Land. Das trieb die Menschen hier um, denn sie hatten Angst. Sie hatten Angst, ihre Kultur zu verlieren, sie hatten Angst, dass mit diesen Menschen der Krieg auch in dieses Land getragen würde, sie hatten Angst, ihre und die Zukunft ihrer Kinder zu verlieren, teilen zu müssen, teilen, bis am Ende für sie selbst nichts mehr blieb.

Applaus brandete auf, aber auch einige Buh-Rufe waren zu hören. Im Scheinwerferlicht betraten drei Männer und eine Frau die Bühne. Er streckte sich, um über die Köpfe und Mützen hinweg einen Blick auf sie zu erhaschen. Einer der Männer trat an ein Rednerpult und klopfte auf ein Mikrophon, so dass ein dumpfes Plopp zu hören war, das hundertfach von den Fassaden der umstehenden Häuser zurückgeworfen wurde. »Liebe Bürgerinnen und Bürger, werte Gäste, als Bürgermeister dieser schönen Stadt ...«

Er kannte diesen Mann nicht, der hier auf dem Marktplatz vor all diesen Menschen eine Begrüßungsrede hielt. Er wusste nur, dass es darum ging, dass vierzig Flüchtlinge in einem ehemaligen Altenheim am Rande der Stadt untergebracht werden sollten und dies zu heftigen Bürgerprotesten führte. So viel hatte er darüber im Internet gelesen, doch das interessierte ihn nicht. Er war nur gekommen, um den angekündigten Abgeordneten des Landtages zu sehen. Als der Bürgermeister seine Rede beendet hatte und das Wort an Günter Lauser übergab, der im sächsischen Landtag den Wahlkreis Erzgebirge vertrat, reckte er sich noch einmal in die Höhe, um einen Blick auf den Abgeordneten zu werfen. Alt war er geworden, alt und verbraucht. Zwar hatte er schon Bilder von ihm im Internet betrachtet, doch wenn er diesem Mann irgendwo auf der Straße begegnet wäre, so hätte er ihn wahrscheinlich nicht mehr wiedererkannt.

Auch Lauser begrüßte die Anwesenden überschwänglich und wies darauf hin, dass er sich trotz der vielen Arbeit, die in Dresden auf ihn wartete, die Zeit genommen habe, um hier in Marienberg zu den Menschen sprechen zu können, um ihre Ängste und Bedenken zu zerstreuen.

Er wandte sich ab. Er war nur gekommen, um einen Blick auf diesen Mann zu werfen, seine Rede interessierte ihn nicht. Denn alles, was dieser Mann sagte, war Lüge, so war es schon immer gewesen und bestimmt war es auch heute noch so. Eines Tages würde man für all seine Sünden bezahlen, so stand es geschrieben und so sollte es auch sein.

Als er den Platz verließ und die Baderstraße hinunterging, hörte es auf zu schneien, doch der Wind war eisig.

25

Draußen dämmerte es bereits und leichter Schneefall hatte eingesetzt. Bea Gabler und Lentje Kaplani hatten es sich im karg eingerichteten Büro des Polizeistandortes Jöhstadt gemütlich gemacht, der im Erdgeschoss des Rathauses untergebracht war. Sie hatten sich Tee zubereitet und plauderten über dies und das. Lentje schaute aus dem Fenster in die Dämmerung. »Wo bleiben die denn?«, fragte sie. »Wollen die den ganzen Ort durchkämmen?«

»Wer weiß, vielleicht hat ihr Zeuge eine bewegte Vergangenheit.«

Lentje griff nach ihrer Tasse. Sie saß auf einem Schreibtischstuhl und hatte die Füße auf einen kleinen Rollboy gelegt, während Bea Gabler in der Ecke zwei Holzstühle zusammengeschoben hatte, um es sich bequem zu machen. Als Schritte vor der Tür zu hören war, richtet sich Lentje auf.

Die Erwartung, dass Trevisan endlich auftauchen würde, wurde enttäuscht. Eine Frau im blauen Kostüm und mit grauen, zu einem Zopf gebundenen Haaren öffnete die Tür. »Was ist denn hier los? Was machen Sie hier?«

Lentje erhob sich. »Wir warten hier auf unsere Kollegen.«

»Aber … das ist doch das Büro von Herrn Schork, wer sind Sie überhaupt, wenn ich fragen darf?«

Lentje trat einen Schritt näher und zeigte der Frau ihren Polizeidienstausweis. »Darf ich fragen, wer Sie sind?«

»Bauz ist mein Name.« Sie studierte den Ausweis. »Ich arbeite hier, schon seit über vierzig Jahren. Aber was macht eine Kriminalbeamtin aus Wilhelmshaven bei uns in Jöhstadt?«

Bea Gabler erhob sich von ihrem Stuhl. »Frau Bauz, Bea Gabler, Landeskriminalamt Dresden. Sie sind von der Stadtverwaltung?«

»Ich leite das Bürgerbüro«, entgegnete die Frau, deren Alter schlecht zu schätzen war. »Ich sah Licht hier im Zimmer, aber der Wagen von Polizeihauptmeister Schork steht nicht vor dem Haus, deswegen habe ich nachgesehen. Es hätte ja sein können, dass er einfach vergessen hat, es auszuschalten.«

»Ich verstehe«, entgegnete Bea Gabler. »Wenn Sie bereits so lange hier arbeiten, dann können Sie uns doch auch sicher etwas über den Birkenhof erzählen.«

»Der Birkenhof«, wiederholte die städtische Angestellte. »Deswegen sind Sie hier. Aber der ist doch schon vor Jahren abgebrannt.«

Bea Gabler zog einen Stuhl heran und bot ihr Platz an. »Der Birkenhof war vor der Wende eine Erziehungsanstalt, heißt es.«

Die Frau setzte sich. »Interessieren Sie sich deshalb für den Hof?«

»Frau Bauz, wir ermitteln wegen Mordes«, meldete sich Lentje zu Wort. »Sagen Ihnen die Namen Christian Habich, Rolf Habich und Johannes Leußner etwas?«

»Das will ich wohl meinen. Weshalb, wurden sie etwa umgebracht?«

Lentje berichtete, was sich auf dem Jakobshof und in Norden ereignet hatte.

»Das ist ja schrecklich. Soviel ich weiß, wurden die Eltern von Johannes ebenfalls ermordet. Irgendwo bei Görlitz.«

Bea nickte. »Das ist richtig, und so wie es aussieht, war es sogar derselbe Täter.«

Frau Bauz schlug die Hände vor das Gesicht. »Das ist unfassbar ... Ja, die Leußners und die Habichs wohnten auf dem Hof. Ganz früher war es einmal ein fürstliches Hofgut und gehörte denen zu Etzdorff. Danach wurde es ein Volkeigenes Hofgut und wurde von den Leußners, den Habichs und einer Familie Konz bewirtschaftet. Sie waren zwar einer LPG angeschlossen, konnten aber relativ unabhängig wirtschaften. Nach der Wende ging das noch zwei Jahre gut, aber ein Nachfahre des Reichsgrafen von Etzdorff meldete seine Ansprüche an. Der Hof wurde aufgegeben, weil ja niemand wusste, wie es weitergeht. Die Leußners zogen weg, Familie Konz ist kurz darauf gestorben und die Habichs wohnten hier in Jöhstadt. Sie bezogen ein kleines Häuschen in der Feldgasse. Doch auch Maria, die Ehefrau von Christian Habich, starb kurz darauf. Ich glaube, sie haben sich hier nie richtig wohlgefühlt.«

»Gibt es sonst noch jemanden, der auf dem Hofgut arbeitete und uns darüber etwas erzählen könnte?«

Frau Bauz überlegte. »Hier im Ort nicht, aber der alte Adam könnte da weiterhelfen. Er hatte früher eine MAS und war oft auf dem Birkenhof. Der könnte noch was wissen.«

»Eine MAS?«, fragte Lentje.

»Eine Maschinenausleihstation, Traktoren und Erntemaschinen«, stellte die Frau klar. »Aber warten Sie, es sind sogar noch Aufzeichnungen vorhanden. Die alten Meldeakten, denn der Birkenhof gehörte zu unserem Ortsverband. Auch Polizeiakten von damals sind noch im Keller. Da gab es damals auch genügend Einsätze unserer Ortspolizei. Manchmal sind da welche weggelaufen. Hier war nämlich einmal eine

Volkspolizeistation, die zur VP-Bereitschaft des Bezirks Karl-Marx-Stadt gehörte und aus fünf Polizisten bestand. Der letzte Chef der Station wohnt sogar noch hier im Ort. Hans Jochmann heißt er, der ist aber schon weit über achtzig.«

»Es gibt noch Akten hier?«, fragte Bea verwundert.

»Ja, Akten aus der alten Zeit«, bestätigte Frau Bauz. »Wir mussten sie damals sortieren und bündeln, sie sollten abgeholt werden, aber irgendwie ist da nie einer gekommen. Das war 1991, und seither liegen sie zur Abholung bereit und verschnürt im Keller.«

»Dieser ehemalige Polizist, wo genau können wir ihn finden?« Lentje zückte ihr Notizbuch.

»Unterleutnant Jochmann, der wohnt im Schlösselweg, und der Adam, Adam Grube heißt er, hat seinen Hof direkt daneben. Direkt gegenüber ist der Lokschuppen des alten Bahnhofs.«

»Frau Bauz, es kann sehr wichtig für unsere Ermittlungen sein, könnten wir einen Blick auf diese Akten werfen?«, fragte Bea Gabler.

»Jetzt!«

»Wie gesagt, es geht um Mord.«

»Eigentlich wollte ich noch zum Frisör, aber … Na ja, wenn es wirklich wichtig ist …«

»Das ist es, das können Sie mir glauben«, bestätigte Lentje.

*

Kampe hatte nicht zu viel versprochen. Unterleutnant der Volkspolizei a. D. Hans Jochmann, ehemaliger Leiter der Volkspolizeistation Jöhstadt, war ein alter, knurriger und einsilbiger Mensch. Er blieb in der Tür stehen. »Was willst du?«, antwortete er schroff, nachdem Kampe ihn begrüßt hatte.

»Wir müssen mit dir reden, über die alten Zeiten.«

Jochmann wies mit einem Kopfnicken auf Trevisan. »Wer ist das?«

»Das ist ein Kollege und er hat ein Problem. Vielleicht kannst du bei der Lösung helfen.«

Kampe wollte näher treten, doch Jochmann blieb einfach

stehen und verwehrte den Zutritt zu dem kleinen Haus im Schlösselweg.

»Sollen wir hier draußen weiterreden?« Kampe schaute in den Himmel, aus dem unablässig kleine Schneeflocken fielen.

»Ich habe euch nicht gerufen«, entgegnete Jochmann.

Die Abmachung lautete, dass Trevisan schweigen sollte und Kampe das Wort führte, doch jetzt platzte ihm der Kragen. »Herr Jochmann«, sagte er und hielt ihm seinen Dienstausweis unter die Nase. »Ich ermittle in einem Mordfall. Wir wollen mit Ihnen über den Birkenhof sprechen. Auch wenn Sie meinen, dass Sie das nichts angeht, Sie waren selbst Polizist. Ich muss Ihnen nicht erklären, was Ihre Pflichten als Zeuge sind.«

»Sie sind nicht von hier.«

»Ich bin aus Wilhelmshaven.«

»Haben Sie hier überhaupt Polizeigewalt?«, fragte der Alte. »Traut man jetzt schon unseren eigenen Leuten nicht mehr, dass man Polizisten aus der BRD herüberkarren muss?«

»Deswegen bin ich dabei«, mischte sich Kampe ein.

»Du bist kein Polizist mehr«, lehnte Jochmann den Einwand ab.

»Johannes Leußner sowie Christan und Rolf Habich wurden ermordet«, sagte Trevisan unbeirrt. »Unweit von Wilhelmshaven. Ich bin offiziell hier. Ein Kollege vom Landeskriminalamt Dresden wartet bei Herrn Kampe auf uns. Wir können ihn holen und wir können Sie auf die Dienststelle mitnehmen, wenn Sie unbedingt wollen.«

Jochmann kratzte sich am Kopf. »Kannte die drei, waren gute Leute, ganz brauchbar, ganz brauchbar.« Er trat einen Schritt beiseite. Als Trevisan näher kam, wies der alte Mann auf die Schuhe. »Ausziehen, bevor ihr den ganzen Schnee hereinschleppt.«

Jochmann wartete, bis auch Kampe die Stiefel ausgezogen hatten, bevor er sie in die Küche führte. Er wies ihnen die Eckbank zu, während er sich auf einen Stuhl setzte. »War auch Polizist, früher. Lange genug. Unterleutnant war ich. Siebzehn Jahre lang hier auf der Station. Braucht man, die

Polizei, überall, egal ob bei den Imperialisten oder bei uns, ist wichtig, so was, sonst tanzen die Mäuse auf dem Tisch.«

»Ja, genau deshalb sind wir hier. Können Sie uns etwas über den Birkenhof erzählen?«

Jochmann stopfte sich eine Pfeife und berichtete von seiner Zeit hier als Polizist und vom Birkenhof, auf dem Kinder und Jugendliche untergebracht waren, die nach seinen Worten Probleme mit Anstand und Disziplin hatten. »War nicht zu beneiden, der alte Konz. Diese Rasselbande hatte es faustdick hinter den Ohren«, schloss er sein Statement.

»Gab es dort oft Probleme?«, fragte Trevisan.

»Mal dies, mal das, sind mal weggelaufen, diese kleinen Nichtsnutze. Fehlte eben an Disziplin und auch an Dankbarkeit. War für die selbstverständlich, das Dach über dem Kopf und die warmen Mahlzeiten. Mussten eben lernen, sich das zu verdienen. Das fiel nicht jedem leicht. Manche mussten es eben spüren. Haben alle zurückgebracht. Na ja, fast alle.«

»Ist da mal etwas vorgefallen, ich meine, wurden diese Kinder misshandelt?«

Jochmann winkte ab. »Was heißt misshandelt. Die kriegten nur, was sie verdienten.«

»Gab es da Aufzeichnungen, wer dort untergebracht war?«

»Sicher, hatten immer eine Liste auf der Station. Kriegten Sie von der Kinderfürsorge. War immer auf dem neuesten Stand. Wenn Neue kamen, sind wir raufgefahren und haben denen erst einmal ordentlich ins Gewissen geredet. Dem alten Konz hat das gut gefallen, hatte ja auch eine große Verantwortung. Immer solche Bälger, die verroht waren und denen die ordnende Hand fehlte. Die Weiber waren am schlimmsten. War nicht leicht gewesen.«

»Diese Aufzeichnungen, wo sind die gelandet?«

»Hat der Klassenfeind mitgenommen. Müssen Sie Ihre dekadenten Volksgenossen fragen, wohin sie die Akten gebracht haben. War ja alles nicht gut genug für die, was wir gemacht haben. Dabei herrschte bei uns Ordnung, und jetzt ist alles durcheinandergeraten, so wie es der Genosse Walter und auch der Genosse Erich immer gesagt haben, genau so ist es gekommen.«

»Es lebten drei Familien auf dem Hof, waren das alle, oder gab es da noch andere Leute?«

Jochmann blies den Rauch seiner Pfeife in die Luft. »Natürlich, war ja ein großer Hof. Viele Felder, Wald, da gab es immer was zu tun.«

»Erinnern Sie sich noch an Namen?«

Der alte Mann überlegte. »Da war der Anton, aber der ist noch vor der Kapitulation gestorben. Dann war da die Lina, die hat für die Saubande gekocht. Eine Magd gab es auch, eine Zeit lang. Gab immer gutes Essen und hatten auch immer für uns was übrig, wenn wir rüber mussten. Der Arnold, der Maschinenhelfer, der lebte auch dort und die Familien eben.«

»Wer entschied denn darüber, welcher Jugendliche auf den Birkenhof kommt?«

Jochmann schüttelte den Kopf. »Das müssen Sie die Fürsorge fragen, das ging mich nichts an.«

»Hatten diese Kinder und Jugendlichen etwas angestellt?«

»Keiner kommt ins Heim, der nichts anstellt.«

»Da waren also auch Straffällige darunter?«, fragte Trevisan sicherheitshalber noch einmal nach.

Jochmann nahm erneut einen Zug von seiner Pfeife und ein angenehmer Duft nach Pflaumen breitete sich in der Küche aus. »Angestellt, was heißt angestellt, waren eben Rabauken und Nichtsnutze, der Konz lehrte sie, wie sie was aus ihrem Leben machen und wie sie uns im Kampf an der Arbeiterfront unterstützen können. Aus vielen ist was geworden, anständige junge Männer und Frauen, die dem Volkswohl dienten und den Kampf an der Erntefront erlernten. War wichtig, wichtig, ja, hat aber alles nichts genutzt. Der Klassenfeind ist über uns gekommen und hat unser Leben zerstört. Aber das ist das Los, wenn man den Krieg verliert.«

Trevisan sparte sich eine Antwort auf diese Sicht der Dinge. »Lina und Arnold, sagten Sie, wissen Sie, was aus denen wurde und wie sie mit Nachnamen hießen?«

»Die Lina war die Lina, der Arnold hieß Lehmann. Wo die abgeblieben sind, das weiß ich nicht. Die Imperialisten haben sich den Hof unter den Nagel gerissen und alle vertrieben. Dann ist er später abgebrannt und jetzt ist dort gar nichts mehr. Ich sagte doch, wird alles schlechter, wenn man ein besetztes Land ist.«

»Gab es dort Unfälle, oder ist da einmal jemand durchgedreht, erinnern Sie sich an einen Vorfall?«

Jochmanns Pfeife drohte auszugehen, er zog ein paarmal kräftig daran. »Tja, sagte doch, abgehauen ist mal der eine oder andere. Todesfälle gab es auch mal, beim Bäumefällen kam mal einer unter eine Tanne, einer fiel vom Traktor, wurde überrollt, war nichts mehr zu machen. Einer fiel mal von einem Baum und brach sich das Genick, passiert eben. Waren immer selbst schuld. Wo gehobelt wird, fallen Späne. Haben alles immer ordentlich aufgenommen, ein Protokoll geschrieben und an das Bezirksamt geschickt. Hier herrschte Ordnung.«

»Wie viele Jugendliche starben in der Zeit, als Sie hier Dienst machten? Zwei, drei, zehn, wie viele waren es?«

Der alte Mann zuckte mit der Schulter. »Fünf, sechs vielleicht, ist lange her.«

»Und es gab nie einen Verdacht, dass der Todesfall kein Unfall gewesen sein könnte?«, fragte Trevisan eindringlich.

»Alles korrekt«, antwortete Jochmann entschieden. »Der Doktor aus Annaberg war immer dabei, gab nie Probleme.«

»Können Sie sich noch an Namen erinnern?«

Jochmann schüttelte den Kopf. »Das … das ist lange her … Glauben Sie, der Mörder war einer von denen auf dem Hof?«

»Was glauben Sie?«

Jochmann lachte. »Hieß schon früher, dass es bei denen in der BRD Raubtiere gibt, die auf zwei Beinen gehen. Wird wohl so ein Irrer von drüben gewesen sein.«

Mehr war nicht aus diesem Mann herauszubekommen, der über gestorbene und verunglückte Jugendliche sprach, als wäre der Tod eine lästige Begleiterscheinung des damaligen Erziehungssystems gewesen. Eine halbe Stunde später verließen Kampe und Trevisan das kleine Häuschen gegenüber des Lokschuppens des Bahnhofs von Jöhstadt. Als Jochmann die Tür schließen wollte, wandte sich Trevisan noch einmal um. »Diese verunglückten Jugendlichen, wo wurden die bestattet, hier auf dem Friedhof?«

Jochmann schüttelte den Kopf. »Die wurden überführt, ans Krematorium in Annaberg. Wo die gelandet sind, das weiß ich nicht.«

Sie verabschiedeten von dem sonderbaren alten Kauz.

»Wir brauchen diese Listen, von denen Jochmann sprach«, sagte Trevisan, als sie Kamps Haus erreichten.

»Die wurden abgeholt, denke ich. Sollte alles nach Berlin.«

»Ins Bundesarchiv?«

»Ja, wohin sonst.«

26

Als Trevisan, Uhlig und Schork auf der Polizeistation im Rathaus von Jöhstadt ankamen, war es spät geworden. Es hatte zu schneien begonnen und auf den vormals geräumten Straßen hatte sich ein feiner Film aus weißem Schnee gebildet. Es war dunkel und die Tür zum Rathaus war verschlossen. Sie benutzten die Hintertür, zu der Hauptmeister Schork einen Schlüssel besaß. Im Büro, wo Lentje und Bea am Schreibtisch saßen, auf dem sich ein Berg staubiger Akten stapelte, war Schork überrascht, auf Anita Bauz von der Gemeindeverwaltung zu treffen. »Anita, was machst du hier?«

»Schau mal, was wir im Keller gefunden haben«, entgegnete sie.

»Was um Gottes willen ist das?«

»Das sind die alten Polizeiakten, als es hier noch eine Volkspolizeistation gab.«

»Wir sind gerade am Sortieren.« Lentje wies in die Ecke des Raumes, wo noch weitere Kisten voller Akten standen. »Es wäre schön, wenn ihr uns helfen könntet.«

»Die sind hier?«, fragte Schork. »Die sollten doch nach Berlin.«

Anita Bauz lächelte. »Wurden nie abgeholt. Lagerten im Keller und sind ganz schön eingestaubt.«

Trevisan trat einen Schritt näher, als sein Handy klingelte. Er zog es aus der Jackentasche und meldete sich. Monika Sander war am Apparat.

»Moment«, sagte er und verließ das kleine Büro. Im Foyer des Rathauses setzte er sich auf einen Rattanstuhl. »So, jetzt sind wir ungestört.«

»Wie läuft es bei euch?«, fragte Monika.

»Wir waren heute am Birkenhof«, erzählte er. »Aber da ist jetzt nur noch eine Lichtung im Wald. Außerdem liegt hier noch fast ein Meter Schnee.«

Trevisan berichtete von seinem Gespräch mit dem ehemaligen Polizeichef der Volkspolizei-Station Jöhstadt. »Das ist ein sonderbarer Kauz, kann ich dir sagen. Für den sind wir noch immer der Klassenfeind. Ich hoffe, wir kommen hier Schritt für Schritt voran. Und wie geht es bei euch?«

»Wir sondieren schon den ganzen Tag Akten, die wir vom Bundesarchiv bekommen haben, aber bislang leider vergebens«, entgegnete Monika. »Es gibt ein Problem.«

»So, welches denn?«

»Wir erhalten vom Bundesarchiv keine Akten mit personenbezogenen Daten ohne richterlichen Beschluss.«

»Was ist so schwer daran, wende dich an Lüderboom.«

»Das hat Thorke Oselich gemacht, aber der Richter hat den Beschluss abgelehnt.«

»Abgelehnt, wieso abgelehnt?!«, erwiderte Trevisan entrüstet.

»Das Datenschutzgesetz spricht dagegen, meint er. Wir müssen die Personenanfragen konkretisierten, denn nur bei Verdacht gegen eine oder mehrere konkrete Personen oder bei Zeugeneigenschaft kann er den Beschluss ausstellen.«

»Das ist doch Blödsinn«, regte sich Trevisan auf. »Jeder auf diesem Hof kann Zeuge oder Täter sein, das muss doch selbst einem Juristen einleuchten.«

»Tut mir leid, ich gebe nur das weiter, was sie mir berichtet hat.«

»Ja, schon gut, sonst noch was?«

»Das Labor hat sich beeilt, wir haben jetzt sein DNA-Muster, aber in der Datenbank der Serienstraftäter ist nichts zu finden. Ach ja, noch was, Eike hat den Nachnamen der Köchin herausgefunden. Sie hießt Lina Unruh und ist wohl nach Wolkenstein verzogen, das liegt ganz in der Nähe. Ich schick dir eine SMS mit der Adresse.«

»Etwas über diesen Lehmann herausgefunden, den Vorarbeiter vom Hof?«

»Bislang nicht. Eike bleibt am Ball, aber du bist doch in Jöhstadt, die haben doch sicher ein altes Melderegister.«

Trevisan war verlegen, denn er hatte überhaupt nicht daran gedacht, auf der Stadtverwaltung nach dem Mann zu fragen. »Ja, du hast recht, aber wir haben uns heute hier die Hacken abgelaufen. Außerdem schneit es draußen, hier ist noch tiefster Winter.«

»Bei uns hat heute die Sonne geschienen, den ganzen Mittag über. Zehn Grad hatten wir, ich glaube, es wird langsam Frühling.«

»Dann ist es ja gut, ich rufe euch an, sobald wir was erfahren«, beendete Trevisan das Gespräch und ging zurück in Schorks Büro.

Lentje und Bea saßen zusammen mit Uhlig am Schreibtisch, während sich Schork mit Anita Bauz unterhielt.

Trevisan trat an ihre Seite. »Entschuldigung … Sie arbeiten hier bei der Stadtverwaltung?«

»Ja, korrekt«, entgegnete die Frau.

»Dann könnten Sie uns helfen. Auf dem Birkenhof arbeitete ein gewisser Arnold Lehmann, können Sie feststellen, wo er gemeldet ist?«

»Ja, da müsste ich noch einmal hoch in das Bürgerbüro und die Computer hochfahren.«

Uhlig erhob sich und wies nach draußen. »Es ist schon nach sieben. Deine Kollegin, Bea und ich haben Hunger, ich denke, das reicht für heute. Wenn es so weiterschneit, dann kommen wir nicht mehr nach Annaberg zurück.«

Trevisan schaute auf seine Armbanduhr. Peter hatte recht. Auch bei ihm grummelte der Magen.

»Sie können den Geländewagen nehmen, damit kommen Sie überall durch«, schlug Schork vor.

»Danke, machen wir. Treffen wir uns morgen um neun hier.«

»Um neun«, bestätigte Schork.

Freitag

»Der ist doch längst über alle Berge und wir stehen uns die Füße in den Bauch«, schimpfte Kollege Stein von der Fahndung. »Ich finde, es macht überhaupt keinen Sinn, was wir hier tun. So kriegen wir ihn nie.«

Monika Sander hob abwehrend die Hand. »Der Bus ist unsere einzige konkrete Spur. Wir können nicht sicher sein, dass er weg ist. Solange Trevisan keine anderen Anweisungen gibt, fahren wir mit der Überwachung fort. Oder hast du eine bessere Idee?«

Ole Stein verkniff sich eine Antwort und verließ das Büro. Er schlug die Tür zu, dass es laut durch den Gang hallte.

Monika atmete tief durch. Sie hatten die Spur verloren. Seit Tagen standen Streifen an den großen Bushaltestellen in Emden, doch der Verdächtige war dort bislang nicht wieder aufgetaucht.

Es klopfte. »Ja, verdammt!«

Eike Brun öffnete die Tür. »Schlechte Laune, was? Gab es Ärger?«

»Stein, der alte Besserwisser.«

»Tja, für die Fahndung braucht man eben Geduld und Sitzfleisch«, scherzte Eike, »das ist nicht jedermanns Sache.«

»Pass bloß auf, dass ich dich nicht in einen Streifenwagen setze«, entgegnete Monika.

»Tust du nicht.«

»Sei dir mal nicht so sicher.«

»Doch, bin ich, weil ich Ergebnisse liefere«, sagte er siegessicher und warf ein Blatt Papier auf Monikas Schreibtisch. »Die neue Adresse von Lina Unruh. Sie ist von Wolkenstein nach Marienberg umgezogen und wohnt seit einem halben Jahr im Diakoniepflegeheim *Hoffnung*. Die Adresse steht auf dem Blatt.«

Monika schmunzelte. »Wenigstens auf dich kann ich mich verlassen.«

»Da ist noch was«, fuhr Eike fort. »Allerdings ist das weniger erfreulich. Arnold Lehmann wird vermisst.«

»Was ist los?«

»Ich gehe davon aus, dass es sich um unseren Lehmann handelt. Die Polizei Plauen sucht nach ihm. Schon seit fünf Jahren. Man geht davon aus, dass er tot ist.«

Monika Sander erhob sich. »Woher weißt du das?«

»Arnold Lehmann kam von Annaberg aus in ein Pflegeheim bei Plauen. Er war schwer krank, Alzheimer, schon in der mittleren Stufe, und die Krankheit schritt rasant voran. Die Kollegen aus Plauen gehen davon aus, dass er sich das Leben genommen hat. Lehmann war schon über siebzig. Sein Geburtsort war Annaberg-Buchholz. Ich bin mir sicher, dass dies unser Knecht vom Birkenhof ist.«

Monika Sander kratzte sich an der Stirn. »Gibt es Hinweise, dass sein Verschwinden nicht ganz freiwillig war?«

Eike Brun zuckte mit der Schulter. »Die Kollegen aus Plauen haben gesagt, dass er am Tag seines Verschwindens noch einmal im Zug nach Chemnitz gesehen worden ist, deshalb gehen sie davon aus, dass er zurück nach Annaberg gefahren ist. Es kann natürlich auch sein, dass er aufgrund seiner Krankheit irgendwo verschollen ist. Es heißt, er wäre ein Naturbursche gewesen und war mehrfach aus dem Pflegeheim ausgebüxt. Einmal hatten sie ihn in Stollberg aufgegriffen, den meisten Teil des Weges war er gewandert.«

»Es könnte aber auch sein, dass er Opfer unseres Mörders geworden ist, schließlich gehörte er auch zu der Belegschaft des Birkenhofs.«

»Tja, könnte sein. Er wurde bislang nicht gefunden, deswegen hat man ihn auch noch nicht für tot erklärt. Aber der Kollege meinte, dass er inzwischen nicht nur eine Aktenleiche ist.«

»Danke, ich informiere Trevisan. Ich denke, das wird ihn interessieren.«

*

Mit dem Geländewagen waren sie gut und sicher in Annaberg angekommen. Nach einer üppigen Mahlzeit im Hotelrestaurant hatten sich Bea Gabler und Peter Uhlig zu ihrem Hotel aufgemacht. Trevisan hatte dann beinahe noch eine Stunde mit Lea telefoniert, ehe er zu Bett gegangen war. Pünktlich, wie abgesprochen, wurden sie am nächsten Morgen wieder abgeholt und fuhren ›hinüber‹ nach Jöhstadt, wie man hier zu sagen pflegte, wenn es von einem Tal ins andere ging. Die dunklen Wolken des gestrigen Tages hatten einem blauen Himmel Platz gemacht und es war mild geworden. Die Sonne hatte den Schnee auf den Straßen geschmolzen. Noch bevor sie Jöhstadt erreichten, rief Monika Sander an und teilte mit, was Eike herausgefunden hatte.

»Wir sollten dringend mit Lina Unruh reden«, sagte Trevisan. »Wie weit ist Marienberg von hier entfernt?«

Uhlig wies aus dem Fenster der Fahrerseite. »Nicht weit, das liegt da hinten. Vielleicht zwanzig Kilometer.«

Lentje beugte sich vor. »Das könnten Bea und ich tun.«

»Und die Akten?«, widersprach Trevisan. »Ihr habt schon damit angefangen.«

Als sie vor dem Rathaus parkten, wurden sie von Hauptmeister Schork bereits erwartet. Neben ihm stand ein älterer Mann mit Hut, der eine blaue Arbeitshose und eine dicke Jacke trug. Schork begrüßte die Ankömmlinge und betrachtete seinen Wagen.

»Unfallfrei«, sagte Uhlig, als er ihm den Schlüssel übergab. »Damit kamen wir ganz gut durch.«

»Das ist Adam Grube, der damals den Maschinenpark leitete«, stellte Schork seinen Begleiter vor. Grube lupfte seinen Hut zur Begrüßung. »Das ist Herr Trevisan«, fuhr Schork fort. »Er kommt aus Wilhelmshaven und leitet die Ermittlungen.« Grube reichte allen die Hand. »Ich dachte mir, ich hole den Adam schon mal her, bis ihr hier ankommt«, erklärte Schork.

Trevisan wandte sich Lentje zu. »Kümmert ihr euch schon mal um die Akten, während ich mit ihm rede.«

Schork führte Trevisan und Grube in den Sitzungsraum des Rathauses. »Frau Bauz hat mir den Schlüssel überlassen. Hier können wir uns ungestört unterhalten.«

Nachdem sie Platz genommen hatten, zückte Trevisan sein Notizbuch. »Sie wissen, um was es geht?«

»Um den Birkenhof, Hartmut hat mir schon erzählt, weswegen Sie hier sind.«

»Sie waren früher oft auf dem Hof?«

»Oft, was heißt oft«, entgegnete Grube. »Ich kannte den Walter ganz gut, der den Hof leitete. Außerdem waren wir von der MAS für den Hof zuständig. Die haben oft etwas gebraucht. Traktoren, Mähdrescher, Holzspalter, Erntemaschinen, die bewirtschafteten beinahe zweihundert Hektar, wenn man den Wald mitzählt.«

»Sie meinen Walter Leußner – ich dachte, Martin Konz leitete den Hof?«

»Leußner war für die Landwirtschaft zuständig und der Konz leitete das Kinderheim. Ich war froh, wenn ich nichts mit dem alten Schrullkopf zu tun hatte.«

»Konz?«

»Ja, der war mir nicht geheuer. Und als Kinderheim würde ich das nicht bezeichnen, das war ein Straflager.«

»Gab es dort außergewöhnliche Vorgänge, ich meine, ist da manchmal was passiert …«

»Ich verstehe, worauf Sie hinauswollen«, fiel ihm Grube ins Wort. »Da passierte so einiges. Ich meine, der Birkenhof ist zwar ein paar Kilometer entfernt, aber trotzdem kriegt man da was mit. Da sind Kinder weggelaufen, manche wurden verletzt und einige sind sogar gestorben. Einmal bin ich auf den Hof gekommen, da ist ein Sechzehnjähriger ums Leben gekommen. Die haben ihn mit einer Motorsäge auf einen Baum gejagt, damit er Äste schneidet. Der ist glatt aus drei Metern heruntergefallen und war sofort tot. So was kam da schon mal vor.«

»Gab es da keine Sicherheitsvorschriften?«, fragte Trevisan. »Ich meine, da muss man sich doch anseilen und so.«

»Wahrscheinlich hat es der arme Kerl gar nicht gewusst. Hinterher war natürlich niemand schuld. Der alte Jochmann, der war Polizist, hat sowieso immer alles totgeschwiegen. Es hieß nämlich, dass die Kinder die dort untergebracht wurden, allesamt schwer erziehbar waren. Also, ich weiß nicht, wenn ich dort war und einer fuhr mit mir auf dem Traktor mit, dann hatte ich immer den Eindruck, das sind ganz normale Jungs.«

»Können Sie mir Namen nennen, ich meine, haben Sie erfahren, wie der getötete Junge hieß?«

Grube fuhr sich über das Kinn. »Das ging mich nichts an. Ich habe meine Sachen gemacht und die haben sich um ihre Dinge gekümmert. Wissen Sie, das war damals nicht immer so einfach.«

»Ich verstehe«, entgegnete Trevisan. »Dort arbeiteten auch eine Köchin und ein Vorarbeiter, kannten Sie die näher?«

»Die Lina, das war die gute Seele auf dem Hof. Und kochen konnte die …! Mein Gott, was gäbe ich dafür, wenn ich noch einmal ihre Fratzen essen könnte.«

»Das sind Kartoffelpuffer«, erklärte Schork.

»Als der Hof aufgegeben wurde, zwei, drei Jahre nach der Wende, ist sie weggegangen. Ich weiß nicht, wo sie abgeblieben ist.«

»Warum wurde der Hof damals eigentlich nicht weiterbewirtschaftet, bis die Eigentumsverhältnisse geklärt waren? Wissen Sie das zufällig?«

Grube überlegte. »Ja, der Walter hat einmal so was angedeutet. Da gab es wohl eine Verfügung, dass der Hof zu räumen wäre. Es dauerte keinen Monat, da war alles leer. Ich habe es auch nicht verstanden, denn der Hof verfiel zusehends, weil sich niemand mehr darum kümmerte. Selbst der Arnold nicht, der dort aufgewachsen ist und den es wohl auch am meisten mitgenommen hat, dass er seine Heimat verlor.«

»Arnold Lehmann?«, fragte Trevisan. »Wissen Sie, was aus ihm geworden ist?«

Grube nickte. »Der ist zurück nach Annaberg, aber fragen Sie mich nicht, wohin genau. Der kam damals als Kind auf den Hof. War eigentlich Bergmann und arbeitete in der Junkergrube. Brachte es sogar bis zum Steiger, dann warf die Grube nichts mehr ab und wurde 1970 geschlossen. Arnold blieb als Knecht auf dem Hof.«

»Soweit wir wissen, lebte Arnold Lehmann vor fünf Jahren in einem Pflegeheim in Plauen. Er war offenbar krank, schwer krank sogar. Es heißt, er wäre aus dem Heim weggelaufen und sei möglicherweise tot. Was war er für ein Mensch?«

»Der Arno war ein ganz ein Netter. Der war auch immer gut zu den Kindern, was dem alten Konz nicht passte. Außerdem liebte er die Natur, der war fast immer draußen. Er sagte mal zu mir: ›Ich habe Jahre unter der Erde zugebracht, deswegen will ich jetzt meine Jahre über der Erde genießen und wenn es dann sein soll, dann fahre ich eben das letzte Mal ein.‹«

»Andere Namen von Leuten, die auf dem Hof lebten, kennen Sie nicht? Ich meine, außer den Konz, den Leußners und der Habichs.«

»Da war noch jemand, der Lina in der Küche half, ich glaube, die hieß Anna. War eine junge Frau, aber die hat nie viel geredet.«

»Sonst war da niemand mehr?«

»Ab und zu gab es ein paar Saisonarbeiter aus Karl-Marx-Stadt oder von der LPG, wenn die Schlacht an der Erntefront zu schlagen war, aber die kamen und die gingen auch wieder. Und mit den Jungs und Mädels, die dort lebten, ließ man sich nicht ein, der Konz achtete darauf und bewachte sie, als wären es Schwerverbrecher. Einige sind weggelaufen, aber die meisten haben sie wieder geschnappt. Ich möchte gar nicht wissen, was die Kinder durchmachen mussten. Aber die Kinderfürsorge fand das wohl in Ordnung so.«

Trevisan klappte seinen Notizblock zu. »Danke, Sie haben uns sehr geholfen, Herr Grube. Es kann sein, dass wir uns noch einmal mit Ihnen unterhalten müssen.«

Grube erhob sich und setzte seine Mütze auf. »Das ist kein Problem, der Hartmut weiß ja, wo ich zu finden bin.«

27

Monika Sander konnte keine Akten mehr sehen. In jeder Ecke des Konferenzraumes standen Stapel herum. Einiges über den Birkenhof hatten sie bereits in Erfahrung gebracht, doch das Ergebnis war eher enttäuschend. Zwar wussten sie inzwischen, dass dort zeitweise bis zu dreißig Kinder und Jugendliche von sieben bis siebzehn Jahren untergebracht gewesen waren, dass diese Plätze allesamt durch die Kinder- und Jugendfürsorge von Karl-Marx-Stadt bewirtschaftet worden waren und pro Belegungsplatz ein Kopfgeld von bis zu dreihundert Mark gezahlt worden war, doch Namen standen nicht in den Akten. Die Unterbringung auf dem Hof wurde in den offiziellen Schreiben als besondere Erziehungsmaßnahme zur Herstellung und Förderung des Kinder- und Jugendwohls beschrieben, doch die Suche nach Belegungslisten aus den Jahren 1975 bis 1988 – während dieser Zeit hatte diese Außenstelle Birkenhof bestanden und offiziell zum Kinderfürsorgeheim Annaberg gehört – blieb vergebens.

Drei Namen tauchten in den Zahlungsanweisungen der Kinderfürsorge an den Birkenhof ständig auf: die des Ehepaars Konz sowie der des Leiters der Kinderfürsorge Annaberg, eines gewissen Günter Lauser. Sogar das Diplom von Martha Konz lag den Akten bei, das sie an der Fachoberschule in Erfurt als Erzieherin mit besonderem

Aufgabengebiet erworben hatte. Aus dem Schriftverkehr ergab sich, dass eigentlich Martha Konz die Leiterin des Kinderhorts Birkenhof war, doch die größere Anzahl der Berichte war von ihrem Ehemann unterschrieben worden. Ohne Belegungslisten jedoch waren all diese Erkenntnisse Makulatur. Sie suchten nach Namen, nach Ereignissen, nach besonderen Vorkommnissen, die einen Rachfeldzug eines der Insassen – so die offizielle Bezeichnung dieser Heimkinder – begründen und erklärbar machen konnten. Doch diese Suche war bislang vergebens.

»Oh, ich sehe schon gar nichts mehr«, seufzte Lisa Bohn, klappte die Akten zu und rieb sich die Augen.

»Dann mach 'ne Pause«, schlug Monika vor. »Es nützt nichts, wenn wir nicht sorgfältig arbeiten und etwas übersehen.«

»Geht schon wieder.«

Es klopfte an der Tür und ein uniformierter Kollege kam herein. »Unten in der Schleuse steht eine Frau, die möchte zu Ihnen.«

»Wie heißt sie?«

»Wehlau, hat sie gesagt.«

Monika erhob sich. »Ich komme.«

Susanne Wehlau, die ehemalige Lebensgefährtin von Johannes Leußner, schien ein wenig aufgeregt, als Monika sie in das kleine Vernehmungszimmer neben der Wache führte. »Mir ist da noch etwas eingefallen, daran habe ich überhaupt nicht gedacht, als wir uns unterhielten.«

Monika wies ihr einen Stuhl zu. »Dann schießen Sie mal los!«

»Ja, es war vor sechs Wochen, denke ich, so lange ist es etwa her, da rief jemand in der Firma an und wollte mit Johannes sprechen. Ich weiß ganz genau, dass der Anruf aus Deutschland kam, da war die Nummer auf dem Display. Wir haben nämlich so eine Telefonanlage, auf der die Nummern angezeigt werden.«

»Ich kenne diese Telefone«, sagte Monika, um die Frau am Tisch gegenüber wieder zum Kern der Sache zu bringen.

»Es war ein Mann am Apparat und er wollte mit Johannes sprechen«, fuhr Susanne Wehlau fort. »Er machte es dringend. Und er sächselte, das war deutlich zu hören. Ich habe Johannes geholt und das Gespräch in den Aufenthaltsraum verbunden.«

»Können Sie sich noch an die Nummer erinnern?«, fragte Monika.

»Ich habe nicht darauf geachtet, aber der Anruf kam aus Deutschland, da bin ich mir sicher, die Vorwahl hatte nur eine Null und wir telefonieren oft mit dem Ausland, da sind immer noch die Landesvorwahlnummern auf dem Display.«

»Was passierte dann?«

»Johannes hat sich bestimmt eine Stunde lang mit dem Mann unterhalten, und als er dann aus dem Aufenthaltsraum kam, da war er vollkommen verändert.«

»Was meinen Sie mit verändert?«, hakte Monika nach.

»Ich glaube, das Gespräch war für Johannes sehr unangenehm.«

»Denken Sie, dass es der Mörder gewesen sein könnte?«

Susanne Wehlau schüttelte den Kopf. »Das weiß ich nicht, es war auf alle Fälle kein junger Mann. Ich glaube, dass es sein Bruder war, und dass er wieder hier ist. In Deutschland.«

»Sind Sie sicher?«

»Ich habe Johannes gefragt, was los ist, aber er winkte nur ab. Ich sah es ihm aber an, dass ihm das Gespräch an die Nieren gegangen war. Aber er sagte nichts, er ist einfach an mir vorbeigegangen.«

»Könnten Sie die Nummer in Ihrer Anlage noch nachvollziehen?«, fragte Monika.

»Ich weiß nicht, ist das denn wichtig?«

»Es war für Sie immerhin so wichtig, dass Sie extra nach Wilhelmshaven gefahren sind«, entgegnete Monika.

»Ich weiß nicht, ob das mit unserer Anlage geht, technisch bin ich leider nicht so begabt. Extra hierher gefahren bin ich nicht, ich bin ein paar Tage bei meiner Schwester in Sande.«

»Ach so. Wann sind Sie wieder im Büro?«

»Am Montag, aber wenn es wirklich so wichtig ist, dann

können wir mit meiner Kollegin telefonieren. Vielleicht ist Jonas da, der betreut unsere Computeranlage und ist ein richtiger Fuchs, wenn es um solche Dinge geht.«

»Das würde uns wirklich weiterhelfen.«

Frau Wehlau versuchte ihr Glück, aber zehn Minuten später beendete sie das Telefonat ohne Ergebnis. Der Speicher des Apparates zeichnete die ein- und ausgehenden Gespräche nur etwa zwei Wochen auf. Die gesuchte Aufzeichnung war nicht mehr vorhanden.

»Ich danke Ihnen trotzdem für die Informationen«, verabschiedete sich Monika. Sie ärgerte sich, dass die Nummer nicht mehr nachvollziehbar war, denn sollte es tatsächlich so sein, dass Leußners Bruder aus Kanada zurückgekehrt war, dann schwebte er in höchster Lebensgefahr.

*

Die Sonne schien und der weiße Schnee glitzerte wie Kristall. Es war ein ausgesprochen milder Tag und selbst der bisweilen kräftige Wind schien eine Pause einzulegen. Die Szenerien ähnelten sich, denn auch in dem kleinen Büroraum, in dem Hauptmeister Schork seine Sprechzeiten abhielt, lagen Akten auf dem Boden verstreut. Nicht ganz so viele wie beinahe zur gleichen Zeit in Wilhelmshaven, dennoch ein beachtlicher Berg. Doch diese Akten enthielten weitaus brisanteres Material, denn es waren die Polizeiakten des Landstrichs aus der Zeit, als hier noch ein Standort der Volkspolizei gewesen war. Und ein großer Teil dieses Aktenbergs war tatsächlich dem nahen Birkenhof gewidmet.

»Da sind Beleglisten«, meldete sich Lentje freudig zu Wort. »Beleglisten des Birkenhofes aus dem Jahr 1975.«

»Zeig!«, sagte Trevisan.

Lentje schob ihm den braunen Hängeordner zu. *Kinderhort Birkenhof – Belegungsplan Insassen 1975* stand auf dem Aktendeckel. Die Eintragungen waren mit Schreibmaschine geschrieben worden und die Akte enthielt eine Liste mit Datum, Namen, Geburtsdaten und Herkunft sowie einem Vermerk in der letzten Spalte. Das Blatt war zum Teil löchrig

»Wenn ich das richtig deute«, sagte Trevisan, »dann ist ein gewisser Robert Hahn am 12. März 1975 auf dem Birkenhof gelandet. Er ist am 4. März 1963 geboren und stammt aus Marienberg. In der letzten Spalte steht *Auffälligkeiten in der Entwicklung* und eingewiesen wurde er durch die Familienfürsorge, Außenstelle Annaberg.« Er reichte Lentje die Akte und wies auf die Unterschrift hinter dem Eintrag. »Kannst du lesen, was das heißt?«

Lentje erhob sich und ging zum Fenster, um ein klein wenig mehr Licht zu erhaschen. »Der erste Buchstabe ist ein G. Dahinter ... das könnte Laube oder so ähnlich heißen.«

Trevisan trat an ihre Seite und warf einen Blick darauf. »Ja, Lauser, G. Lauser.«

»Ich habe hier eine Akte über einen häuslichen Unfall«, meldete sich Peter Uhlig zu Wort. »Da kam ein zwölfjähriger Junge namens Walter Schömig ums Leben, er stürzte beim Heuladen von der Tenne. Fremdverschulden wurde vom Ermittlungsführer Unterleutnant Jochmann ausgeschlossen. Ich glaube, wenn wir die Akten der Unfälle mit der Belegungsliste vergleichen, dann könnten wir auf unseren Täter stoßen.«

»Richtig«, entgegnete Trevisan. »Trotzdem sollten wir uns auch um den Vermissten Arnold Lehmann kümmern. Ich frage mich, ob sein Verschwinden mit unserem Mörder zusammenhängt.«

»Das war vor fünf Jahren«, entgegnete Bea Gabler.

»Der Mord an den Leußners war ebenfalls vor fünf Jahren«, entgegnete Trevisan. »Und der hängt auf alle Fälle mit den Morden bei uns zusammen. Dieses Räuchermännchen auf der Kommode, ihr erinnert euch.«

»Falls das stimmt, dann muss es einen Grund dafür geben, dass er diese Pausen in seinem Rachefeldzug einlegen muss«, folgerte Lentje.

»Wir dürfen nicht vergessen, dass sich die Bewohner des Birkenhofs in alle Winde zerstreuten«, gab Bea Gabler zu bedenken. »Es war bestimmt nicht leicht, sie alle ausfindig zu machen.«

»Leußners betrieben einen Onlinehandel mit Volkskunst

aus dem Erzgebirge«, sagte Trevisan. »Habichs inserierten im Internet und boten Ferien auf dem Bauernhof an und Johannes Leußner war Mitglied in einem Yachtclub, die hatten eine Seite bei Facebook.«

»Das Internet«, murmelte Schork.

»Ja, das Internet, Fluch und Segen. Ich denke, der Täter kann damit umgehen und hat Zugang dazu.«

»Vielleicht kann uns die Köchin weiterhelfen«, überlegte Peter Uhlig laut. »Ich rufe mal im Haus *Hoffnung* an. Mal sehen, was sie von der Sache hält.«

Trevisan nickte. »Ja, ich denke, das ist eine gute Idee. Wir statten ihr einen Besuch ab.«

»Und was machen wir in der Zeit?«, fragte Lentje.

Trevisan wies auf die Akten. »Wenn ihr euch ranhaltet, dann dürfte das bis heute Abend zu schaffen sein.«

*

Trevisan hatte zusammen mit Peter Uhlig das Rathaus vor einer halben Stunde verlassen. Unterdessen hatten Lentje und Bea zusammen mit Schork weitere Akten entdeckt, die Belegungslisten des Heimes enthielten. Zwei weitere Unfallakten und ein Suchvermerk über einen abgängigen Heiminsassen waren ebenfalls aufgetaucht, dennoch schien der Aktenberg kein Ende nehmen zu wollen.

»Sieh an, der Schönberger«, murmelte Hauptmeister Schork, der eine weitere Akte aufschlug.

»Sie kennen den Mann?«

Schork nickte. »Klar, der Helle, Helmut Schönberger, der hat eine kleine Autowerkstatt am Ende der Straße. Das ist er, ganz sicher.«

»Kennen Sie ihn gut?«

»Er repariert meinen Wagen.«

Lentje warf einen Blick aus dem Fenster. Bea bemerkte den Blick ihrer Wilhelmshavener Kollegin. Ein vermeintlicher Zeuge, und das direkt vor der Haustür. »Geht schon, ich mache hier weiter«, sagte sie.

Lentje zog ihre fellbesetzte Jacke über. Für den milden Tag

war sie fast ein wenig zu warm gekleidet. Ihr Weg war nicht allzu weit, kaum fünfhundert Meter entfernt vom Rathaus, in der Bärensteiner Straße, lag die kleine Autowerkstatt. »Wie lange kennen Sie diesen Schönberger schon?«

»Ach, wir sind zusammen auf die Oberschule gegangen«, erzählte Schork. »Er stammt aus Königswalde und hat eine Jöhstädterin geheiratet.«

»Das ist gut, persönliche Beziehungen helfen uns oft weiter.«

Helmut Schönberger saß im Büro an einem Computer und war gerade auf der Suche nach einem bestimmten Ersatzteil. »Hallo, Hartmut, Probleme mit dem Wagen?«

Schork schüttelte den Kopf. »Das ist eine Kollegin von der Kripo Wilhelmshaven. Die ermitteln in einem Serienmord.«

Schönberger zog die Stirne kraus. »Hier bei uns in Jöhstadt?«

»Eigentlich interessieren wir uns mehr für den Birkenhof«, entgegnete Lentje.

»Den Birkenhof? Der ist doch abgebrannt.«

»Christian Habich und sein Sohn Rolf wurden auf einem Bauernhof nahe Wilhelmshaven erschlagen aufgefunden.«

»Die Habichs ... Das glaub ich nicht ...!«

»Ein paar Tage später wurde Johannes Leußner in einem Bootshaus bei Norden umgebracht.«

»Der Johannes?«, fragte Schönberger entgeistert. »Ich wusste, dass er sich in den Westen aufgemacht hatte, aber wohin, das wusste ich nicht. Um den Johannes tut es mir leid, aber die Habichs, das waren keine feinen Leute.«

»Helmut, ich wusste gar nicht, dass du mal auf dem Birkenhof warst«, sagte Schork.

Schöneberger bot seinen beiden Besuchern Platz an, während er sich erhob und zu einem Kaffeeautomaten ging, der gegenüber dem Tresen auf einem Schrank stand. »Auch einen?«

»Da sage ich nicht nein«, antwortete Lentje.

»Tja, Hartmut. Man geht nicht damit hausieren, wenn man auf dem Birkenhof war, vor allem, wenn man von hier ist. Du weißt ja, da waren doch nur Problemkinder.«

»Was war Ihr Problem, wenn ich fragen darf?«, mischte sich Lentje ein.

»Ich ... ich hatte kein Problem, eher mein Vater. Er hat gerne und tief ins Glas geschaut. Dann hat er meine Mutter vermöbelt. Ich war dreizehn und eines Tages ging ich dazwischen, als er wieder anfing. Ich habe ihm eine gelangt. Er ist einfach umgefallen. Deswegen kam ich auf den Birkenhof und soll ich dir mal sagen, da waren noch andere so wie ich. Das waren keine Rabauken und Idioten, so wie es immer behauptet wurde, das waren ganz normale Kinder, da waren Jungs und Mädchen, die landeten dort, weil ihre Eltern Mist bauten, verstehst du.«

»Sie waren von 1977 bis 1979 dort?«

»Ja, von Juni siebenundsiebzig bis Mai neunundsiebzig und es war die Hölle. Der alte Konz war ein mieses Schwein und der Habich war nicht viel besser. Aber der größte Stinkstiefel, der sich dort herumtrieb, dass war der Simon. Der war gerade mal zwei Jahre älter als ich, aber der war hinterlistig, verschlagen und böse. Immer wenn er was angestellt hat, dann mussten andere für ihn büßen.«

»Kannst du dich noch an die Leute erinnern, die dort gearbeitet haben?«, fragte Hauptmeister Schork.

»Klar kann ich das«, erklärte Schönberger. »Außer den Konz, den Habichs und den Leußners gab es da noch den Arnold, der war Vorarbeiter und kein schlechter Kerl, aber der Konz hatte ihn immer unter seiner Fuchtel. In der Küche gab es die Lina und die Anna, die beiden meinten es gut mit uns, die steckten einem immer etwas zu, wenn man wieder mal kein Abendessen bekam, weil man sein Soll nicht erfüllt hatte.«

Lentje trank einen Schluck Kaffee. »Gab es in der Zeit, in der Sie dort waren, irgendwelche Vorfälle?«

»Ach ja, hätte ich fast vergessen.« Schönberger kratzte sich am Kinn. »Da gab es noch diesen Kerl von der Fürsorge. Günter Lauser hieß der. Ein ganz harter Hund. Früher war er treuer und braver SED-Funktionär und heute sitzt er für die Bürgerlichen im Landtag. Ich sage es immer, egal wer an der Macht ist, Dreck schwimmt immer oben.«

»Gab es Vorfälle?«

»Was meinen Sie damit?«

»Unfälle, ist einer abgehauen, drakonische Strafen, irgend so etwas?«

»Klar gab es das«, entgegnete Schönberger. »Ich sagte doch, das war ein Straflager. Und das höchste Gut auf dem Birkenhof, das Wohlbefinden unserer Kinder und Jugendlichen, wie Konz immer zu sagen pflegte, scherte sie in Wirklichkeit einen Dreck. Zweimal ist jemand abgehauen, aber die hatten Hunde, die haben jeden wieder erwischt. Dafür kam man dann eine Woche ins Loch, das war ein dunkler und feuchter Keller und es gab nur Wasser und Brot. Manche Mörder werden nicht so hart bestraft wie damals die Kinder von der Kalteiche. Und damit keiner mehr abhaut, erzählten sie uns Ammenmärchen von Wölfen und Bären, die Kinder auffressen. Wenn du ein Kind bist, dann glaubst du das, verstehst du?«

Hartmut Schork nickte mitfühlend. »Es gab auch Todesfälle, hat uns der Adam erzählt.«

»Ja, die gab es wohl. Es hieß, dass kurz bevor ich auf dem Birkenhof ankam ein Mädchen verschwunden ist. Die Jungs dort behaupteten, sie sei in einen Weiher bei Schmalgrube gefallen und nie mehr aufgetaucht. Andere sagten, sie wäre vom Deutschen Felsen gestürzt und die Füchse und Wölfe hätten sie geholt. Von ihr gäbe es keine Spur mehr, aber ich glaube, dass waren alles Horrorgeschichten, die man sich ausdachte, um uns einzuschüchtern. Aber tatsächlich gab es immer wieder Unfälle. Beim Ernten an der Maschine, beim Holzmachen, da musste man schuften wie ein Sklave, mein Gott, wir waren Kinder, da waren Achtjährige dabei. Einer stand an der Apfelpresse und hat sich zwei Finger gequetscht, doch das interessierte niemanden. Nicht mal den Lauser.«

»Sind Ihnen noch irgendwelche Namen der Jungs und Mädchen bekannt, mit denen Sie dort waren?«

Schönberg überlegte und kaute nachdenklich auf seiner Lippe. »Einer hieß Ronny und kam aus Zwönitz und der Junge mit den beiden gequetschten Fingern, der hieß Bert.

Da gab es noch ein Mädchen, die hieß Manuela, die hatte lange blonde Haare. Da war der Simon Leußner immer hinterher, ich glaube, der hat sie sogar einmal angetatscht, auf alle Fälle gab es Ärger wegen ihr. Da kam die Vopo und auch der Lauser war ganz aufgeregt. Eine Woche später musste der junge Leußner vom Hof. Es hieß, er macht eine Ausbildung als Agronom in Berlin, aber ich glaube, der musste weg, weil er den Bogen überspannte.«

»Haben Sie nie darüber mit dieser Manuela gesprochen?«, fragte Lentje.

»Wie sollte ich, die hat der Lauser gleich mitgenommen.«

»Und was war mit Johannes Leußner?«

»Der ... der war eigentlich ganz in Ordnung. War aber die meiste Zeit weg. Lernte Landmaschinenmechaniker irgendwo bei Annaberg.«

»Andere Nachnamen fallen Ihnen nicht mehr ein?«

Wieder überlegte Schönberger. »Der Arnold hieß Lehmann, ja, Arnold Lehmann und die Lina, das weiß ich nicht mehr, und auch Annas Nachnamen kenne ich nicht. Ich habe dieses Kapitel aus meinem Leben gestrichen. Und ehrlich gesagt möchte ich gar nicht mehr darüber nachdenken. Nach zwei Jahren kam ich wieder zu meiner Mutter, besuchte die Oberschule und machte eine Ausbildung zum Mechaniker, und ich war heilfroh, dass ich den Birkenhof einigermaßen heil überstanden habe.«

»Warum hat sich damals eigentlich nie jemand über diesen Konz oder die anderen beschwert?«, fragte Lentje Kaplani und erntete damit ein spöttisches Lächeln.

»Bei wem, bei Konz, damit der die Bullenpeitsche schwingen konnte, oder etwa bei dem sauberen Herrn Abgeordneten, der immer nur zu sagen pflegte: ›Jeder kriegt, was er verdient‹? Oder etwa bei dem Volkspolizisten, der ab und zu auf dem Hof vorbeischaute, sich den Bauch mit Linas Fratzen vollschlug? Mit Konz und den anderen Konsorten Schnaps aus eigener Herstellung soff und dann wieder von dannen zog? Nein, werte Frau, so etwas wie eine Beschwerdestelle gab es damals nicht. Die steckten alle unter einer Decke. Da half nur eines: Maul halten, Augen zu und durch.«

Lentje Kaplani übergab Schönberger noch eine Visitenkarte, ehe sie sich verabschiedete.

»Ach ja«, rief er ihr nach, »damals soll ein weiteres Mädchen verschwunden sein, die soll Tina geheißen haben, da war ich aber schon nicht mehr auf dem Hof. Der Ronny hat es mir erzählt, den traf ich zufällig in Dresden. Aber wie der weiter hieß, das weiß nicht mehr. Das muss zweiundachtzig oder dreiundachtzig gewesen sein.«

28

Peter Uhlig bog von der Bundesstraße nach links ab und fuhr über die Reitzenhainer Straße nach Annaberg hinein. Als sie die Annaberger Straße erreichten, lenkte er den Wagen auf einen Parkplatz vor dem Hotel *Weißes Roß*.

»Was hast du vor?«, fragte Trevisan.

»Schau mal auf die Uhr. Willst du im Heim mitten in das Mittagbrot stolpern und die armen Leute vom Essen abhalten? Außerdem habe ich Hunger und mit knurrendem Magen bin ich ungenießbar.«

Trevisan ließ sich breitschlagen, Peter Uhlig hatte recht, es war wohl keine gute Idee, das Mittagsmahl im Diakonieheim *Hoffnung* zu stören. Außerdem würde ihm eine Kleinigkeit ebenfalls nicht schaden.

»Hier ist es gut, ich war hier schon ein paarmal«, erklärte Uhlig, als sie in der Roten Stube Platz nahmen. Die Tische waren gut besetzt, dennoch fanden sie einen Platz in einer ruhigen Ecke. Nachdem sie ihre Getränke bestellt und in der Karte ihr Essen ausgesucht hatten, klatschte Uhlig zufrieden in die Hände. »Du bist jetzt schon zwei Tage hier, aber wir sind noch gar nicht dazu gekommen, über private Dinge zu sprechen. Welcher wilde Gaul hat dich eigentlich geritten, dass du wieder zurück in den Ermittlungsdienst gehst?«

Trevisan zuckte mit der Schulter. »Stabsarbeit ist eben nicht jedermanns Sache. Außerdem habe ich es viel näher zu meiner Dienststelle. Diese Fahrerei ging mir ganz schön auf die Nerven.«

»Ich dachte, mich laust der Affe, als du mich angerufen hast.« Uhlig prostete Trevisan zu. »Wie hast du dich auf deiner neuen Dienstelle eingelebt?«

Trevisan trank einen Schluck von seinem Wasser und stellte das Glas zurück auf den Tisch. »Eigentlich noch gar nicht, wenn ich ehrlich bin. Gleich an meinem ersten Arbeitstag musste ich auf den Jakobshof, wo die vier Leichen gefunden wurden.«

»Das war dein erster Tag ...«, entgegnete Uhlig mitleidig.

»Die Kollegen sind in Ordnung, meine Stellvertreterin kenne ich noch aus früherer Zeit in Wilhelmshaven, ansonsten muss ich mich erst noch zurechtfinden.«

»Trotzdem hat dich dein Näschen gleich auf die richtige Spur geführt.«

Der Kellner servierte die Speisen. Trevisan bekam eine Portion Tagliatelle mit Garnelen, während sich Uhlig für Lachsfilet entschieden hatte. Sie warteten, bis der Mann den Tisch wieder verlassen hatte.

»Das mit der richtigen Spur kam eigentlich erst, nachdem Johannes Leußner tot aufgefunden war. Zunächst deutete einiges auf eine Abrechung im Rauschgiftmilieu. Aber als klar war, dass einige der Opfer vom Birkenhof stammten und wir herausfanden, was der Birkenhof wirklich war, lichtete sich das Dunkel.«

»Du hast mir am Telefon gesagt, dass die Opfer regelrecht abgeschlachtet wurden, du denkst an Hass als Motiv, stimmt's?«

»Hass, Rache, Angst und psychische Ausnahmereaktionen sind Ursachen für die sogenannte Übertötung, du erinnerst dich?«

»Streber«, entgegnete Uhlig.

»Ich fand den Lehrgang damals ganz okay.«

»Ja, und du hast damals auch gut aufgepasst, trotzdem wird es angesichts der langen Historie dieses Kinderheimes nicht leicht, den Täter ausfindig zu machen. Nach allem, was wir bislang wissen, gibt es offenbar viele, die in Frage kommen. Und die meisten davon kennen wir noch nicht einmal.«

Trevisan fuhr sich mit der Serviette über den Mund. »Irgendwo muss es eine Verbindung geben.«

»Der Birkenhof wurde 1988 geschlossen, das ist jetzt siebenundzwanzig Jahre her«, rekapitulierte Uhlig. »Das Heim bestand dreizehn Jahre. Arno Lehmann verschwand im Sommer 2010. Wenn wir einmal annehmen, dass er das erste Opfer war, dann liegen zwischen der Schließung des Heimes und der ersten Tat beinahe zwanzig Jahre. Warum begibt sich jemand nach solch einer langen Zeit auf einen Rachefeldzug?«

Trevisan zuckte mit der Schulter. »Genau das habe ich mich auch schon gefragt«, antwortete er, nachdem er seinen Bissen hinuntergeschluckt hatte. »Entweder er konnte nicht, aus irgendwelchen Gründen, oder es gab einen aktuellen Auslöser, der mit dem ersten Mord unseres Täters korrespondiert.«

»Der Schlüsselreiz«, fasste Uhlig zusammen.

»Genau, an dir ist der Lehrgang offenbar auch nicht spurlos vorübergegangen«, lobt Trevisan seinen sächsischen Kollegen.

Nach dem sie gegessen hatten, gönnten sie sich noch ein Dessert, ehe sie die Fahrt in das Diakoniepflegeheim *Hoffung* in der Trebrastraße fortsetzten.

*

Verena Steuer, die Sekretärin der Abteilung, hatte es eilig. Sie hatte das Telefonat aus Berlin entgegengenommen, weil niemand anderes erreichbar gewesen war. Als sie durch den langen Flur rannte, wäre sie beinahe mit der Direktorin zusammengestoßen, die gerade noch ausweichen konnte. Verenas Schreibblock fiel zu Boden, als sie erschrocken stehen blieb.

»Na, na, wohin so eilig?«, fragte Thorke Oselich.

»Ich brauche jemanden von der Sonderkommission«, entgegnete die Sekretärin atemlos.

»Ist etwas passiert?«

»Monika Sander ist in die Stadt gegangen und Eike ist nicht an seinem Platz. Da war ein Anruf vom Auswärtigen Amt. Direkt aus Berlin.«

Die Direktorin hob den Schreibblock auf. »Was will das Auswärtige Amt von uns?«

»Es geht um den Bruder des letzten Opfers. Der ist wieder hier.«

Die Tür zum Stockwerk summte und Monika Sander betrat den Flur. Als sie die beiden Frauen sah und Verena Steuers aufgeregte Miene, blieb sie stehen. »Ist was passiert?«

»Das Auswärtige Amt hat angerufen«, erklärte Thorke Oselich. »Offenbar ist der Bruder von Johannes Leußner wieder in Deutschland.«

Monika zog die Stirn kraus. »Also doch«, murmelte sie.

»Ich habe die Nummer von dem Beamten hier, er erwartet unseren Rückruf.« Sie reichte Monika den Schreibblock.

Thorke Oselich und die Sekretärin folgten Monika in ihr Büro. Ohne Umschweife wählte sie die Berliner Nummer. Das Gespräch dauerte zehn Minuten. Ab und an kritzelte Monika Notizen auf den Block. Nachdem sie aufgelegt hatte, blickte sie in die neugierigen Gesichter ihrer Chefin und der Sekretärin. »Tja, es scheint tatsächlich zu stimmen. Die kanadischen Kollegen haben die Ex-Ehefrau von Simon Leußner ausfindig gemacht. Er ist wieder nach Deutschland zurückgekehrt. Vor einem halben Jahr bereits.«

»Ist es möglich, dass der Mörder davon weiß?«, fragte die Direktorin.

Monika zuckte mit der Schulter. »Das wäre durchaus denkbar. Vielleicht hat er Johannes Leußner vor seinem Tod gefoltert, weil er nach dessen Bruder sucht.«

»Informiere bitte umgehend Trevisan und mach diesen Mann ausfindig!«

Monika nickte. »Er heißt möglicherweise Saint Claire,

er hat den Namen seiner Ehefrau angenommen. Ich rufe Trevisan sofort an.«

*

Als Trevisan und Uhlig von einem Pfleger in das weiß getünchte Zimmer geführt wurden, waren sie beide überrascht. Am Telefon hatte man ihnen die Auskunft gegeben, dass man sie besuchen könne, doch die Frau, die dort im Krankenbett lag und die Augen geschlossen hatte, würde keineswegs zu einer Unterhaltung fähig sein.

»Warum hat man uns nicht gesagt, wie es um sie steht?«, flüsterte Trevisan dem Pfleger zu.

»Keine Ahnung. Sie können ruhig laut reden, die hört uns nicht.«

Uhlig trat vor ihr Bett. Aus ihrem Mundwinkel troff Speichel auf das Kissen, das mit einem Handtuch abgedeckt war. »Was ist mit ihr?«

»Kam vorgestern erst wieder aus dem Krankenhaus«, erklärte der Pfleger. »Hatte vor drei Wochen ihren zweiten Schlaganfall. Wurde vorgestern wieder hierher verlegt. Das ist wohl nur noch eine Frage der Zeit.«

»Spricht Sie?«

Der Pfleger schüttelte den Kopf. »Sie liegt den ganzen Tag regungslos im Bett. Dreimal am Tag betten wir sie um. Ich glaube nicht, dass sie noch einmal zu sich kommt.«

»Warum hat man dann am Telefon gesagt, dass wir zu ihr können?«

»Das war bestimmt ein Missverständnis. Vielleicht dachten die im Büro, dass Sie Angehörige von ihr sind und sich verabschieden wollen.«

Trevisan amtete tief durch. »Hat sie denn Angehörige?«

Der Pfleger zuckte mit der Schulter. »Gesehen habe ich hier noch niemanden. Das wissen die von der Verwaltung. Da müssen Sie nachfragen.«

Uhlig und Trevisan suchten das Verwaltungsbüro auf. Dort entschuldigte man sich wegen des Missverständnisses und bestätigte noch einmal, dass Lina Unruh nach ärztlicher

Einschätzung wohl kaum noch vernehmungsfähig werden würde. Angehörige waren keine bekannt, der Pflegeheimplatz wurde durch die Rentenanstalt und den Sozialträger bezahlt. Außerdem war ihr nach dem ersten Schlaganfall, den sie von einem halben Jahr erlitten hatte, ein amtlicher Pfleger bestellt worden.

Als Trevisan zusammen mit seinem Kollegen das Pflegeheim verlassen hatte, klingelte sein Mobiltelefon. Monika Sander war am Apparat. Das Gespräch dauerte nur kurz. Als er aufgelegt hatte, kündigte das Handy mit einem melodischen Dreiklang eine SMS an.

Peter Uhlig blickte seinen Kollegen von der Nordseeküste fragend an.

Trevisan rief die Nachricht ab. »Er ist hier … Der Bruder von Johannes Leußner ist wieder hier. Er heißt jetzt Saint Claire mit Nachnamen. Wir müssen ihn unbedingt finden, möglicherweise weiß es der Mörder auch und hat Johannes Leußner gefoltert, weil er wissen wollte, wo der Bruder steckt.«

»Ich gebe sofort auf der Dienststelle Bescheid«, entgegnete Peter Uhlig.

Als sie ein paar Minuten später in den Wagen stiegen, fuhren sie in Richtung des Polizeireviers Marienberg weiter. Es war höchste Zeit, herauszufinden, was hinter dem Verschwinden von Arnold Lehmann steckte, auch wenn es bereits fünf Jahre her war.

29

»Warum gibt es hier auf dieser verdammten Polizeistation keinen vernetzten Computer«, fluchte Lentje Kaplani und zog dabei ihre dunklen Augenbrauen hoch.

»Weil das hier nur eine Kontaktstelle ist«, antwortete Hauptmeister Schork und blätterte auf die nächste Seite des Schreibblocks.

»Das wäre aber viel einfacher.«

Schork senkte den Kopf und drückte sein Bedauern aus. »Wir sind ein armes Land, einen mit dem Polizeinetz verbundenen Computer können wir uns nicht für jede Außenstelle leisten.«

»Und was treibst du hier den ganzen Tag?«

»Du siehst es falsch – es ist eben nur eine Station von zehn weiteren, die ich betreue. In Mildenau, in Königswalde, in Bärenstein und in Crottendorf, nur um einige zu nennen. Meine eigentliche Dienststelle ist in Oberwiesenthal. Dort ist der Polizeistandort. Diese Stationen sind nichts anderes als Anlaufpunkte für Bürger, damit sie von ihren Problemen berichten können. Es gibt feste Sprechzeiten, meist drei bis vier Stunden. Ich bin zweimal in der Woche hier. Einmal am Vormittag, das ist am Dienstag, und donnerstags von zwei bis sechs. Das suggeriert Bürgernähe, sagt mein oberster Dienstherr, und gehört zur Strategie unserer Landespolizei. Man will den Menschen auf dem Land zeigen, dass sie ernst genommen werden und man sich nicht vollständig aus der Region zurückzieht.«

»Ah, ich verstehe. Das ist wie nach der Reform bei uns. Früher hatten wir auch Polizeiposten auf dem Land, aber nachdem wir immer weniger werden, wurden diese Posten aufgelöst und in den größeren Gemeinden zentralisiert.«

»Hat es geholfen?«, fragte Bea Gabler.

»Tja, ich weiß nicht, auf alle Fälle gingen die angezeigten Straftaten um ein Viertel zurück«, entgegnete Lentje. »Wer fährt schon zwanzig Kilometer nach Aurich, um dort zu melden, dass man den Gartenzaun angefahren hat. Oft ist der Schaden in der gleichen Zeit repariert, die man zur Anzeigeerstattung braucht, und man spart sich den Weg und die Umstände.«

»Dann hat es wohl was gebracht, zumindest für die Kriminalstatistik«, unkte Schork und blätterte die nächste Seite um. »Es kann weitergehen.«

»Benjamin Schön«, las Lentje vor, nachdem sie die nächste Akte aufgeblättert hatte. »Zehn Jahre alt, lief in der Nacht vom elften auf den zwölften März weg, wurde am zwölften gegen sieben Uhr von einem Landwirt aufgegriffen. War komplett durchgefroren und musste ins Krankenhaus zur Beobachtung.«

»Wo wurde er aufgegriffen?«, fragte Schork, der die Daten in eine selbst gezeichnete Tabelle eintrug.

Lentje suchte nach dem Eintrag und fand ihn schließlich. »Hier in Jöhstadt, am Bahnhof, von einem gewissen Ehlers. Er wurde drei Tage später auf den Birkenhof zurückgeführt.«

»Der alte Ehlers, ja den kannte ich, ist vor vier Jahren gestorben.«

»Zurückgeführt wurde er von Obermeister Jochmann, steht hier.«

»Da war er also noch Obermeister«, murmelte Schork. »Karriere hat er wohl erst später gemacht. Ging als Unterleutnant in den Ruhestand.«

Lentje griff zum nächsten Ordner. Bea Gabler erhob sich und schnappte sich ebenfalls eine weitere Akte. Nachdem sie die Polizeiakten der alten Volkspolizeistation sondiert und geordnet hatten, waren sie seit Stunden bereits mit der Sichtung und Aufschlüsselung der Vorfälle auf dem Birkenhof beschäftigt. Insgesamt zwölf Akten hatten sie gefunden, in den es um Vermisste, verunfallte oder auch Jugendliche und Kinder ging, die den Birkenhof nicht überlebt hatten. Lentje sortierte vor, Hauptmeister Schork hatte auf einem Block eine Tabelle erstellt, in der er die Vorgänge eintrug, und Bea hatte die Aufgabe übernommen, die Akten quer zu lesen und auf Besonderheiten im Polizeibericht zu achten.

Sie hinkte den beiden anderen hinterher, denn das Lesen brauchte Zeit, so dass sie erst drei Ordner bewältigt hatte.

»Mein Gott«, seufzte sie, »das hier muss die Hölle gewesen sein. Ein Zwölfjähriger musste in fünf Metern Höhe am Flaschenzug die Heuballen in die Tenne ziehen, das ist unverantwortlich. Und ein gewisser Oberkommissar Jung von der Kriminalpolizei aus Karl-Marx-Stadt sieht das als ganz normal an. Das ist doch krank.«

Schork zuckte mit der Schulter. »Das war eine andere Zeit und das war eine ganz andere Welt. Ich musste damals auch zu Hause Hand anlegen. Als wir unser Haus bauten und das Dach deckten, da bin ich mit meinem Bruder über die Sparren gelaufen und schlug Nägel ins Holz. Da hat niemand danach gefragt, wie alt du bist, da hieß es einfach anpacken.«

»Das ist etwas anderes, helfen mussten wir alle mal«, entgegnete Lentje. »Aber das hier war krank, grausam und unmenschlich. Ich verstehe gar nicht, dass man so etwas geduldet hat. Warum hat denn jeder da mitgemacht und keiner sich dagegen gewehrt?«

Schork seufzte. »Weißt du, wenn man in ein System geboren wird und aufwächst und dabei systemkonform erzogen wird, dann merkt man gar nicht, dass etwas falsch läuft, man nimmt es einfach nicht wahr und hält manche Dinge für normal, die aus anderer Perspektive gar nicht normal sind.«

»So war es damals bei den Nazis auch. Selbst in der heutigen Zeit läuft in vielen Heimen etwas schief. Sogar in den Ländern, die sich nach außen hin immer vehement für die Menschenrechte einsetzen.«

Schork blickte nachdenklich auf die Ordner. »Ja, das mag sein, aber wir waren keine Nazis, wir taten, was wir für richtig hielten, weil wir es so gelernt hatten und nichts anders kannten.«

Lentje spürte, dass sie mit ihrer Äußerung zu weit gegangen war. »Tut mir leid, das war … das war blöd von mir, ich … Es war einfach eine andere Zeit.«

Schork nickte. »Ja, richtig eine andere Zeit, die endgültig vorbei ist. Nur hat das noch nicht jeder begriffen.«

Bea Gabler wedelte mit der nächsten Akte. Draußen dämmerte es bereits. »Können wir weitermachen?«

Schork nickte und griff zum Kugelschreiber und Lentje nahm den nächsten Ordner zur Hand.

»Bratsch, Horst, neun Jahre«, las sie vor. »Flüchtete vom Hof im November 1983, ist unbekannten Aufenthalts. Möglicherweise über den Deutschen Felsen in den Tod gestürzt. Bislang nicht aufgefunden. Der Bericht stammt von Hauptwachtmeister Rosendahl aus Jöhstadt.«

Schork notierte fein säuberlich die Daten des Vorfalles. »Ja, Rosendahl, den gab es auch mal hier. Wurde ein Opfer der Wende. Fuhr früher einen Trabbi und kaufte sich mit seinem ersten Geld einen Golf GTI. Man hat ihn drei Wochen später bei Sehmatal von einem Baum gekratzt.«

»Der Junge ist nie wieder aufgetaucht«, wiederholte Lentje und reichte die Akte an Bea weiter.

»Wenn er über den Deutschen Felsen gegangen ist, dann könnte er noch immer unterhalb der Steilwand liegen, da ist dichtes Gestrüpp und Buschwerk, da findet man keinen so schnell.«

»Warum hat man nicht intensiv nach ihm gesucht?«

»Die andere Seite liegt in der Tschechei, vielleicht deshalb«, mutmaßte Hartmut Schork.

*

Das Polizeirevier von Marienberg lag am südlichen Ende der Stadt. Argwöhnische Blicke trafen Trevisan und seinen Begleiter, als sie durch die Tür in die Schleuse gingen. Hinter dicken Panzerglasscheiben saßen die uniformierten Kollegen und widmeten sich ihrem Tagesgeschäft. Es dauerte einige Minuten, ehe sich einer erhob, der hinter einem Funkleittisch gesessen hatte, und gemütlich zur Sprechanlage schlenderte.

Peter Uhlig trat vor und schob seinen Dienstausweis durch die Durchreiche.

»Wie können wir Ihnen helfen, Hauptkommissar Uhlig?«, fragte der Kollege, nachdem er den Ausweis eingehend betrachtet hatte.

»Ich bräuchte einen Zugang zu einem vernetzten Computer.«

Zehn Minuten später saßen sie in einem Büro vor einem PC, an dem Peter Uhlig sich anmeldete, während Trevisan nach draußen in die beginnende Dunkelheit blickte. »Das hätten wir doch auch in Jöhstadt machen können«, grummelte er.

»Hätten wir nicht, da gibt es keinen PC«, entgegnete Uhlig. »Bei der ersten Anmeldung dauert es eben eine Weile.«

Ein Dreiklang ertönte. »Na also«, sagte Uhlig zufrieden.

»Du kommst von hier an die Akte heran?«

»Seit drei Jahren haben wir eine zentrale Aktenführung. Egal ob ich mich in Dresden, in Chemnitz oder in Annaberg einlogge, ich habe überall Zugriff auf den Aktenbestand. Sofern die Akte noch gespeichert ist. Wie läuft das bei euch?«

Trevisan zuckte mit der Schulter. »Wir haben etwas Ähnliches, aber wir kommen nur an die Kerneintragung heran. Wenn wir mehr wissen wollen, müssen wir die Akte bei der zuständigen Datenstation anfordern.«

»Siehst du, genau das muss ich jetzt nicht mehr. Mal sehen, ob es klappt.«

Über die Tastatur rief Uhlig das Programm mit der schönen Abkürzung ZAKS auf, während ihm Trevisan über die Schulter blickte. Nachdem er Namen und Vornamen von Lehmann eingegeben hatte, dauerte es einen kurzen Moment.

Vermisstensache, Montag, 05. Mai 2010, Lehmann, Arnold, geb. 07.09.1944 in Annaberg-Buchholz, letzte Adresse: Am Komturhof, Pflegeheim, 03741 Plauen, Sachbearbeitende Dienststelle, KP-D1-Plauen, SB: Kirchoff, POK, war auf dem Bildschirm zu lesen.

»Da haben wir ihn«, triumphierte Uhlig. Am oberen Rand des Bildschirms waren einige kleine Aktenreiter zu sehen. Er klickte auf das grau unterlegte Feld mit der Überschrift *Bericht.* »Er verschwand von Sonntag auf Montag«, zitierte er aus dem Ermittlungsbericht des Plauener Kollegen. »Die Pflegerin Bettina Grote hat sein Verschwinden festgestellt. Zwei Stunden suchten sie vergeblich das Gelände ab, bevor sie die Polizei alarmierten.«

Trevisan blickte über Uhligs Schulter und las den Bericht mit. Schließlich zeigte er auf eine Zeile mitten im Text. »Hier steht, dass ihn ein Schaffner im Zug nach Chemnitz kontrollierte, er hatte keine Fahrkarte, aber ein anderer Mann löste ihm einen Fahrschein. Ein anderer Mann?! Könnte das unser Mörder gewesen sein?«

»Hier steht nichts weiter, nur noch, dass der Fahrpreis für die einfache Fahrt neun Euro betrug.«

»Ist der Name des Schaffners bekannt?«

Uhlig schloss den Bericht und rief den nächsten Aktenreiter auf, der mit *Zeugen* überschrieben war. Dort befanden sich der Name der Pflegerin, die das Verschwinden angezeigt hatte, sowie der Name eines Arztes, der Angaben zum Krankheitsbild des Vermissten gemacht hatte. Erst auf der nächsten Seite war der Name des Schaffners zu finden.

»Wir sollten mit dem Sachbearbeiter reden«, schlug Trevisan vor.

Uhlig nickte und rief die Nummer des angezeigten Sachbearbeiters auf. Doch auf dem Apparat meldete sich niemand. »Es ist kurz nach sechs, der ist bestimmt schon zu Hause.«

»Dann versuch es mal mit der Zentrale.«

Von der Zentrale erfuhren sie, dass Kollege Kirchoff nicht mehr in Plauen arbeitete und sich derzeit auf einer Auslandsmission mit dem Namen *Eulex* im Kosovo befand. Er würde wohl erst in sieben Monaten nach Deutschland zurückkehren.

»*Eulex*«, murmelte Uhlig, »was fallen denen bloß immer für Namen ein.«

»Diese Pflegerin – wir sollten auch mit ihr sprechen.«

Im Pflegeheim in Plauen hatten sie mehr Glück. Die Pflegerin arbeitete noch immer dort, aber am heutigen Tag hatte sie dienstfrei. Erst morgen ab zehn Uhr wäre sie wieder über diesen Apparat erreichbar, erklärte die Dame am Telefon. Die Privatnummer dürfe sie nicht herausgeben.

»Dann fahren wir morgen eben nach Plauen«, entschied Peter Uhlig. Bevor sie sich am Computer abmeldeten, rief er noch einmal auf seiner Dienststelle an. In der Zwischenzeit war die Täterbeschreibung der Kollegen aus Wilhelmshaven übermittelt worden. Ein Fahndungsaufruf war an alle Dienststellen ergangen.

»Vielleicht sollten wir die Beschreibung auch an die Zeitungen weitergeben«, überlegte Trevisan laut.

»Öffentlichkeitsfahndung in diesem Stadium, ich weiß nicht … Da brauche ich die Zustimmung der Staatsanwaltschaft und da ist jetzt keiner mehr, der sich zuständig fühlt.«

»Wir sollten das aber so schnell wie möglich veranlassen«, riet Trevisan.

»Vor Montag ist da nichts drin, tut mir leid.«

*

Als Peter Uhlig zusammen mit Trevisan auf der Polizeistation in Jöhstadt eintraf, war es bereits dunkel. Offenbar hatten Schork zusammen mit den beiden Kolleginnen die Dienststelle längst verlassen.

»Die hatten bestimmt Hunger«, mutmaßte Uhlig, als er gegen die verschlossene Tür drückte.

»Sie hätten wenigstens eine Nachricht hinterlassen können«, sagte Trevisan verärgert.

»Haben wir gleich.« Peter Uhlig nahm sein Handy aus der Tasche und rief Bea Gabler an. Es dauerte nicht lange, bis sie sich meldete.

»Was ist?«, fragte Trevisan ungeduldig, als sein Kollege das Gespräch beendete.

»Sie kommen und sie bringen etwas mit.«

Ungeduldig wartete Trevisan, bis die Kollegen in Schorks privatem PKW vorfuhren. Schork stieg auf der Beifahrerseite aus und holte einen großen Kessel aus dem Kofferraum, während Lentje vier Stangenweißbrote in ihren Händen hielt.

»Wer hat Lust auf Kesselgulasch?«, fragte Schork in die Runde.

Als Trevisan den Duft aus dem Kessel wahrnahm, verflog sein Ärger und machte einem bohrenden Hunger Platz.

»Wie war es bei Lina Unruh?«, fragte Lentje.

»Ernüchternd«, antwortete Trevisan. »Sie wird wohl nie

mehr mit uns sprechen. Sie hatte einen Schlaganfall und ihr Tod ist nur noch eine Frage der Zeit. Habt ihr etwas herausgefunden?«

»Eine ganze Menge.«

Schork hatte inzwischen die Tür zum Rathaus aufgeschlossen. »Kommt ihr?«

Lentje und Trevisan folgten den anderen in ein Zimmer neben dem Büro der Polizeistation, das als Aufenthaltsraum eingerichtet war.

»Das hat meine Frau gekocht, frisches Kesselgulasch, dazu Weißbrot«, erklärte Schork. »Wir wussten ja nicht, wann ihr zurückkommt.«

Gemeinsam nahmen sie am Tisch Platz und ließen sich das würzige Gulasch schmecken. Dazu tranken sie Wasser, aber auch Bier wurde gereicht. »Wir haben schließlich Feierabend«, sagte Schork, als er Trevisan ein Glas einschenkte.

»Ein Beamter hat nie Feierabend«, scherzte Trevisan.

»*Ich stehe am Fahrdamm, da braust der Verkehr,*
Ich trau mich nicht rüber, nicht hin und nicht her!
Der Volkspolizist, der es gut mit uns meint,
der führt mich hinüber, er ist unser Freund!«, stimmte Schork das Kinderlied der Volkspolizei an.

»*Und wenn ich mal groß bin, damit Ihr es wisst, dann werde ich auch so ein Volkspolizist*«, fügte Bea Gabler hinzu. »*Wir helfen den Menschen, ich bin mit dabei, beschützen die Kinder als Volkspolizei!*«

Trevisan und auch Lentje lachten.

»Erst essen wir, dann reden wir«, befahl Uhlig mit scherzhaftem Unterton.

Erst nachdem der Topf komplett geleert war, lehnten sich alle zurück. »Also, Martin …« Lentje prostete ihrem neuen Chef zu. »Wir waren nicht untätig heute. Zwölf Akten aus dem Archiv dieser Polizeistation befassen sich mit dem Birkenhof. Kinder sind weggelaufen und wurden wieder eingefangen, andere verletzten sich oder starben bei Unfällen und drei Kinder werden auch heute noch vermisst. Nur eines ist komisch, zu einem vermissten Mädchen gibt es keine Unterlagen, nur einen handschriftlichen Vermerk von Jochmann, unterzeichnet von Günter Lauser. Das ist sonderbar, finde ich.«

Trevisan nickte.

»Noch dazu war dieses Mädchen nicht alleine auf dem Hof«, fügte Bea hinzu. »Sie hatte einen Bruder, der vier Monate zuvor verschwunden ist.«

»Das klingt sehr interessant«, bestätigte Peter Uhlig.

»Gleich morgen früh knöpfen wir uns noch einmal diesen Jochmann vor«, sagte Lentje entschieden.

»Das ist eine sehr gute Idee.«

30

Samstag

Es war noch spät geworden, bevor Trevisan zusammen mit den anderen von Jöhstadt zurück nach Annaberg gefahren war. Glücklicherweise war es eine milde Nacht gewesen, kein Schneefall hatte die Heimfahrt behindert. Hier in dieser Ecke Deutschlands war der Winter hartnäckig, doch die ersten Boten des Frühlings hielten an diesem Märztag Einzug. Als Trevisan erwachte, schien die Sonne und ein wolkenloser Himmel prangte über der Stadt. Nachdenklich blickte er aus dem Fenster des Hotelzimmers hinaus auf die Farbegasse, wo am Rand zwischen den geparkten Autos hoch aufgeschichtete Schneehaufen lagen, aus denen das Wasser rann.

Welches Martyrium hatten die Kinder und Jugendlichen auf dem Birkenhof durchlebt ... Nach all dem, was sie gestern anhand der alten Polizeiakten in Erfahrung gebracht hatten, gab es reichlich potentielle Täter, die ausreichende Gründe dafür hatten, sich an den ehemaligen Erziehern zu rächen. Rache war ein starkes Motiv, doch zum Glück war die Zahl der Menschen begrenzt, die bereit waren, aus diesem Grund die Linie zu überschreiten. Sonst wäre, dachte Trevisan, diese ohnehin schon kalte Welt noch ein ganzes Stück kälter.

Bevor er sein Zimmer verließ, telefonierte er mit Monika Sander. Auch sie sprach von Aktenbergen, die noch durchforstet werden mussten, jedoch ergaben sich bislang aus den Akten des Bundesarchivs keine Hinweise.

»Rede noch mal mit Lüderboom, aber persönlich«, bat Trevisan. »Wir sind auf zwölf Fälle gestoßen, die beim Volkspolizeiposten in Jöhstadt anhängig waren. Ich schreibe dir eine SMS mit den Namen und Daten. Vielleicht stimmt der Richter ja einer gezielten Suche zu, wenn wir die Suche auf zwölf Personen beschränken.« Monika versprach, sich darum zu kümmern.

Gleich nach dem Frühstück verabschiedete sich Trevisan von Lentje, die zusammen mit Bea Gabler nach Jöhstadt fuhr, um sich noch einmal den alten Volkspolizisten vorzunehmen. Trevisan hingegen fuhr mit Peter Uhlig über die Staatsstraße 260 nach Stollberg und von dort aus über die Autobahn in Richtung Westen. Sie brauchten knapp eineinhalb Stunden, bis sie vor dem Pflegeheim der großen Kreisstadt parkten. Die Pforte war unbesetzt, doch sie mussten nicht lange suchen, um auf dem Flur auf die Pflegerin Bettina Grote zu treffen. Das Namensschild an ihrer weißen Bluse verriet sie.

»Sie kommen wegen dem Arnold«, stellte die resolute Frau mittleren Alters fest. »Das ist schon sehr lange her.«

Peter Uhlig, der sich auswies und Trevisan als einen Kollegen aus Wilhelmshaven vorstellte, nickte. »Ja, manchmal kommen eben alte Fälle wieder auf den Tisch.«

»Hat sich denn etwas ergeben?«

»Können wir uns irgendwo ungestört unterhalten?«

Bettina Grote führte die beiden Kriminalbeamten in eine kleine Teeküche und verschwand kurz, um ihrer Kollegin Bescheid zu geben. Als sie wieder zurückkam, bot sie Trevisan und Peter Uhlig Tee an, ein Angebot, das Trevisan im Gegensatz zu seinem Dresdner Kollegen gerne annahm. Als sich die Pflegerin am Tisch niedergelassen hatte und ihre

Tasse umfasste, als wolle sie ihre Hände daran wärmen, übernahm Trevisan den Part des Fragestellers. »Frau Grote, können Sie sich noch an Herrn Lehmann erinnern, was war er für ein Mensch?«

»Der Arno«, sagte die Frau nachdenklich. »Ja, was soll ich sagen. Das war ein armer Tropf. Er war knapp zwei Jahre bei uns, bevor er verschwand. Er litt unter der Alzheimer-Krankheit, deshalb landete er auch hier, das war nicht ganz freiwillig.«

»Das verstehe ich nicht«, mischte sich Peter Uhlig ein.

»Die Geschichte ist schon eine Weile her, aber damals ging sie durch alle Gazetten«, erklärte die Pflegerin. »Arno lebte in Annaberg in einer Sozialwohnung von der Fürsorge. Seiner Krankheit war er sich eigentlich nie richtig bewusst, er sagte immer, dass es eine Strafe wäre, aber wofür, erzählte er nicht. Eines Abends vergaß er den Herd in seiner Wohnung auszuschalten und das ganze Haus brannte ab. Es gab Verletzte und eine alte Frau starb an Rauchvergiftung. Ich meine, zum damaligen Zeitpunkt redete man noch nicht so wie heute von dieser Volkskrankheit der Altersdemenz und ihren verschiedenen Formen. Er konnte nichts dafür, er bekam seine Schübe und dann war nicht mehr viel mit ihm anzufangen. Damals gab es ein Verfahren wegen Brandstiftung und der Richter wies ihn hier bei uns ein, nachdem ein Gutachter ihn für schuldunfähig hielt. Damals waren wir das erste Pflegeheim, das sich dieses Krankheitsbildes annahm. Professor Göritz, der damalige medizinische Leiter, war eine Kapazität auf dem Gebiet und der Arnold war bei uns in guten Händen.«

»Besserte sich seine Krankheit?«, fragte Trevisan.

»Bessern, das ist der falsche Ausdruck. Diese Krankheit lässt sich nicht aufhalten und hat am Ende fast immer die gleichen Folgen, aber es ist durchaus möglich, mit Medikamenten den Prozess zu verlangsamen und den Patienten einzustellen, damit er wenigstens noch ein paar Jahre seine Würde behält.«

»Das funktioniert?«, fragte Uhlig.

»Die Pharmaindustrie behauptet es zumindest.«

»Dennoch war er hier nicht glücklich, so wie ich Sie verstanden habe«, fuhr Trevisan mit der Befragung fort.

Die Pflegerin erhob sich und ging zu einer kleinen Kommode. »Wo habe ich nur ...?«, murmelte sie, ehe sie mit einem Schwarzweiß-Foto zurückkehrte. Es zeigte Arnold Lehmann in Steigeruniform vor dem Zugang eines gemauerten Stollens.

»Das war er, das war Arno und er lebte nicht mehr im Hier und Jetzt, er lebte in der Vergangenheit. Das Tückische an dieser Krankheit ist, dass man nicht mehr weiß, was vor zwei Stunden war, aber an früher kann man sich erinnern, als ob es gestern gewesen wäre. Zumindest eine Zeit lang, bevor auch darüber das schwarze Tuch fällt. Diese Krankheit zerstört jede Art von Gedächtnis, bis der Körper stirbt, weil das Gehirn vergisst, wie man Essen und Trinken schluckt und lebenswichtige Organe steuert. Das zerstörte Kurzzeitgedächtnis ist nur das Erste, was man bemerkt. Der Arno erinnerte sich gerne an die Zeit, in der er als Bergmann arbeitete. Dann lächelte er. Das war sein Stollen, sagte er immer.«

Trevisan nahm das Bild und reichte es an Uhlig weiter. »Das ist der Junkerstollen am Deutschen Felsen«, stellte dieser fest.

»Hat er auch über seine Zeit auf dem Birkenhof gesprochen?«, fragte Trevisan.

»Diese Zeit sparte er aus. Wenn man davon anfing, dann war er meisten bedrückt, so als wolle er diese Zeit aus seinem Gedächtnis streichen.«

»Hat er mal Andeutungen gemacht?«, fragte Uhlig.

Bettina Grote überlegte. »Einmal faselte er von den armen Kindern und von Teufeln, die diesen Kindern etwas angetan hatten und er habe weggeschaut. Als man ihn darauf ansprach, schwieg er.«

»Könnte ihn das belastet haben?«

Die Frau zuckte mit der Schulter. »Ganz sicher hat es das, aber auch als er kapierte, dass er für den Tod einer alten Frau verantwortlich war, belastete ihn das sehr.«

»Hatte er denn Besuch?«

»Na ja, seine Betreuerin hat ab und zu nach ihm geschaut und da war noch dieser Mann, ein Journalist. Der tauchte kurz vor Arnos Verschwinden hier auf, um mit ihm über die Krankheit zu sprechen. Anfänglich war es Arno nicht recht, aber dann hat er sich regelrecht auf die Besuche gefreut.«

Trevisan runzelte die Stirn. »Ein Journalist, wann war denn das?«

Bettina Grote runzelte die Stirn. »Das muss im Januar 2010 gewesen sein. Kurz zuvor war der *MDR* hier und drehte eine Reportage über das Pflegeheim. Man hörte damals immer öfter von Demenzerkrankten. ICD 10 wurde zu einem Schlagwort und so interessierte sich sogar das Fernsehen dafür. Arno war sogar eine der Hauptfiguren, ein Reporter führte ein Interview mit ihm. Natürlich alles mit Einverständnis der Patienten und der Angehörigen. Kurz danach kam dann dieser Journalist, ich weiß nur noch, dass er Jan oder so ähnlich hieß. Er hat mit der Klinikleitung gesprochen, nicht mit mir. Er kam dann immer öfter und wie schon gesagt, Arno freute sich stets auf die Besuche.«

»Wie oft war er hier?«

»Die Abstände verkürzten sich, zuerst zwei, dann eine Woche, dann war er fast täglich hier. In diesem Jahr ging es Arno zunehmend schlechter. Die Medikamentierung musste neu ausgerichtet werden und die ersten schwerwiegenden Symptome stellten sich ein.«

Trevisan runzelte die Stirn. »Welche Symptome waren das?«

»Seine wachen Phasen wurden kürzer, manchmal vergaß er, wie man die Dinge nannte, vergaß zu sprechen, Inkontinenz, unkontrollierter Speichelfluss, all diese Dinge eben, die mit der Krankheit einhergehen.«

»Und dann ist er einfach so verschwunden?«

»Ich glaube, er wollte nicht mehr.«

»War dieser Mann, dieser Journalist, am Tag des Verschwindens auch im Heim?«

Die Pflegerin fuhr sich durch die Haare. »Ich denke ja, es war ein Sonntag. Am Montag fehlte Arno bei der Morgenvisite. Wir haben alles abgesucht, manchmal verläuft sich ja jemand hier auf dem Areal, wenn er gerade wieder einen Schub hat, aber als wir ihn nicht fanden, riefen wir die Polizei.«

»Bemerkt hat in dieser Nacht niemand etwas?«

»Hören Sie, die Menschen sind unsere Patienten und keine Gefangene. Wenn sich irgendwann dieser schwarze Vorhang über den Verstand senkt, dann ist es schon schlimm genug. Unsere Patienten sollen wenigstens noch ihre Würde behalten, wenn sie schon langsam ihre Geisteskraft verlieren. Wir fesseln niemanden ans Bett, auch wenn es uns so manches erleichtern würde.«

Trevisan hob abwehrend die Hand. »Es tut mir leid, ich wollte nicht ...«

»Schon gut.«

»Was glauben Sie, hat Arnold Lehmann getan, würden Sie ihm einen Suizid zutrauen?«, ergriff Peter Uhlig das Wort.

»Er ist dahin gefahren, wo er gelebt hat und ich glaube, dort hat er seinem Leben ein Ende gesetzt. Vielleicht ist er ins Wasser gegangen, ich habe keine Ahnung, aber ich kann es verstehen.«

»Wir wissen, dass er in einem Zug gesehen wurde«, sagte Trevisan. »Ein Mann soll ihn begleitet haben, könnte das der Journalist gewesen sein?«

Bettina Grote wiegte ihren Kopf. »Wäre schon möglich.«

»Können Sie den Journalisten beschreiben?«, fragte Uhlig.

»Oh, das ist lange her«, entgegnete sie. »Ich weiß nur noch, dass er groß war, groß und schlank. Er hatte ganz kurze Haare, fast schon eine Glatze, würde ich sagen. Und er sprach mit Akzent.«

»Für welche Zeitung hat er gearbeitet?«

Die Pflegerin fasste sich an die Nase. »Ich kann mich nur noch erinnern, dass es ein ausländisches Magazin war, aber nein, tut mir leid, den Namen weiß ich nicht mehr.«

»Hatte er denn einen Presseausweis?«, hakte Trevisan nach.

Die Frau schüttelte den Kopf. »Es ist wirklich sehr lange her, ich kann mich nicht mehr daran erinnern.«

Trevisan bemerkte, dass sie sich schwer tat, über fünf Jahre waren inzwischen ins Land gezogen. »Eine letzte Frage noch.

Dieser Journalist, kann es sein, dass er eine sehr blasse Haut hatte?«

Sie überlegte angestrengt, schließlich nickte sie. »Jetzt wo Sie es sagen, ja, tatsächlich, der Mann war wirklich sehr blass, also ein Sonnenanbeter war der nicht.«

»Ich verstehe.« Trevisan griff nach dem Schwarzweiß-Foto. »Könnten wir das mitnehmen?«

Bettina Grote schüttelte den Kopf und lächelte. »Nein, es gehört zu unserer Sammlung. Hier, wo es in erster Linie um das große Vergessen geht, treffen wir Vorkehrungen, um uns später erinnern zu können.« Sie trug das Bild zurück zur Kommode und öffnete die Schublade. Mit einem anderen Bild kehrte sie zurück. »Das können Sie mitnehmen«, sagte sie und reichte es Trevisan.

Es zeigte Arnold Lehmann am Boden kniend, mit einer Kelle in der Hand, einen Stein auf eine kleine Mauer setzend. Trevisan betrachtete es.

»Das ist sein Stollen, behauptete er immer, der Arnold-Stollen, dann hat er gelacht, herzhaft gelacht«, erklärte die Pflegerin.

»Frau Grote, wissen Sie, wo das ist?«, fragte Trevisan.

»Na, ich nehme an, dort, wo er als Steiger arbeitete.«

Als sich Peter Uhlig und Trevisan von der Frau verabschiedeten, war es schon kurz vor Mittag. Auf dem Beifahrersitz zog er noch einmal das Bild aus seiner Jackentasche. »Kannst du damit was anfangen?«, fragte er seinen Dresdner Kollegen.

Peter Uhlig betrachtete es eine Weile. »Keine Ahnung, das könnte ebenfalls am Junker-Stollen sein.«

»Auf dem anderen Bild waren keine Bäume und außerdem steigt das Gelände im Hintergrund steil an.«

»Dann eben ein anderer Zugang.« Uhlig gab Trevisan das Bild zurück.

Der runzelte die Stirn. »Gibt es denn mehrere Zugänge zu einem Bergwerk?«

»Klar, manchmal grub man Entlastungsstollen, damit nicht alles durch das gleiche Nadelöhr einfahren muss. Weshalb fragst du?«

»Der Arnoldstollen, verstehst du nicht?«

»Du meinst ...«

»›... wenn es dann sein soll, dann fahre ich eben das letzte Mal ein‹«, entgegnete Trevisan. »Hat nicht dieser Landwirt aus Jöhstadt erzählt, dass Arnold Lehmann genau das sagte?«

*

Sie hatten geklingelt, dann geklopft, dann wieder geklingelt, doch im Haus war keine Bewegung. Lentje warf Bea Gabler einen fragenden Blick zu. Noch bevor sie antworten konnte, kreischte eine Säge hinter dem Haus auf. Sie umrundeten das Gebäude und trafen im Garten auf den alten Jochmann, der damit beschäftigt war, Holz zu sägen. Er bemerkte die beiden Frauen nicht, die sich ihm näherten.

»Herr Jochmann!«, rief Lentje, doch erst nach dem dritten Anlauf schaute er auf und schaltete die Säge ab.

»Was wollen Sie hier?«, fuhr er Lentje an.

Sie zeigte ihren Polizeiausweis. »Mit Ihnen reden, Herr Jochmann.«

»Ich wüsste nicht, worüber.« Der alte Mann trat einen Schritt näher, um einen Blick auf den Ausweis zu werfen. Schließlich kehrte er wieder zurück zur Säge, hob ein neues Holzstück auf und legte es auf den Sägetisch.

»Wie wäre es, wenn Sie uns über Tina Bratsch erzählen?«

Jochmann wandte sich Lentje zu. »Da steht Niedersachsen auf dem Ausweis, ich wüsste nicht, dass wir bereits von den Imperialisten besetzt worden sind.«

»Tina Bratsch!«, wiederholte Lentje eindringlich. »Sagt Ihnen der Name etwas?«

»Gehen Sie, Sie haben hier keine Polizeigewalt!«

Bea trat einen Schritt näher und zeigte ihren Ausweis ebenfalls vor. »Gabler, LKA Dresden. Deswegen begleite ich die Kollegin.«

»Was wollen Sie von mir?«, beschwerte sich der alte Mann. »Jeden Tag taucht hier ein anderer auf und gibt sich als Polizist aus, ich muss mit euch nicht reden, ich kenne meine Rechte.«

»Sie waren hier früher der Postenführer und haben einige Fälle bearbeitet, die den Birkenhof betrafen. Unter anderem auch die Vermisstensache Bratsch. Zuerst der Bruder, dann die Schwester, einfach verschwunden, spurlos, das ist doch ungewöhnlich, finden Sie nicht?«

»Verschwinden Sie!«

»Wir können uns auch gerne auf der Dienststelle weiter unterhalten, Herr Jochmann«, entgegnete Bea Gabler energisch. »Ich lasse Sie von den Kollegen aus Annaberg abholen, wenn Sie weiterhin meinen, Ihr Spielchen mit uns treiben zu müssen. Hier geht es schließlich um Mord, und da versteht auch der Richter keinen Spaß mehr.«

Jochmann zögerte einen Augenblick, schließlich ließ er von seiner Säge ab und kam einen Schritt näher. »Was ist daran ungewöhnlich?! Diese Kinder waren Biester, das waren Schwererziehbare, lauter Taugenichtse. Die konnten doch froh sein, dass sich der Staat ihrer annahm und sie nicht verlottern ließ. Zucht und Ordnung sollten sie lernen, und manche gingen eben stiften. Einige haben wir wieder zurückgebracht, andere tauchten nicht mehr auf. Das ist ein wildes Land hier.«

»Haben Sie denn überhaupt nach diesem Jungen und nach seiner Schwester gesucht?«

»Klar haben wir das, das war unsere Pflicht. Ich bin ein guter Sozialist und habe meinen Mann gestanden, für die Partei und für den Staat, verstehen Sie, ich habe mir nichts vorzuwerfen.«

»Wir haben insgesamt zwölf Akten gefunden, darin geht es nicht nur um weggelaufene Kinder«, sagte Bea Gabler. »Dort sind Kinder gestorben, nur weil …«

»Es hatte alles seine Ordnung, jeder Vorfall wurde untersucht«, fiel ihr Jochmann ins Wort. Sein Kopf war puterrot.

»In der Akte von Tina Bratsch fanden wir nur die Vermisstenmeldung, aber keinen Bericht«, stellte Lentje klar.

»Diese Akten gehen Sie nichts an«, schrie Jochmann. »Die sind Eigentum der Deutschen Demokratischen Republik.«

»Da irren Sie sich, Herr Jochmann.«

Er winkte ab. »Verschwinden Sie, ich sage nichts mehr dazu, hauen Sie ab, das ist mein Grundstück und mein Haus.«

Bea nickte Lentje zu. »Gut, wir gehen, aber wir kommen wieder, darauf können Sie sich verlassen«, sagte sie kalt, ehe sie das Grundstück verließen und Jochmann alleine im Garten zurückblieb.

31

Auf der Rückfahrt von Plauen nach Jöhstadt gab es eine Verzögerung, weil sich kurz vor Wilkau ein Lastwagen mit Anhänger quergestellt hatte. Ein nachfolgender PKW konnte nicht mehr rechtzeitig anhalten und prallte in die Seite des Lasters. Zum Glück gab es nur Blechschaden, dennoch war die Autobahn beinahe zwei Stunden gesperrt, bis die Fahrbahn mit einem Kranwagen wieder freigeräumt war. Noch bevor sich der Stau auflöste, rief Monika Sander aus Wilhelmshaven an und teilte Trevisan mit, dass sie die Überwachung der Bushaltestellen in und um Emden abgebrochen hatte, da mit einem Erfolg der Aktion nicht mehr zu rechnen war. Außerdem hatten sie doch noch eine Entdeckung in den Akten des Bundesarchivs gemacht – die Schließung des Birkenhofes hatte offenbar einen recht undurchsichtigen Hintergrund. Am gleichen Tag noch war Günter Lauser, der verantwortliche Leiter der Fürsorgestelle Annaberg, nach Cottbus versetzt worden.

»Das ist sehr interessant«, entgegnete Trevisan und berichtete Monika von seinem Gespräch mit der Pflegerin aus dem Altenheim in Plauen.

»Falls ihr jemanden braucht, der sich dort mit den Bergwerken auskennt, dann habe ich jemanden für euch«, sagte Monika. »Ein Heimatkundler aus Königswalde hat eine Homepage ins Netz gestellt, Eike ist darauf gestoßen, ich schicke dir die Adresse per SMS.«

Trevisan bedankte sich und beendete das Gespräch.

»Gibt es Neuigkeiten?«, fragte Peter Uhlig. Der Verkehr setzte sich langsam wieder in Bewegung.

»Monika hat in den Akten aus dem Bundesarchiv etwas entdeckt, das wichtig sein könnte. Die Auflösung des Heimes war demnach keine geplante Aktion, sondern kam plötzlich. Gründe wurden nicht genannt, aber Lauser wurde noch in derselben Woche nach Cottbus versetzt. Ich denke, es wird langsam Zeit, mit diesem Lauser zu reden.«

»Er ist Landtagsabgeordneter, das wird nicht leicht.«

»Ich bin Konflikte gewohnt, nicht immer ist unser Job einfach.«

Der Stau löste sich nur langsam auf. Sie kehrten erst kurz nach vier Uhr am Nachmittag wieder nach Jöhstadt zurück. In der Polizeistation trafen sie auf die anderen. Auch Anita Bauz von der Stadtverwaltung saß im Büro. Sie tranken Kaffee, ein angeschnittener Dresdener Stollen stand auf dem Tisch und Trevisan knurrte der Magen.

»Greifen Sie zu!«, forderte die städtische Angestellte die Neuankömmlinge auf und Trevisan ließ es sich nicht zweimal sagen.

»Jochmann ist eine harte Nuss«, bemerkte Lentje und reichte Trevisan den handschriftlichen Vermerk über die abgängige Tina Bratsch. »Ich glaube nicht, dass er den Mund aufmacht.«

Trevisan überflog die wenigen Zeilen. Nur die Personalien der Vermissten waren darauf notiert und darunter vermerkt: *Suche eingestellt.* Jochmann hatte unterschrieben und Lauser gegengezeichnet.

»Alle anderen Akten bestehen aus Berichten und Anhörungen, manchmal über mehrere Seiten, nur diese Akte besteht aus einem einzigen Blatt«, erklärte Lentje.

Trevisan legte den Vermerk beiseite und griff nach einem weiteren Stück des Stollens. »Frau Bauz, gibt es eigentlich Aufzeichnungen über diese Zeche, die sich auf dem Gelände des Birkenhofs befand?«

»Die Junkergrube?«

Trevisan nickte.

»Bestimmt, da muss ich mal nachsehen«, entgegnete die Frau. »Aber viel ist darüber nicht mehr vorhanden. Die Grube wurde, soweit ich weiß, in den Siebzigern geschlossen. Man hat den Zugang zugemauert und mit Geröll zugeschüttet.«

»Gab es da mehrere Zugänge?«

Lentje runzelte die Stirn. »Glaubst du, dass Lehmann in der Grube liegt?«

Trevisan nickte. »Wir müssen diese Möglichkeit auf alle Fälle in Betracht ziehen, deshalb sollten wir dort gründlich nachsehen.«

»Ich schau mal nach«, sagte Anita Bauz und verließ das Büro.

Peter Uhlig wies auf seine Armbanduhr. »Heute wird das nichts mehr, in zwei Stunden ist es dort draußen stockdunkel.«

Anita Bauz kehrte mit einem grauen Ordner in der Hand zurück. »Das ist alles, was ich gefunden habe«, sagte sie und reichte ihn Trevisan.

Er schlug ihn auf und überflog die Zeilen. Sogar ein Lageplan befand sich darin, doch darauf war lediglich ein einziger Zugang zum Stollen verzeichnet. Die Unterlagen stammten aus den frühen Sechzigern. »Das hilft uns leider nicht weiter. Könnte es hier im Ort noch jemanden geben, der dort gearbeitet hat und uns weiterhelfen könnte?«

Anita Bauz zuckte mit der Schulter. »Ich weiß es nicht, das ist schon lange her.«

»Gut, gibt es hier im Rathaus einen PC mit Internetzugang?«

Sie führte Trevisan in ihr Büro und schaltete den Computer ein. Als er die Seite der *Freunde des Erzgebirges* aufrief, griff sich Anita Bauz an die Stirn. »Der Josef, klar, dass mir das nicht gleich eingefallen ist …!«

»Sie kennen den Betreiber der Seite?«

»Klar, er war schon ein paarmal bei uns. Ich kenne ihn gut, soll ich Ihn anrufen?«

Trevisan nickte. »Das ist eine sehr gute Idee.«

Jan saß auf einem Baustamm und genoss die wärmenden Sonnenstrahlen. Der Schnee taute und ein Rinnsal sammelte sich zu einer großen Lache, bevor das Wasser am Ende des festgefahrenen Lehmbodens im feuchten Wiesengrund versickerte. Der Winter lag in seinen letzten Zügen. Lange hatte er sich gegen den beginnenden Frühling zur Wehr gesetzt, doch jetzt verließen ihn die Kräfte und er wich einer wohligen und duftenden Milde.

Ein grüner Geländewagen fuhr auf das Betriebsgelände des Sägewerks und stoppte direkt vor dem Wohnhaus. Die Beifahrertür öffnete sich und eine junge Frau mit blonden, langen Haaren stieg aus. Ein Mann in fellbesetzter Karojacke folgte auf der Fahrerseite. Sie gingen auf das Haus zu, dessen Tür geöffnet wurde. Der Sägewerksbesitzer trat heraus, winkte den Neuankömmlingen zu und schloss die blonde Frau, die wohl so um die vierzig sein mochte, herzlich in die Arme.

Jan erhob sich und wollte den Platz verlassen, doch der Ruf des Chefs hielt ihn zurück. »Jan, komm!«

Er wandte sich um und sah, dass sein Chef ihm unmissverständlich zuwinkte. Einen Augenblick zögerte er, schließlich folgte er der Aufforderung.

»Guten Morgen, Jan.« Der Sägewerksbesitzer wies auf die beiden Neuankömmlinge. »Das ist meine Tochter Hanna und das ist unser Vorarbeiter, Simon.«

Scheu nickte Jan und blickte zu Boden.

»Das ist Jan, er hat sich auf die freie Stelle beworben und ist schon eine ganze Woche bei uns. Er kann ordentlich zupacken.«

Die blonde Frau nickte Jan zu, während ihr Begleiter auf ihn zukam. »Hallo, Jan. Ich denke, wir werden gut miteinander auskommen. Wo kommst du her?«

»Chomutov«, entgegnete Jan reserviert.

»Er redet nicht viel, dafür arbeitet er umso härter.« Der

Chef klopfte Jan voller Anerkennung auf die Schulter. »Er hat vorher in Tschechien in verschiedenen Werken gearbeitet und verfügt über hervorragende Referenzen, außerdem hat er sämtliche Scheine, sogar den Staplerschein.«

Der Mann in der Karojacke nickte. »Gut, für das Reden wird er ja auch nicht bezahlt. Also dann, bis morgen.«

Jan wartete, bis die drei im Haus verschwunden waren. Er hatte ihn sofort wiedererkannt. Diese kantigen Gesichtszüge und die eng stehenden Augen waren immer noch genauso kalt wie früher.

Er wandte sich um und ging zurück zur großen Halle.

*

Sie hatten sich um zehn Uhr in Jöhstadt auf der Polizeistation getroffen. Hauptmeister Schork hatte seinen Vorgänger Ludwig Kampe mitgebracht. Auch Adam Grube, dessen Sohn Hannes Kommandant der örtlichen Feuerwehr war, zwei weitere Feuerwehrmänner aus Jöhstadt und Anita Bauz waren mit von der Partie. Josef Sattler, der Heimatkundler aus Königswalde, stand neben Anita Bauz und hielt eine Landkarte in der Hand.

»Guten Morgen«, begrüßte Trevisan den Mann mit der Karte. »Danke, dass Sie uns helfen.«

»Tja, die Junkergrube«, entgegnete Sattler. »Die gab es schon vor hundert Jahren, dann wurde sie geschlossen. Rentierte sich nicht mehr. Dank neuer Fördertechniken wurde sie Mitte der Fünfziger wieder eröffnet und bis Ende der Siebziger vom Bergbaukombinat Erzgebirge betrieben, bis sie endgültig erschöpft war. Sie wurde zugeschüttet und die Gegend wurde rekultiviert. Das Hofgut wurde ausgebaut. In den besten Zeiten gab es dort zweihundert Kühe und beinahe so viele Schweine.«

Trevisan nickte. »Es gab offenbar weitere Stollen, die in die Grube führten, wissen Sie davon?«

Sattler ging zum Tisch und breitete seine Karte aus. Er wies auf eine schwarze Markierung. »Das ist der Hauptstollen. Am Ende war er beinahe dreihundert Meter lang und führte bis zu einhundert Meter in die Tiefe. Nachdem die Grube aufgegeben wurde, schüttete man auf einer Länge von knapp fünfzig Meter Geröll ins Innere, das vor der Grube abgelagert war. Dann wurde sie zugemauert. Meines Wissens gab es drei Entlastungsstollen. Einer lag im Süden und zwei weitere im Norden. Der im Süden wurde zum Einsturz gebracht, was aus den beiden anderen wurde, ist unbekannt.«

»Gibt es eine Chance, die heute noch zu finden?«

Erneut wies Sattler auf die Karte. »Sie mündeten alle im Hauptstollen, deswegen können sie nicht weit davon entfernt liegen. Meist ging es bei diesen Entlastungsstollen darum, den Abraum zu beseitigen, ohne die eigentliche Produktion zu beeinträchtigen. Da ist heute aber dichtes Buschwerk.«

Adam Grube, der ein Stück näher getreten war, zeigte durch das Fenster nach draußen, wo der rote Transporter der Feuerwehr stand. »Deswegen habe ich meinen Sohn mitgebracht. Motorsense und Motorsägen sind an Bord. Wenn es dort heute noch einen Stollen gibt, dann werden wir ihn finden.«

Zwanzig Minuten später brachen sie auf. Als sie am Birkenhof ankamen und in Höhe des steinernen Denkmals anhielten, lag immer noch eine dichte Schneedecke über dem Land. Zunächst überprüften sie den Zugang zum Hauptstollen. Eine dicke Holztür verwehrte den Zugang, die mit einem Bügelschloss gesichert war, doch das bildete kein Hindernis. Als die Tür aufschwang, blickten sie auf Mauerwerk aus Natursteinen, das den Zugang verwehrte.

»Die Grube wurde 1979 zugemauert, damit sich niemand darin verirren kann. Die Stützbalken sind vermutlich alle morsch.«

»Wo sollen wir suchen?« Trevisan zeigte Sattler das Bild von Arnold Lehmann und seinem Arnoldstollen.

Sattler blickte sich um. Vor ihm stieg das Gelände an. Dichte Bäume säumten den Waldrand und stark verästeltes Buschwerk schloss sich daran an.

»Wir sollten Gruppen bilden und ausschwärmen«, schlug Peter Uhlig vor.

Schnell waren vier Suchtrupps eingeteilt.

»Achten Sie auf Verwerfungen und Hügel in Kegelform in der Umgebung, das sind Anzeichen dafür, dass dort Abraum abgelegt wurde«, erklärte Sattler, bevor sie in verschiedene Richtungen ausschwärmten.

Trevisan machte sich zusammen mit Bea Gabler, dem Feuerwehrkommandanten und Anita Bauz auf den Weg. Mit seinen hohen Stiefeln, die er von der Feuerwehr erhalten hatte, stapfte er dem Kommandanten hinterher. Ein schmaler, ausgetretener Pfad führte einen Hügel hinauf. Bäume und Büsche säumten den Weg. Trevisan kam ordentlich ins Schwitzen, denn der Anstieg schien kein Ende nehmen zu wollen. »Wie weit ist es noch?«

Anita Bauz ging an ihm vorbei, als ob es den Anstieg gar nicht gäbe. »Kommen Sie, Herr Trevisan, wir sind gleich oben!«

Er nahm all seine Kräfte zusammen und folgte ihr. Knapp zehn Minuten später erreichten sie den Gipfel und das Gelände fiel wieder ab. »Könnte das nicht so eine Abraumhalde sein«, fragte Trevisan vollkommen außer Atem.

»Zu groß und zu hoch«, entgegnete Hannes Grube.

Das Funkgerät schnarrte. Grube meldete sich. Die Gruppe um Hartmut Schork hatte einen Zugang entdeckt, der knapp einen halben Kilometer weiter westlich lag.

»Wir müssen zurück!« Grube wies den Pfad hinab.

»Sattler sagte, es könnte noch einen weiteren Zugang geben«, entgegnete Trevisan.

»Er hat recht, wir suchen weiter«, entschied Bea Gabler.

Grube verzog seine Mundwinkel. »Also gut.«

Sie folgten dem Pfad, bis sie an einen Abstieg kamen, der wieder in Richtung Süden führte. Schon von weitem konnte Trevisan durch die lichten Bäume den Graben erkennen, der sich unterhalb des Hügels nach Süden erstreckte. »Ist das eine Verwerfung?«

Grube folgte seinem Fingerzeig. »Das könnte es sein.«

Sie gingen weiter und der Abstieg wurde steiler. Trevisan geriet ins Rutschen und stürzte auf seinen Po, doch Bea

Gabler bekam seinen Parka zu fassen, so dass sie ein weiteres Abrutschen verhindern konnte.

Trevisan erhob sich und klopfte den Schnee von seiner Kleidung. »Danke.«

»Da, da ist was!«, rief ihnen der Feuerwehrkommandant zu und zeigte auf ein dichtes Gebüsch. Mauerwerk war dahinter zu erkennen.

»Das ist ein Eingang«, stellte Anita Bauz fest. Das Buschwerk verwehrte den Zutritt, doch auf der gegenüberliegenden Seite gab es einen kleinen Einschnitt. Mit vereinten Kräften und unter Einsatz einer Axt, die Hannes Grube am Gürtel trug. legten sie einen Pfad frei.

Trevisan kämpfte sich durch das Unterholz vor. »Das ist es, das ist ein Stollen!« Die morsche Holztür lag neben dem gemauerten Stollenmundloch. Trevisan blieb stehen. Auf einem der Natursteine war eine Inschrift eingeritzt worden. »Wir sind hier richtig«, seufzte er. »Arnoldstollen, 1966. Den hier hat Lehmann gebaut.«

Hannes Grube trat neben ihn. »Der hintere Teil ist eingestürzt, das war die Verwerfung, die wir von oben gesehen haben.«

»Wie weit geht es da rein?«

»Dreißig, vierzig Meter vielleicht«, schätzte Hannes Grube.

Erneut schnarrte das Funkgerät. »Trevisan von Peter Uhlig, bitte melden!«

Grube reichte Trevisan das Funkgerät weiter. »Wir haben den Stollen entdeckt, den Lehmann gegraben hat«, meldete er sich.

»Wir haben auch einen Stollen entdeckt und waren drinnen«, entgegnete Uhlig per Funk. »Es ist besser, ihr kommt her!«

»Was ist?«, fragte Trevisan.

»Da drinnen liegt ein Skelett.«

»Lehmann?«

»Eher nicht, das Skelett kleiner, nicht von einem Erwachsenen. Ich habe schon in der Zentrale Bescheid gesagt, die schicken uns Verstärkung.«

32

»Und das an einem Sonntag«, lästerte Moraweck, der Leiter der Spurensicherungsabteilung der Kriminalpolizeidirektion Chemnitz, bevor er mit angelegter Schutzausrüstung im feuchten Stollen verschwand.

Es herrschte reger Betrieb auf dem Gelände, in dessen Nähe der Eingang zum Nebenstollen lag. Neben der Feuerwehr aus Jöhstadt war auch eine Einheit des Technischen Hilfswerks angerückt, denn der Stollen war einsturzgefährdet und musste notdürftig stabilisiert werden. Die Spurensicherung wagte sich zusammen mit dem Rechtsmediziner erst hinein, als die Techniker grünes Licht gegeben hatten.

In der Zwischenzeit hatte die Feuerwehr einen Unterstand eingerichtet, denn trotz der milden Temperaturen und des strahlenden Sonnenscheins würde es eine ganze Weile dauern, bis die Leiche geborgen war.

Auch der zweite Stollen, den Trevisan entdeckt hatte und bei dem Arnold Lehmann in einem Stein des gemauerten Mundlochs seinen Namen eingeritzt hatte, war inzwischen durchsucht worden. Er reichte knapp dreißig Schritt in den Berg hinein, war dann allerdings eingestürzt und dies wohl schon vor mehreren Jahren. Von Arnold Lehmann fand man keine Spur.

Vom Rechtsmedizinischen Institut aus Chemnitz war eine Pathologin am Birkenhof eingetroffen, die sich seit einer Stunde zusammen mit Moraweck im Stollen befand, während Trevisan zusammen mit den anderen ungeduldig am Unterstand wartete. Im Stollen war es eng und die Bergung des Skeletts würde nicht einfach werden. Die Arbeiten der Spezialisten hatten absoluten Vorrang.

Bea Gabler kehrte von der Leitstelle des Technischen Hilfswerks zurück, die von den Technikern eingerichtet worden war, um die Arbeiten vor Ort zu koordinieren.

»Wie weit sind Sie?«, fragte Peter Uhlig, der mit einer Tasse

Tee in der Hand auf einem der Klappstühle im beheizten Zelt saß.

»Es dauert noch eine Weile«, antwortete Bea. »Sie müssen das Skelett erst noch freilegen. Es liegt nach erster Schätzung über dreißig Jahre dort.«

»Weiß man schon ...«

Bea schüttelte den Kopf. »Die Rechtsmedizinerin hält sich bedeckt, solange sie noch nicht näher heran kann.«

»Sonst was Neues?«

»Ach ja, die Dienststelle hat die Melderegister überprüft. Weder hier in der Gegend noch sonst irgendwo in Sachsen ist ein Simon Leußner oder ein Simon Saint Claire gemeldet.«

Peter Uhlig nickte stumm und nippte an seiner Tasse Tee.

»Dreißig Jahre Liegezeit«, wiederholte Trevisan nachdenklich. »Die Leiche stammt aus der Zeit, als es hier noch den Birkenhof gab.«

»Es könnte eines der verschwundenen Kinder sein, die abgehauen sind.«

»Bestimmt ist es das«, bestätigte Trevisan.

Nach weiteren zwei Stunden Wartezeit tauchten endlich Moraweck und die Ärztin wieder aus dem Stollen auf und kamen in den Unterstand.

»Können Sie schon was sagen?« Trevisan reichte der Pathologin eine Tasse mit heißem Tee.

Dankbar nahm sie einen Schluck. »Sie wissen, es ist natürlich alles erst einmal vorläufig. Das Skelett einer weiblichen Jugendlichen, ich würde sagen, zwischen zwölf und sechzehn. Liegezeit wie gesagt, dreißig Jahre und mehr. Ob es letztlich die Todesursache ist, das kann ich nicht sagen, aber der Schädel weist am Scheitelbein deutliche Verletzungen auf. Wenn Sie mich fragen, würde ich zum jetzigen Zeitpunkt auf einen Schädelbruch tippen.«

»Ein Unfall?«, warf Peter Uhlig ein.

Moraweck trat einen Schritt vor und aktivierte das Display seiner Digitalkamera. »Das ist eher auszuschließen. Die Verletzung stammt von einem Werkzeug, einer Axt oder so etwas Ähnlichem. Und die ist dem Mädchen bestimmt nicht einfach so auf den Kopf gefallen. So wie es aussieht, wurde es erschlagen und da reingebracht.«

»Der Fundort ist also nicht der Tatort?«

Moraweck nickte. »Ich denke nicht. Da drinnen ist es eng, feucht und modrig.«

Trevisan betrachtete nachdenklich das Bild. »Von der Leiche wurde eine DNA-Probe veranlasst?«

»Wir sind keine Anfänger, Herr Kollege«, wies ihn Moraweck zurecht.

»Entschuldigung, ich dachte ja nur.«

»Egal, was Sie dachten, Herr Trevisan. Aber so wie es aussieht, haben wir es hier mit einem Tötungsdelikt zu tun. Das Skelett wird in Kürze abtransportiert. Der Stollen wird noch genauestens abgesucht, aber es wird schwer werden, nach mehr als dreißig Jahren etwas zu finden, womit wir den Mörder überführen können.«

Moraweck machte auf dem Absatz kehrt und verließ das Zelt, während die Pathologin noch ihren Tee leer trank, ehe sie sich Peter Uhlig zuwandte. »Der Bericht geht ihnen in vier bis fünf Tagen zu. Es werden ein paar aufwändige Untersuchungen nötig sein. Ich gehe davon aus, dass das LKA die Sache weiter bearbeitet.«

Uhlig nickte. »Ja, davor können Sie ausgehen.«

Trevisan trat an seine Seite. »Diesen Fund sollten wir erst einmal nicht an die große Glocke hängen, bevor wir unseren Mörder noch vertreiben.«

Uhlig winkte ab. »Solange nicht feststeht, um wen es sich bei der Toten handelt, ist die Sache sowieso nicht pressefrei.«

*

Simon Leußner lag friedlich in seinem Bett und schnarchte. Fast schien es, als ob er kein Wässerchen trüben könnte, dabei war er der Schlimmste gewesen, der Gemeinste und auch der Gefährlichste von allen, denn er war ein gemeiner, niederträchtiger Sadist. Jan war zurückgekommen, um ihm endlich das Handwerk zu legen. Die blonde Frau im Bett neben Leußner hatte keine Ahnung, auf was sie sich da eingelassen hatte. Sie konnte froh sein, dass Jan sie vor ihm beschützen würde. Er drehte die kleine, braune Flasche auf und tränkte den Wattebausch mit der Lösung, ein süßlicher, dumpfer Geruch breitete sich aus. Als er ihm den Wattebausch auf dem Mund drückte, bäumte sich Simon Leußner auf, doch schon nach drei, vier Atemzügen entspannte er sich wieder und sank zusammen, so wie es auch bei Frau daneben der Fall gewesen war. Jan kannte die Wirkung des Mittels, tränkte erneut den Wattebausch und erhöhte die Dosis. Es würde eine lange Nacht werden.

Als er den regungslosen Körper des Mannes auf die mitgebrachte Schubkarre hob, kam er ganz fürchterlich ins Schwitzen. Schwer war er geworden, ganz anders als früher, wo er ein hagerer und dürrer Kerl mit Hakennase und abstehenden Ohren gewesen war. So hatte Jan ihn damals kennengelernt, kaum älter als seine Schwester. Schnell hatte er herausgefunden, dass Simon ein Teufel in Menschengestalt war. Einer, den man am besten aus dem Weg geht, doch leider war es damals auf dem Hof nicht so einfach gewesen.

Zum Glück lag die Stube ebenerdig, so dass er den Körper ohne weitere Anstrengungen zum Wagen bringen konnte. Er öffnete die Heckklappe des grünen Geländewagens und verlud ihn unter größter Anstrengung. Bevor er zurück ins Haus ging, verschnaufte er erst einmal. Er hatte keine Eile, die junge Frau würde noch eine ganze Weile schlafen und wenn sie aufwachte, dann wäre sie noch immer benommen.

In der Stube ging er auf den hohen, grauen Stahlschrank in der Ecke zu. Der Schlüsselbund seines Opfers lag in seiner Hand. Schon der vierte Schlüssel, den er versuchte, passte in das Sicherheitsschloss. Er öffnete den Schrank. Drei Langwaffen standen darin, und in den seitlichen Regalen lag dazugehörige Munition. Auf einer der Jagdwaffen war ein Zielfernrohr montiert. Es war eine Brünner ZKK, doch das war nicht das Einzige im Schrank, was seine Aufmerksamkeit erregte. Eine matt glänzende Pistole lag in einem Fach, eine Czeska Kaliber 9 mm. Jan nahm die Waffen und die dazugehörige Munition aus dem Schrank, ehe er ihn wieder verschloss. Als er das Schlafzimmer durchquerte, waren noch immer die gleichmäßigen Atemgeräusche der jungen Frau zu hören.

Bevor er in den Geländewagen stieg, sah er noch einmal nach seinem Opfer, das hinten im Kofferraum lag. Auch bei ihm ging der Atem still und gleichmäßig.

Jan warf einen Blick auf seine Armbanduhr. Es war kurz nach drei, mitten in der Nacht. Er gab nur wenig Gas, als er langsam und beinahe lautlos vom Hof fuhr, um zwei Kilometer entfernt in einen kleinen Feldweg abzubiegen, an dessen Ende die alte Sägemühle am Rauschenbach lag. Früher hatte hier das Werk gestanden und noch immer gab es dort eine alte Bandsäge, die funktionstüchtig war und mit Wasserkraft betrieben wurde. Als er unmittelbar vor der Mühle stoppte und sein Opfer aus dem Kofferraum auf eine dicke Holzbohle verlud, die bereits auf dem Spannwagen lag, geriet er abermals ins Schwitzen. Er drehte den Körper herum und drapierte ihn bäuchlings auf dem Holz, ehe er in den kleinen Schuppen ging und mit einem Hammer sowie vier großen Zimmermannsnägeln zurückkehrte.

Als er die Nägel durch die Arme und Füße seines Opfers tief in das Holz trieb, empfand er keinerlei Mitleid. Der Mann stöhnte nur leicht, denn noch war sein Gehirn vernebelt, doch bald schon würde er wieder erwachen und dann sollte er in den letzten Augenblicken seines Lebens für alles bezahlen.

Jan setzte sich abseits der Querförderer auf einen Baumstumpf und wartete geduldig, bis der Morgen graute.

Simon Leußner erwachte mit einem Stöhnen aus seiner Ohnmacht. Als er versuchte, seine Arme zu bewegen, heulte er vor Schmerz auf. Eiskaltes Wasser traf ihn im Gesicht.

»Was … was zum Teufel …«

Er war noch weit davon entfernt zu verstehen, was mit ihm geschehen war, doch als er Jans Gesicht erkannte, der näher trat und seinen Kopf anhob, schrie er wie von Sinnen auf. Jan hielt ihm den Mund zu und wies auf das riesige Sägeblatt, das kaum einen Meter entfernt von ihm bedrohlich in die Höhe ragte.

»Der Teufel wartet auf dich«, sagte Jan kalt. ehe er ihm seine Hand vom Mund nahm, einen Schritt zur Seite ging und den großen hölzernen Hebel zur Seite legte. Das Wasser des nahen Baches änderte seine Richtung und plätscherte über das hölzerne Mühlrad. Langsam setzte sich die Säge in Bewegung. Immer schneller lief das riesige Blatt auf und ab.

»Nein ... Du ... Was .... Nein, das tust du nicht!«

Seine Schreie verebbten im schleifenden und kreischenden Geräusch der Säge, als Jan den Spannwagen in Bewegung setzte. Langsam und unaufhörlich wurde die Bohle dem Sägeblatt entgegengeschoben. Jan trat ein paar Schritte zurück und deponierte ein Räuchermännchen auf dem Fenstersims im Sägehaus.

Als das Blut durch die Luft spritzte und sich auf dem Sägerahmen und später auch auf dem Boden verteilte, wandte sich Jan um und ging zurück zum Wagen. Es wurde Zeit und er musste sich sputen.

Montag

»Das ist unvorstellbar«, sagte Peter Uhlig. »Aber dieser Leichenfund ändert natürlich alles. Wir müssen davon ausgehen, dass jeder, der mit dem Birkenhof in Verbindung steht, mit der Tat etwas zu tun haben kann. Vielleicht nicht als Mörder, aber zumindest als Mitwisser.«

»Und der Erste, den wir uns holen sollten, ist dieser Jochmann«, fügte Lentje hinzu. »Der weiß mit Sicherheit, was da geschehen ist.«

Sie hatten sich am frühen Morgen in der Polizeistation von Jöhstadt getroffen, um ihre Vorgehensweise abzustimmen. Trevisan hatte am Telefon mit Monika Sander gesprochen und ihr vom Leichenfund in der Grube erzählt. Doch auch sie hatte mit interessanten Neuigkeiten aufzuwarten. Simon Leußner oder Saint Claire, wie er sich jetzt wohl nannte, war keineswegs freiwillig aus Kanada zurückgekehrt, sondern um einem Strafverfahren wegen häuslicher Gewalt zu entgehen. Vor einem halben Jahr hatte er seine Ehefrau und deren Tochter krankenhausreif geprügelt. Die Vierzehnjährige war schwer verletzt aufgefunden worden. Nun interessierten sich auch die kanadischen Behörden für den Aufenthalt des Mannes. Vielleicht hatte er sich aus diesem Grund auf keiner Gemeinde polizeilich angemeldet.

»Monika ist mit den Kanadiern im Gespräch«, berichtete Trevisan. »Es spricht viel dafür, dass er mit dem Skelett etwas zu tun hat. Seine Vorgeschichte, das, was wir von den Zeugen über ihn erfahren haben und was er in den Briefen an seinen Bruder schreibt, das sind eindeutig Hinweise. Zudem musste er den Hof verlassen, hat Schönberger gesagt. Das hatte sicherlich gravierende Gründe.«

Peter Uhlig nickte. »Ich sehe das ebenso, aber es wird nicht einfach sein, ihm diesen Mord anzulasten. Wir kennen noch nicht einmal die Identität der Toten.«

Bea Gabler wies auf die Fotografie vom Leichenfundort. »Fest steht, dass sie umgebracht wurde. Verwertbare Spuren gibt es nach dieser langen Zeit leider nicht mehr.«

»Wir wissen nicht, wo sich Leußner aufhält.«

»Und von unserem Phantom gibt es ebenfalls noch keine Spur«, fügte Lentje hinzu.

»Monika hat es zumindest geschafft, dass uns die persönlichen Akten der zwölf Heiminsassen vom Bundesamt zur Verfügung gestellt werden.«

Peter Uhlig räusperte sich. »Da wäre noch Lauser, der von dem Vorfall wissen könnte.«

»Ich glaube kaum, dass er mit uns darüber sprechen wird«, gab Trevisan zu bedenken.

»Was sollen wir tun?«, fragte Lentje.

»Wir holen uns Jochmann«, entschied Peter Uhlig. »Aber nicht hierher, sondern nach Annaberg auf das Revier. Wir lassen ihn abholen und machen es amtlich. Vielleicht beeindruckt ihn das.«

Trevisan fuhr sich über die Stirn. »Mal angenommen,

dieser Leichenfund steht im unmittelbaren Zusammenhang mit dem Rachefeldzug unseres Phantoms, wie könnte er von der Toten wissen? »

»Unmöglich. So wie es aussieht, war in den letzten Jahren kein Mensch mehr in diesem Stollen«, wandte Uhlig ein. »Entweder war er damals dabei, als das Mädchen dort abgelegt wurde, was eigentlich für eine späte Rache keinen Sinn macht, oder er hat es von jemandem erfahren, der damals mit in diesem Stollen war.«

»Von Arnold Lehmann«, folgerte Lentje.

»Vielleicht war das der Grund dafür, dass Lehmann diese tiefe Schuld in sich trug, so wie es seine Pflegerin berichtete«, pflichtete Peter Uhlig ihr bei.

Trevisan erhob sich. »Okay, an die Arbeit, zuerst Jochmann und dann dieser Abgeordnete. Wir sollten vielleicht an eine Öffentlichkeitsfahndung denken, denn wenn wir mit unseren Vermutungen richtig liegen, dann steht Simon Leußner ganz oben auf der Liste unseres Phantoms.«

»Einen Vorteil haben wir«, meinte Uhlig. »Wenn wir nicht wissen, wo sich Leußner aufhält, dann weiß es unser Täter auch nicht.«

Trevisan winkte ab. »Sei dir da mal nicht sicher, schließlich hat er Leußners Bruder schwer misshandelt, bevor er ihn umbrachte und bei uns in Friesland ist er seither nicht mehr aufgetaucht. Er könnte längst schon hier sein.«

33

Unterleutnant der Volkspolizei a. D. Hans Jochmann war sichtlich beeindruckt. Als am frühen Morgen ein Streifenwagen des Polizeireviers Annaberg vor seinem Haus gestoppt und ihn die Polizeibeamten mit offiziellem Vorführbefehl zur richterlichen Vernehmung abgeholt hatten, hatte er alles noch für einen großen Irrtum gehalten. Zunächst hatte er überhaupt keine Anstalten gemacht, der Aufforderung der Beamten nachzukommen, doch als ihm einer der Uniformierten erklärte, dass er auch notfalls unter Zwang mit nach Annaberg auf das zuständige Amtsgericht kommen müsse und sei es mit Handschellen gefesselt, bröckelte sein Widerstand, bis nichts mehr davon übrig blieb. Auch seine üblichen Phrasen, er sei ein alter Mann und müsse dieser willkürlichen Siegerjustiz nicht Folge leisten, bewirkten lediglich, dass die Aufforderungen der beiden Polizisten spürbar nachdrücklicher wurden. Schließlich kapitulierte er auf ganzer Linie.

Die Verunsicherung stand ihm tief ins Gesicht geschrieben, als der streng blickende Amtsrichter ihm eröffnete, dass die Befragung aufgrund einer Mordermittlung des Landeskriminalamtes beantragt worden war und er als damalige Amtsperson keineswegs ein Schweigerecht habe, sondern im Gegenteil dazu verpflichtet wäre, die Ermittlungen zu unterstützen, da sich das Verbrechen wohl in seiner Amtszeit und in seinem Amtsbezirk zugetragen habe und das LKA als Behörde und legitimer Rechtsnachfolger auf seine Loyalität vertrauen dürfe, es sei denn, er würde sich durch seine Angaben selbst belasten.

»Ich ... ich war ein ordentlicher Beamter und habe stets meine Pflicht erfüllt«, stammelte er.

»Ich gehe davon aus, dass Sie meine Belehrung verstanden haben?«, fragte der Richter unbeeindruckt.

»Ja, das habe ich ... natürlich«, beeilte sich Jochmann zu bestätigen, der nun endgültig seine Felle davonschwimmen sah.

»Ich gehe davon aus, dass Sie aussagen werden.«

»Ja, natürlich, soweit ich kann.«

Die Gesichtszüge des Richters entspannten sich. »Dann mache ich Sie der Ordnung halber darauf aufmerksam, dass Ihre Angaben der Wahrheit entsprechen müssen, ansonsten werden wir ein Verfahren wegen Falschaussage einleiten. Haben Sie auch diese Belehrung verstanden?«

Hans Jochmann saß zusammengesunken auf dem Holzstuhl im düsteren Vernehmungszimmer des Amtsgerichts in der Klosterstraße und nickte. Lentje, die neben dem Richter saß, war sich sicher, dass der alte Mann vom Prozedere und der ernsten Ansprache des Juristen schwer beeindruckt war und sich fortan kooperativer verhalten würde.

»Sie müssen darauf antworten, Herr Jochmann«, forderte der Richter. »Laut und deutlich. Ein Nicken nimmt das Gerät nicht auf.«

Jochmann schaute auf. »Ja ... ja, ich sage aus.« Seine Stimme klang brüchig.

Der Richter verlas nun laut und vernehmlich den ergangenen Beschluss, ehe er das Wort an Peter Uhlig weitergab.

»Herr Jochmann, wir waren schon einmal bei Ihnen, erinnern Sie sich?«

Jochmann warf Uhlig einen fragenden Blick zu, schließlich schüttelte er den Kopf. »Sie kenne ich nicht, aber die Kollegin war schon einmal bei mir.«

»Gut, dann wissen Sie grob, um was es geht.«

»Um den Birkenhof.«

»Richtig, genauer gesagt, um das Kinderheim und die Vorfälle, die es dort seinerzeit gab und bei denen meist Sie die Ermittlungen führten.«

Jochmann blies die Backen auf. »Da passierte doch immer was, bei solchen Leuten. Ich meine, das waren ja überhaupt keine normalen Kinder, das waren schwer erziehbare und verhaltensauffällige junge Leute, die eine sichere und auch strenge Hand brauchten.«

Uhlig las die Vita der Zeugen Mannsdorf und Schönberger vor und ließ sie einen Augenblick wirken. »Also, wenn Sie mich fragen, Herr Jochmann, dann waren das ganz normale Jugendliche, nur hatten die Eltern offenbar Probleme, deswegen landeten die beiden Jungs dort im Heim. Wussten Sie das?«

Jochmann zuckte mit der Schulter. »Warum die dort untergebracht wurden, dafür habe ich mich nicht interessiert, da verließ ich mich auf die Aussagen von Konz und Lauser, schließlich war das denen ihre Sache. Ich wurde nur gerufen, wenn etwas passiert ist oder wieder mal einer weglief.«

Peter Uhlig erhob sich, umrundete den Tisch und breitete eine Akte vor Jochmann aus. »Horst Bratsch, verschwunden im November 1983, nicht mehr aufgefunden. Galt zehn Jahre als vermisst und wurde dann für tot erklärt. Können Sie sich an den Jungen erinnern?«

Jochmann warf einen Blick auf die Akte. »Ja, natürlich, das habe ich ja auch selbst geschrieben.«

»Wie lange haben Sie nach dem Jungen gesucht?«

Jochmann lehnte sich zurück. »Das … das war eine ganze Weile, mit Hunden. Die Spur führte auf den Deutschen Felsen.«

»Aber irgendwann haben Sie die Suche eingestellt, weshalb? Das war noch ein Kind und es war November, die Nächte waren kalt.«

»Das … das war …. Die Spur … Die Hunde, wir kamen an einen Felsen, da endete die Spur, der Junge ist abgestürzt, da verwette ich meinen Hut.«

»Aus der Akte geht hervor, dass Sie bis zum späten Nachmittag suchten und dann abbrachen. Selbst wenn es so wäre, und er wäre über diesen Felsen gestürzt, dann hätten Sie weitersuchen müssen. Vielleicht lag er auf der anderen Seite und war verletzt.«

Jochmann winkte ab. »Das ist nicht möglich.«

»Weshalb, es hätte doch …«

Jochmanns Lippen bebten. »Blödsinn!«, blaffte er.

»Erklären Sie uns bitte, weshalb die Suche nicht am Fuße des Berges fortgeführt wurde«, griff der Richter mit strenger Stimme ein.

Jochmann wandte den Kopf in seine Richtung. »Na, weil es mir nicht möglich war, dort lag das Staatsgebiet der ČSSR, ich hatte dazu keine Befugnis.«

»Es ging immerhin um ein Menschenleben. Arbeiteten die Behörden damals nicht zusammen?«

»Nein, es ging … Ich meine … Das war Politik.«

»Das verstehe ich nicht, Herr Jochmann.«

»Ich habe mit Lauser geredet, der sagte, er müsse in Karl-Marx-Stadt nachfragen.«

»Lauser, Sie meinen Günter Lauser, den ehemaligen Leiter der Kinderfürsorgestelle in Annaberg?«, fragte der Richter.

»Ja, genau, der war zuständig, der trug die Verantwortung.«

Der Richter schüttelte den Kopf. »Es lag eine Gefahrensituation vor. Leib oder Leben eines Kindes waren bedroht und da war selbst das Polizeigesetz der DDR eindeutig und es regelte auch klar die Kompetenz.«

Jochmann sank auf seinem Stuhl zusammen. »Lauser stellte die Suche ein«, antwortete er leise.

»Wiederholen Sie bitte, laut und deutlich!«

»Lauser von der Kinderfürsorge stellte die Suche ein«, wiederholte Jochmann. »Er hat mit der Bezirksregierung telefoniert.«

»Wissen Sie, warum er das tat?«

»Warum … warum …! Warum interessiert das überhaupt noch, der Junge war tot, das war so sicher wie das Amen in der Kirche.«

»Weil wir eine Leiche gefunden haben, in einem der Entlastungsstollen der Junkergrube«, erklärte Uhlig. »Und weil dieses Kind vermutlich erschlagen wurde, Herr Jochmann. Sie vertraten damals das Gesetz auf dem Birkenhof, doch offenbar konnte man sich darauf nicht verlassen.«

»Wollen Sie mir etwa unterstellen …«

»Ich will Ihnen gar nichts unterstellen, ich stelle nur fest, dass Sie Ihren Pflichten nicht nachgekommen sind, Herr Unterleutnant a. D.«

Jochmann schüttelte den Kopf. »Der Befehl, die Suche einzustellen, kam von ganz oben.«

»Was darf ich darunter verstehen?«, fragte der Richter.

»Offiziell gab es keine schwer erziehbaren Kinder, die in Heimen auf den rechten Weg gebracht werden mussten und am Ende sogar noch vor dem Wohl des Sozialismus davonliefen«, antwortete Jochmann spöttisch.

»Dann war das Order der Partei?«

»Fragen Sie Lauser, aber an den trauen Sie sich ja nicht ran.«

Peter Uhlig breitete die nächste Akte vor Jochmann aus. »Tina Bratsch, die ältere Schwester von Horst Bratsch. Vierzehn, auch abgehauen, ein paar Monate später. Warum ist diese Akte leer?«

Jochmann betrachtete das eingeheftete Blatt. »Die ist nicht leer.«

»Alle anderen Akten bestehen aus Berichten und Vermerken, hier gibt es nur dieses Blatt mit den Personalien und einem handschriftlichen Vermerk. Können Sie das erklären?«

Jochmann fuhr sich über die Stirn. »Kann ich ein Glas Wasser haben?«

Lentje erhob sich und verließ das Zimmer.

»Das war tragisch«, erklärte Jochmann. »Zuerst der Bruder, dann die Schwester. Wir haben gesucht, aber diesmal hatten die Hunde keine Spur. Es gab auch niemanden, der sie gesehen hat, nur eine weitere Jugendliche, die etwas dazu wusste. Sie sagte, dass diese Tina sich umgebracht hat, sie wäre ins Wasser gegangen in die Preßnitzer Teiche.«

»Das wusste das Mädchen sicher?«

Lentje kehrte mit einem Glas Wasser zurück und reichte es dem alten Mann. »Danke«, stöhnte er und trank es gierig aus. Schließlich stellte er das Glas zurück auf den Tisch. »Auch das müssen Sie Lauser fragen, zumindest hatte die Partei beschlossen, dass sich im Sozialismus niemand umbringt und das hat er mir unmissverständlich zu verstehen gegeben.«

»Das heißt, die Suche wurde eingestellt?«

»Wir fuhren rauf auf den Hof und nach kaum einer Stunde wieder ab, deswegen steht nicht mehr in dieser Akte. Suche eingestellt, Vermisste ertrunken, das war alles.«

»Haben Sie jemals die Eltern der beiden Kinder kennengelernt?«, fragte Lentje, nachdem sich Uhlig abgewandt hatte.

Jochmann zuckte mit der Schulter. »War nicht meine Sache, aber soweit ich weiß, saßen die in Haft und haben sich sowieso nicht um ihre Kinder gekümmert.«

»Ich hätte da noch eine Frage zu Simon Leußner, der auch auf dem Birkenhof lebte«, meldete sich Peter Uhlig noch einmal zu Wort. »Der war kaum älter als die Kinder dort. War an dem etwas ungewöhnlich?«

Jochmann zuckte mit der Schulter. »War ein normaler Junge, weshalb fragen Sie?«

»Na, ich dachte, Sie haben doch den einen oder anderen Jungen wieder eingefangen, gab es da nicht mal Beschwerden über ihn?«

Jochmann schüttelte den Kopf. »Na ja, lamentiert haben immer alle, aber die Jugendzeit ist nicht immer Zuckerschlecken, das ist doch ganz normal, oder nicht?«

Die Vernehmung dauerte noch beinahe eine Stunde, doch weitere Erkenntnisse gab es nicht.

*

Klaus hieß der junge Holzarbeiter, der an der Halle neben dem Querförderer kniete und sein Mittagessen in den kleinen künstlich angelegten Seitenarm des Rauschenbachs versprühte.

Die alte Wassermühle lag nur zwei Kilometer vom eigentlichen Sägewerk entfernt und wurde lediglich im Sommer zum traditionellen Wettsägen der Dorfgemeinschaften in Betrieb gesetzt. Ansonsten diente das weitläufige Areal entlang des Rauschenbachs zur Lagerung von Stämmen, Bohlen und Brettern. Holz musste gut ablagern, damit es weiterverarbeitet werden konnte. Aus diesem Grund standen hier auf dem Gelände neben dem alten Bandsägenhaus drei große überdachte Lagerhallen.

Als Klaus mit dem schwarzen Pick-up auf das Gelände gefahren war und direkt neben einer der Holzlagerhallen geparkt hatte, hatte ihn bereits das laute und surrende Geräusch der Säge begrüßt. Er fluchte, als er den Weg hinüber zum Sägehaus ging, denn eigentlich durfte das Gerät nicht in Betrieb sein. Bestimmt hatten wieder irgendwelche leichtsinnigen Idioten den Wasserkreislauf geschlossen und damit die Säge in Gang gesetzt. Als er die drei Stufen hinter sich gebracht hatte und die Tür öffnete, blieb er wie vom Donner gerührt stehen. Das Blut hatte sich überall verteilt. Auf dem Boden, an den Wänden, an der Decke, an Balken und Dielen, an der Säge selbst, am Spannwagen und am Sägerahmen, überall waren diese roten Spritzer und Lachen, überall hatte sich das flüssige Leben des in der Mitte vom Kopf bis zum Unterleib zersägten Körpers verteilt. Klaus hatte aufgestöhnt und war zurückgetaumelt. An der Ecke des Sägehauses war er in die Knie gegangen, ehe er dem Impuls nachgab, der von seinem Magen ausging.

Bevor er sich erhob, musste er sich noch eine Weile am Haus festhalten. Seine Knie waren noch immer weich. Er stolperte mehr, als dass er ging, und als er den Pick-up erreichte und sein Handy aus der Fahrerkabine holte, sank er erneut zusammen. Neben dem Wagen, angelehnt am Vorderreifen, setzte er sich auf den kalten Schotter. Seine Hände zitterten, als er im Sägewerk anrief und lauthals von seinem grausigen Fund berichtete.

Es dauerte beinahe eine Stunde, bis die erste Polizeistreife auf dem Gelände der Wassermühle Rauschenbach ankam. Die Rettungssanitäter, die ein paar Minuten später eintrafen, warfen nur von weitem einen Blick auf den zerteilten Leichnam, es war klar, dass dort jede Hilfe zu spät kam. Sie widmeten sich dem jungen Mann, der sichtlich unter Schock stand. Weitere Polizeistreifen fuhren auf das Gelände. Die Mühle wurde abgesperrt.

Der weiße VW-Bus mit dem einzelnen Blaulicht auf dem Dach sah beinahe ein wenig verloren aus, als der Fahrer vor dem Sägehaus stoppte. Die Beifahrertür würde geöffnet.

»Das ist nicht zu fassen«, beklagte sich Moraweck, als er einen Blick über das Areal schweifen ließ. »Gestern kriechen wir stundenlang durch einen kalten und feuchten Stollen und heute dürfen wir uns schon wieder den Arsch aufreißen, was ist denn bloß los hier in letzter Zeit?!«

Sein Kollege seufzte und stieg ebenfalls aus. Er umrundete den VW-Bus, öffnete die Ladefläche und nahm zwei silberfarbene Koffer heraus.

»Wer leitet diesmal die Ermittlungen?«, fragte Moraweck.

Der Kollege zuckte mit der Schulter. »Das ist noch nicht klar, aber höchstwahrscheinlich übernimmt das LKA.«

»Uhlig?«

»Kann sein.« Der Kollege öffnete die Tür zum Sägehaus und Moraweck blieb wie vom Donner gerührt stehen.

*

Martin Trevisan und Bea Gabler hatten im Abgeordnetenbüro von Günter Lauser in Marienberg über eine Stunde gewartet. Uhlig war zu einem Mordfall abberufen worden, um zu prüfen, ob das zu einer Sache für das LKA werden könnte.

Zwar verkündete draußen vor der Tür vollmundig ein Schild, dass der Abgeordnete von 10 bis 13 Uhr für Fragen seiner Wählerschaft zur Verfügung stand, doch war er erst kurz nach elf Uhr hier eingetroffen. Die Sekretärin, eine gut aussehende Frau mit blonden, langen Haaren, vertröstete Trevisan und seine Begleiterin ein weiteres Mal, denn zunächst stand ein dringendes Telefonat mit der Landeshauptstadt an, das keinen Aufschub duldete.

Als sich dann die Tür des Wartezimmers öffnete und die blonde Frau mit dem schönen Namen Leblanche Bea Gabler und Trevisan in das geräumige Abgeordnetenbüro führte, war es schon nach Mittag. »Herr Doktor Lauser kommt gleich, nehmen Sie schon einmal Platz. Darf ich Ihnen etwas bringen, Kaffee, Tee, Wasser oder Limonade?«

Weder Bea Gabler noch Trevisan hatten solcherlei Bedürfnisse und schüttelten den Kopf. Ein großes Bedürfnis war es jedoch, dem Abgeordneten endlich Auge in Auge gegenüberzutreten, denn bislang war er nur von Zeugen erwähnt worden und diese Erwähnungen waren meist eher negativ besetzt gewesen.

Als Günter Lauser das Büro betrat, war Trevisan überrascht. Er hatte einen deutlich älteren Mann erwartet, doch Lauser schien im gleichen Alter wie er selbst zu sein. Einen Augenblick war Trevisan unsicher, denn das hätte ja bedeutet, dass Lauser zum Zeitpunkt der Heimeröffnung selbst noch ein Jugendlicher gewesen wäre.

Lauser war mittelgroß, schlank, fast sportlich, trug ein weißes Hemd und einen dunklen Anzug. Seine pechschwarzen Haare waren ohne jede Spur von Grau und von einem ordentlichen Seitenscheitel in zwei Hälften geteilt. Eine Brille mit Goldrand saß auf seiner Nase. »Wie kann ich Ihnen helfen?«, fragte er im freundlichen, aber für Trevisan aufgesetzt wirkenden Ton.

Bea Gabler fasste in ihre Jackentasche und zückte ihren Dienstausweis. Mit dem Kopf zeigte sie in Trevisans Richtung. »Das ist Kollege Trevisan von der Kripo Wilhelmshaven.«

Lauser gab sich erschüttert. »Die Polizei, um Gottes willen, warum sagen Sie das nicht gleich. Ist etwas passiert?«

Bea Gabler steckte den Ausweis wieder weg.

»Herr Lauser …«

»Doktor Lauser«, verbesserte der Abgeordnete Trevisan mit einem aufgesetzten Lächeln.

»Doktor Lauser … Sagen Ihnen die Namen Rolf Habich, Christian Habich oder Johannes Leußner etwas?«

Lauser schaute nachdenklich an die Decke und nahm seine Brille ab. »Leußner, so heißt der Chef der Stadtwerke Zschopau«, sinnierte er.

»Nein, es geht um den Birkenhof, Sie erinnern sich?«

»Birkenhof?«

»Rolf Habich, sein Vater Christian Habich, Johannes Leußner sowie dessen Eltern wurden allesamt ermordet«, stellte Trevisan klar, da ihm das Geplänkel des Abgeordneten langsam auf den Senkel ging. »Wir vermuten, dass es sich bei dem Täter um einen ehemaligen Heimbewohner des Birkenhofes handelt, der sich auf einen Rachefeldzug begeben hat.«

Lauser mimte den Betroffenen. »Oh Gott, das ist schrecklich. Was kann ich für Sie dabei tun?«

Bea Gabler rief auf ihrem Handy die Täterbeschreibung auf und las sie vor. »Kennen Sie jemanden, auf den die Beschreibung zutrifft, oder ist jemand in letzter Zeit an Sie herangetreten?«

Lauser schüttelte den Kopf. »Tut mir leid, sagt mir nichts. Wie auch, das ist dreißig Jahre her. Außerdem hatte ich nur am Rande mit dem Birkenhof zu tun. Das war eine Einrichtung der Bezirksregierung.«

Trevisan räusperte sich. »Sie waren damals der verantwortliche Leiter der Kinderfürsorge Annaberg, wenn ich richtig informiert bin.«

Lauser musterte Trevisan von oben herab. »Das ist korrekt, ich war sogar der Jüngste in einer derart verantwortungsvollen Stellung in der ganzen Republik«, verkündete er mit Stolz. »Ich gehörte einer neuen Generation an, wir hatten pädagogisch andere Ziele, als sie damals noch von den alteingesessenen Verantwortlichen propagiert wurden. Erziehung von oben herab, das war ein Irrweg, wenn Sie verstehen, was ich meine. Der Birkenhof entsprang noch einer solch überalterten Konzeption. Er lag in meinem Zuständigkeitsbereich, aber wie gesagt, die Verantwortung dafür trug die Bezirksregierung von Karl-Marx-Stadt. Rögler hieß der damalige Leiter, aber ich denke, den werden Sie vergeblich suchen, er war damals schon an die sechzig und ist wohl längst gestorben.«

»Dennoch wurde der Birkenhof beinahe fünfzehn Jahre lang betrieben«, sagte Bea Gabler. »Und Sie zeichneten die Berichte und die Meldungen ab.«

»Das mag sein, aber das lag nicht primär in meiner Verantwortung, wie gesagt. Es war eine Einrichtung der Bezirksregierung und sie lag zufälligerweise in meinem Jugendamtsbezirk, da hatte ich am Rande natürlich mit dem Hof zu tun. Ich betone noch einmal, nur am Rande. Ich kann Ihnen da leider nicht helfen.«

»Gestern haben wir in einem Stollen auf dem Gelände des Birkenhofs die Leiche einer Jugendlichen gefunden. Sie dürfte um die fünfzehn Jahre alt gewesen sein. Können Sie sich darauf einen Reim machen?«

Lauser hob abwehrend die Hände. »Tut mir wirklich leid, bei mir sind Sie an der falschen Adresse. Wenden Sie sich an diejenigen, die damals verantwortlich waren. Ich glaube, die Leiterin des Heimes hieß Konz oder so ähnlich.« Er drückte auf seine Sprechanlage und die blonde Sekretärin öffnete. »Frau Leblanche, die Herrschaften wollen gehen!«

Bea Gabler erhob sich. Trevisan folgte ihr zögernd. An der Tür wandte er sich noch einmal um. »Es kann sein, dass der Serienmörder der Meinung ist, dass Sie sehr wohl für den Birkenhof verantwortlich waren, zumindest gibt es etliche Leute, unter anderem auch der ehemalige Polizeichef von Jöhstadt, die gleichermaßen dieser Auffassung sind.«

Lausers Gesichtszüge entgleisten. »Wollen Sie mir drohen?«

Trevisan lächelte. »Wenn es so war, wie Sie behaupten, dann brauchen Sie ja keine Angst zu haben«, antwortete er süffisant. »Ich hoffe nur, dass der Killer dies auch weiß, ansonsten könnte es unangenehm werden. Guten Tag, Herr Abgeordneter.«

Er wartete nicht auf die Antwort des Mannes. Trevisan folgte Bea Gabler hinaus zum Wagen. »So ein bornierter Idiot!«

»Tja, er ist Abgeordneter.«

»Wir sollten ihn im Auge behalten.«

34

Die wärmende Sonne stand hoch am Himmel. Durch den schmelzenden Schnee hatte sich inzwischen eine große Wasserlache auf dem geschotterten Zufahrtsweg gebildet, wo die Streifenwagen standen und inzwischen auch der Wagen der Bestatter eingetroffen war.

Trotz der Sonnenstrahlen und der milden Temperaturen fröstelte es Peter Uhlig, der zusammen mit Lentje Kaplani am Tatort eingetroffen war, nachdem ihn seine Dienststelle verständigt hatte.

»Fest steht«, erklärte Moraweck von der Spurensicherung, »der Mann war betäubt, als man ihn auf die Holzbohle nagelte. Schon alleine die dicken Zimmermannsnägel müssen infernalische Schmerzen verursacht haben, als man sie durch die Muskulatur und durch die Knochen trieb. Dann hat der Täter die Mühle in Betrieb gesetzt und mit der Säge das Opfer in zwei Hälften zerteilt. Eine grausame Art, jemanden um die Ecke zu bringen.«

»Wodurch wurde das Opfer betäubt?«

»Wir haben Spuren von Äther in einem Soforttest nachgewiesen. Es fehlt übrigens der Wagen des Opfers, ein grüner Lada Niva, das ist ein Geländewagen.«

»Simon Leußner«, seufzte Peter Uhlig. »Zumindest können wir jetzt die Suchmeldung nach ihm zurücknehmen.«

»Ein schwacher Trost«, bemerkte Lentje Kaplani.

»Ja, das Phantom war schneller als wir.«

Moraweck räusperte sich. »Er lebte mit der Tochter des Sägewerkbesitzers zusammen und war nicht gemeldet. Die Frau wurde ebenfalls betäubt. Ihr geht es nicht besonders gut. Sie ist im Krankenhaus.«

»Wie seid ihr eigentlich auf diesen Jan Nowack als Täter gekommen?«

Moraweck zuckte mit der Schulter. »Dieser Angestellte des Sägewerks, der den Toten gefunden hat, sollte hier rausfahren und ein paar Stämme für den Abtransport vorbereiten. Er sollte Nowack mitnehmen, aber der Kerl war weg, einfach verschwunden. Auf dem ganzen Gelände ist er nicht mehr zu finden, außerdem sind auch seine Sachen weg.«

»Sachen?«

»Rucksack und Klamotten.«

»Wo ist dieser Angestellte jetzt?«

»Im Streifenwagen, er heißt Klaus Weber und arbeitet schon einige Jahre für das Sägewerk.«

»Hast du Weber mit der Personenbeschreibung unseres Phantoms konfrontiert?«

Moraweck nickte. »Er beschreibt diesen Nowack als groß, schlank. Kurz geschorene Haare und auffallend blass im Gesicht.«

»Kann man mit ihm reden?«, fragte Peter Uhlig.

Moraweck zeigte auf einen Streifenwagen. »Die Sanitäter wollten ihn mitnehmen, aber er will nicht ins Krankenhaus.«

Klaus Weber saß im Fond des Wagens. Inzwischen war wieder etwas Farbe in sein Gesicht zurückgekehrt, doch noch immer war ihm anzusehen, dass es ihm nicht besonders gut ging.

»Herr Weber«, begrüßte Lentje den jungen Mann. »Fühlen Sie sich in der Lage, noch ein paar Fragen zu beantworten?«

Er blickte auf. »Ich habe doch schon gesagt, was ich weiß.«

»Es geht um Herrn Nowack.«

»Um Jan?«

»Er ist nicht mehr im Sägewerk und niemand weiß, wo er steckt. Wissen Sie, wo er sein könnte?«

»Ich habe keine Ahnung. Ich habe ihn überall gesucht. Sein Rucksack ist weg und in seinem Zimmer war er nicht. Das Bett ist unbenutzt.«

»Wie lange arbeitet er schon für das Sägewerk?«, fragte Lentje.

»Er ist in der letzten Woche aufgetaucht. Wir suchten Verstärkung für unser Team, jemanden, der mit Maschinen umgehen kann. Ist ja auch ein Knochenjob, das alles hier.«

»Hat er einmal erwähnt, ob er hier in der Gegend jemanden kennt oder ob er schon einmal hier in dieser Gegend war?«

Weber schüttelte den Kopf. »Nicht, dass ich wüsste. Er kommt aus Chomutov, sagte er. Aus der Tschechei. Er sprach Tschechisch, konnte aber auch ganz gut Deutsch. Aber sonst weiß ich nichts von ihm.«

»Hat er nie über sich selbst gesprochen?«, hakte Lentje nach.

Weber schüttelte den Kopf.

»Wir bräuchten noch eine detaillierte Beschreibung von Jan Nowack, vielleicht sogar ein Phantombild, wenn Sie sich dazu in der Lage fühlen.«

»Jetzt?«

»Wir brauchen es dringend!«

Peter Uhlig und Lentje Kaplani beauftragten die Kollegen, den jungen Mann auf die Dienststelle zu bringen, um dort auf den Polizeizeichner zu warten, und suchten noch einmal Moraweck auf

»Ich habe noch etwas für euch«, murmelte der und wies auf eine hölzerne Stange. »Das ist der Hebel, um die Wasserzufuhr für den Kanal zu steuern. Wir haben DNA daran entdeckt. Vermutlich hat sich der Täter daran verletzt und sich einen Spreißel eingehandelt.«

»Das ist sehr gut«, sagte Lentje. »Sonst noch was?«

»Nein, es bleibt dabei. Die Spuren stammen mit Sicherheit von einem Einzeltäter, deswegen hatte er das Opfer wahrscheinlich auch betäubt.«

Als Lentje Kaplani und Peter Uhlig den Tatort verließen, dämmerte es bereits. Die Fahndung nach Jan Nowack und dem grünen Lada Niva lief auf Hochtouren, doch bislang hatten sich keine weiteren Hinweise ergeben. Noch bevor sie in Jöhstadt auf der Polizeistation eintrafen, erhielten sie Nachricht von der tschechischen Polizei. Dort war ein Jan Nowack aus Chomutov nicht bekannt.

»Wäre auch zu schön gewesen«, seufzte Lentje.

Monika Sander war froh, dass der Aktenberg, der im Konferenzzimmer lagerte, endlich abgeholt wurde. Schließlich hatte sie den Empfang der Akten aus dem Bundesarchiv persönlich quittiert. Der Karton, den der Bote zurückließ, bestand lediglich aus zwölf einzelnen Ordnern, doch diese enthielten weitaus mehr Brisanz als alle anderen zusammen. Denn darin waren die persönlichen Schicksale der Heimbewohner auf Gut Birkenfeld erfasst, die in der ehemaligen Volkspolizeistation Jöhstadt verzeichnet worden waren.

Monika Sander schaute dem Büroboten nach, bis er mit seinem Transportwagen auf dem Flur verschwand.

Thorke Oselich hob den Deckel des verbleibenden Kartons an und warf einen Blick hinein. »Das scheint übersichtlich.«

Inzwischen wussten auch die Kollegen in Wilhelmshaven, dass der Täter vom Jakobshof erneut zugeschlagen hatte und es sich bei dem Opfer um Simon Leußner handelte, der vor sechs Monaten aus Kanada zurückgekehrt war.

»Wir machen uns sofort an die Arbeit«, seufzte Monika müde und griff in den Karton. Akten standen ihr inzwischen Oberkante Unterkiefer, doch was sollte sie tun. Es war nicht einfach, in der Vergangenheit nachzubohren, vor allem, wenn es sich um die Vergangenheit eines anderen Staates handelte.

Eilige Schritte waren auf dem Flur zu hören. Die Tür wurde aufgestoßen und Eike Brun stürmte in den Raum. »Ich habe diese Manuela ausfindig gemacht, sie wohnt gerade mal fünf Kilometer vom ehemaligen Hofgut entfernt in Satzung.«

»Welche Manuela meinst du?«, fragte Monika.

»Lentje hat uns den Namen durchgeben, dieser Zeuge, der Kfz-Mechaniker, hat sie erwähnt. Sie war dort, als auch er dort im Heim war. Damals hieß sie Eberhardt, aber jetzt heißt sie Bleibtreu, ist verheiratet und hat drei Kinder. Das ist sie, da bin ich mir sicher.«

»Hast du das auch wieder aus dem Internet«, fragte Thorke Oselich.

Eike schüttelte den Kopf. »Nein, über die Meldedaten. Sie hat einmal eine Gaststättenerlaubnis beantragt und brauchte dazu ein polizeiliches Führungszeugnis.«

Monika nickte. »Gut, ich gebe Trevisan Bescheid.«

Eike Brun schrieb die Adresse der Frau samt Telefonnummer auf einen Notizzettel, den Monika mit in ihr Büro nahm. Sie wählte Trevisans Telefonnummer an.

Es klingelte gerade zweimal, bevor er das Gespräch annahm. »Du, Monika, ich bin gerade auf dem Sprung. Wir machen jetzt ordentlich Druck. In einer halben Stunde gibt es eine Pressekonferenz. Wir haben ein Phantombild von ihm. Sogar die *MDR*-Nachrichten sind mit von der Partie, ihr könnte es euch heute Abend anschauen, wenn ihr Lust habt.«

»Ich rufe an, weil wir eine Frau ausfindig gemacht haben, die auch auf dem Birkenhof war. Vielleicht kannst du mit ihr in Kontakt treten, sie wohnt nicht weit von Jöhstadt entfernt.«

»Dann gib mal durch.«

Als Monika Sander in den Konferenzraum zurückkehrte, hatte Thorke Oselich die Akten bereits an die Mitarbeiter verteilt. »Ich hoffe, dass wir endlich fündig werden, wer weiß, wie viele Opfer dieser Kerl noch auf seiner Liste hat.«

*

»Damit hat er auch sein letztes Opfer erwischt«, resümierte Peter Uhlig. »Das Räuchermännchen stand übrigens auf dem Fenstersims des Sägehauses, wir haben es erst später gefunden. Das ist wohl eindeutig.«

Trevisan, Lentje, Bea Gabler und Peter Uhlig saßen zusammen im Hotelzimmer. Nach dem Abendessen hatten sie sich ins Hotel *Alt Annaberg* zurückgezogen, um die *Abendschau*-Sendung im *MDR*-Fernsehen zu verfolgen. Neben dem Polizeichef und dem Pressesprecher der Polizeidirektion Chemnitz hatten der für Annaberg zuständige Oberstaatsanwalt sowie Peter Uhlig und auch Martin Trevisan teilgenommen. Das Phantombild war für mehrere Sekunden zu sehen und auch die Personalien des mutmaßlichen Täters wurden bekanntgegeben. Die tschechische Polizei war inzwischen über ein offizielles Ermittlungs- und Fahndungsersuchen in den Fall involviert.

Als die Sendung vorüber war – der Bericht über die Pressekonferenz hatte beinahe fünf Minuten gedauert –, öffnete Peter Uhlig eine Flasche Wein und goss die Gläser voll. »Wie gesagt, er hat nun alle über den Jordan geschickt, die damals dieses zwielichtige Kinderheim betrieben. Diejenigen ausgenommen, die der Teufel wohl schon vorher selbst geholt hat. Jetzt müssen wir nur noch abwarten, irgendwo läuft er schon auf.«

»Du vergisst Lauser«, wandte Trevisan ein. »Er könnte noch immer hinter dem her sein.«

»Ach was, vergiss Lauser«, wehrte Uhlig ab. »Lauser war nicht mehr als eine Unterschrift auf irgendeinem Einlieferungsbescheid. Er war keine real existierende Person für die Heiminsassen. Wahrscheinlich kannten sie ihn nicht einmal.«

»Jan Nowack ist unser Täter, aber das ist sicherlich nicht sein richtiger Name«, warf Bea Gabler ein. »Es ist einer dieser zwölf Aktenleichen, die wir gefunden haben. Ich setze hundert Euro auf Horst Bratsch, der als Neunjähriger aus dem Heim weggelaufen ist und dessen Schwester dort zurückblieb und sich angeblich ein halbes Jahr später umbrachte.«

»Ausgerechnet diese Akte ist unvollständig«, bemerkte Lentje.

»Wenn da mal nicht was vertuscht werden soll«, meinte Bea Gabler.

Peter Uhlig hob sein Weinglas und prostete den anderen zu. »Immerhin haben wir den Fall so gut wie gelöst.«

Trevisan schüttelte den Kopf. »Nichts haben wir gelöst! Wir wissen weder, wer sich hinter dem Namen Jan Nowack verbirgt, noch kennen wir die genauen Umstände seines Motivs.«

Uhlig trank einen Schluck. »Sei nicht so pessimistisch«, sagte er und stellte das Glas zurück auf den Tisch.

»Wir haben die Leiche eines jungen Mädchens, das zweifelsfrei ermordet wurde«, sagte Trevisan. »Trotzdem kommen wir nicht voran.«

»Das war vor dreißig Jahren«, bemerkte Uhlig. »Wir wissen weder, wer das Mädchen war, noch, warum es erschlagen wurde. Ich wüsste auch nicht, wie wir da weiterkommen sollten. Es gibt darüber keine Akte.«

Bea Gabler räusperte sich. »Nach allem, was wir über Simon Leußner erfahren haben, traue ich ihm den Mord an dem Mädchen zu. Erinnert euch an die Aussagen von Mannsdorf und Schönberger. Mich würde es nicht wundern, wenn er seine Drecksfinger nicht von den Mädchen auf dem Hof fernhalten konnte, deswegen musste er dort auch weg. Mein Gefühl sagt mir, Tina Bartsch ist das Mädchen aus dem Stollen. «

Trevisan zuckte mit der Schulter. »Ich finde, wir sollten noch einmal mit Lauser sprechen und ihn unter Druck setzen.«

Peter Uhlig hob abwehrend die Hände. »Das lassen wir schön sein. Ich habe schon wegen eurem letzten Besuch Ärger an der Backe.«

»Wieso Ärger?«, fragte Trevisan.

»Der Fraktionsvorsitzende kennt den Gerichtspräsidenten, der Gerichtspräsident kennt den Oberstaatsanwalt und der wiederum kennt den Polizeipräsidenten. Vergesst nicht, der Mann ist Abgeordneter und damit tabu für unsere Ermittlungen. Er hat angegeben, dass er nur am Rande mit dem Birkenhof in Verbindung stand und die Bezirksregierung die Verantwortung für das Heim trug. Der verantwortliche Leiter der Abteilung für das Kindeswohl ist 1993 an einem Herzinfarkt verstorben.«

»Das ist doch Blödsinn und das weißt du. Lauser hat diesen Hof geleitet, auf jedem Bericht ist seine Unterschrift und Jochmanns Aussage ist eindeutig.«

»Das sagst du, aber mein Präsident ist da anderer Meinung, Lauser ist nicht Teil unserer Ermittlungen. Deshalb lassen wir die Finger von ihm.«

»Was ist, wenn er sich in Gefahr befindet?«, widersprach Trevisan.

»Auch das hat der Polizeipräsident abgeklärt. Wir haben ihm Personenschutz angeboten, aber er hat abgelehnt. Er könne selbst für seinen Schutz sorgen, hat er gesagt.«

»Wie wäre es mit einer verdeckten Aktion?«

»Habe ich zuerst auch vorgeschlagen, aber der Präsident hat vehement interveniert. Die beiden sind in der gleichen Partei und Lauser steht auf dem Sprung zur nächsten Stufe der Karriereleiter. Ich werde den Teufel tun und mir die Finger verbrennen. Mensch, Martin, jetzt lass mal gut sein, den Kerl müssen wir von unserer Liste streichen. Und damit basta!«

Bevor Trevisan antworten konnte, klingelte Uhligs Handy. Das Gespräch dauerte nur kurz. »Es gibt zwei DNA-Treffer«, sagte er und steckte das Handy in die Jackentasche. »Das DNA-Profil der Leiche aus dem Schacht stimmt mit dem von Nowack überein, das heißt eindeutig, dass sie vollbürtige Verwandte sind. Bruder und Schwester eben. Und Nowack ist zweifellos auch der Mörder von Simon Leußner, da schließt sich der Kreis. Siehst du, Martin, da hast du das Motiv. Rache an den Mördern seiner Schwester, würde ich sagen. Mit Bratsch liegen wir vollkommen richtig.«

35

Mittwoch

Frischer Kaffeeduft breitete sich im Büro von Monika Sander aus. Die Akte mit dem roten Deckel lag auf ihrem Schreibtisch. Daneben hatte sie ihr Notizbuch gelegt.

Fürsorgesache Bratsch – Aktenzeichen 79/1980 – Annaberg/GL, stand in Courier-Schreibmaschinenschrift auf der ersten Seite. Monika hatte sich die Akte in ihr Büro mitgenommen, damit sie ungestört arbeiten konnte. Horst und Tina Bratsch waren die einzigen Geschwister, die in den Akten über den

Birkenhof vom Bundesarchiv gelistet waren. Da die DNA des Mörders und die der skelettierte Leiche aus dem Stollen nahezu übereinstimmte, war es naheliegend, dass die Suchmannschaften die vermisste Tina Bratsch gefunden hatten. Obwohl die nach Behauptung eines Mädchens, das sich zur gleichen Zeit auf dem Birkenhof aufgehalten hatte, irgendwo ins Wasser gegangen sein sollte.

Familie Bratsch hatte einst in Schlettau bei Annaberg gelebt. Richard Bratsch hatte als Techniker in einer Maschinenfabrik gearbeitet und seine Ehefrau Hannelore war Altenpflegerin gewesen. Ihre beiden Kinder Tina und Horst waren ihnen am 3. Mai 1980 entzogen worden. Subversive staatsfeindliche Aktivitäten, hieß es in einem beigefügten Bericht. Offenbar waren die Eltern in einem Verfahren vom Kreisgericht zu langjährigen Haftstrafen verurteilt worden. Hannelore Bratsch saß sieben Jahre in Hoheneck und Richard Bratsch wurde in Erfurt untergebracht. Im Gerichtsverfahren erging der Beschluss, den damals sechsjährigen Sohn Horst und die zwölfjährige Tina einstweilen der Kinderfürsorge in Annaberg zu überstellen und bis zur Adoptionsfreigabe in einer geeigneten Einrichtung unterzubringen. Auf diesem Weg landete das Geschwisterpaar auf dem Birkenhof. Horst Bratsch und seine Schwester unternahmen im November 1983 einen Fluchtversuch, der allerdings misslang. Tina Bratsch wurde aufgegriffen, während Horst Bratsch bei der Flucht über den Deutschen Felsen, unmittelbar an der Grenze zur damaligen ČSSR gelegen, tödlich verunglückte. Seine Leiche wurde nie gefunden und er wurde zehn Jahre später offiziell für tot erklärt. Tina Bratsch verschwand ein halbes Jahr später spurlos. Auch sie wurde nach Ablauf von zehn Jahren für tot erklärt. Ihre Eltern waren nach Verbüßung von zwei Dritteln der Haftstrafe in den Westen abgeschoben worden und einem beigefügten Bericht des Hauptamtes Berlin zufolge in der Gegend um Nürnberg gelandet.

Monika Sander hatte alle Daten stichpunktartig notiert. Sie nahm einen Schluck Kaffee, bevor sie ihr Büro verließ und Eike im Computerraum aufsuchte. »Du musst mal etwas für mich herausfinden.«

»Wen soll ich suchen?«

»Der Familienname ist Bratsch, Hannelore und Richard Bratsch. Sie kamen über einen Gefangenenaustausch in den Westen und wurden in Nürnberg untergebracht. Schau mal nach, ob du etwas über sie finden kannst.«

»Ich tue, was ich kann.« Eike schob Monika einen Notizzettel zu.

»Annemarie Schneiderjahn«, las sie laut vor. »Magdeburg, Lutherstraße 12. Wer ist das?«

»Das ist die Küchenhelferin, die damals auf dem Birkenhof arbeitete«, erklärte Eike. »Ich habe ihre Adresse über die Rentenanstalt herausgefunden. Sie ist heute dreiundsechzig und arbeitet als Hauswirtschafterin bei der Diakonie.«

»Du bist wirklich spitze«, sagte Monika. »Ich gebe es gleich an Martin weiter.«

Schon wollte sie das Zimmer verlassen, als Eike sie zurückhielt. »Hier habe ich es«, rief er ihr zu. »Bratsch, Hannelore und Richard. Da kommen wir leider zu spät. Sie liegen auf dem Zentralfriedhof in Erlangen. Hannelore Bratsch starb 2011 und Richard Bratsch im letzten Jahr.«

»Verdammt! Trevisan will einen DNA-Abgleich. Jetzt müssen wir auch noch eine Exhumierung beantragen.«

*

Der Disput mit Peter Uhlig am gestrigen Abend hatte Trevisan zu denken gegeben. Offenbar bekam er immensen Druck aus der Chefetage seiner Dienststelle. Dennoch sah Trevisan die Sache vollkommen anders als sein Kollege vom Dresdner LKA. Er stimmte mit ihm überein, dass es sich bei Jan Nowack um den Mörder der Habichs und der Leußners handelte, und mit Sicherheit war Jan Nowack nicht der, für den er sich ausgab, sondern vielmehr Horst Bratsch, der den angeblichen Sturz über den Deutschen Felsen irgendwie überlebt hatte. Vielleicht deckten die Ermittlungen der tschechischen Polizei die tatsächlichen Lebensumstände von Bratsch in der ehemaligen ČSSR auf und es war wirklich nur noch eine Frage der Zeit, bis Bratsch alias Nowack irgendwo auflief und festgenommen werden konnte. Zumal es inzwischen ein ausgesprochen gutes Foto von ihm gab, das von einem seiner Kollegen im Sägewerk mit dem Handy heimlich aufgenommen worden war und ihn in voller Lebensgröße zeigte. Überhaupt nicht überzeugt war Trevisan allerdings von Uhligs Theorie, dass Jan Nowack alias Horst Bratsch mit dem Mord an Simon Leußner sein Ziel erreicht hatte. Seiner Meinung nach schwebte der Abgeordnete Günter Lauser in großer Gefahr. Weswegen sollte Bratsch vor dem Mann Halt machen, dem seine Schwester und er den Aufenthalt auf dem Birkenhof zu verdanken hatten?

Seit dem heutigen Morgen wussten die Ermittler, dass aus dem Waffenschrank, der in Simon Leußners Haus stand, eine Pistole und ein Gewehr mit Zielfernrohr fehlten. Der Schlüssel zum Schrank hatte sich am Schlüsselbund des Wagens befunden. Auch vom Wagen selbst gab es noch keine Spur. Trevisan ärgerte sich darüber, dass Peter Uhlig seine Einwände einfach so abtat.

»Da, da vorne muss es sein!«, rief Lentje und zeigte durch die Windschutzscheibe.

Bea Gabler und Peter Uhlig waren zurück nach Dresden gefahren, doch Trevisan hatte beschlossen, die Zeit zu nutzen und die Ermittlungen fortzuführen, auch wenn sie auf die Unterstützung durch das LKA Sachsen erst einmal verzichten mussten.

»Ja, genau, das ist es.« Trevisan lenkte den Audi auf den Parkplatz des Gasthofes. Drei weitere Wagen standen dort. »Zeit zum Mittagessen«, sagte er, als er den Wagen abschloss.

»Gut, eine warme Mahlzeit ist nicht die schlechteste Idee«, bestätigte Lentje.

Der Gastraum war nur spärlich besetzt und bot reichlich Platz. Zwei Familien saßen an den Tischen neben der Tür. Ein einzelner Herr hatte sich am Fenster niedergelassen. Trevisan suchte einen Tisch im hinteren Bereich aus.

Kaum hatten sie Platz genommen, kam ein junges Mädchen hinter dem Tresen hervor. »Guten Tag«, sagte sie freundlich und legte zwei Speisekarten auf den Tisch. »Wissen Sie schon, was Sie trinken wollen?«

Trevisan bestellte ein alkoholfreies Bier, während Lentje Wasser bevorzugte. Schließlich widmeten sie sich der Speisekarte. Diesmal kam eine Frau um die fünfzig an den Tisch, die junge Bedienung stand sich am Zapfhahn. Die Frau brachte die Getränke an den Tisch und nahm geduldig die Bestellung auf.

»Sind Sie die Besitzerin des Gasthofs?«, fragte Trevisan neugierig.

»Ja, das ist richtig.«

»Dann sind Sie Manuela Bleibtreu?«

Sie schaute Trevisan verwundert an. »Kennen wir uns?«

Er schüttelte den Kopf, legte sein Ausweismäppchen auf den Tisch und klappte es auf.

»Polizei?«, fragte Manuela Bleibtreu erstaunt.

»Wir ermitteln in einem Fall, der den Birkenhof betrifft.«

Sie blickte sich nervös im Gastraum um. »Und da kommen Sie zu mir?«

»Wir sind über Ihre Personalien gestolpert, als wir die Belegungslisten überprüften. Wir wissen, dass schon eine lange Zeit vergangen ist und der Aufenthalt dort nicht gerade angenehm war, dennoch würden wir gerne mit Ihnen darüber sprechen.«

Manuel Bleibtreu beugte sich vor. »Ich möchte über diese Zeit nicht reden«, flüsterte sie. »Das ist Vergangenheit und für mich erledigt.«

»Simon Leußner ist tot, er wurde ermordet.«

Die Gasthofsbesitzerin nickte. »Dann hat er das bekommen, was er verdient.«

»Hat er Sie misshandelt, damals auf dem Hof?«

»Hören Sie … Herr …«

»Trevisan, Martin Trevisan aus Wilhelmshaven.«

»Gut, Herr Trevisan. Ich sage Ihnen nur so viel: Dieser Kerl hatte einen verderbten Charakter und war ein ganz mieses Schwein. Nur gab es damals niemanden, der das hören wollte.«

»Auch Günter Lauser nicht.«

Manuela Bleibtreu warf einen geringschätzigen Blick auf Trevisan. »Ich bringe Ihnen das Essen und dann möchte ich, dass Sie gehen.«

Trevisan zog seine Lippen schmal. »Das ist schade. Vielleicht sollten wir noch erwähnen, dass die skelettierte Leiche eines Mädchens in einem alten Stollen auf dem Gelände des Birkenhofs gefunden wurde. Das Mädchen wurde erschlagen.«

Die Wirtin schüttelte den Kopf. »Das wundert mich nicht, glauben Sie mir. Das ist lange her und ich möchte mich nicht mehr daran erinnern. Ich hoffe, Sie respektieren das.«

Trevisan seufzte. »Es ist Ihre Entscheidung, allerdings finde ich diese Entscheidung nicht gut. Sie sind nicht das einzige Opfer.« Er reichte der Frau eine Visitenkarte. »Falls Sie es sich noch anders überlegen. Wir brauchen jede Hilfe, um ein Verbrechen aufzuklären.«

Manuela Bleibtreu lächelte gekünstelt. »Tut mir leid«, sagte sie, ehe sie sich umwandte und den Tisch verließ.

»Verdammt!« Er lehnte sich in seinem Stuhl zurück. »Wie sollen wir weiterkommen, wenn uns niemand dabei helfen will?«

Lentje winkte ab. »Ich möchte mir gar nicht vorstellen, wie es dort auf dem Hof zuging. Die Leute verdrängen es einfach, es ist ihre Art, mit diesem Unrecht umzugehen.«

»Das mag sein, aber es gibt auch so etwas wie Zeugenpflicht.«

*

Das Haus lag weitab jeglicher Zivilisation. Ein ehemaliges Herrenhaus inmitten der Wildnis, umgeben von Bäumen, Sträuchern, Felsen und Wiesen. Der Park war inzwischen verwildert, doch das störte ihn nicht. Seit Jahren stand dieses Haus leer, das nach der Wende geschlossen worden war, da auch hier die Besitzverhältnisse ungeklärt waren. Zumindest Strom gab es noch, er musste nur den Hauptschalter wieder einschalten und die unterbrochene Verdrahtung wiederherstellen. Dennoch vermied er es, das Licht einzuschalten, denn niemand sollte bemerken, dass jemand hier war.

Ein Kur- und Ferienheim war es einstmals gewesen, darauf wies die Tafel draußen an der Wand neben der Eingangstür hin. Es war von der damals regierenden Partei betrieben worden, und hier hatten sich verdiente Mitglieder der Bezirksregierung, aber auch der Arbeiterschaft erholen können. Noch immer standen verstaubte Polsterstühle an einer langen Tafel und ein Kronleuchter verlieh diesem Raum den Charme eines herzoglichen Speisesaales. So langsam nagte allerdings der Zahn der Zeit am Haus und der Einrichtung. Dennoch war dieser abgelegene Unterschlupf ein Segen. Und überdies sorgte ein Sendemast auf einem Berg in unmittelbarer Nähe für ausreichenden Handyempfang. Hier würde er eine Zeit verweilen können, denn auch für Proviant war gesorgt.

Das Tablet lag vor ihm auf dem Tisch. Neben ihm stand das Gewehr und die Pistole hielt er in der Hand. Er richtete sich auf, als sich das Tablet mit einem hellen Dreiklang zu Wort meldete. Der Engel hatte sich gemeldet, der Engel der Rache, so wie er es versprochen hatte. Jan Nowack legte die Pistole aus der Hand und griff zum Tablet.

Du musst nach Marienberg, aber benutz nicht den Wagen. Sie suchen nach dir. Die nächste Aufgabe ist nicht leicht. Du wirst die Waffe brauchen. Näheres folgt, wenn es so weit ist …

Die Nachricht war von ihm. Direkt von Anděl pomsty, dem Engel der Rache. *Ok*, schrieb er in den Chat. Er wusste, dass er gesucht wurde, und er wusste, dass er vorsichtig sein musste, denn noch immer lag eine Aufgabe vor ihm. Er hatte die Pressekonferenz der Polizei auf dem Tablet verfolgt. Den Beamten aus Wilhelmshaven hatte er sofort wiedererkannt. Schon damals, nachdem er auf dem Jakobshof zugeschlagen hatte, war dieser Mann im Fernsehen gewesen. Trevisan hieß er und erschien ihm durchaus symphatisch, auch wenn er auf der falschen Seite stand. Jan legte das Tablet zurück auf den Tisch und lehnte sich auf dem Stuhl zurück. Für einen Augenblick schloss er die Augen. Bald wären wieder alle vereint. Nur ein paar Tage noch. Der Engel der Rache würde ihm den richtigen Weg weisen.

36

Donnerstag

Der Vizepräsident war sichtlich ungehalten. Nachdem Peter Uhlig vor dem Schreibtisch Platz genommen hatte, schüttelte er lange und schweigend den Kopf.

Uhlig räusperte sich. »Guten Morgen, Sie wollten mich sprechen?«

Der Vizepräsident blickte auf. »Mein Gott, Uhlig, welcher Teufel hat Sie denn da geritten?! Schicken Ihre junge und unerfahrene Kollegin zu einem Abgeordneten und geben ihr auch noch einen Kollegen aus dem Westen an die Hand, der bei der Unterredung das Wort führt. Das war sehr ungeschickt.«

»Tut mir leid, Herr Vizepräsident, es ließ sich leider nicht anders arrangieren.«

»Sie kapieren es nicht«, antwortete der Vizepräsident erbost. »Günter Lauser wird in Kreisen der hohen Politik als künftiger Nachfolger von Kahl im Innenministerium gehandelt und damit werden wir in den nächsten Jahren öfter mit ihm zu tun haben, als es uns lieb sein wird. Da schickt man nicht seine Vertretung und noch dazu einen Beamten aus Wilhelmshaven. Ihre Kollegin war kaum gegangen, da hat er bereits den Gerichtspräsidenten informiert, der sprach mit dem Oberstaatsanwalt und zehn Minuten später klingelte das Telefon auf meinem Schreibtisch.«

In groben Zügen also das, was Uhlig seinem Freund Trevisan auch schon zu erklären versucht hatte. Er schwieg.

»So ist das eben. Sie werfen einen Stein in den Teich und ich soll am Ende die Wogen glätten, Herr Uhlig, so geht das nicht. Solche Dinge müssen vorher besprochen werden. Wie stehen wir da, wenn hier jeder macht, was er will! Was liegt gegen Günter Lauser vor?«

»Nichts, nichts Konkretes«, beeilte sich Uhlig zu versichern.

»Sein Name tauchte lediglich in den Ermittlungsakten auf, deshalb sollte er in die Befragung mit einbezogen werden. Schließlich war er zum damaligen Zeitpunkt Leiter der Kinder- und Jugendfürsorgestelle in Annaberg. Der Birkenhof lag in seiner Zuständigkeit.«

»Gab es dort Unregelmäßigkeiten?«

Uhlig fuhr sich mit der Zunge über die Lippen. »Es gab einige Zwischenfälle in dem Heim. Offenbar führte die Heimleitung dort ein hartes Regiment.«

»Von welcher Art von Zwischenfällen sprechen Sie?«

»Nun, es gab tödliche Unfälle, einige Jugendliche sind weggelaufen und sind bis heute nicht wieder aufgetaucht. Wir sind uns sicher, dass auch der Tatverdächtige auf dem Birkenhof untergebracht war, auch wenn noch einige Untersuchungen ausstehen.«

»Können Sie konkrete Anschuldigungen gegen den Abgeordneten vorbringen?«

Uhlig schüttelte den Kopf. »Nein, darum ging es in der Befragung auch gar nicht. Hören Sie, Herr Vizepräsident. All die Menschen, die durch Jan Nowack getötet wurden, hängen mit dem Birkenhof zusammen. Wir wollten uns lediglich ein Bild darüber machen, ob auch Lauser in Gefahr ist.«

»Günter Lauser hat dies jedoch anders dargestellt. Ihm wurden Vorhaltungen gemacht, sagt er.«

»Das stimmt so nicht«, stellte Peter Uhlig klar. »Wir wollten lediglich ausloten, wie nah sein Kontakt zum Heim war. Nach der Aussage eines ehemaligen Volkspolizisten war er über alle Geschehnisse auf dem Birkenhof informiert. Es bestand der Verdacht, dass auch Lauser Bestandteil der Todesliste sein könnte. Sollte der Herr Abgeordnete unsere Befragung als Ermittlung gegen ihn gesehen haben, dann hat er unsere Motivation vollkommen missverstanden. Es ging in erster Linie darum, beurteilen zu können, ob Polizeischutz angebracht ist. Wie stünden wir da, wenn dem Mann etwas zustößt und es am Ende heißt, die Polizei habe von einer konkreten Gefährdungslage gewusst und nichts unternommen.«

Der Vizepräsident stützte die Ellenbogen auf der Schreibtischplatte auf und faltete die Hände vor seinem Gesicht. »Genau das habe ich auch dem Oberstaatsanwalt erklärt. Günter Lauser verzichtet weiterhin auf Polizeischutz, deshalb halten wir uns von dem Mann fern, ist das klar, Kollege Uhlig?!«

»Klar.«

»Wo ist der Kollege aus Wilhelmshaven jetzt?«

»Er ist noch in Annaberg, bereitet aber seine Rückreise vor. Die Fahndung nach Jan Nowack läuft auf Hochtouren. Die tschechischen Behörden sind involviert. Außerdem haben wir das DNA-Profil an die tschechischen Kollegen übermittelt, möglicherweise ist der Täter auch dort schon in Erscheinung getreten.«

»Was ist mit dem Mädchen aus dem Stollen?«

Peter Uhlig zuckte mit der Schulter. »Der Mörder und das Mädchen waren verwandt. Wir gehen davon aus, dass es sich bei der Toten um die vermisste Tina Bratsch handelt. Horst Bratsch, ihr Bruder, war ebenfalls auf dem Birkenhof untergebracht und ist ein halbes Jahr vor ihrem Verschwinden geflohen. Es heißt, er wäre über einen Felsen gestürzt, doch seine Leiche wurde nie gefunden. Es gibt eine Übereinstimmung der DNA.«

»Gut, Kollege Uhlig, bleiben Sie am Ball. Aber wenn Sie das nächste Mal das Bedürfnis haben, mit einer honorigen Persönlichkeit aus der Politik oder der Wirtschaft zu sprechen, dann läuft das über meinen Schreibtisch, ist das klar?«

Peter Uhlig nickte.

»Das wäre es vorerst – und pfeifen Sie diesen Kollegen aus Wilhelmshaven zurück. Sagen Sie ihm, dass wir ihn informieren, sobald wir weitere Informationen erhalten. Ich will nicht, dass er hier bei uns weiter herumschleicht. Er ist örtlich nicht zuständig und Gründe für eine weitere Zusammenarbeit sehe ich nicht mehr. Der Fall liegt jetzt in unserer alleinigen Zuständigkeit, machen Sie ihm das klar.«

Peter Uhlig verließ das Büro. Er hatte es plötzlich eilig, die Chefetage zu verlassen.

*

Eike Brun genehmigte sich in der Kantine einen Kuchen und eine Tasse Kaffee. Er hatte sich in eine Ecke gesetzt und schaute hinaus in den Innenhof des Areals. Die Sonne stand hoch am Himmel und spiegelte sich auf den Dächern der Autos. Er erschrak, als plötzlich Verena Steuer an seinen Tisch trat.

»Da bist du ja, ich habe dich überall gesucht.«

»Ist was passiert?«

Sie setzte sich und schob ihm ein Schreiben zu. »Das war heute in der Post. Monika meinte, dass du dich darum kümmern sollst.«

Eike betrachtete das Schreiben, das vom Standesamt der Samtgemeinde Wangerland stammte, und schüttelte den Kopf. »Was soll ich damit, das ist eine Erbschaftsanfrage, das ist doch nicht unsere Sache.«

»Doch, die wollen wissen, ob das Verfahren abgeschlossen ist, da geht's ums Erbe.«

»Lass es da, ich kümmere mich darum.«

Verena Steuer erhob sich und ließ Eike alleine am Tisch zurück.

Nachdem er seinen Kaffee in aller Seelenruhe getrunken und den Kuchen verspeist hatte, ging er zurück in sein Büro. Den Brief legte er vor sich auf den Schreibtisch. Noch einmal überflog er die Anfrage. Schließlich griff er zum Telefon und wählte die Nummer der Standesbeamtin.

»Behrend, Standesamt Wangerland«, meldete sich eine Frauenstimme am anderen Ende der Leitung.

»Brun, Kripo Wilhelmshaven. Es geht um Ihr Schreiben in Sachen Sterbefall Habich/Henner. Sie wollen wissen, ob das Verfahren abgeschlossen ist. Leider ist das noch nicht der Fall, es wird wohl auch noch eine Weile dauern.«

»Darf ich fragen, wie lange?«

»Das kann ich leider nicht sagen. Weshalb ist das wichtig?«

»Es geht um die Erbschaftssache«, erklärte die Standesbeamtin. »Offenbar gibt es keine direkten Nachfahren der Verstorbenen, dennoch liegt eine Erbschaftsanzeige vor. Eine Frau Kolling, die Schwägerin der Verblichenen, erhebt

Anspruch und es geht da um ganz beträchtliche Werte. Allerdings gäbe es einen Hinderungsgrund, sollte sie in die Sache verwickelt sein.«

Eike runzelte die Stirn. »Was hat das Standesamt damit zu tun?«

»Das ist leicht zu erklären. Wenn es kein Testament und keine Erben bis zum dritten Grad gibt, dann muss sich das zuständige Standesamt um die Nachlasssicherung kümmern. Das ist der Hintergrund unserer Anfrage.«

»Ach, ich verstehe, es geht um den Hof. Und wenn Frau Kolling als Mörderin in Betracht käme, dann würde sie vom Erbe ausgeschlossen.«

»Sie haben es erfasst. Den Hof und das dicke Bankkonto, nicht zu vergessen.«

»Ich kann bislang nur sagen, dass wir sie nicht auf unserem Schirm haben.«

»Dann ist es ja gut, da kann ich der SBS in Basel schon einmal Bescheid geben, dass es wohl zu Forderungen kommen wird.«

»Eine Schweizer Bank?«, fragte Eike neugierig.

»Ja. In Basel liegen 1,2 Millionen Euro im Tresor und warten auf einen neuen Besitzer.«

Eike traute seinen Ohren nicht. Soweit er sich erinnern konnte, war er bei der Überprüfung der Konten der Mordopfer lediglich auf eine Summe von dreißigtausend Euro auf einem Sparkonto gestoßen. »Entschuldigen Sie, können Sie mir diese Akte zukommen lassen?«

Die Standesbeamtin zögerte. »Ja, darf ich das denn …? Ich meine, wegen dem Datenschutz?«

»Dieses Geld könnte Bestandteil einer Mordermittlung sein«, beeilte sich Eike zu versichern. »Das geht schon in Ordnung, glauben Sie mir.«

*

Trevisan saß zusammen mit Lentje im Hotelzimmer und studierte die Notizen, die er bei den Befragungen der Zeugen gemacht hatte. Zweimal hatte er bereits versucht, Peter Uhlig zu erreichen. Bislang vergeblich. Lentje hatte die Akten aus der Polizeistation Jöhstadt mitgenommen. Leider suchte sie bislang erfolglos nach Hinweisen auf einen möglichen Hinwendungsort von Horst Bratsch. Die Belegungslisten taugten dazu nicht. Sie folgten damit der Theorie, dass Horst Bratsch bei seiner Flucht gar nicht abgestürzt, sondern bei einem ehemaligen Mitinsassen vom Birkenhof untergekrochen war, der kurz zuvor entlassen worden war.

»Ich weiß nicht, ich glaube nicht, dass wir auf diese Art zu einem Ergebnis kommen. Wir müssten jemanden finden, der zur gleichen Zeit dort war, sonst treten wir auf der Stelle.«

»Diese Küchenhilfe wäre so jemand.«

»Richtig, mit ihr sollten wir reden.« Lentje blätterte weiter.

Trevisans Handy klingelte. Peter Uhlig war am Apparat. »Hallo, Peter, ich habe schon versucht, dich zu erreichen.«

»Ich musste bei meinem Chef vorreiten«, entgegnete Uhlig. »Er hat unsere Zusammenarbeit offiziell für beendet erklärt und will, dass ihr nach Wilhelmshaven zurückkehrt.«

»Wie siehst du die Sache?«, fragte Trevisan.

»Ich habe es dir doch schon erklärt. Nowack und Bratsch sind mit Sicherheit ein und dieselbe Person. Die Fahndung steht. Möglicherweise ist er nach Tschechien abgehauen. Er muss einen Bezug dahin haben. Die Tschechen wissen Bescheid. Wir können nichts mehr tun. Die Ermittlungen sind so weit abgeschlossen. Außerdem gab es am Sägewerk noch mal eine Übereinstimmung mit eurer DNA-Spur. Ich halte gerade den Bericht in den Händen.«

»Was ist mit Lauser?«

»Lasst um Gottes willen Lauser in Ruhe, der wird bald Staatssekretär im Innenministerium. Er will keine Polizei in seiner Nähe. Angst scheint er trotzdem zu haben, er hat wohl einen privaten Sicherheitsdienst engagiert.«

»Gut, das ist eure Sache, wie ihr damit umgeht, aber ich denke, wir sind noch lange nicht am Ende. Da steckt noch etwas anderes dahinter.«

»Tut mir wirklich leid, Martin. Aber da bin ich vollkommen anderer Auffassung. Und du weißt, ich bin auch nur ein kleines Rädchen im Getriebe. Ihr habt euch bei Lauser ganz schön in die Nesseln gesetzt. Wie konntet ihr ihn wegen des Birkenhofs dermaßen unter Druck setzen? Wir haben überhaupt nichts gegen den Mann in der Hand. Damals galten eben andere Gesetze und wir können Lauser nicht vorwerfen, dass er zu jener Zeit geltendes Familienrecht umsetzte.«

»Diese Kinder wurden aus ihren Familien gerissen, weil sie dem Staat nicht passten«, wandte Trevisan ein. »Zwangsadoption, das ist moralisch absolut verwerflich, und Lauser spielte da mit.«

»Martin, was hätte er tun sollen? Er war Staatsdiener, so wie du und ich. Und mein Chef hat da eine klare Linie. Der Fall ist jetzt Sache der Zielfahndung des LKA. Du bist raus, tut mir wirklich leid.«

»Können wir wenigstens noch …«

»Er sagt, ich soll euch ausdrücklich darauf aufmerksam machen, dass ihr keinerlei Polizeigewalt in Sachsen habt. Das ist nicht auf meinem Mist gewachsen.«

Trevisan lächelte. »Gut, Peter, ich habe verstanden.«

»Ich halte dich auf dem Laufenden, mehr kann ich nicht tun. Sobald wir ihn haben, gebe ich Bescheid. Ewig kann er sich nicht verstecken.«

»Täusch dich nicht …! Wenn es sich tatsächlich um Bratsch handelt, dann hat er sich über dreißig Jahre versteckt.«

Nachdem Trevisan das Gespräch beendet hatte, blickte er eine Weile stumm an die Decke.

»Ärger?«, fragte Lentje.

»Dieser Abgeordnete hat Druck gemacht und Peter ist eingeknickt. Wir sind von den weiteren Ermittlungen ausgeschlossen.«

»Da kann man wohl nichts machen.«

Trevisan nickte und steckte das Handy wieder ein. Erneut griff er nach seinem Notizblock. »Robert Heim«, murmelte er nach einer Weile.

»Was?«, fragte Lentje.

»Robert Heim. So hieß der Betreuer von Arnold Lehmann.«

»Ist das wichtig?«

Trevisan nickte. »Ich denke schon. Die Pflegerin aus dem Pflegeheim hat eine Betreuerin erwähnt, die Arnold Lehmann ab und zu besuchte. Robert ist aber kein typischer Frauenname, findest du nicht auch?«

Lentje lächelte. »Das will ich wohl meinen.«

»Dann sollten wir da noch einmal nachhaken.«

Nochmals klingelte das Handy. Diesmal war Thorke Oselich in der Leitung. »Ich hatte eben eine etwas längere Unterhaltung mit dem Vizepräsidenten des LKA Sachsen. Er hat sich ein klein wenig über unsere Methoden gewundert und meinte, es wäre besser, wenn ich euch abziehe.«

»So, meinte er das.«

»Ein Abgeordneter hat sich beschwert, dass er verdächtigt wird. Martin, was war los?«

»Ein Missverständnis«, entgegnete er.

»Stimmt es, dass der Fall so gut wie aufgeklärt ist und der Leichenfund in diesem Stollen damit zusammenhängt?«

»Die Identität des Opfers und des Täters stehen noch nicht fest. Wir haben zwar eine Tendenz, aber das muss erst noch bewiesen werden.«

»Deswegen ist Monika bei Lüderboom, um eine Exhumierung zu beantragen?«

»Ja, genau.«

»Der Vizepräsident meinte, ihr solltet zurückkehren, wie siehst du das, Martin?«

»Wir müssen hier noch ein paar Dinge erledigen.«

»Gut, sagen wir, bis zum Wochenende seid ihr zurück.«

Trevisan lächelte. »Alles klar.« Er erhob sich.

Lentje schaute ihn fragend an.

»Wie lange fahren wir von hier nach Magdeburg?«

»Zwei Stunden bestimmt«, meinte sie.

»Dann sollten wir keine weitere Zeit verlieren.«

37

Eike traute seinen Augen kaum. Christian Habich war ein reicher Mann gewesen. Auf seinem Konto bei der Basler SBS Bank war ein Betrag von 1.011.321,34 Schweizer Franken verzeichnet. Um an weitere Buchungsdaten zu kommen, benötigte er einen richterlichen Beschluss. Angesichts der Umstände schien das kein großes Problem zu sein, schließlich war Christian Habich Opfer eines Mordanschlags geworden. Auch wenn das Geld zunächst offenbar keine Rolle bei der Tat zu spielen schien, so konnte es dennoch interessant sein, woher dieser Reichtum stammte. Er rief Monika Sander an und bat sie zu sich ins Büro. Auch sie staunte nicht schlecht, als ihr Eike von dem Konto erzählte.

»Woher hat ein ehemaliger Landwirt aus Ostdeutschland so viel Geld?«

»Aus dem Verkauf des Hofes kann es nicht stammen«, erklärte Eike. »Der gehörte ja schließlich dem Staat. Und auch das Begrüßungsgeld fiel damals nicht ganz so üppig aus.«

»Kommst du an die Kontodaten heran? Einzahlungen, Kontobewegungen und das ganze Drumherum?«

»Nur über den Richter.«

»Mach mir mal einen Ausdruck, ich rede mit Lüderboom. Ich bin dort sowieso schon Dauergast«

Eike tippte auf die Drucktaste und der Drucker erwachte geräuschvoll zum Leben. Monika nahm das Blatt Papier aus dem Ausgabeschacht und verließ das Büro. Auf dem Flur begegnete sie Thorke Oselich.

»Wir haben Nachrichten aus Erlangen«, sagte die Chefin. »Die Kollegen aus Bayern haben das Grab von Hannelore Bratsch bereits geöffnet. In zwei Tagen können wir mit einem Ergebnis rechnen.«

»Zwei Tage, die sind verdammt schnell.«

»Ich habe etwas Druck gemacht. Schließlich geht es um die Überführung eines Serienmörders, das hat höchste Priorität. Gibt es sonst noch Neuigkeiten?«

Monika berichtete von Habichs Konto, auf das Eike bei seinen Recherchen gestoßen war.

»Woher stammt das Geld?«

»Genau das müssen wir überprüfen, aber ohne richterlichen Beschluss kommen wir nicht weiter. Ich wollte gerade Lüderboom anrufen.«

»Das kann ich übernehmen. Wie schnell braucht ihr den Beschluss?«

»Am besten gestern.«

»Ich verstehe. Habt ihr Martin Trevisan schon Bescheid gesagt?«

»Ich habe ihn nicht erreicht, er ist auf dem Weg nach Magdeburg zur ehemaligen Küchenhilfe des Birkenhofs.«

»Gut, dann rufe ich gleich Lüderboom an. Trevisan wird übrigens am Wochenende zurückkommen. Der Fall ist offiziell abgeschlossen und nach dem flüchtigen Mörder wird per Haftbefehl gefahndet.«

Monika zögerte. »Wir sollten auch die Leußners in die Anfrage einbeziehen.«

»Wieso, gibt es da auch ein Konto?«

»Das weiß ich nicht, aber wenn wir schon mal dabei sind … Hieß es nicht, dass die Leußners ebenfalls betucht waren?«

»Okay, dann auch die Leußners. Kann ja nicht schaden.« Thorke Oselich machte auf dem Absatz kehrt und verschwand durch die Zwischentür. Monika ging zurück in ihr Büro, um sich erneut dem Aktenstudium zu widmen.

*

Annemarie Schneiderjahn wohnte in einem kleinen Häuschen inmitten eines Wohngebiets am Rande der Stadt. Das Grundstück war gepflegt und der Jägerzaun erst vor kurzer Zeit neu gestrichen worden. Trevisan suchte neben der Gartentür vergeblich nach einer Klingel. Er öffnete sie und ging über den betonierten Weg auf die Haustür zu. Lentje folgte ihm.

»Einen Herrn Schneiderjahn gibt es nicht?«, fragte er seine Kollegin.

»Nein, nicht mehr. Sie ist geschieden.«

Trevisan betätigte die Klingel und wartete. Im Haus waren Schritte zu hören. Eine Frau um die sechzig, mit grauen Haaren und in einer geblümten Kittelschürze, öffnete die Tür einen Spalt und schaute heraus. Trevisan hielt seinen Dienstausweis in der Hand. »Guten Tag, Frau Schneiderjahn. Ich bin Martin Trevisan von der Kriminalpolizei aus Wilhelmshaven und das ist meine Kollegin, Frau Kaplani. Wir hätten einige Fragen an Sie. Wäre es möglich, dass wir hereinkommen könnten?«

»Kripo, Wilhelmshaven. Mein Gott, weshalb ...«

»Es geht um die Zeit, als Sie auf dem Birkenhof arbeiteten«, fügte Trevisan hinzu.

Sie war sichtlich überrascht. »Ich ... Das ist Jahre her.«

»Wir ermitteln in einem Serienmord«, erklärte Trevisan. »Das Ehepaar Leußner, ihre beiden Söhne und auch Christian und Rolf Habich wurden ermordet. Vielleicht haben Sie schon davon gehört?«

»Weshalb die Polizei aus Wilhelmshaven?«

»Die Habichs sind nach der Wende in die Nähe von Wilhelmshaven gezogen und auch Johannes Leußner wohnte dort, bevor man ihn umbrachte.«

»Ermordet, sagen Sie?«

Trevisan nickte.

Die Frau trat einen Schritt zur Seite und gab die Tür frei. Sie folgten ihr in das Wohnzimmer, wo sie Trevisan und Lentje Platz anbot. »Was wollen Sie von mir wissen?«

Er erklärte ihr die näheren Todesumstände der Habichs auf dem Jakobshof und von Johannes Leußner im Bootshaus an der Leybucht. Den Mord an Leußners Eltern und dessen Bruder Simon im Sägewerk nahe Annaberg sparte er ebenfalls nicht aus. Als er mit seiner Erzählung endete, schlug die Frau die Hände vor das Gesicht. »Mein Gott, das ist ja schrecklich.«

»Der ehemalige Vorarbeiter Arnold Lehmann ist spurlos aus einem Pflegeheim verschwunden«, fügte er hinzu.

»Ich weiß«, antwortete die Frau.

»Sie haben von 1979 bis 1985 auf dem Birkenhof gearbeitet«, mischte sich Lentje ein. »Wir sind hier, weil wir uns ein Bild über das Leben auf dem Birkenhof und dem Kinderheim machen wollen.«

»Sie glauben, es war ein Zögling vom Hof, nicht wahr?«

Trevisan neigte den Kopf zur Seite. »Wie kommen Sie darauf?«

»Ehrlich gesagt, wundert mich das nicht. Nur um den Johannes tut es mir leid, der war ein lieber und netter Kerl, aber alle anderen haben wohl endlich bekommen, was sie verdienten.«

»Ich verstehe nicht ...«

»Das war die reinste Hölle. Der alte Konz, der Aufseher, war ein Zuchtmeister. Die Jungs und Mädchen hatten nicht viel zu lachen. Aber die anderen waren auch nicht viel besser. Das waren Teufel. Diese armen Kinder ... Die machten ihnen das Leben zur Hölle, den Jungs ebenso wie den Mädchen.«

»Wir haben ein paar Akten aus der damaligen Zeit gefunden«, sagte Lentje. »Danach gab es einige Vorfälle, bei denen sogar Kinder ums Leben kamen.«

Anna Schneiderjahn bestätigte die Vorfälle. Sie berichtete von Kindern, die verprügelt wurden, nur weil sie sich die Hände nicht gewaschen hatten. Andere waren in den Keller gesperrt worden, weil sie ihr Tagespensum nicht geschafft hatten. Ihrer Schilderung nach musste das Leben für die Heimbewohner tatsächlich schlimmer als die Hölle gewesen sein. Auch über die andauernden Gemeinheiten, die die Mädchen hatten erdulden müssen, vor allem durch den jungen Simon Leußner, berichtete sie. »... und wenn mal was passierte, dann steckten alle unter einer Decke. Die Volkspolizisten und auch der Kerl von der Fürsorge.«

»Günter Lauser?«

»Ja, ich glaube, so hieß er.«

»Dieser Arnold Lehmann, was war der für ein Mensch?«, fragte Lentje.

»Arnold war anders, er half den Kindern, aber was blieb ihm übrig, er war gezwungen, das üble Spiel mitzuspielen. Das hat ihn gebrochen. Er hat sich dafür gehasst.«

»Hatten Sie später noch Kontakt zu Lehmann?«

»Was meinen Sie mit später?«

»Er kam nach Plauen ins Pflegeheim, er litt an beginnender Demenz.«

»Ich weiß, ich habe ihn ein paarmal dort besucht. Wir haben darüber gesprochen. Er hat vergessen, was er am Mittag zu essen bekam, aber an das, was Jahre zuvor auf dem Hof passiert ist, daran konnte er sich erinnern und das hat an ihm genagt. Er sagte einmal, dass er am liebsten vergessen würde, was er den Kindern antun musste, aber da hatte Gott kein Einsehen, das schleppte er mit sich herum.«

»Können Sie sich an zwei Jugendliche erinnern – einer hieß Horst Bratsch, war neun, und seine Schwester, Tina Bratsch war zwölf. Sie sind beide spurlos verschwunden.«

Anna Schneiderjahn nickte. »Ja, da waren zwei Kinder, die abgehauen sind. Der Junge ist angeblich abgestürzt, aber man hat ihn nie gefunden.«

»Hat man denn nach ihm gesucht?«

Die Frau überlegte eine Weile. »Ja, klar, mit Hunden sogar. Aber dann wurde die Suche eingestellt.«

»Wieso eingestellt?«, fragte Lentje.

»Na, er ging doch über den Felsen und auf der anderen Seite lag die ČSSR.«

»Man hätte doch mit den tschechischen Behörden zusammenarbeiten …«

»Wo denken Sie hin, Herr Trevisan. Wir waren doch ein Arbeiter- und Bauernstaat, in dem der einzelne Bürger stolz war, ihm anzugehören. Da läuft doch niemand weg. Nein, immer, wenn es um die nahe Grenze ging, dann wurden alle ganz sensibel. Ich glaube, das sollte auch niemand wissen, wie der Staat mit Kindern von ungeliebten Eltern umging, denn die Kinder waren ganz normale Jungs und Mädchen. Keine schwer erziehbaren, wie es immer hieß. Die Eltern hatten etwas angestellt, deshalb landeten die Kinder dort.«

»Das wussten Sie?«

»Ich habe mit vielen Mädchen gesprochen. Wenn wir zur Villa Weißenfels gefahren sind, um dort die Bonzen zu bewirten, dann war ich meistens dabei und einige redeten mit mir und erzählten mir, warum sie auf dem Birkenhof gelandet sind. Nein, die Kinder konnten nichts dafür. Das waren diese Bürokraten, die dahintersteckten. Erfahren durfte das natürlich niemand. Es ging ja auch nicht um Erziehung, den Charakter dieser Kinder wollte man brechen und meist hat man es auch geschafft.«

»Wir haben ein skelettierte Leiche in einem Stollen gefunden, der sich in der Nähe des Birkenhofs befand«, sagte Trevisan. »Es könnte sich um ein Mädchen zwischen zwölf und fünfzehn Jahren handeln. Wissen Sie etwas darüber?«

Frau Schneiderjahn blickte betreten zu Boden.

»Ist es die Leiche von Tina Bratsch?«

Anna Schneiderjahn zuckte mit der Schulter. Schließlich erhob sie sich, trat an den Wohnzimmerschrank und öffnete eine Schublade. Mit einem dicken, weißen Kuvert kehrte sie zurück. »Das hier hat mir Arnold gegeben, kurz bevor er verschwand. Ich sollte es für ihn aufbewahren und erst öffnen, wenn er gestorben ist.«

Trevisan nahm das Kuvert an sich.

Lentje räusperte sich. »Ich verstehe nicht ... Wenn es dort solche Vorkommisse gab, warum hat niemand die Behörden eingeschaltet?«

Frau Schneiderjahn winkte ab. »Die steckten alle unter einer Decke. Lauser hatte großen Einfluss. Auch heute noch. Er ist Politiker geworden. Glauben Sie mir, da hatte ein Einzelner keine Chance. Ich habe die Mädchen gesehen, wenn sie wieder aus der Villa zurückkamen. Einige von ihnen waren komplett verstört. Ich möchte mir gar nicht vorstellen, was sie durchmachen mussten, wenn sie zur Villa Weißenfels abkommandiert wurden.«

»Diese Villa, was kann ich mir darunter vorstellen?«, fragte Trevisan.

»Die Villa Weißenfels war ein Kur- und Ferienheim für verdiente Parteimitglieder. Dort wurde gefeiert und gesoffen, alles zum Volkswohl und zum Wohle der Partei. Was glauben Sie, was diese lüsternen Kerle im Alkoholrausch da mit Teenagern gemacht haben, die sich nicht wehren können und keine Rechte haben?«

»Sie meinen, diese Mädchen wurden dort missbraucht?«

Anna Schneiderjahn nickte. »Das ist so sicher wie das Amen in der Kirche.«

»Diese Villa, wo finden wir sie und wem gehörte sie damals?«

»Sie liegt zwanzig Kilometer östlich vom Birkenhof und wurde von der Bezirksregierung verwaltet. Offiziell sollten die Mädchen dort in Hauswirtschaft und Gastronomiewesen ausgebildet werden, aber glauben Sie mir, diesen Teufeln war nicht zu trauen.«

»Wissen Sie, wer diese … sagen wir … Treffen organisierte?«

»Lauser natürlich«, antwortete die Frau entschieden.

»Wissen Sie, ob Tina Bratsch auch missbraucht wurde?«

»Ich habe keine Ahnung. Ich wollte dort nur weg. Ich war noch nicht einmal ein halbes Jahr dort, da wusste ich, wie der Hase läuft.«

»Trotzdem waren Sie beinahe sechs Jahre auf dem Hof.«

Anna Schneiderjahn nickte. »Glauben Sie, da konnte man einfach so kündigen …?!«

»Gehörte Lina Unruh auch zu diesen Leuten?«

»Ich glaube, die Lina hat überhaupt nichts geschnallt. Die hing die ganze Zeit über ihren Kochtöpfen. Sechs Jahre musste ich bleiben, bevor meiner Umsetzung stattgegeben wurde. Aber der Arnold, der wusste, was lief, glauben Sie mir. Daran ist er zerbrochen.«

»Es gab noch einen Besucher im Heim, haben wir erfahren. Ein Mann, angeblich Journalist, hat ihn mehrmals besucht, bevor er verschwunden ist.«

»Davon weiß ich nichts. Eines Tages wollte Arnold nicht mehr, dass ich komme. Er hat mich ganz schroff zurückgewiesen, aber ich glaube, er meinte das nicht so.«

»Ist da zuvor etwas vorgefallen?«

»Ich glaube, er wollte mich nur schützen. Er hat mir an diesem Tag auch gesagt, dass ich das Kuvert verbrennen soll.

Ich bin nach Hause gefahren und war kurz davor, aber dann brachte ich es nicht fertig. Ich habe nie nachgeschaut, was drinnen steht. Das brachte ich nicht übers Herz. Arnold war damals der Einzige, dem ich auf dem Hof vertraut habe.«

»Waren Sie ein Paar?«, fragte Lentje direkt.

Anna Schneiderjahn lächelte. »Für ein paar Monate schon, aber heimlich. Er wollte auch dort weg, wollte zurück in den Berg. Eigentlich war er Bergmann. Aber sie ließen ihn nicht gehen.«

Anna Schneiderjahn sprach noch eine ganze Weile vom Birkenhof und von der Zeit, die sie dort verbracht hatte, und Trevisans schlimmer Verdacht wurde mehr und mehr bestätigt.

Als sie die Frau verließen, fragte er, ob sie ihre Angaben in einem offiziellen Verfahren bestätigen würde. Anna Schneiderjahn fasst sich ein Herz und richtete sich auf. »Ja, ja das werde ich«, sagte sie mit fester Stimme. »Wenn es irgendeine Chance gibt, dieses Unrecht von damals wiedergutzumachen, dann können Sie auf mich zählen.«

*

Es war ein Geständnis. Das Geständnis eines gebrochenen Mannes. Siebzehn Seiten, handschriftlich, mit krakeliger Schrift geschrieben. Teilweise etwas verschroben, teilweise etwas wirr, aber dennoch so klar und verständlich formuliert, dass man herauslesen konnte, welche Grausamkeiten auf dem Birkenhof stattgefunden hatten. Trevisan schluckte, nachdem er den Text gelesen hatte.

Konz, die Habichs und die Leußners hatten ein hartes Regiment auf dem Hof geführt, doch der eigentliche Mann im Hintergrund, der die Verantwortung trug, war Günter Lauser, der damalige verantwortliche Leiter der Kinderfürsorge Annaberg. Und Arnold Lehmann hatte mitgespielt, mitspielen müssen, denn es hatte kein Entrinnen gegeben.

»Die Leiche aus dem Stollen ist Tina Bratsch«, bestätigte Trevisan, als er die einzelnen Seiten zusammenfaltete. »Simon Leußner hat sie umgebracht und alle haben davon gewusst.

Sogar Lauser wusste es. Simon Leußner hat es als Unfall dargestellt, aber Arnold Lehmann wusste, dass er sie umgebracht hatte. Angeblich wäre sie gestürzt. Arnold Lehmann musste die Leiche verschwinden lassen.«

»Musste deswegen Simon Leußner den Hof verlassen?«, fragte Lentje, die den Wagen steuerte.

»Ja, so steht es hier. Lauser hat dafür gesorgt, dass er seine Ausbildung als Agrarökonom weit entfernt abschließt, dort, wo er keinen Schaden mehr anrichten konnte.«

»Arnold Lehmann war krank. Ich glaube kaum, dass dieses Geständnis vor Gericht zählt, zumal er spurlos verschwunden ist.«

»Ich fürchte, du hast recht«, bestätigte Trevisan. »Simon Leußner ist tot und Günter Lauser ein einflussreicher Politiker, der vor einem Karrieresprung ins Kabinett steht. Seine Rechtsanwälte werden dieses Geständnis in der Luft zerreißen.«

»Wir brauchen Zeugen, die noch leben.«

»Wir sollten noch einmal mit Manuela Bleibtreu sprechen. Vielleicht wäre sie ja zu einer Aussage bereit, wenn wir ihr begreiflich machen könnten, dass ihr keine Gefahr mehr droht.«

Lentje schüttelte den Kopf. »Ich glaube nicht, dass sie sich deswegen Sorgen macht. Ich glaube, dass sie nicht will, dass die Leute wissen, was ihr auf dem Hof widerfahren ist. Da geht es nicht um Angst, da geht es um ihre Ehre, die beschmutzt wurde. Frauen denken manchmal so, deswegen gibt es bei Sexualverbrechen oftmals keine Anzeige und eine hohe Dunkelziffer.«

»Zumindest können wir es versuchen«, widersprach Trevisan.

»Steht etwas drinnen, das wir auf andere Art und Weise beweisen könnten?«

Trevisan überlegte. »Das letzte Kapitel in diesem Brief hat er Anna Schneiderjahn gewidmet. Darin erklärt er ihr, weswegen er keine weiteren Besuche von ihr mehr wollte. Lauser ist bei ihm aufgetaucht.«

»Lauser …? Ich dachte, da war ein Journalist bei ihm.«

»Hier steht, Lauser ist bei ihm aufgekreuzt. Er hat ihn unter Druck gesetzt.«

»Schade, dass Arnold Lehmann diese Angaben nicht mehr bestätigen kann. Was machen wir jetzt?«

Trevisan saß stumm auf dem Beifahrersitz und blickte aus dem Seitenfenster. Draußen flog die Landschaft an ihm vorbei. Schließlich griff er in seine Jackentasche und zog sein Notizbuch hervor. »Wo sind wir jetzt?«

»Kurz vor Chemnitz.«

»Dann fahr mal auf einen Parkplatz, ich muss etwas nachsehen.«

Lentje runzelte die Stirn, doch sie verkniff sich eine Frage. Keine zwei Kilometer später bog sie ab und stoppte den Wagen auf einem Autobahnrastplatz.

38

Sie waren an der nächsten Ausfahrt abgefahren und fuhren über die B 95 nach Chemnitz hinein. Lentje stoppte den Wagen direkt vor dem Bahnhof.

»Warte kurz, ich bin gleich wieder hier.«

»Was hast du vor?«, fragte Lentje.

»Ich will nur kurz was überprüfen.« Bevor sie antworten konnte, hatte Trevisan bereits die Autotür zugeschlagen und eilte durch das große Portal in die zweigeschossige Halle. Suchend schaute er sich um. Der Informationsschalter der Bahn befand sich auf der rechten Seite. Eine junge Frau saß hinter einer Glasscheibe und lächelte Trevisan freundlich an.

»Guten Tag, ist Herr Biermann zu sprechen?«

Die junge Frau zögerte kurz, doch als Trevisan seinen Dienstausweis zückte, machte sie große Augen.

»Es ist dringend!«

»Moment, ich hole ihn.« Sie erhob sich von ihrem Stuhl und verschwand durch eine Schiebetür.

Kurz darauf wurde neben dem Schalter eine Tür geöffnet. Ein barhäuptiger Mann mit grauem Rauschebart blickte durch den Türspalt. »Biermann, Sie wollen mich sprechen?«, raunte er Trevisan zu.

»Ja, es geht um einen Vermisstenfall, im Jahr 2010, Sie erinnern sich?«

Er gab Trevisan ein Zeichen und schob die Tür noch ein Stück weiter auf. Trevisan betrat den kleinen Raum direkt neben dem Informationsschalter.

»Das ist lange her«, brummte Biermann.

»Ich weiß, aber vielleicht können Sie mir helfen. Es geht um einen alten Mann, der damals verschwand. Sie waren Schaffner an Bord des Zuges und der Mann hatte keine Fahrkarte.«

Biermann überlegte, schließlich nickte er. »Ja, ich erinnere mich, ich saß damals beinahe zwei Stunden auf dem Polizeirevier fest, so etwas vergisst man nicht.«

»Ich weiß, es ist viel verlangt nach so langer Zeit«, sagte Trevisan, »aber Sie sagten damals aus, dass sich der alte Mann in Begleitung eines jüngeren Mannes befand.«

»Jüngerer Mann ist zu viel gesagt, der war auch schon nicht mehr ganz taufrisch«, erklärte Biermann. »Aber ich hatte von Anfang an den Eindruck, dass die beiden zusammen reisten. Und als er dann auch noch die Fahrkarte löste, war es mir klar, dass die zusammengehörten.«

Trevisan zog sein Handy hervor und suchte das Bild von Jan Nowack, das ihm Peter Uhlig gesendet hatte. Er reichte Biermann das iPhone. »Kann es dieser Mann gewesen sein?«

Nachdenklich betrachtete Biermann das Foto, schließlich schüttelte er den Kopf. »Na ja, die Figur, die Gesichtszüge, das kommt irgendwie schon hin, aber irgendwie auch wieder nicht. Wissen Sie, der Mann damals war sehr ordentlich gekleidet, er war stattlicher, auch etwas schwerer und älter würde ich sagen, aber ... wie soll ich sagen ... einfach eine viel imposantere Erscheinung. Über so jemanden wie den hier schaut man drüber weg, aber der Kerl damals im Zug, der ... der stammte sicherlich aus besseren Kreisen. Ich dachte, der könnte Arzt sein oder Anwalt oder sonst etwas, Filialleiter bei einer Bank vielleicht.«

Trevisan nahm das Handy wieder an sich. »Dann würden Sie sagen, er war es nicht?«

»Ja, würde ich sagen.«

Trevisan rief übers Internet die Homepage von Günter Lauser auf. Auf der Startseite stand der Politiker nonchalant neben einem Rednerpult und hatte seine linke Hand in der Hosentasche vergraben, als könne ihn nichts erschüttern. Trevisan zoomte die Gestalt näher heran und reichte das iPhone noch einmal dem Bahnbeamten.

Der warf einen kurzen Blick darauf. »Ja, das kommt schon eher hin. Die Kleidung, der Anzug und die Gesichtszüge passen, das könnte er durchaus gewesen sein.«

»Sind Sie sich sicher?«

Noch einmal warf Biermann einen prüfenden Blick auf das Foto. »Ja, ich denke schon, ich bin mir ziemlich sicher. Das war der Mann, der damals den Alten im Zug begleitete.«

»Es kann sein, dass ich Ihre Angaben noch einmal schriftlich benötige.« Trevisan steckte sein Handy ein und verabschiedete sich.

Als er zurückkehrte, erwartete ihn Lentje ungeduldig. »Da bist du endlich! ›Nur ein paar Minuten‹ ...! Die Politesse war schon zweimal hier und wollte mich weiterschicken.«

»Du bist ja noch hier und wenn es ein Strafmandat gibt, dann übernehme ich die Kosten.«

»Hattest du wenigstens Erfolg?«

Trevisan schmunzelte. »Das kann man wohl sagen.«

*

»Vierhunderttausend Mark am 2.11.1995, zwei Jahre später erneut zweihunderttausend, sowohl an Leußners als auch an Habichs. Und immer der gleiche Absender. Die Hohensteiner Stiftung, Sitz Marienberg.«

»Was ist das für eine Stiftung?«, fragte Monika Sander.

»Das ist eine Jugendhilfeeinrichtung. Die sorgen für Ausbildungsplätze, bezuschussen Kinderhorte und helfen sozial schwachen Familien, dass ihre Kinder eine gute Ausbildung bekommen. Außerdem geht es um die Integration von behinderten Jugendlichen in die Arbeitswelt.« Eike rief die nächste Seite auf dem Computer auf. »Die letzte Zahlung an Leußners erfolgte im Juli 2010, ein paar Monate später wurden sie ermordet. Dann stoppt die Zahlung.«

»Da spricht viel dafür, dass jemand erpresst worden ist, wenn du mich fragst.«

»Habichs erhielten noch vor drei Jahren eine Zahlung, dann hörte es auch da auf. Zusammen 2,3 Millionen, das ist ein nettes Sümmchen. Kam über die Royal Bank of Scotland und verschwand auf den Konten der Schweizer Bank, das ist doch merkwürdig, findest du nicht auch?«, fragte er triumphierend.

»Gibt es einen Namen zu den Zahlungen?«

»Unterschrieben hat ein gewisser Dr. Robert Becher«, vermeldete Eike stolz. »Der war Mitglied im Stiftungsrat und ist leider im Mai 2013 verstorben, den können wir nicht mehr fragen.«

»Wer gehört sonst noch dazu?«

Eike blätterte ein paar Seiten zurück. »Der Stiftungsrat besteht aus vier Leuten. Vorsitzende ist Professor Marianne Sägebrecht, Staatssekretärin im sächsischen Kultusministerium. Ihr Stellvertreter ist Doktor Johannes Wurst, Superintendant der evangelischen Landeskirche, und der Neue im Bunde heißt Maximillian Schwab, Oberbürgermeister von Zwickau. Der Geschäftführer heißt Dr. Thomas Grimma und ist Anwalt. Er leitet die Stiftung seit September 2013.«

Monika schüttelte den Kopf. »Diese Namen bringen uns erst einmal nicht weiter. Wird ein Grund dafür angegeben, weshalb Habichs und Leußners diese Gelder erhielten?«

Eike grinste. »Das steht natürlich nicht auf den Belegen, aber es gibt ja Telefon. Ich habe nachgefragt. Leußners erwarben nach der Wende einen Betrieb, der Volkskunst aus dem Erzgebirge produzierte. Offenbar bildete dieser Betrieb behinderte Jugendliche aus. Und Habichs unterhielten ein landwirtschaftliches Gut, auf dem ebenfalls behinderte Menschen ausgebildet wurden.«

»Das mit Leußners konnte zwar stimmen, aber soweit wir wissen, hatten Habichs doch lediglich einen kleinen Hof in Jöhstadt, da hat doch keiner gearbeitet.«

»Eben«, bestätigte Eike. »Deswegen habe ich mir mal die Historie des Vereins angeschaut. Der Geschäftsführer hieß von 1996 bis 2013 Günter Lauser. Er hat sich übrigens auch bei der Abwicklung dieser Schnitzerei durch die Treuhand sehr stark für Leußners eingesetzt, es gab offenbar noch andere Interessenten.«

»Lauser, das kann kein Zufall sein«, stöhnte Monika.

»Wir hätten diese Konten nie entdeckt, wenn es nicht zufällig diese Anfrage vom Standesamt gegeben hätte«, fügte Eike hinzu.

Monika wandte sich ab. »Ich informiere Martin«, rief sie, als sie aus dem kleinen Büro stürmte.

*

Peter Uhlig plagte ein schlechtes Gewissen nach dem letzten Gespräch mit Trevisan und der Abfuhr, die er ihm aufgrund der Zurechtweisung seines Vorgesetzten erteilt hatte.

Damals auf dem Lehrgang, den sie gemeinsam besucht hatten, hatten sie sofort gespürt, dass die Chemie zwischen ihnen stimmte, doch nun kam er sich vor, als habe er seinen Kollegen aus Wilhelmshaven im Stich gelassen. Sicherlich, der Mörder der Leußners und der Habichs war inzwischen bekannt. Mit Hochdruck wurde nach ihm gefahndet, doch bislang hatte sich nichts ergeben, der Mann war noch immer auf freiem Fuß und noch dazu bewaffnet. Für einen Moment dachte Uhlig daran, Trevisan anzurufen, doch irgendwie hatte er auch Scheu davor, denn was sollte er ihm sagen? Die Anweisungen waren eindeutig und Lauser war nun einmal Abgeordneter und somit tabu.

Das Telefon klingelte und riss ihn aus seinen Gedanken.

»Uhlig, LKA Sachsen.«

»Dobrý den, jsem major Placzek«, dröhnte es aus dem Lautsprecher. »Entschuldigen, habe vergessen, verstehen Tschechisch?«

»Tut mir leid«, entgegnete Uhlig.

»Ich Major Placzek von Tschechischen Polizeipräsidium. Sie haben geschickt uns Probe von DNA, wir haben …smlouva… wie soll sagen ich, hit in Kartei.«

»Sie meinen einen Treffer in der Datenbank«, berichtigte Uhlig.

»Správně. Treffer in Datei. Mann ist bei uns registriert. Heißt Jan Simanek und ist geboren 1973, stammt aus Chomutov. War Kind in Heim, ist aufgewachsen dort. Nalezenec, wie sagen Deutschland, Findekind, verstehen?«

»Sie meinen Findelkind?«

»Ja, nix Eltern, gefunden in Hamry, war verletzt an Kopf, ist gekommen Krankenhaus, dann Pflege, dann Kinderheim. War nix reden, niemand weiß, wer Kind. Nehoda, war Kind möglich Deutschland, aber dort nix gesucht Kind. So ist gekommen nach Kovarska in Heim und später gekommen Chomutov. Gewesen dort bis erwachsen. War schwierig Kind, nix sprechen und schlagen immer, viele Gewalt.«

»Ich verstehe«, entgegnete Uhlig. »Bei uns ist er unter dem Namen Jan Nowack aufgetreten.«

»Nowack, Jan, ja ist möglich«, entgegnete der tschechische Polizeimajor. »Haben gewohnt in Männerheim, war gewesen in Kladno, hat geschlagen tot Mitbewohner mit Namen Nowack, Jan. War Streit, so habe Haft von Juni 1995 bis März 2009, gewesen in Kazince Brno und gekommen frei in Ruzyně. Dann wieder gewesen in Sozialstation in Chomutov, aber dann gewesen weg und wiedergekommen.«

»Wissen Sie, wo er war, Herr Kollege?«

»Gewesen bestimmt Deutschland, Kontakty Německo, mit Post, war Briefe Deutschland. Gekommen zurück 2011, Mai ist gefangen, weil vloupání … wie heißen … Bruch in Kaufhaus, gewesen dann drei Jahre Ruzyně in Haft und seit Entlassung mit zkušební doba … wie heißen …«

»Sie meinen Bewährung?«

»Správně, ja, Noch gesucht in Tschechien, Strafe noch zwei Jahre, weil nicht geblieben hier, verstehen?«

»Das heißt, Sie suchen ebenfalls nach ihm?«

»Správně, ist schlechtes Mensch, immer zornig, immer schlagen, násilí, immer Gewalt. Müssen vorsichtig. Nicht gutes Mensch, nix reden, immer nur schlagen.«

Uhlig fuhr sich mit der Zunge über die Lippen. »Wir suchen ihn wegen Mordes, er hat inzwischen acht Menschen getötet und außerdem ist er bewaffnet.«

»Ich schicken Akte.«

»Wissen Sie, Kollege, mit wem er in Deutschland Kontakt hatte?«

»Das nicht weiß, kamen Brief, dann haben kleine Computer für Tasche, verstehen?«

»Ja, ich glaube, ich verstehe, was Sie meinen. Vielen Dank für die Warnung.«

Peter Uhlig war derart in das Gespräch vertieft gewesen, dass er gar nicht bemerkt hatte, wie Bea Gabler das Büro betrat. Fragend schaute sie ihn an, als er aufgelegt hatte.

»Das war ein Kollege aus Tschechien«, erklärte er. »Unser Mann ist dort kein Unbekannter, auch dort saß er ein paar Jahre wegen Totschlags ein. Er heißt eigentlich Jan Simanek. Jan Nowack war sein Opfer, vermutlich hat er deshalb diese Identität benutzt.«

Bea Gabler runzelte die Stirn. »Kann er dann überhaupt für den Mord an Leußners vor fünf Jahren in Betracht kommen?«

Uhlig nickte. »Das kann er, damals wurde er entlassen und ging nach Deutschland, er scheint einen Kontakt hier zu haben. Als er wieder zurückging, brach er in ein Kaufhaus ein und wurde erneut verhaftet. Im letzten Jahr wurde er auf Bewährung entlassen und ist abgehauen. Er hat in Tschechien noch eine Reststrafe von zwei Jahren zu verbüßen und es scheint ein ganz übler Kerl zu sein, so wie der Major sagt.«

»Dann sollten wir schnellstmöglich herausfinden, wer sein Kontakt in Deutschland ist, bevor noch mehr passiert.«

»Du hast du verdammt recht«, stimmte Uhlig zu.

39

»...wie unserer Redaktion bekannt wurde, hat das Landeskriminalamt Dresden im Rahmen einer Mordermittlung an einem Ehepaar im Jahr 2010 in Görlitz in der Nähe von Jöhstadt in einem ehemaligen Bergwerkstollen die skelettierte Leiche eines etwa fünfzehn Jahre alten Mädchens aufgefunden. Die Liegezeit des Leichnams betrug mehr als fünfundzwanzig Jahre. Das tote Mädchen dürfte zu einer Zeit dort abgelegt worden sein, als die DDR noch existierte, Spuren deuten auf eine Gewalttat hin. Wie die Presseabteilung des Landeskriminalamts mitteilte, ist die Identität des Mädchens bislang noch unbekannt, konkrete Spuren gibt es bislang nicht. Redaktionseigene Recherchen ergaben, dass sich in der Nähe des Stollens ein ehemaliges Kinderheim befand. Ob es ein Zusammenhang mit dem ehemaligen Kinderheim Birkenhof und dem Auffinden der Leiche gibt, wurde durch die Polizei nicht bestätigt. Heike Branne für Radio 98 ...«

Er schwieg, in seinem Kopf arbeitete es fieberhaft. Er erhob sich und schaltete das Radio ab. Dieses tote Mädchen aus dem Stollen, wer mochte das sein?

Der Engel hatte ihm versprochen, dass er seine Schwester wiedersehen würde, doch zuerst müsse er tun, was getan werden musste. Er griff nach seinem Tablet-PC und schaltete ihn ein. Er rief die Website des Radiosenders auf. Oft waren die Meldungen aus dem Radio mit weiteren Hintergrundinfos auf der Homepage des Senders veröffentlicht. Unter der Rubrik *News* suchte er danach und wurde fündig. Sogar ein Bild des Stollens wurde dort gepostet, doch der Wortlaut des Textes war mit dem der Radiomeldung identisch. Er suchte nach weiteren Nachrichtensendern aus der Umgebung, doch weder der *MDR* noch die *Freie Presse* berichtete über das tote Mädchen aus dem Stollen.

In Brno war Jan damals in Haft gewesen, als ihn der erste Brief aus Deutschland erreichte. Karl hatte sich der Briefschreiber genannt, Karl Vogt, ein Leidensgenosse, der ebenfalls auf dem Birkenhof großgezogen worden war und dort die Qualen der Hölle erfahren habe. Dort war dieser Karl seiner Schwester Tina begegnet. Zu ihrem Beschützer wäre er geworden und als sie den Birkenhof verlassen musste, um eine Ausbildung als Kindererzieherin anzutreten, habe er ihr versprechen müssen, niemandem von ihr zu erzählen. Nur Karl wisse, wo man sie finden könne, und Karl würde es ihm sagen. Aber erst, wenn die Forderungen erfüllt wären, die ihm Jans Schwester auferlegt hatte. Denn die Angst, der Schmerz und das Leid müssten für alle Zeit getilgt werden. Ein für alle Mal.

Diese Nachricht hatte Karl ihm allerdings nicht per Brief geschrieben, denn jedes Kind wusste, dass die Post von Gefangenen überprüft und gelesen wurde, nein – gewartet hatte Karl, gewartet, bis Jan wieder in die Freiheit entlassen worden und ihm eine kleine Wohnung in der Nähe von Chomutov zugeteilt worden war. Eines Tages kam ein Paket aus Deutschland, in dem ein Laptop steckte. Auf diesem Laptop befand sich ein Programm, mit dem Karl Vogt aus Deutschland mit ihm in Kontakt treten konnte. *Anděl pomsty* nannte sich Karl in diesem Chatroom und hatte auch ihm einen anderen Namen gegeben, *spolutrpitel* hieß sein Account. *Engel der Rache* klang gut und auch *Leidensgenosse* passte gut, denn es waren die Qualen des Birkenhofs, die sie miteinander verbanden. Inzwischen hatte Jan einen modernen Tablet-PC, doch die Namen waren noch immer gleich.

Er rief den Chat auf, der Balken hinter *Anděl pomsty* war rot, der Engel der Rache war offline. Er schickte ihm dennoch eine Nachricht.

Prosím připojte se mnou, schrieb er und wartete. Er wartete und wartete, doch der Engel der Rache antwortete nicht. Jans Gedanken kreisten um das tote Mädchen, das in der Meldung von *Radio 98* erwähnt worden war. Er brauchte Gewissheit, denn er wusste nicht mehr, ob er *Anděl* pomsty trauen konnte.

*

Es war spät geworden und längst dunkle Nacht, als sie in Annaberg ihr Hotel erreichten. Trevisan brauchte erst einmal eine warme Dusche und verschwand auf seinem Zimmer. Mit Lentje hatte er sich in einer halben Stunde im Hotelrestaurant verabredet. Der heutige Tag war sehr erkenntnisreich gewesen und Trevisan ordnete seine Gedanken, als das warme Wasser über seinen Rücken lief. Er schloss die Augen und genoss die entspannende Wärme, doch der durchdringende Klingelton seines Handys drang in das Badezimmer und zerstörte die Idylle. Er beeilte sich und griff zu einem Handtuch, doch er kam zu spät. Als er in das Zimmer stürmte und in seine Jackentasche griff, hatte das Klingeln längst wieder aufgehört. Monika Sander hatte angerufen. Er aktivierte den Rückruf und zog sich mit dem Handy ins warme Badezimmer zurück.

Es knackte in der Leitung. Monika meldete sich sogleich. »Martin hier, du hast angerufen?«

»Ja, zweimal sogar, du hörst deine Mailbox wohl nicht ab.«

»Wir waren unterwegs, teilweise hatten wir keinen Empfang. Was gibt es?«

»Eike ist auf Schweizer Bankkonten gestoßen, Habichs und Leußners waren reich.«

»Was heißt reich?«

»Eine Million würde ich durchaus als reich bezeichnen.« Sie informierte ihn detailliert darüber, was Eike herausgefunden hatte.

»Eine Stiftung, sagt du«, antwortete er entgeistert, nachdem sie ihm erzählt hatte, woher das Geld auf diesen ominösen Konten stammte.

»Als die Überweisungen erfolgten, hieß der Geschäftsführer dieser Stiftung noch Günter Lauser, das ist doch sehr interessant, finde ich.«

Trevisan lächelte. »Ja, und so langsam fügt sich alles zusammen. Lauser hat Karriere gemacht und wurde erpresst.«

»Weswegen erpresst?«, fragte Monika. »Nur weil Lauser damals für den Kinderhort verantwortlich war, kann es nicht gewesen sein. Sie hätten sich doch ins eigene Fleisch geschnitten, wenn Christian Habich oder Walter Leußner über die Vorgänge dort geredet hätten.«

»Da hast du recht, aber nicht, wenn das, was sie über Lauser wussten, weitaus schlimmer gewesen wäre, denn sie glaubten ja, ihre Erziehungsmethoden waren angemessen«, entgegnete Trevisan und berichtete nun seinerseits über das, was er heute bei Anna Schneiderjahn und auf dem Bahnhof in Chemnitz herausgefunden hatte. »Dieses Ferienheim für die Parteibonzen war ein Puff, verstehst du. Und die Mädchen vom Birkenhof mussten dort nicht nur bedienen. Lauser hat das alles organisiert. Nach der Wende machte er eine steile Karriere in der Politik, und jetzt steht er auf dem Sprung ins Ministerium.«

»Dann ist es ja ganz praktisch, dass Habichs und Leußners ermordet wurden«, antwortete Monika nach einem Moment des Schweigens.

»Das siehst du richtig«, entgegnete Trevisan. »Lauser war es, der Arnold Lehmann zum Schweigen brachte. Lehmann war krank und wurde langsam dement, doch bevor sich sein Hirn ganz auflöste, wollte er reinen Tisch machen. Er wollte offenbaren, was ihn bedrückte. Lauser muss davon erfahren haben und hat ihn verschwinden lassen. Was er offenbar nicht wusste: Lehmann hat ein schriftliches Geständnis hinterlassen. Quasi eine Art Testament.«

»Ist Lauser auch für den Tod von Tina Bratsch verantwortlich?«

»Nein, damit hatte er nichts zu tun, das war Simon Leußner. Arnold Lehmann wusste das und half damals, die Leiche des Mädchens verschwinden zu lassen. Dann hat ihn sein Gewissen eingeholt und er wollte auspacken, bevor es zu spät dafür war. Bratsch hat ihn besucht, so viel ist gewiss, aber er muss gespürt haben, wie sehr dieser Mann unter der Vergangenheit leidet, und hat ihm nichts getan. Er war mehrfach bei ihm. Plötzlich verschwand Lehmann spurlos. Lauser war an diesem Tag mit Lehmann im Zug, der Schaffner hat es bestätigt.«

»Wenn du sagst, dass Lehmann reinen Tisch machen wollte,

dann frage ich mich, wie Lauser davon erfahren hat«, entgegnete Monika.

Trevisan lächelte. »Für mich gibt es da nur eine Möglichkeit. Lauser und Bratsch stehen in Kontakt, er ist der Kontaktmann in Deutschland.«

»Weshalb sollte Bratsch mit Lauser gemeinsame Sache machen, wo er doch daran schuld ist, dass die beiden Kinder auf dem Birkenhof landeten?«

»Ich weiß es nicht, aber es gibt dafür sicherlich eine Erklärung.«

Es klopfte an der Tür.

»Reden wir morgen weiter.«

»Kommt ihr morgen zurück?«

»Ich muss zuerst noch etwas überprüfen.«

»Hast du mit Peter Uhlig schon darüber gesprochen?«, fragte Monika.

»Für Peter sind die Ermittlungen abgeschlossen, er hat den Mörder identifiziert und jetzt ist es Sache der Fahndung, ihn zu fassen. Ich glaube, er traut sich nicht an Lauser heran, schließlich ist der Mann Abgeordneter und könnte bald sein neuer Chef werden.«

»Du wirst ihn brauchen, wenn du weitermachen willst«, wandte Monika Sander ein.

»Ich weiß, aber ich muss ihn davon überzeugen, dass ich richtig liege und Lauser hinter den Morden steckt.«

»Wie willst du das anstellen?«

Erneut klopfte es.

»Das weiß ich noch nicht, reden wir morgen weiter.« Trevisan beendete das Gespräch und zog sich einen Bademantel über. Er ging zur Tür und öffnete einen Spalt.

Lentje stand davor. »Ich dachte schon, du bist eingeschlafen.«

»Wieso?«, fragte Trevisan verdutzt.

»Weil ich seit zwanzig Minuten unten im Restaurant auf dich warte.«

40

Freitag

Eine unruhige Nacht lag hinter Trevisan. Nach dem Abendessen hatte er noch stundenlang mit Lentje über den Fall diskutiert. Die Erpressung Lausers passte genau ins Bild – dieser ehemalige Leiter der Kinderfürsorge und jetzige Abgeordnete war Trevisan von Anfang an suspekt gewesen.

Es war kompliziert gewesen, die Verflechtung der Familien zu entwirren, die sich inzwischen über ganz Deutschland und sogar bis nach Kanada verstreut hatten. Simon Leußner war wieder nach Deutschland zurückgekehrt, nicht ganz freiwillig, wie Monika herausgefunden hatte. Ihn zu finden war schlichtweg unmöglich, denn sein Wohnsitz war nicht gemeldet. Ging seine Adresse tatsächlich aus den Briefen hervor oder hatte Johannes Leußner unter Qualen den Aufenthaltsort seines Bruders verraten? Hatte er den überhaupt gekannt? Hatte Jan Nowack seine Opfer über das Internet ausfindig gemacht, so wie auch Eike auf sie gestoßen war?

Was hatte er übersehen, fragte sich Trevisan. Wo lagen die Verbindungen zwischen dem Wangerland, Spremberg und dem Erzgebirge?

Der Gedanke kam ihm wieder in den Sinn, den er schon im Gespräch mit Monika hatte, ein unglaublicher, fast schon unwirklicher Gedanke. Trevisan schüttelte den Kopf. Gabe es tatsächlich jemanden im Hintergrund, jemand, der Jan Nowack bei seinem Tun unterstützte oder ihn gar dazu verleitete? Nur einer konnte wissen, wo sich alle aufgehalten hatten, jemand, der im Hintergrund die Kontrolle ausübte: Günter Lauser. Benutzte er Bratsch für seine eigenen Zwecke? Doch wie trat er mit ihm in Kontakt, und wodurch gelang es ihm, die Kontrolle über Horst Bratsch alias Jan Nowack auszuüben?

Er erschrak, als es an der Tür klopfte. Trevisan schob den Gedanken beiseite, erhob sich und öffnete.

Lentje stand im Flur. »Bist du fertig?«

»Ich bin gleich so weit.«

»Du weißt, wo es hingeht?«

Trevisan ging zurück zum Tisch und griff nach dem Wanderführer, den er sich in der Hotelbibliothek besorgt hatte. Er blätterte in den Seiten, bis er den Stößerfelsen nahe Brandau gefunden hatte, und zeigte auf die Landkarte. »Hier müssen wir hin, da liegt Weißenfels. Es soll übrigens seit Jahren schon verkauft werden und ist in den Liegenschaften des Landes verzeichnet. Einhunderttausend Euro kostet es noch, zuerst lag der Preis bei einer Million.«

»Na ja, wir werden es schon finden«, seufzte Lentje und blickte nach draußen. Die Sonne schien und Wasser tropfte am Fenster herab. »Schließlich ist Tauwetter angesagt.«

Trevisan griff nach seinem Parka, doch bevor er ihn überzog, überprüfte er noch einmal den Ladezustand seiner Dienstwaffe.

»Meinst du, wir werden sie brauchen?«, fragte Lentje.

»Ich hoffe nicht«, entgegnete Trevisan. »Aber man weiß nie. Bratsch hat hier niemanden und irgendwo muss er untergekrochen sein. Ferienwohnungen und Hotels scheiden aus, inzwischen ist sein Gesicht zigfach durch die Presse gegangen, da muss er zwangsläufig untertauchen, wo es keine Menschen gibt.«

Lentje nickte stumm. Gemeinsam gingen sie zum Wagen. »Sollten wir nicht Verstärkung anfordern?«, fragte sie unsicher.

»Das können wir nur, wenn wir sicher wissen, dass er dort ist. Vorher wird uns Peter nicht helfen.«

»Es kann sehr gefährlich werden, er ist bewaffnet und hat ein Gewehr.«

»Ich gehe auch alleine«, entgegnete Trevisan.

Lentje wiegte den Kopf. »Also gut, fahren wir.«

Sie fuhren über Geyersdorf und Arnsfeld in Richtung Osten. Bei Reitzenhain bogen sie nach rechts in Richtung Rübenau ab. Es ging über Berg und Tal und die Fahrbahn war teilweise nicht breiter als ein Feldweg. Glücklicherweise hatte die Wärme der letzten Tage den Schnee abtauen lassen, so dass die Straßen frei waren und sie mit dem PKW gut vorankamen. Hinter Rübenau führte die Straße einige Kilometer an der tschechischen Grenze entlang, wo nur ab und an ein blau-weiß-roter Grenzpfahl drüben und ein schwarz-gelber Pfahl auf der anderen Seite auf den Grenzverlauf hindeutete. Kurz vor Rothenthal zweigte ein Feldweg links ab, der auf den bewaldeten Berg führte. Hier lag deutlich mehr Schnee. Auf einem kleinen Hinweisschild zeigte ein Pfeil den Berg hinauf: *Haus Weißenfels 2 Kilometer.*

»Ich weiß nicht, ob wir mit dem Wagen da raufkommen«, sagte Lentje, nachdem sie abgebogen war und die Reifen auf dem schneebedeckten Untergrund durchdrehten.

»Soll ich fahren?«, fragte Trevisan.

Sie schüttelte den Kopf und gab Gas. Zwar rutschte der Wagen mehrfach und der Motor dröhnte, dennoch schafften sie die kleine Anhöhe, dann fiel der Weg wieder ab und sie kamen an eine Gabelung. Der Weg zum Weißenfels führte eine weitere Anhöhe hinauf. Er hatte grobstollige Fahrspuren im Schneematsch, und keine hundert Meter später saßen sie fest.

Mehrmals versuchte Lentje, den Wagen aus den tiefen Furchen zu lenken, doch ihre Bemühungen waren umsonst. »Und jetzt?«

»Einen Kilometer noch«, antwortete Trevisan. »Wir lassen den Wagen hier stehen, den Rest schaffen wir zu Fuß.«

Sie stiegen aus. Lentje griff nach ihrem Handy, das sie in der Mittelkonsole abgelegt hatte, und warf einen Blick auf das Display. »Kein Empfang«, knurrte sie. »So viel zur Verstärkung.«

»Komm!«, entgegnete Trevisan. Gemeinsam stapften sie durch den Schneematsch die steile Anhöhe hinauf. Sie waren umgeben von dichten Kiefern und ab und zu rutschte abtauender Schnee von den Bäumen.

*

»Ich kann ihn nicht erreichen«, sagte Peter Uhlig. »Ich habe es schon mehrfach versucht.«

»Vielleicht ist sein Handy leer.« Monika stellte das Telefon auf Lautsprecher.

»Ich dachte, er wäre längst schon wieder in Wilhelmshaven.«

»Trevisan ist stur«, sagte sie. »Wenn er sich etwas in den Kopf gesetzt hat, dann tut er es und niemand kann ihn davon abbringen. Übrigens habe ich Mitteilung aus Erlangen. Unser Mörder ist zweifellos Horst Bratsch, die DNA stimmt mit der aus dem Grab der Eltern überein. Trevisan hatte recht.«

»Ja, er hat wohl in vielen Dingen recht«, seufzte Peter Uhlig.

»Er hat mir erzählt, dass es Ärger gab.«

»Was heißt Ärger«, entgegnete Uhlig. »Wir hatten eine Meinungsverschiedenheit über das Vorgehen, aber langsam glaube ich, dass er richtig lag. Seit Tagen keine Spur von Bratsch, die gesamte Polizei von Sachsen und Thüringen ist auf der Suche nach ihm. Weder er noch das Auto sind irgendwo aufgetaucht. Bei den Tschechen wird er gesucht, dort muss er noch zwei Jahre absitzen, weil er gegen Bewährungsauflagen verstoßen hat. Ich werde wohl noch einmal mit Lauser reden müssen.«

»Ich weiß nicht, ob das so eine gute Idee ist«, wandte Monika ein. Sie berichtete, was Trevisan über Lausers Rolle in diesem Fall herausgefunden hatte.

Peter Uhlig war überrascht. »Ich hatte gestern einen Anruf von einem tschechischen Kollegen. Demnach bekam Bratsch Post aus Deutschland. Es muss jemanden geben, mit dem er Kontakt hatte.«

»Lauser«, antwortete Monika.

»Das kann ich mir nicht vorstellen, weshalb sollte Lauser mit ihm in Kontakt treten?«

»Trevisan will es herausfinden.«

»Ist er in Marienberg?«

»Ich weiß es nicht, aber er erwähnte ein Ferienheim, das damals als Erholungsheim für Parteibonzen betrieben wurde. Es muss in der Nähe vom Birkenhof sein, aber wo genau, weiß ich nicht.«

»Kannst du versuchen, Trevisan zu erreichen? Ich versuche herauszufinden, wo dieses Ferienheim liegt. Wenn er auf eigene Faust versucht, Bratsch zu finden, dann schwebt er in großer Gefahr. Bratsch ist bewaffnet, er hat sogar ein Gewehr und mich würde es nicht wundern, wenn er damit umgehen kann. Seit gestern kursieren Meldungen vom Fund der Mädchenleiche im Stollen in den Nachrichten. Wenn Bratsch eins und eins zusammenzählen kann, dann wird er wohl wissen, dass es sich um seine Schwester handelt. Wenn er noch immer hoffte, sie lebendig zu finden, dann kann ihm jetzt alles egal sein. Er wird nicht so einfach aufgeben.«

Monika Sander runzelte die Stirn. »Ich dachte, es wäre eine Nachrichtensperre über den Fund der Toten im Stollen verhängt.«

»Das dachte ich auch, aber irgendjemand hat es der Presse gesteckt und diese Privatsender halten sich nicht immer an die Abmachungen. Inzwischen mussten wir den Leichenfund offiziell bestätigen.«

»Ich versuche Trevisan zu erreichen.«

»Und ich versuche herauszufinden, wo er sich herumtreibt. Vielleicht weiß Jochmann über das Ferienheim Bescheid.«

*

Das schmutzig gelbe Landhaus mit dem Fachwerk am Obergeschoss und den grünen Fensterläden lag unterhalb eines steil aufsteigenden und bewaldeten Hügels. Die Mauer, die das Areal eingefasst hatte, war zum Teil eingestürzt und das ehemals freie Wiesengelände vor dem Haus mit den beiden Nebengebäuden hatte sich die Natur zurückgeholt. Sträucher, Büsche und halbhohe Bäume wucherten dort wild. Trevisan verharrte hinter einem Baum und wartete, bis Lentje an seiner Seite war. Er wies den Hügel hinab. Die grobstollige Fahrspur führte vom Feldweg auf das Areal und direkt zu einem der Nebengebäude, wo sie hinter einem großen braunen Tor verschwand.

»Er ist hier«, flüsterte Trevisan. »Die Spuren vom Geländewagen, den er gestohlen hat. Wir müssen verdammt vorsichtig sein!«

Die Fahrspuren waren mehrfach überlagert. Schutz suchend hinter Bäumen bewegten sich Lentje und Trevisan von der Nordseite auf das Landhaus zu. Hinter einer hohen Hecke, nur wenige Schritte vom Nebengebäude entfernt, blieb er stehen und zog seine Dienstpistole. Lentje gesellte sich an seine Seite, auch sie hielt ihre Pistole in der Hand.

»Schau, die Spuren führen hinein und auch heraus«, flüsterte Trevisan und beobachtete die dunkle Fensterfront des Gebäudes.

»Was hast du vor?«

»Wir schauen erst einmal in der Garage nach. So wie es aussieht, liegt darüber ein Stockwerk, da könnte eine Wohnung sein. Sicher mich, ich gehe jetzt da rüber.«

Lentje nickte und suchte eine Stelle, wo sie gedeckt war und die Fenster über der großen Garage im Auge hatte. Als sie hinter einer Kiefer stand, nickte sie Trevisan zu.

Er schlich sich an der Hecke entlang, bis er einen Durchgang fand, der zur Garage führte. Es waren drei Meter über freies Feld. Lentje fixierte die Fenster an der Westfront der Garage. Trevisan hetzte voran, überquerte das freie Gelände und erreichte ohne Zwischenfall die Hauswand. Er schlich sich vor bis zu Hausecke. Fußspuren im feuchten Schneematsch führten zu einer Holztür mit einem kleinen Fenster auf Kopfhöhe darin. Trevisan schaute sich um, doch keine Menschenseele war zu sehen. Er umrundete die Hausecke, die Pistole im Anschlag, und schlich zur Tür. Kurz verharrte er und lauschte. Nichts war zu hören, nichts außer dem Wind, der sich in den Ästen der Bäume verfing. Ab und zu schrie ein Vogel im nahen Wald.

Er atmete tief ein, dann erhob er sich so weit, bis er einen Blick durch das Türfenster in das Innere des Gebäudes werfen konnte. Drinnen war es finster, doch einen Wagen hätte er bemerken müssen. Die Garage war leer. Vorsichtig drückte er die Klinke, nur kurz war ein leises Quietschen zu hören. Die Tür schwang auf. Trevisan winkte Lentje zu und wartete, bis auch sie sich an die Hauswand geschlichen hatte. Gemeinsam drangen sie, sich gegenseitig sichernd, in die Garage ein.

Deutlich waren die Schmutz- und Wasserränder auf dem Betonboden zu erkennen, vor kurzem hatte hier noch ein Wagen gestanden.

»Er ist wohl ausgeflogen«, flüsterte Trevisan und wies auf eine Stiege, die nach oben führte und an einer geschlossenen Holztür endete. »Ich geh nach oben, du sicherst!«

Lentje nickte und suchte sich eine Position, von der aus sie sowohl das Garagentor als auch die Holztür am Ende der Stiege gut einsehen konnte. Trevisan versuchte keinen Lärm zu verursachen, doch hin und wieder knarrten die hölzernen Stufen. Oben kniete er sich nieder und hielt sein Ohr an die Tür. Wiederum lauschte er, es blieb still. Auch diese Tür war unverschlossen und ließ sich leicht öffnen. Im Raum dahinter war es warm. Trevisan entdeckte sofort den Ofen, der in der rechten Ecke stand und in dem es noch immer glühte.

Lentje folgte ihm. Gemeinsam durchsuchten sie die beiden Räume. Eine Zwischentür, die offenbar in das große Hauptgebäude führte, war verschlossen.

Dies hier war wohl einmal die Wohnung eines Bediensteten gewesen, und hier hatte in der letzten Zeit ein Mensch gehaust. Eine leere Wurstdose stand auf dem Tisch, daneben lag ein Holzbrett mit mehreren Scheiben Brot. Ein altes Kofferradio stand auf der Fensterbank und im Nebenzimmer gab es sogar eine Liege, die zweifellos benutzt worden war.

»Was glaubst du, wie lange ist er schon weg?«, fragte Lentje.

Trevisan wies auf den Ofen. »Zwei, drei Stunden etwa.«

»Ich habe hier was.« Lentje hob einen Rucksack in die Höhe.

»Dann wird er wiederkommen.« Trevisan kippte ihn auf dem Tisch aus. Mehrere Rollen zusammengeschnürter Geldscheine, Fünfziger, Hunderter und Fünfhunderter, purzelten auf die Tischplatte.

»Wie viel ist das?«

»Fünfzigtausend bestimmt«, mutmaßte Trevisan. Als

Nächstes zog er einen Laptop aus dem Rucksack. Er klappte ihn auf und versuchte ihn einzuschalten, doch der Bildschirm blieb schwarz. Offenbar waren die Akkus leer.

Lentje verschwand im Schlafzimmer, während Trevisan ein paar Briefe aus der Außentasche des Rücksacks zog. Er öffnete ein Kuvert. Der Brief war auf Tschechisch verfasst und mit *Karl Vogt* unterschrieben. »Ich glaube, ich weiß jetzt, wie Lauser mit Bratsch in Kontakt getreten ist«, murmelte er.

Lentje kam mit einer Hochglanzbroschüre in der Hand aus dem Nebenzimmer zurück. Auf dem Titelbild war Günter Lauser in Siegerpose abgebildet. Sie blätterte um: Bilder des Abgeordnetenbüros in Marienberg sowie eine Anfahrtsskizze. *Immer ein offenes Ohr für unsere Bürger* stand darüber. Als ihr Trevisan über die Schulter blickte, erschrak er. Lauser war dort abgebildet, wie er auf einem Marktplatz mit Passanten sprach. Doch in der Stirn des Abgeordneten befand sich ein Loch, das mit einem Kugelschreiber hineingedrückt worden war. Ein Datum war darüber vermerkt. Das Datum einer Kundgebung, die morgen in Annaberg stattfinden sollte.

»Was glaubst du, wo ist er hin?«, fragte Lentje.

Trevisan zuckte mit der Schulter. Er ging zum Schrank und öffnete ihn. Unzählige Wasserflaschen, Wurstdosen sowie zwei in Plastikfolie eingepackte Brote lagen darin. »Seine Vorräte hätten ihm noch den ganzen Monat gereicht. Es ist ein Risiko, mit dem gestohlenen Geländewagen herumzufahren. Das tut er nicht ohne Grund.«

Lentje zeigte auf Lausers Broschüre. »Vielleicht deswegen.«

»Ja, wahrscheinlich. Er bereitet sich auf morgen vor.« Trevisan eilte zum Tisch und packte alles wieder zurück in den Rucksack.

»Was hast du vor?«

Er griff nach der Broschüre und packte sie ebenfalls in den Rucksack ein. »Wir fahren nach Marienberg, wir müssen Lauser warnen!«

*

Das Büro von Günter Lauser befand sich direkt am Marktplatz in der Zschopauer Straße und war einstmals ein Lebensmittelgeschäft gewesen. Es lag zwischen einem Eiscafé, das der Jahreszeit wegen geschlossen hatte, und einer Reinigung.

Er saß unweit des Einganges und beobachtete das Haus. Es dämmerte bereits, doch im Büro selbst, das sich im Erdgeschoss befand, war es dunkel. Noch schlenderten Leute über den Platz, die mit Einkaufstaschen unterwegs waren, noch musste er abwarten, aber bald schon würde sich der Marktplatz leeren, wenn die Geschäfte schlossen. Dann hätte er alle Zeit der Welt. Er war schon einmal hier gewesen, vor gar nicht all zu langer Zeit, und er wusste, dass es auf der Rückseite ebenfalls einen Zugang zum Büro gab, durch eine hölzerne Kellertür, die kein Problem für ihn darstellen sollte. Er würde einfach so hineinspazieren und abwarten. Irgendwann musste Lauser auftauchen und sei es morgen in der Früh.

Damals, als Jan noch ein kleiner Junge gewesen war und man ihn nach seinem Sturz gefunden hatte, war er tief in das Tal des Vergessens eingetaucht. Er hatte eine ganze Weile gebraucht, bis sich aus dem Nebel seiner Erinnerung erste Konturen hervorgeschält hatten. Immer deutlicher waren diese Gedankenfetzen geworden, und er hatte sich oft gewundert, warum keiner dieser Teufel kam, um ihn zurückzuholen, ihn windelweich zu prügeln und in das dunkle Loch zu sperren. Doch er hatte geschwiegen. Es war eben so. Aber der Gewalt war er damit dennoch nicht entkommen. Nichts hatte sich geändert, außer dass seine Peiniger nun weiße Kittel und Uniformen trugen. Nur in den stillen Augenblicken, wenn dieses von blonden Locken umrahmte Gesicht vor seinem inneren Auge aufgetaucht war und er diese Wärme und Zuneigung gespürt hatte, war er glücklich gewesen.

Die Jahre waren an ihm vorbeigezogen. Niemand wollte ihm zuhören, als er begann, von seinen Erinnerungen zu reden. Man schwieg ihn tot. Und tot fühlte er sich auch, und die Gewalt wurde zu seinem Begleiter, die Gewalt und dieser unbändige Drang nach Rache.

Nur einmal, als ein junger Arzt auf die Station kam, hörte man ihm zu. Und er hatte das Gefühl gehabt, dass der junge Mann seinen Erzählungen Glauben schenkte. Temporäre Amnesie sei bei so schweren Kopfverletzungen keine unbekannte Begleiterscheinung, hatte ihm der Arzt geantwortet, der allerdings am nächsten Tag bereits wieder verschwunden war.

Und so hatte Jan sich gewundert, als er eines Tages einen Brief aus Deutschland erhielt. Karl Vogt hatte ihm geschrieben, ein Leidensgenosse vom Birkenhof. In den geheimen Akten sei er auf Jan gestoßen, jetzt, nachdem alles vorbei war und der Zusammenbruch eines ganzen Systems die Wahrheit in kleinen Puzzleteilchen an die Oberfläche spülte. Der Kontakt wurde intensiver und auf jede Frage, die Jan in den Sinn kam, hatte Karl Vogt eine plausible Antwort. Sie wurden zu einer verschworenen Gemeinschaft und Rache für all die Pein und das Unrecht, das ihnen und auch seiner Schwester damals von diesen Teufeln in Menschengestalt angetan worden war, wurde zu ihrem gemeinsamen Ziel.

Erbarmungslos hatte Jan zugeschlagen, und nur noch einer war am Leben: Günter Lauser. Doch auch der würde seinem Schicksal nicht entgehen.

Und jetzt war es so weit. Der Engel hatte ihm geantwortet und ihn nach Annaberg bestellt. Am morgigen Tag, nach der Kundgebung, wenn sich alles im *Türmer* traf, um dort zu feiern, dann sollte er zuschlagen. Doch weshalb sollte er dieses Risiko eingehen, wenn er einfach nur hier im Büro auf Lauser warten musste? Noch nie zuvor hatte ihm der Engel den Zeitpunkt und den Ort vorgegeben, an dem er zuschlagen sollte, weshalb ausgerechnet dieses Mal?

Gezweifelt hatte Jan bislang nicht, er hatte dem Engel vertraut. Erst in den letzten Tagen, als er aus den Medien vom Fund der skelettierten Mädchenleiche im Bergstollen erfahren hatte, waren erste Bedenken aufgekommen. Selbst als der alte Arnold damals spurlos verschwunden war, zu dem er behutsam eine Art Vertrauensbasis aufgebaut hatte, hatte er keinen Verdacht geschöpft. Doch nun hatte ihn ein ganz eigenartiges Gefühl beschlichen. Würde er seine Schwester jemals wiedersehen?

Sein Entschluss stand fest: Hier würde er auf Lauser warten, hier in diesem Büro, wenn es sein musste, die ganze Nacht, denn zurück nach Weißenfels konnte er nun nicht mehr. Den grünen Lada hatte er in einem Waldweg unweit von Olbernhau abgestellt. Von dort hatte er den Bus genommen, doch nun ging kein Bus mehr, mit dem er zurückfahren konnte. Die Stadtwohnung in Dresden hatte Lauser vor gut einer Stunde verlassen, das hatte ihm dessen Lebensgefährtin am Telefon mitgeteilt und ihm die Nummer des Büros in Annaberg gegeben, nachdem er sich als einer der Veranstalter der Kundgebung ausgegeben und den Anruf als dringendes Anliegen deklariert hatte, denn auch auf dem Handy wäre Lauser angeblich nicht erreichbar.

Die Glocke der Kirchturmuhr schlug sechsmal. Er erhob sich, es wurde langsam Zeit.

41

Als Lentje und Trevisan zu ihrem festgefahrenen Wagen zurückgekehrt waren, stellten sie zu ihrem Leidwesen fest, dass sie sich ohne fremde Hilfe nicht aus dieser misslichen Lage befreien konnten. Allen Versuchen zum Trotz drehten die Reifen einfach durch und gruben sich nur noch tiefer in den morastigen Waldboden. Nun war guter Rat teuer. Ihre Handys hatten hier draußen in der Einsamkeit, kaum zwei Kilometer von der tschechischen Grenze entfernt, keinen Empfang. Wohin sollten sie sich wenden? Auf dem Navi wurde Brandau als nächstgelegene Stadt angezeigt, doch Brandau hieß eigentlich Brandov und lag jenseits der Grenze. Sie waren umgeben von Wäldern und Wiesen.

»Wir brauchen Hilfe«, seufzte Trevisan, als er sich nach dem erneuten vergeblichen Versuch, den Wagen aus der Erdkuhle zu schieben, erschöpft in den Beifahrersitz fallen ließ.

»Ein Traktor wäre gut«, entgegnete die junge Kriminalbeamtin.

»Du sagst es … Wir müssen laufen, nur wohin, das ist die Frage.«

Sie entschieden sich für die östliche Richtung. Zu allem Überfluss verschwand die Sonne hinter dunklen Wolken und als sie Anhöhe hinter sich gelassen hatten, begann es zu regnen.

»So ein Schietwetter«, fluchte Trevisan.

Der Weg führte den Hügel hinab und in ein dunkles Tal. Sie kamen an eine Wegegabelung. An einem der Bäume entdeckte Trevisan ein kleines Hinweisschild. *Rungstock-Route 4* stand auf dem blauen Schild mit dem weißen Stiefel als Symbol für einen ausgeschilderten Wanderweg.

»Wir gehen hier lang!«, entschied Trevisan. Ihm kam es vor, als seien sie schon unendlich lang unterwegs. Auf seiner Armbanduhr waren gerade mal zwei Stunden vergangen.

»Hoffentlich finden wir den Wagen wieder.« Lentje schaute sich um.

»Er steht am Zufahrtsweg zum Weißenfels, ich denke, die Leute hier werden das kennen.«

Erneut ging es eine leichte Anhöhe hinauf, bis der Weg dann steil abfiel. Bereits auf dem Gipfelpunkt waren unterhalb der Waldgrenze die roten Ziegel einer Ansiedlung zu erkennen.

»Gott sei Dank«, stöhnte Lentje. »Ich dachte, wir finden hier nie mehr hinaus.«

Sie beschleunigten ihre Schritte und erreichten ein Gehöft, das aus einer Stallung, mehreren Nebengebäuden und einem Wohnhaus bestand, das mit dunklen Schieferplatten verkleidet war. Aus dem Stall drang der Duft der guten Landluft und ab und an war das Quieken und Grunzen eines Schweins zu hören.

Als Trevisan auf den Hof ging, stürmte ein großer, schwarzer Hund bellend und zähnefletschend auf ihn zu. Trevisan erschrak und blieb stehen, doch dann entspannte er sich, als er bemerkte, dass der Hund angeleint und nun am Ende seines Auslaufs angekommen war. Inzwischen war es spät am Nachmittag und feiner Nieselregen fiel aus den dunklen Wolken.

»Hallo, ist hier jemand?«, rief Trevisan laut über den Hof. »Hallo, hört mich keiner?«, fügte er nach einer Minute der Stille hinzu.

Er wollte schon weitergehen, als eine Frau und ein kleiner Junge, wohl kaum älter als zehn Jahre, aus dem Stall kamen. Die Frau hielt eine Mistgabel in der Hand, die sie mit ihren Fäusten fest umschloss. Sie musterte ihn argwöhnisch.

»Hallo, mein Name ist Trevisan«, rief er ihr zu. »Wir brauchen Hilfe, unser Wagen ist steckengeblieben.«

»Woher kommen Sie?«, rief ihm die Frau zu, die er auf etwa vierzig schätzte und die einen blauen Overall und Gummistiefel trug.

Trevisan setzte sich in Bewegung, was dem Hund missfiel. Er knurrte, bellte und gebärdete sich wie wild. »Hören Sie, ich bin von der Polizei. Wir haben uns festgefahren, oben an der Villa Weißenfels, und brauchen Hilfe, ein Traktor oder so etwas wäre nicht schlecht, ich bezahle auch.«

Die Frau entspannte sich. »Ajax, ruhig!«, rief sie ihrem Hund zu. Lentje, die inzwischen an Trevisans Seite getreten war, hielt ihren Dienstausweis in der Hand.

»Sie sind nicht von hier?«, rief die Frau.

»Nein, wir sind aus Wilhelmshaven, Westdeutschland, wir hatten hier zu tun«, erklärte Lentje.

»Sind Sie Zigeuner?« Die Frau fixierte Lentje.

Lentje schüttelte den Kopf. »Mein Vater war Iraner und meine Mutter ist Deutsche.« Sie ging langsam auf die Frau zu, die gleichzeitig ihre Mistgabel bedrohlich senkte. »Wir brauchen Hilfe.« Etwa einen Meter vor der Bäuerin blieb sie stehen und streckte ihr den Ausweis entgegen.

Die Frau zögerte, doch schließlich griff sie danach. »Hier kommen nicht viele Fremde vorbei.«

»Das denke ich mir, aber hören Sie, wir brauchen wirklich jemanden, der uns abschleppen kann, wir müssen dringend nach Marienberg.«

»Das ist die falsche Richtung.«

»Ich weiß, aber wir dachten, wir finden hier jemanden. Ist ihr Mann nicht zu Hause?«

»Der arbeitet.« Die Frau betrachtete den Ausweis. »Lentje, Kaplani, Kriminaloberkommissarin, soso, und jetzt?« Sie reichte den Ausweis zurück.

»Wir mussten zur Villa Weißenfels und haben uns auf einem Feldweg festgefahren.«

»Weißenfels steht leer, schon seit Jahren.«

»Das wissen wir, dennoch mussten wir dort hin.«

Die Bäuerin nickte kurz. »Ich will mal sehen, was sich machen lässt«, sagte sie, ehe sie zusammen mit dem Junior im Stall verschwand.

Zehn Minuten später fuhren Trevisan, Lentje und die Frau auf einem rot-weiß lackierten ZT-303-Traktor aus dem Traktorenwerk Schönebeck auf dem Feldweg in Richtung Weißenfels. Es dauerte eine ganze Weile, bis sie ihren Dienstwagen fanden, da mehrere Wege zu der alten Villa führten. Zweimal hatten sie sich schon verfahren. Es dämmerte, als sie mit einer Kette und der Seilwinde gemeinsam den Audi aus seiner misslichen Lage befreit hatten.

Als Trevisan der Frau Geld anbot, lehnte sie entrüstet ab. »Hier helfen sich die Menschen noch, ohne Bezahlung. Wir sind hier draußen alle aufeinander angewiesen.«

Er bedankte sich und verabschiedete sich von der Bäuerin.

Es war fünf Uhr durch, als Lentje in die Görkauer Straße einbog. Trevisan erschrak, als sein Handy klingelte. Er zog es aus der Tasche.

Monika Sander war am Apparat. »Wo wart ihr nur? Ich habe schon den ganzen Tag versucht, dich zu erreichen.«

»Wir haben das Versteck von Bratsch ausgemacht, er hat sich in der leerstehenden Villa Weißenfels einquartiert, aber er war nicht mehr dort. Der Wagen und die Waffen fehlen, ich glaube, er hat was vor.«

»Wohin fahrt ihr?«

»Wir sind auf dem Weg nach Marienberg.«

»Peter Uhlig will dich sprechen. Ich habe ihm erzählt, was du herausgefunden hast, er muss unbedingt mit dir reden.«

»Wir müssen zu Lauser und ich habe jetzt keine Zeit für lange Diskussionen über Zuständigkeiten, verstehst du.«

»Okay, ich rufe ihn an und sage ihm, dass du zu Lauser fährst. Passt bitte auf euch auf.«

Trevisan lächelte. »Klar, machen wir.«

*

Er hatte gewartet, bis sich der Marktplatz geleert hatte, ehe er das Gebäude umrundete und über die Rückfront in Lausers Büro eindrang. Die Kellertür bereitete keine Probleme. Mit einem langen Schraubenzieher hebelte er sie auf und schlich sich in das Erdgeschoss. Im Haus war es dunkel, Lauser war offenbar noch nicht eingetroffen. Im Schein seiner Taschenlampe sah er sich um. Lauser hatte das Büro geschmackvoll eingerichtet. Ein großer Schreibtisch aus Eiche stand inmitten des Zimmers, eine lederne Sitzecke und ein großes Ölgemälde, das ein Bergwerk im Erzgebirge zeigte, komplettierten die Einrichtung. Im danebenliegenden Zimmer, das abgeschlossen war, aber in dem der Schlüssel im Schloss steckte, hatte er seine Akten und ein großes Kopiergerät untergebracht.

Jan wandte sich um und ging wieder hinaus in den kleinen Empfangsraum, wo der Schreibtisch der Sekretärin stand und eine weitere Tür abzweigte. Eine Art Wartezimmer befand sich dort, ebenfalls mit einer ledernen Sitzkombination ausgestattet. Unmittelbar neben diesem Zimmer führte eine Treppe nach oben. Oben gab es eine kleine Wohnung, bestehend aus einer Küche, einem Schlafzimmer und einem Wohnzimmer, in dem ein riesiger Fernseher an der Wand hing. Lauser musste wohl kaum auf Kleingeld achten, so luxuriös wie diese Räume ausgestattet waren.

Als Jan die Wohnung verließ und die Treppe hinunterging, blieb er wie vom Donner gerührt stehen. Das Licht brannte. Eine gut aussehende blonde Frau, etwa Mitte dreißig, stand vor dem Schreibtisch und ordnete ein paar Bögen Papier.

Als die Treppe knarrte, fuhr sie herum. Mit erschrockenem

Blick und weit aufgerissenem Mund schaute sie ihn an. »Was ... was ... tun ...« Weiter kam sie nicht.

Er stürmte die Treppe hinunter auf sie zu, umfasste sie und rang sie zu Boden. Mit eisernem Griff hielt er sie fest.

»Was ... Sie tun mir weh ...«

»Wer sind Sie?«

»Ich bin Sekretärin hier, was wollen Sie, es gibt hier nichts zu holen«, antwortete sie atemlos.

»Wo ist Lauser?«

»Ich ... ich weiß ... es nicht.«

»Wann kommt er?«

»Keine ... Ahnung, ich muss ... die Rede für morgen ... Ich muss noch ...«

»Still!«, befahl er und sein Blick duldete keinen Widerspruch. Die Sekretärin zitterte am ganzen Leib.

»Tu, was ich sage, dann passiert dir nichts!«

Eingeschüchtert schwieg die Frau. »Aufstehen!«, befahl er. Er ließ sie los und zog die Pistole hervor. Er dirigierte die Sekretärin in Lausers Büro und schloss sie in den Aktenraum ein, nachdem er sie mit Klebestreifen gefesselt und auch einen Knebel nicht vergessen hatte. Er schaltete das Licht wieder aus. Im Vorzimmer beseitigte er die Spuren des Kampfes. Dann setzte er sich in Lausers Büro auf die Couch und wartete. Lauser würde kommen, dessen war er sich sicher.

*

Es war kurz vor sieben, als Lentje den Wagen über die Annaberger Straße auf den Marktplatz steuerte. Es hatte zu regnen begonnen und das Licht der Straßenlaternen spiegelte sich auf der nassen Fahrbahn. Lausers Geschäfträume befanden sich in der Nähe der Amtstraße am nordwestlichen Ende des Marktplatzes. Als Lentje den Wagen über das Kopfsteinpflaster lenkte und in der Nähe hielt, fiel ihnen ein großer schwarzer Mercedes mit Dresdner Kennzeichen auf, der direkt vor dem Bürogebäude parkte. Die Kennbuchstaben lauteten GL, zweifellos der Wagen von Lauser.

»Er ist hier«, sagte Trevisan. »Das ist sein Wagen.«

Sie stiegen aus und gingen auf das Büro zu. Drinnen brannte Licht.

»Wir werden mit ihm reden.« Trevisan wollte klingeln.

»Warte!«, hielt sie ihn zurück.

Die Vorhänge am Fenster waren zugezogen, doch ein kleiner Spalt war offen geblieben. Trevisan folgte Lentjes Aufforderung und warf einen Blick durchs Fenster. Es war nur der Schatten eines Mannes zu erkennen, doch in seiner Hand lag eine Pistole. Der Schatten verschwand aus dem Blickfeld.

»Verdammt, Bratsch ist schon hier«, flüsterte Trevisan.

Lentje wies in Richtung der Straße, die ein paar Meter entfernt vom Marktplatz abzweigte. »Wir gehen hinten herum«, flüsterte sie. Trevisan nickte. Sie bogen in die Amtstraße ein und vermieden es, im Lichtkegel der Straßenlaternen zu gehen, sondern schmiegten sich eng an die Hauswände. An der Rückfront des Gebäudes blieben sie stehen. Dort führte eine Treppe zu den Kellerräumen, doch auch ein Fenster gab es dort, das gekippt war.

Trevisan ging die Treppe hinunter. Er bemerkte sofort, dass die Kellertür nur angelehnt war, und gab Lentje ein Zeichen. Sie kam näher.

»Ich rufe Verstärkung.« Trevisan wählte auf seinem Handy Uhligs Nummer.

»Sollen wir warten?«, fragte Lentje.

Trevisan schüttelte den Kopf. »Ich denke, dazu ist keine Zeit, er wird ihn umbringen, wenn wir nicht eingreifen.«

Sein Gespräch mit Uhlig war kurz. Trevisan informierte ihn lediglich darüber, dass Bratsch Günter Lauser in seinem Büro mit einer Pistole bedrohte und dass er versuchen werde, in das Gebäude zu gelangen. Uhligs Antwort wartete er nicht ab.

»Ich klettere durch das Fenster«, flüsterte Lentje und wies nach oben, »Ich komme an den Riegel heran, ich denke, es ist besser, wir gehen von zwei Seiten hinein.«

»Du hast recht«, bestätigte Trevisan. »Pass aber auf.«

»Gib mir fünf Minuten.«

Trevisan schob die Kellertür auf und trat ein. Er zog seine Waffe. Das Herz pochte ihm bis zum Hals.

42

»... ohne mich wärst du nie so weit gekommen. Du weißt nun, wer der Engel der Rache ist, und ich führe dich zu deiner Schwester, so wie ich es dir versprochen habe, darauf gebe ich dir mein Wort.«

Horst Bratsch schüttelte den Kopf. »Du lügst, meine Schwester ist tot und du bist einer von ihnen.«

Günter Lauser saß hinter seinem Schreibtisch und musterte den Mann, der keine drei Meter entfernt vor ihm stand und ihn mit einer Pistole bedrohte. »Ich wusste alles von dir, ich habe dich stets begleitet. Major Bittov hat mir immer von dir berichtet, aber ich konnte dir nicht helfen, es war eine andere Zeit, eine andere Regierung, niemand sollte erfahren, dass sogar Kinder vorm Heil des Sozialismus flüchten, glaube mir. War ich nicht immer ehrlich zu dir? Ich habe dich zu den Peinigern deiner Schwester geführt, weshalb sollte ich lügen? Ich werde dich zu deiner Schwester bringen, morgen, das schwöre ich.«

»Wer ist das Mädchen aus dem Stollen?«

»Welches Mädchen?«

»Das man gefunden hat. Im Stollen der Kalteiche.«

»Ich weiß es nicht, aber es ist nicht deine Schwester. Nur ich weiß, wo sie lebt. Wenn du jetzt durchdrehst, wirst du es nie erfahren.«

»Was hast du mit Arnold gemacht, ich weiß, dass du bei ihm warst. Wohin hast du ihn gebracht?«

Lauser atmete tief ein. »Arnold steckte mit denen unter einer Decke.«

»Er war immer gut zu mir und er war krank.«

»Er hat mich erpresst«. entgegnete Lauser. »Ich hatte keine Wahl.«

»Wo ist er, wo hast du ihn hingebracht? Er wollte mit mir reden, er wollte mir alles erzählen, doch dann bist du aufgetaucht und hast ihn umgebracht.« Horst Bratsch hob die Pistole und zielte auf Lausers Kopf.

»Er wollte uns verraten, er wollte zur Polizei, ich hatte keine andere Wahl, ich musste dich beschützen, das war ich deiner Schwester schuldig.«

»Wo hast du ihn hingebracht?«, fragte Horst Bratsch noch einmal mit kalter Stimme.

Lauser zögerte.

»Wo ist er, sag es mir!«

»Am Weißenfels, im alten Brunnen. Ich musste es tun, ich hatte keine andere Wahl und jetzt steck endlich die Pistole weg. Wir sind doch Waffenbrüder.«

»Ich glaube dir nichts mehr. Du hast mich hierher bestellt, weil du mir eine Falle stellen wolltest, deswegen hast du mir diesmal Zeitpunkt und Ort genannt, gib es endlich zu«, entgegnete Bratsch. »Du bist einer von ihnen und meine Schwester ist tot, ich spüre es.«

»Willst du deine Schwester wiedersehen?«

»Ich glaube dir kein Wort!«

»Sie ist nicht hier, sie lebt in einem kleinen Dorf, oben an der Küste, ohne mich wirst du sie niemals wiederfinden. Sie hat einen anderen Namen und sie hat Kinder, eine Familie, einen Mann, zwei hübsche Kinder. Du bist ihr Onkel. »

»Dann sag mir, wo ich sie finde.«

»Ich bringe dich zu ihnen, aber nicht heute, ich kann hier nicht weg, nicht vor morgen. Morgen bringe ich dich zu ihr, das verspreche ich dir. Und jetzt steck die Pistole weg.«

Einen Augenblick lang zögerte Horst Bratsch, schließlich senkte er seine Waffe, doch er behielt sie in der Hand. »Sag mir, wo ich sie finde!«

»Morgen. Und jetzt geh, ich komme zu dir.«

*

Trevisan stand hinter der Tür. Unbemerkt war er durch den Keller ins Erdgeschoss gelangt. Er hatte alles mit angehört. Lauser saß hinter seinem Schreibtisch, aber Bratsch konnte er nicht sehen, der stand rechts der Tür und war durch die Wände verdeckt. Trevisan überlegte, wie er die Situation bereinigen konnte, ohne dass er, Lauser oder Bratsch zu Schaden kamen. Die fünf Minuten, die er Lentje hatte geben sollen, waren längst verstrichen, doch noch immer keine Spur von ihr.

Er entschied sich, in die Offensive zu gehen, und trat aus dem Schatten der Wand. In der Tür blieb er stehen. Lauser würde ihn wohl angesichts der Bedrohung kaum verraten. Vorsichtig ging er weiter, bis Bratsch in das Sichtfeld kam. Der stand neben einem ledernen Sessel und hatte seine Arme gesenkt, die Pistole in der rechten Hand war zu Boden gerichtet. Trevisan atmete tief durch, bevor er einen Schritt nach vorne machte und seine eigene Pistole in Anschlag nahm. »Polizei! Werfen Sie die Waffe weg!«

Bratsch wirbelte herum, doch seine Arme blieben gesenkt.

»Horst Bratsch, Sie sind verhaftet!«

Bratsch schaute Trevisan mit großen Augen an. Lauser saß wie erstarrt auf seinem Stuhl.

»Waffe weg!«, befahl Trevisan erneut. »Sonst schieße ich.«

»Ich will nur zu meiner Schwester«, entgegnete Horst Bratsch mit überraschend ruhiger Stimme.

»Ich weiß.« Trevisan konnte es in dieser Situation nicht riskieren, Bratsch zu berichten, dass die Leiche aus dem Stollen tatsächlich seine Schwester war. »Lassen Sie die Waffe fallen. Ich werde Ihnen sagen, wo Ihre Schwester ist.«

Bratsch wurde unsicher. Noch immer hielt er die Waffe gesenkt.

»Herr Bratsch, ich weiß, was Ihnen und Ihrer Schwester auf dem Birkenhof widerfahren ist, und ich weiß auch, dass Sie grausame Rache geübt haben, an denen, die sich schuldig gemacht haben, aber glauben Sie mir, das macht die Dinge nicht besser. Was haben Sie davon, wenn ich Sie jetzt erschießen muss? Lassen Sie die Waffe fallen, es ist aus. Ich werde Sie zu Ihrer Schwester bringen, jetzt sofort.«

Über das Gesicht von Horst Bratsch huschte ein Lächeln. »Ich will zu meiner Schwester. Ich will alles wiedergutmachen, ich habe sie im Stich gelassen.«

»Sie hatten keine Wahl, sie wird es verstehen.«

»Er will dich nur einlullen, glaube ihm nicht, er ist überhaupt kein Polizist«, zischte Lauser.

»Hören Sie auf, Lauser!«

»Du darfst ihm kein Wort glauben, hörst du!«

»Lauser, halten Sie Ihr feiges Maul«, herrschte Trevisan den Politiker an. Er ahnte, was der bezweckte. Mit Bratschs Aussage würde Lauser tief fallen.

»Leg ihn um!«, befahl Lauser. »Er sperrt dich ein, und du siehst sie nie wieder.«

»Glauben Sie ihm nicht, er lügt«, entgegnete Trevisan. »Jedes Wort ist gelogen. Er hat Sie nur benutzt. Er wurde erpresst und hat Sie dazu gebracht, die Habichs und die Leußners zu ermorden.«

»Wo ist meine Schwester?«, fragte Bratsch. »Lebt Sie noch?«

Es war ein Dilemma. Trevisan wusste, wenn er Bratsch die Wahrheit verriet, würde der die Waffe erheben, um Lauser zu erschießen, doch das musste er auf jeden Fall verhindern. »Fallen Sie nicht noch einmal auf ihn herein. Werfen Sie die Waffe weg, dann wird alles gut. Lassen Sie Ihre Schwester nicht noch einmal im Stich!«

Er sah aus den Augenwinkeln, dass sich Lauser bewegte, doch ehe er reagieren konnte, brachen mehrere Schüsse. Trevisan ließ sich instinktiv zu Boden fallen. Bratsch wirbelte herum und stürzte über den Sessel zu Boden. Regungslos blieb er liegen. Trevisan erhob sich. Seine Waffe richtete er auf Lauser, in dessen Hand ein Revolver lag.

»Werfen Sie die Waffe weg!«, zischte Trevisan mit Nachdruck.

Zuckendes Blaulicht drang durch das Fenster.

Lauser erhob sich langsam von seinem Stuhl und legte den Revolver auf den Schreibtisch.

Trevisan trat einen Schritt näher. »Was sollte das?! Er wollte sich ergeben!«

»Sie haben doch selbst gesehen, das war Notwehr«, entgegnete Lauser. »Ich muss mich bei Ihnen bedanken, Sie hatten recht, er hatte es auch auf mich abgesehen.«

»Reden Sie keinen Blödsinn, Sie haben die Mordaufträge erteilt. Ich habe alles gehört.«

»Und ich werde alles abstreiten, Herr Trevisan aus Wilhelmshaven. Wem wird man glauben, was denken Sie?

Einem Polizisten, der hier gar nicht zuständig ist und ohne Legitimation ermittelt, oder dem künftigen Staatssekretär, der sich verteidigen musste, weil ihm ein gesuchter Mörder und Schwerverbrecher nach dem Leben trachtete?«

»Wir werden den Brunnen absuchen und Lehmann finden.«

Lauser grinste. »Das glaube ich Ihnen, schließlich hat es Bratsch uns ja erzählt, erinnern Sie sich.«

»Wir haben Beweise, damit kommen Sie nicht durch.«

»Trevisan, Sie machen sich keine Vorstellung, womit man heutzutage alles durchkommt. Was halten Sie von einer Belobigung? Meine Dankbarkeit kann weit gehen. Denken Sie an Ihre schmale Pension. Sie könnten den Rest Ihres Lebens im Süden genießen, das wäre doch was.«

Trevisan schüttelte den Kopf. »Günter Lauser, ich verhafte Sie wegen Mordes und mehrfacher Anstiftung zum Mord.«

Die Eingangstür flog auf. Bewaffnete und mit Einsatzanzug und Helm ausgerüstete Polizisten drangen in das Büro ein. Eine Blendgranate explodierte und Trevisan ging zu Boden. Anstürmende Polizisten fielen über ihn her und rissen seine Arme unsanft auf den Rücken. Rauch füllte den Raum.

*

Polizisten zogen ihn in die Höhe. Trevisan stöhnte. Der Rauch verflüchtigte sich. Peter Uhlig betrat das Büro. Er nickte den Polizisten zu und zeigte auf Trevisan. »Er gehört zu uns.«

Die Polizisten ließen Trevisan los.

»Wie fühlst du dich?«, fragte Uhlig.

»Mir ist ganz schwummrig im Kopf«, entgegnete Trevisan.

»Das ist die Blendgranate. In fünf Minuten bist du wieder klar.«

Lauser saß in einem Stuhl, er hielt ein Taschentuch in der Hand, seine Augen tränten. »Das war Notwehr«, rief er Uhlig zu. »Es ist gut, dass Sie gekommen sind. Er wollte mich umbringen.« Lauser wies auf Bratsch. Zwei Polizisten standen neben dem regungslosen Körper, der neben dem Sessel auf dem Boden lag.

»Was ist mit ihm?«, fragte Uhlig.

Einer der Polizisten schüttelte den Kopf. »Er ist tot.«

»Trevisan hat mir das Leben gerettet«, fuhr Lauser eilends fort. »Ich dachte nicht, dass es so weit kommen würde.«

»Er lügt, wenn er den Mund aufmacht, er hat ihn erschossen«, widersprach Trevisan. »Ich hatte Bratsch so weit, dass er die Waffe wegwirft.«

»Glauben Sie ihm nicht, das war Notwehr«, rief Lauser entrüstet.

Plötzlich war ein heftiges Pochen an der Tür zum Aktenraum zu hören. Die Polizisten gingen in Stellung. Auch Uhlig trat ein Stück zur Seite.

»Das ist nur Lentje, meine Kollegin«, rief Trevisan. Er ging zur Tür und schloss sie auf. Lentje kam mit erhobenen Händen aus dem Raum, Lausers Sekretärin folgte ihr. »Wo warst du nur?«, fragte Trevisan. »Du hast die Hauptsache verpasst.«

»Diese verdammte Tür ging nicht auf.«

»Frau Leblanche, was machen Sie denn hier?«, fragte Lauser überrascht.

»Ich war hier, um die Rede für morgen noch einmal auszudrucken, ich hatte es vergessen, da stand plötzlich der Kerl hinter mir. Er hat mich gefesselt und in den Aktenraum gesperrt, dann kam die Polizistin durch das Fenster geklettert und hat mich befreit.«

Lentje nickte. »Diese blöde Tür war abgeschlossen. Ich habe versucht, sie zu öffnen, aber es ging nicht. Dafür konnten wir dort drinnen sehr gut hören, was hier gesprochen wurde. Stimmt doch, Frau Leblanche?«

Die blonde Sekretärin nickte. »Richtig.« Sie wandte sich Lauser zu. »Und ich konnte hören, was für ein Teufel Sie sind, Herr Lauser. Ich kündige!«

»Es war Notwehr, ich musste schießen, sonst hätte er mich umgebracht«, unternahm Lauser noch einmal einen schwachen Versuch, alles zu leugnen.

Peter Uhlig reichte ihm ein Schriftstück. Es war die Aufhebung seiner Immunität als Abgeordneter, ausgefertigt vom Landtagspräsidenten. »Sie sollten besser schweigen und einen Anwalt hinzuziehen, Herr Lauser. Sie sind verhaftet.«

Günter Lauser sank auf dem Stuhl zusammen. Er wehrte sich nicht, als ihn die Polizisten abführten.

»Das war verdammt knapp«, stöhnte Trevisan und tupfte sich die Stirn mit einem Taschentuch ab.

Uhlig nickte. »Ich sagte doch, keine Alleingänge. So was ist gar nicht gut in deinem Alter.«

Epilog

Als Trevisan zurück nach Hause kam, wurde er bereits sehnsüchtig von Paco und Lea erwartete, die sich darüber beschwerte, dass er sich viel zu selten bei ihr gemeldet hatte.

»Das Handynetz ist dort noch nicht so gut ausgebaut«, entschuldigte er sich.

Am darauf folgenden Montag berichtete Trevisan in der Teamsitzung des Kommissariats über den Ausgang des Falles. Horst Bratsch war tot, die Beweise gegen Günter Lauser waren erdrückend. Vor allem die Aussage der Sekretärin, die zusammen mit Lentje im Aktenraum alles mit angehört hatte, beeindruckte den Richter, der Untersuchungshaft anordnete.

Vollkommen neu für Peter Uhlig war der Umstand, dass Lauser hinter den Taten steckte. Lauser hatte Bratsch mit dem Versprechen, ihn zu seiner Schwester zu führen, zu seinem Werkzeug gemacht, doch nach dem Bekanntwerden des Leichenfundes im Stollen war Bratsch aus dem Ruder gelaufen. Eigentlich hatte das Treffen zwischen Lauser und Bratsch erst am nächsten Tag stattfinden sollen und Trevisan war sich sicher, dass Lauser auch zu dieser Begegnung seinen Smith and Wesson Model 460 mitgebracht hätte. Arnold Lehmann hatte man inzwischen aus seinem kühlen Grab befreit. Seine Leiche wurde aus einem alten Brunnenschacht auf dem Gelände der Villa Weißenfels geborgen.

Der Fall war abgeschlossen, doch zur Hauptverhandlung

würden Lentje und Trevisan noch einmal nach Chemnitz reisen müssen.

Zwei Wochen später ergab es sich, dass die Reise nach Chemnitz nicht mehr notwendig wurde. Lauser, der noch immer darauf gehofft hatte, irgendwie seinen Kopf aus der Schlinge ziehen zu können, hatte von seinem Anwalt erfahren, dass die Beweislast gegen ihn erdrückend war. Er hängte sich in der Nacht auf den 3. April in seiner Zelle in der JVA Chemnitz an seinem Betttuch auf.

Dennoch trafen sich Trevisan und Peter Uhlig noch einmal wieder: auf dem Friedhof in Erlangen, wo nach einer Sondergenehmigung der Stadt die Familie Bratsch gemeinsam in einem Familiengrab beerdigt wurde. Das hatte Trevisan versprochen, als er Bratsch in Lausers Büro dazu bewegte, die Waffe herunterzunehmen.

Außer einem Pfarrer und ein paar Kirchendienern hatten nur Uhlig und Trevisan der Beerdigung beigewohnt. Trevisan seufzte, als er Erde in das Grab warf.

»Du hast dein Versprechen gehalten, die Familie ist wieder vereint«, sagte Uhlig und legte ihm die Hand auf die Schulter.

»Ja, das ist sie wohl. Ich denke immer noch darüber nach, was wohl gewesen wäre, wenn ich Bratsch in Lausers Büro gesagt hätte, dass seine Schwester tot ist.«

Uhlig schüttelte den Kopf. »Hör auf, darüber nachzudenken, es ist vorbei. Wir sind nicht auf der Welt, um Schicksal zu spielen. Die Dinge laufen eben so, wie können sie nicht immer beeinflussen. Du hattest keine andere Wahl.«

Trevisan wandte sich um. »Du hast recht. Gehen wir noch einen Kaffee trinken?«

»Das machen wir, aber du bezahlst.«

Ende

Ulrich Hefner wurde 1961 in Bad Mergentheim geboren. Er wohnt in Lauda-Königshofen im Taubertal (Baden Württemberg), ist verheiratet und Vater zweier Kinder. Hefner arbeitet als Polizeibeamter und ist freier Autor und Journalist. Er ist Mitglied in der *IGdA* (Interessengemeinschaft deutschsprachiger Autoren), im *DPV* (Deutschen Presseverband) und im *Syndikat*. Weiterhin ist er Gründungsmitglied der Polizei-Poeten (www.polizeipoeten.de). Die Polizei-Poeten veröffentlichten inzwischen vier Bücher (u.a. *Die erste Leiche vergisst man nicht* und *Notruf 110 –Einsatz in Niedersachsen*) die nicht nur in Polizistenkreisen auf großes Interesse stießen. Neben der Krimiserie um den Ermittler Martin Trevisan, die mit dem erfolgreichen Band *Der Tod kommt in Schwarz-Lila* begann und inzwischen aus sechs Bänden besteht, sind inzwischen mit *Die dritte Ebene*, *Die Bruderschaft Christi* und *Mutiert* drei Thriller erschienen, die bereits in mehreren Sprachen übersetzt wurden. www.ulrichhefner.de und www.autorengilde.de.

Foto: J. Besserer, Lauda

Ulrich Hefner
Der Tod kommt in Schwarz-Lila
978-3-939689-04-1

Ulrich Hefner
Die Wiege des Windes
Inselkrimi
978-3-934927-69-8

Ulrich Hefner
Das Haus in den Dünen
978-3-939689-07-2

Ulrich Hefner
Das Lächeln der toten Augen
978-3-939689-17-1

Ulrich Hefner
Der Sohn des Apothekers
978-3-86412-007-7

Peter Gerdes
Zorn und Zärtlichkeit
978-3-939689-64-5